BOOMERANG

BOOMERANG

Tatiana de Rosnay

© 2009, Éditions Héloïse d'Ormesson
© De la traducción: José Miguel Pallarés
© De esta edición: 2010, Distribuidora y Editora Aguilar, Altea, Taurus, Alfaguara, S. A.
Calle 80 No. 9-69
Teléfono (571) 639 60 00
Bogotá, Colombia
www.santillana.com.co

Diseño de cubierta: Elsa Suárez

Primera edición en Colombia, julio de 2010
Impreso en Colombia - *Printed in Colombia*
Impreso por Nomos Impresores
ISBN: 978-958-704-987-9

A la memoria de Pierre-Emmanuel (1989-2006),
con todo el cariño

«Deja que mi nombre continúe siendo la palabra cotidiana
que siempre fue. Deja que se pronuncie sin esfuerzo,
y que no la cubra el menor atisbo de sombra».

Henry Scott Holland

«Manderley ya no existe».

Daphne du Maurier, *Rebeca*

Entré en una salita de paredes pintadas con colores apagados y me senté a esperar, tal y como se me había indicado. Sobre un desgastado suelo de linóleo descansaban seis sillas de plástico situadas en dos filas de a tres, una frente a otra. Me habían dicho que me sentara allí, y eso hice. Me temblaban los muslos, tenía las manos humedecidas y la garganta reseca. La cabeza iba a estallarme de un momento a otro. Tal vez debiera llamar de inmediato a nuestro padre; sí, debería informarle antes de que fuera demasiado tarde, pero ¿qué iba a contarle cuando le telefonease?, y ¿cómo se lo decía?

Los tubos de neón del techo proyectaban una luz cegadora sobre las amarillentas paredes llenas de grietas. Me senté ahí, atontado, impotente, perdido, muriéndome de ganas de fumarme un pitillo. Me extrañó no tener aún arcadas ni estar a punto de vomitar el café frío y el bollo de leche que me había tomado hacía un par de horas.

En mi interior todavía sonaba el chirrido de los neumáticos y sentía el súbito bandazo del vehículo mientras giraba bruscamente hacia la derecha, escorándose hasta chocar contra el guardarraíles. Y el grito, todavía escuchaba el grito de Mel.

«¿Cuánta gente habrá esperado aquí? —me preguntaba—. ¿Cuántas personas se habrán sentado en este mismo asiento a la espera de noticias sobre sus seres queridos?». No pude evitar imaginarme cuánto habían tenido que ver esas paredes, amarillas como si padecieran ictericia; qué no sabrían esos tabiques; cuántos sentimientos encontrados no recordarían. Lágrimas, gritos, voces de alivio. Esperanza, dolor o alegría.

Observé el rostro esférico del sucio reloj de pared situado encima de la puerta, donde la manilla desgranaba los minutos. Sólo cabía hacer una cosa: esperar.

Una enfermera de rostro caballuno y finos brazos blanquecinos entró en la sala de espera al cabo de una media hora.

—¿Monsieur Rey?

—Sí —respondí, con el corazón en un puño.

—Debe rellenar todos los datos de estos documentos.

Me hizo entrega de un par de cuartillas y un bolígrafo.

—¿Cómo está? —farfullé con voz débil y forzada.

La interpelada bizqueó con unos ojos casi sin pestañas antes de mirarme.

—La doctora vendrá a explicárselo.

La sanitaria se dio la vuelta y se marchó. La miré mientras caminaba de espaldas a mí. Tenía un culo plano y poco provocativo.

Me entró tembleque en los dedos al extender los papeles sobre las rodillas.

Nombre, fecha y lugar de nacimiento, estado civil, dirección, número de la Seguridad Social, póliza del seguro médico. La mano me temblaba mientras lo cumplimentaba: Mélanie Rey, nacida el 15 de agosto de 1967 en Boulogne-Billancourt, soltera, calle de la Roquette, 75011 París.

No tenía ni idea de cuál era el número de la Seguridad Social de mi hermana ni mucho menos el de la póliza. Los dos debían de figurar en su documentación, y ésta se hallaba dentro del bolso. Por cierto, ¿dónde estaba el bolso? No tenía la menor idea del posible paradero del mismo. Sólo era capaz de recordar el cuerpo desmadejado dc Mélanie mientras la sacaban a tirones del coche accidentado y cómo sus miembros pendían flácidos de la camilla. Y yo estaba ahí, sin despeinarme, sin un rasguño a pesar de haber ocupado el asiento del copiloto en el momento del impacto. Aún pensaba que era un mal sueño del que iba a despertarme de un momento a otro.

La enfermera regresó con un vaso de agua, lo acepté y me lo bebí de un trago. El líquido tenía un regusto rancio y metálico. Le di las gracias y le expliqué que ignoraba el número de la Seguridad Social de Mélanie. Ella asintió, recogió los documentos cumplimentados y se marchó.

Los minutos avanzaron muy despacio. La habitación permanecía en silencio. Era un hospital pequeño de un pueblo igualmente pequeño situado a las afueras de Nantes, o al menos tal era mi suposición, pues no estaba muy seguro de mi paradero. No había aire acondicionado y me di cuenta de que mi cuerpo empezaba a oler. Podía percibir la transpiración acumulada en las axilas y en la ingle. Era el sudoroso hedor del pánico y la desesperación. La cabeza me seguía latiendo. Intenté respirar más despacio y me las arreglé para lograrlo durante un par de minutos, hasta que se apoderó de mí una espantosa sensación de desamparo y me sentí completamente desbordado.

París estaba a poco más de tres horas. Volví a considerar la posibilidad de avisar a mi padre. Me obligué a recordar la necesidad de esperar. Ni siquiera disponía del diagnóstico médico. Miré el reloj. Eran las diez y media. ¿Dónde estaría ahora mi progenitor? ¿Habría salido a cenar o estaría viendo la tele por cable en su estudio mientras en la habitación contigua Régine se arreglaba el esmalte de las uñas al tiempo que hablaba por teléfono?

Decidí aguardar un poco más. Tuve la tentación de darle un toque a mi ex. Astrid era el primer nombre que me venía a la mente en los momentos de tensión o desesperación, pero imaginarla junto a Serge, en nuestra vieja casa de Malakoff y en nuestra antigua cama, era superior a mis fuerzas. Además, por el amor de Dios, siempre contestaba él, aunque la llamase al móvil, y decía:

—Hombre, Antoine, ¿cómo estás?

Por tanto, no telefoneé a Astrid por mucho que lo desease.

Me quedé en la minúscula sala con el aire viciado e intenté recobrar la calma otra vez. Hice lo posible por sofocar el pavor creciente de mi interior. Pensé en mis hijos. Arno estaba en pleno apogeo de su rebelión de adolescente. Margaux era una incógnita a sus catorce primaveras y Lucas, de once años, era todavía un niño en comparación con los otros dos, que tenían las hormonas a todo gas. No lograba imaginarme diciéndoles:

—Vuestra tía ha fallecido. Mélanie está muerta. Mi hermana ha muerto.

Esas palabras no tenían sentido alguno y las desterré de mi lado.

Lentamente transcurrió otra hora. Permanecí allí sentado con la cabeza oculta entre las manos, mientras intentaba evitar el creciente caos de mi mente. Empecé a pensar en los plazos de entrega que debía cumplir, pues al día siguiente era lunes y había muchos asuntos pendientes después del puente: el espantoso negocio de las guarderías de Rabagny que jamás debí haber aceptado, y Florence, la empleada inepta a la que iba a tener que despedir. De pronto me avergoncé de mí mismo. ¿Cómo era capaz de pensar en eso? ¿Cómo podía dar vueltas a los problemas del trabajo en ese preciso momento, cuando Mélanie se debatía entre la vida y la muerte?

Al final se acercó una mujer de mi edad. La cirujana vestía una bata verde de quirófano y lucía uno de esos divertidos gorritos de papel. Tenía unos perspicaces ojos de color avellana y llevaba corto el pelo de color castaño con algún que otro cabello rubio. El corazón se me aceleró y me levanté de un brinco cuando ella me sonrió.

—Se ha salvado por los pelos —me aseguró.

Distinguí unas manchas parduscas en la pechera de la bata y me pregunté para mis adentros con miedo si no serían salpicaduras de la sangre de Mélanie.

—Su hermana va a recuperarse.

Para mi horror, el rostro se me crispó, la piel se me arrugó como un papel y prorrumpí en sollozos. La nariz me zumbó cuando me la soné. Me daba mucha vergüenza ponerme a llorar delante de esa mujer, pero no podía evitarlo.

—Se encuentra bien —insistió la doctora mientras me aferraba el brazo con aquellas manos pequeñas y angulosas y me empujaba hasta hacerme tomar asiento. Luego se sentó junto a mí. Gimoteé como hacía de niño, soltando fuertes sollozos que me salían de lo más hondo.

—Ella iba al volante, ¿a que sí?

Asentí con la cabeza e intenté secarme la nariz con el dorso de la mano.

—No estaba ebria, lo sabemos. Le hemos hecho la prueba de alcoholemia. ¿Puede explicarme lo ocurrido?

Me las apañé para repetir la declaración prestada a la policía y al equipo médico de la ambulancia. Mi hermana se había empeñado en conducir el resto del trayecto hasta volver a casa. Era una conductora de lo más fiable. Jamás la había visto nerviosa con el volante entre las manos.

—¿Perdió el conocimiento? —preguntó la doctora. La plaquita de su bata rezaba: «Dra. Bénédicte Besson».

—No, estaba lúcida.

Entonces caí en la cuenta de algo que no había contado en la ambulancia porque acababa de recordarlo en ese preciso instante.

Fijé la mirada en el rostro moreno de la cirujana. El llanto todavía me crispaba el rostro. Recobré el aliento.

—Mi hermana estaba a punto de decirme algo… Se volvió hacia mí para hablar y en ese momento sucedió todo. El coche se salió de la calzada. Todo pasó muy deprisa.

—¿Qué le estaba contando…? —inquirió mi interlocutora.

Recordé los ojos de Mélanie y la forma en que aferraba con fuerza el volante mientras me decía: «Hay algo que debo comentarte, Antoine. La última noche en el hotel me acordé de algo sobre…». Me dirigió una mirada llena de turbación, y entonces el vehículo se salió de la carretera.

Ella se quedó dormida en cuanto fueron capaces de abrirse paso entre el aletargado tráfico del atasco de las inmediaciones de París. Antoine sonrió cuando ella reclinó la cabeza sobre la ventana del coche. Su acompañante tenía la boca abierta y a él le pareció oír un leve ronquido. Por la mañana, cuando él había acudido a recogerla a primera hora, echaba chispas. Mel odiaba las sorpresas, siempre las había aborrecido, y él lo sabía, ¿a que sí? Entonces, rabió ella, ¿por qué diablos había organizado un viaje sorpresa? ¡Por favor! ¿Acaso no era bastante malo cumplir los cuarenta? ¿Acaso no era bastante tener que superar su angustioso derrumbamiento? No se había casado ni tenía hijos y la gente le sacaba a colación lo del reloj biológico cada cinco minutos.

—Como alguien vuelva a mencionarlo, le atizo —había siseado con los dientes apretados.

Mas la idea de encarar sola ese largo fin de semana le resultaba insoportable, y él lo sabía, sabía que a ella le angustiaba la perspectiva de quedarse en el apartamento vacío y caluroso de la bulliciosa calle de la Roquette mientras todos los amigos iban dejándole mensajes de alegría en el buzón de voz. «¡Eh, Mel, ya tienes cuarenta!». Cuarenta. La miró por el rabillo del ojo. Mélanie, su hermana pequeña, estaba a punto de alcanzar la cuarentena. Apenas podía creérselo. Y eso significaba que él tenía cuarenta y tres. Y aceptar su propia edad también le costaba lo suyo.

Aun así, si contemplaba su rostro alargado y enjuto en el espejo retrovisor veía arrugas en torno a los ojos, las propias de un hombre al comienzo de la mediana edad, y también muchas hebras blancas en el pelo.

Se percató entonces de que su hermana se teñía la melena castaña. «¿Por qué?», se preguntó. Había algo conmovedor en ese detalle, a pesar de que muchas mujeres lo hacían. Tal vez se debía a que era su hermana pequeña y no era capaz de imaginarla envejeciendo. Seguía teniendo un rostro precioso, tal vez incluso más que durante la veintena o la treintena, debido a la elegancia de su estructura facial. Nunca se cansaba de mirar a Mélanie. Todo en ella era pequeño, delicado, femenino. Todo: los ojos de color verde oscuro, la hermosa curva de la naricilla, la sorprendente sonrisa que dejaba entrever sus dientes blancos, las muñecas y los tobillos tan finos que tanto le recordaban a los de su madre. A Mel no le gustaba que le recordaran parecido alguno con Clarisse. Nunca le había hecho gracia, pero para Antoine era como si su madre le estuviera mirando a través de los ojos de Mélanie.

El Peugeot cobró velocidad y él calculó que llegarían en algo menos de cuatro horas, pues había salido lo bastante pronto como para eludir el tráfico. Mel le había preguntado adónde iban, pero su hermano no había dicho ni media palabra y se había limitado a sonreír.

—Mete en la maleta ropa para un par de días. Vamos a celebrar tu cumpleaños con estilo.

Había tenido un pequeño rifirrafe con Astrid, su ex, aunque tampoco había sido demasiado problemático. Él debía hacerse cargo de sus hijos durante ese puente. Se suponía que los niños iban a quedarse en casa de los padres de Astrid, en la Dordoña, hasta su llegada, pero él se había mostrado firme por teléfono: era el cumpleaños de Mel, le caían cuarenta años y Antoine deseaba ofrecerle algo especial. La pobre estaba pasando una mala racha y no había cortado del todo con Olivier.

—¡Maldita sea, Antoine! —gritó Astrid—. He tenido a los niños durante las dos últimas semanas. Serge y yo necesitamos algún tiempo para nosotros, en serio.

Serge. Se le encogían las tripas con sólo oír su nombre. Era un fotógrafo musculoso de treinta y pocos. Respondía al modelo de musculitos duro y amante de la vida al aire libre. Se había especializado en gastronomía. Fotografiaba naturalezas muertas para lujosos libros de cocina. Se pasaba horas y horas ajustando cada detalle a fin de que la pasta brillara, los filetes de ternera parecieran sabrosos y la fruta tuviera un aspecto exquisito. Serge…

A Antoine le temblaban las manos cada vez que iba a recoger a sus hijos, pues se veía otra vez enfrentado a la espantosa colección de fotografías de la cámara digital de Astrid y a lo que había descubierto en la memoria de la misma cuando ella había salido de compras aquel fatídico sábado. Al principio se había quedado a cuadros al ver unas nalgas peludas moviéndose adelante y atrás, pero luego cayó en la cuenta de que el movimiento de las mismas empujaba un pene hacia un cuerpo muy similar al de Astrid. Así fue como se enteró de la infidelidad. Ese mismo sábado por la tarde, cuando Astrid volvió de la compra cargada de bolsas, él le pidió explicaciones y su mujer rompió a llorar. Admitió que amaba a Serge y que la aventura duraba desde ese viaje de Club Med a Turquía con los niños. Estaba muy aliviada de que lo hubiera descubierto.

Tuvo la tentación de encender un cigarrillo para espantar unos recuerdos tan desagradables, pero sabía que el humo despertaría a Mel y se pondría de lo más cascarrabias con sus comentarios sobre ese «hábito indecente», de modo que en vez de echarse un pitillo fijó su atención en la carretera situada ante él.

Antoine creía que Astrid sentía remordimientos por lo de Serge y el modo en que él se había enterado de todo, lo mismo que por el divorcio y todas las secuelas posteriores. Además, profesaba un verdadero afecto por Mélanie: eran amigas y se conocían desde hacía mucho tiempo, incluso más que Antoine, y las dos trabajaban en el mismo sector, el editorial. Por todo eso, no tuvo corazón para negarse y, al final, suspiró y accedió:

—De acuerdo, vale. Puedes llevarte a los niños en otro momento. Regálale a Mel un cumpleaños de muerte.

Cuando Antoine detuvo el Peugeot en una gasolinera para llenar el depósito, Mélanie al fin se despertó entre bostezos e hizo girar la manivela para bajar la ventanilla.

—Eh, Tonio, ¿dónde demonios estamos? —preguntó arrastrando las palabras.

—¿No tienes ni idea? ¿De verdad?

—No —respondió encogiéndose de hombros.

—Te has pasado durmiendo las dos últimas horas.

—Bueno, me has despertado de madrugada, bastardo.

Después de un café rápido (para ella) y un pitillo también rápido (para él), regresaron al coche. Antoine se percató de que su hemana ya no estaba de malas pulgas.

—Es todo un detalle que hagas esto —observó Mel.

—Gracias.

—Eres un hermano genial.

—Lo sé.

—No tenías por qué hacerlo. ¿No tendrías otros planes?

—No tenía otros planes.

—¿Nada parecido a una novia?

Él suspiró.

—No, ninguna novia.

El recuerdo de las últimas aventuras amorosas le llevó a desear pisar el freno, salir del coche y romper a llorar. Después del divorcio, había habido en la vida de Antoine un rosario de mujeres tan largo como el de decepciones. Mujeres conocidas vía Internet en lugares infames. Mujeres de su edad, mujeres casadas, mujeres divorciadas, mujeres más jóvenes. Al principio se lanzó con entusiasmo a lo de tener citas, consagrado a la búsqueda de la experiencia excitante, pero después de tener que pasar por un par de proezas amatorias casi acrobáticas para luego volver agotado y con el corazón encogido a su nuevo apartamento vacío y su nueva cama vacía, se descubrió mirando de frente a la verdad. La había esquivado durante bastante tiempo, pero todavía estaba allí. Aún amaba a Astrid. Se había visto obligado a admitirlo: seguía queriendo a su ex mujer. La amaba con tanta desesperación que le daban náuseas.

Cuando prestó atención, su acompañante estaba diciendo:

—Probablemente tenías planes mejores y más excitantes que pasar el puente con la solterona de tu hermana.

—No seas boba, Mel. Deseo ir contigo, me apetece hacerlo por ti.

Ella echó una ojeada a un poste indicador de la carretera.

—¡Vaya, nos dirigimos hacia el oeste!

—Una chica lista.

—¿Y qué hay al oeste? —inquirió ella, ignorando el tono de fingida ironía presente en la respuesta de su hermano.

—Piensa —repuso él.

—Eh... ¿Normandía? ¿Bretaña? ¿La Vendée?

—Caliente, caliente.

Ella no contestó nada y mientras seguían avanzando se contentó con escuchar el viejo CD de los Beatles que Antoine había puesto en el reproductor del automóvil. Al cabo de un rato, Mélanie profirió un chillido.

—¡Ya lo sé, me llevas a Noirmoutier!

—Bingo —repuso él.

A Mel se le había despejado la mente. Apoyó las manos sobre el vientre y bajó la mirada mientras fruncía los labios.

—¿Qué ocurre? —preguntó él, preocupado. Había esperado risas, gritos, sonrisas, cualquier reacción antes que esa cara de palo.

—Nunca he regresado allí.

—¿Y? —quiso saber Antoine—. Tampoco yo.

—Han pasado... —Mélanie hizo una pausa para contar con sus finos dedos—. Han pasado treinta y cuatro años, ¿no? ¡No voy a acordarme de nada! Tenía seis años.

Antoine aminoró la velocidad del coche.

—¿Qué más da? Ya sabes, sólo vamos a celebrar tu cumple. Allí fue donde celebramos tu sexto aniversario, ¿te acuerdas?

—No, no recuerdo absolutamente nada de Noirmoutier —contestó ella con voz pausada. Debió de darse cuenta de que se estaba comportando como una niña consentida, pues enseguida apoyó una mano sobre el hombro de su hermano—. Pero, bueno, no importa, Tonio. Soy feliz, lo soy de verdad, y el tiempo es magnífico. Es estupendo estar a solas contigo y alejarme de todo...

Antoine supo que con la palabra «todo» ella se refería a Olivier, a él y al resto de la relación rota, y a su trabajo terriblemente competitivo como editora en una de las empresas más famosas de toda Francia.

—He reservado habitaciones en el hotel Saint-Pierre. Lo recuerdas, ¿verdad?

—Sí —exclamó ella—, ¡claro que sí! Aquel viejo y coqueto hotel en medio del bosque con el abuelo y la abuela... Señor, ¡cuánto tiempo hace...!

Los Beatles continuaban sonando y ella tarareó al ritmo de la tonada. Antoine se sintió aliviado y en paz. La sorpresa era del gusto de su hermana. Estaba feliz de volver. Sólo le inquietaba una cosa, un detalle que se le había pasado por alto cuando había planeado el viaje: el veraneo de 1973 en la isla de Noirmoutier habían sido sus últimas vacaciones con Clarisse.

Por qué había elegido Noirmoutier?, se preguntó mientras el Peugeot avanzaba a toda velocidad y Mel tarareaba *Let it be*. Antes nunca se había considerado un nostálgico ni había vuelto la vista atrás, pero había cambiado después de su divorcio. Se había descubierto pensando de forma incesante en el pasado y en el presente, o en el futuro. El peso del año anterior, el primero de soledad, un año deprimente y solitario, había generado los primeros síntomas de arrepentimiento y él había empezado a añorar la época de la niñez, y se había estrujado los sesos en busca de recuerdos felices. Así fue como le habían venido a la mente los veraneos en la isla, al principio de forma vacilante y luego con mayor fuerza y precisión; después la memoria, a trancas y barrancas, como las cartas guardadas de cualquier modo en una caja, había ido encajando los recuerdos...

Sus abuelos —Blanche con la sombrilla y Robert con aquella pitillera plateada de la que no se separaba jamás— sentados a la sombra, en la galería del hotel, los dos ancianos de pelo blanco tomando café con pose regia; él mismo saludándolos con la mano, y su rolliza tía Solange, la hermana de su padre, tumbada en la hamaca para broncearse al sol leyendo revistas de moda, y la pequeña Mélanie, flaca como un palillo, con una visera flexible y el sol realzándole los mofletes, y Clarisse elevando hacia el cielo su semblante en forma de corazón, y su padre, que aparecía por allí todos los fines de semana envuelto en un olor a tabaco y a ciudad, y la calzada de adoquines cubierta por el agua durante la marea alta. De crío le fascinaba el paso del Gois; de hecho, aún le encantaba. Sólo era practicable durante la bajamar y era el único acceso a la isla antes de la construcción del puente, en 1971.

Deseaba hacer algo especial para el cumpleaños de su hermana. Llevaba dándole vueltas desde abril. No tenía en mente hacer otra fiesta sorpresa con amigos risueños ocultos en el baño con botellas de champán. No, pretendía algo muy diferente, algo que ella recordara. Debía sacarla de la rutina en la que se había metido: un trabajo que le devoraba la vida, la obsesión por la edad y, por encima de todo, mantener vivo en su mente a Olivier.

Olivier no le había gustado nunca. Menudo esnob pomposo y engreído. Era un hacha en la cocina. El tío preparaba su propio sushi, era un experto en artes orientales, escuchaba óperas de Lully y hablaba cuatro idiomas con fluidez. Hasta sabía bailar un vals. Pero no quería una relación estable, a pesar de llevar seis años con Mélanie. Olivier no estaba preparado para sentar la cabeza a pesar de haber cumplido los cuarenta y uno, pero al final había abandonado a Mel para dejar embarazada a una manicura de veinticinco años. Ahora era un orgulloso padre de dos gemelos. Mélanie nunca se lo había perdonado.

¿Por qué se había decantado por Noirmoutier? Habían pasado allí veranos inolvidables y la isla era el símbolo de la perfección de la juventud, de aquellos días despreocupados, cuando las vacaciones estivales parecían no tener fin, cuando creía que siempre iba a tener diez años, cuando no había nada mejor que un día despejado en la playa con los amigos y faltaba un siglo para volver a la escuela. Se preguntó por qué no habría llevado nunca a Astrid y a los niños. Se lo había contado todo, por supuesto, pero entonces cayó en la cuenta de que Noirmoutier formaba parte de su pasado, el suyo y el de Mélanie, un pasado puro e inmaculado.

Y él tenía ganas de pasar un tiempo con su hermana, sólo con ella, y de ir a su bola. No se veían mucho en París, pues ella siempre estaba de trabajo hasta la bandera, siempre almorzaba o cenaba con algún autor o estaba embarcada en la promoción de un libro, y él se hallaba fuera de la ciudad muy a menudo, ya fuera a pie de obra de una construcción o lidiando con el cambio de fecha de conclusión de un trabajo. Algún domingo, cuando estaban los niños, Mel se dejaba caer por allí por la mañana para hacer un desayuno fuerte y preparaba unos huevos revueltos de lo más sabroso. Sí, se había percatado de su necesidad de pasar un tiempo a solas con ella en ese momento tan duro y delicado de su vida. Los amigos eran importantes para Antoine, necesitaba la alegría y el entretenimiento que le aportaban, pero en ese momento le hacía falta la presencia y el apoyo de Mélanie, pues lo cierto era que ella constituía su único vínculo con el pasado.

Noirmoutier estaba bastante lejos de París, lo había olvidado, pero sí recordaba los dos coches: Robert, Blanche y Solange iban en aquel lentísimo Citroën DS de color negro. Su padre se ponía al volante del Triumph, un coche «nervioso», y empezaba a darle caladas a un puro que provocaba náuseas a Antoine, sentado en el asiento trasero. El viaje duraba entre seis y siete horas, incluido un almuerzo sin prisa en un pequeño hostal de Nantes. El abuelo era especialmente tiquismiquis en lo tocante a la comida, el vino y los camareros.

Se preguntó cuáles serían los recuerdos de Mélanie sobre esos largos viajes en coche. Tenía tres años menos y aseguraba no acordarse de nada.

Antoine miró de refilón a su hermana. Había dejado de tararear y se miraba las manos con esa expresión severa e intensa que tanto le asustaba en ocasiones.

«¿Es una buena idea? —se preguntó—. Después de tantos años, ¿va a alegrarla regresar al lugar donde flotan en el aire los recuerdos olvidados de la juventud, un lago de aguas tranquilas de momento?».

—¿Te acuerdas de todo esto? —preguntó cuando el vehículo subió la amplia curva del puente. A la derecha, en el continente, las aspas de los molinos alineados en hileras giraban sin cesar.

—No —repuso ella—. Sólo me quedan imágenes de esperar a que bajase la marea dentro del coche. De eso y de cruzar el paso del Gois por el malecón. Era divertido, y nuestro padre se enfadaba porque el abuelo siempre se equivocaba con las horas de la marea.

También él recordaba esperar a que cambiase la marea. Aguardaban durante horas el lento retroceso de las olas y al final aparecían los adoquines del paso, centelleantes a causa de los charcos de agua marina, una calzada submarina jalonada de altos postes de rescate con pequeñas plataformas en lo alto por si algún infortunado conductor o viandante se quedaba aislado al subir la marea.

Mel se apresuró a apoyar la mano en la rodilla de su hermano.

—¿Podemos volver al Gois, Antoine? Me gustaría mucho verlo otra vez.

—¡Por supuesto!

El interpelado se sintió eufórico de que por fin ella se acordara de algo, y algo tan importante y misterioso como el paso del Gois. Gois. Le fascinaba incluso la misma palabra «Gois». Se pronunciaba «gua». Era un nombre antiguo para un camino antiguo.

El abuelo jamás había usado el nuevo puente. Refunfuñaba contra el peaje excesivo y se quejaba de que la gigantesca estructura de hormigón estropeaba el paisaje. Por eso siguió cruzando por el viejo acceso a pesar de la larga espera y de las chanzas de su hijo.

Mientras se dirigían a la isla, Antoine se dio cuenta de que conservaba intactos sus recuerdos sobre el paso del Gois. Podía rebobinarlos como si se tratara de una película. «¿Le pasará lo mismo a Mélanie?», pensó mientras le venía a la memoria la enorme y austera cruz situada al principio del pasaje. «Para proteger y respetar», solía musitar Clarisse al pasar por las inmediaciones mientras le apretaba la mano con fuerza.

Recordaba que permanecía sentado durante horas en la costa de la isla observando la cadencia del oleaje, venido desde la lejanía para chapalear sobre el gran banco de arena grisácea que parecía surgir de la nada. Los buscadores de conchas abarrotaban el camino, red en mano, en cuanto el mar se retiraba entre siseos.

Se acordaba de las piernas como fideos de Mel mientras correteaba por la costa arenosa de la isla, del cubo de Clarisse, que enseguida estaba lleno de conchas de berberechos, almejas y bígaros, y del penetrante olor a pecios hundidos y al salitre del mar. No se había olvidado de los abuelos, contemplativos, con ese aspecto tan beatífico y consumido, ni de la larga melena al viento de Clarisse.

Noirmoutier ya no era una isla y los coches pasaban zumbando sobre el paso elevado. La perspectiva no le resultaba desagradable, pero la idea del nivel del mar subiendo centímetro a centímetro, de forma inexorable, era tan emocionante como aterradora.

De niño, jamás se cansaba de escuchar relatos truculentos sobre los desastres del Gois y el jardinero del hotel Saint-Pierre, monsieur Benoît, los desgranaba sin evitar los detalles más morbosos. La historia predilecta de Antoine era la del accidente de junio de 1968, en el transcurso del cual se ahogaron los tres miembros de una misma familia. El coche se les caló mientras subía la marea y no se les ocurrió subirse a uno de los cercanos postes de rescate. La tragedia copó las primeras planas de la prensa. A Antoine no le entraba en la cabeza cómo era posible que el agua arrastrara a un coche ni cómo esas personas no habían sido capaces de escapar, por lo cual Benoît le llevó a contemplar de qué manera las aguas subían poco a poco hasta cubrir el paso en la pleamar.

No pasó nada durante un buen rato y él se había aburrido de lo lindo, y encima su guía apestaba a cigarrillos y a vino tinto. De pronto, el niño se percató de que empezaba a congregarse a su alrededor más y más gente.

—Mira, chaval —susurró el anciano—, han venido a ver cómo se cubre el Gois otra vez. Todos los días la gente viene desde muy lejos cuando hay marea alta para presenciar esto.

Entonces tomó conciencia de que los coches habían dejado de bajar a la calzada. Por el lado izquierdo, la bahía empezó a llenarse de agua en medio de un silencio absoluto hasta que pareció un gran lago de aguas cristalinas; la profundidad del agua era cada vez mayor e hilillos acuosos culebreaban entre las ondulaciones de la arena. En el lado derecho, en cambio, habían aparecido por arte de birlibirloque unas olas bastante grandes que empezaban a lamer el paso con impaciencia. Se quedó boquiabierto cuando las aguas procedentes de ambos lados del camino terminaron por fundirse en un extraño y asombroso abrazo que dejó una larga línea de espuma sobre los adoquines del camino. El paso del Gois desapareció en cuestión de segundos, devorado por la marea. Era imposible imaginar que allí había una carretera. Ahora sólo se veía el mar azul y nueve postes de rescate sobresaliendo entre las aguas arremolinadas. Noirmoutier volvía a ser una isla. Las gaviotas gritaban triunfales mientras describían círculos en lo alto. Antoine se quedó maravillado.

—Ya lo ves, zagal —comentó monsieur Benoît—: todo sucede en un pispás. Algunos tipos se creen capaces de recorrer cuatro kilómetros y llegar a tierra antes que la marea, pero tú has visto esa ola, ¿no? Pues no te confundas nunca con el Gois: es rápido. Tenlo siempre presente.

Antoine estaba al tanto de que cada habitante de Noirmoutier tenía a mano un horario de la marea, ya fuera en un bolsillo o en la guantera del coche, y sabía que los lugareños nunca preguntaban: «¿Cuándo cruzas?», sino: «¿Cuándo pasas?», y también de que jamás medían el paso en metros, sino en postes. «El parisino se quedó en el segundo poste. Se le mojó el motor». De niño había devorado todos los libros sobre el Gois que haían caído en sus manos.

Los había vuelto a buscar antes del viaje de cumpleaños. Le llevó un tiempo acordarse de que estaban en la bodega, guardados de cualquier manera dentro de unas cajas de cartón que no se había molestado en abrir desde la mudanza posterior al divorcio. Su libro predilecto se titulaba *La historia extraordinaria del paso del Gois.* Tras encontrarlo, lo había abierto con una sonrisa, recordando cuántas horas se había pasado contemplando las viejas fotografías de vehículos anegados y con los parachoques asomando sobre las olas cerca de los peculiares postes de salvamento. Decidió llevarse el libro, y cuando lo cerró de golpe salió revoloteando una tarjeta blanca. Intrigado, la recogió del suelo y la leyó.

Para Antoine, por tu cumpleaños, para que el paso del Gois no tenga secretos para ti. De tu madre, que te quiere. Enero de 1972.

No había visto la letra de su progenitora desde hacía muchísimo tiempo. Se le hizo un nudo en la garganta y guardó la tarjeta enseguida.

La voz de Mélanie le devolvió al presente.

—¿Por qué no entramos en Noirmoutier por el paso? —sugirió su hermana.

—Lo siento, pero no me he acordado de revisar los horarios de la marea —se disculpó él con una sonrisa.

Nada más llegar notaron lo mucho que había prosperado Barbâtre. Ya no era el pueblecito con vistas al mar que ellos recordaban, sino un lugar bullicioso lleno de bungalós y avenidas. Otra sorpresa desagradable fue ver las carreteras de la isla repletas de coches. El momento álgido del verano era el puente del 15 de agosto. Sin embargo, para su alivio, cuando llegaron al extremo norte de la isla vieron que apenas había cambiado nada. El vehículo se adentró en el Bois de la Chaise, una extensión de encinas, madroños y pinos marítimos que parecían ponerse de puntillas para asomarse a casas de diferentes estilos. Esa variedad había hecho las delicias de Antoine cuando era pequeño. Había villas góticas del siglo xix, chalés de veraneo construidos con troncos de madera, granjas de estilo vasco, mansiones de corte británico. Todas tenían nombres que le vinieron a la memoria como los rostros de viejos amigos: Le Gaillardin, Les Balises, La Maison du Pêcheur.

—¡De esto sí me acuerdo! ¡De todo! —exclamó Mel de repente.

Antoine no fue capaz de averiguar si estaba feliz o nerviosa. También él sentía cierta ansiedad cuando maniobraba para dirigirse hacia las puertas del hotel. Las ruedas chirriaron al pasar sobre la gravilla blanca. Había mimosas y madroños flanqueando el sendero. Parecía bastante más pequeño de lo que recordaba, pero no, no había cambiado lo más mínimo: la misma hiedra creciendo sobre la fachada, la misma puerta pintada de verde oscuro, la misma alfombra azul de la entrada y los escalones a la derecha.

Se detuvieron junto al ventanal que daba al jardín, donde vieron los mismos frutales, los mismos granados, eucaliptos y laureles. Todo les resultaba tremendamente familiar, incluso el olor imperante a la entrada del edificio, un penetrante olor a moho entremezclado con el aroma a espliego, cera de abeja, ropa de lino limpia y vestigios de ricos guisos. El olor característico acumulado un año tras otro por esas casas erigidas junto al mar. Antes de que Antoine tuviera ocasión de mencionar hasta qué punto le resultaba familiar ese aroma, los dos hermanos ya se encontraban saludando a una joven recepcionista de mucho pecho sentada detrás del mostrador. Tenían las habitaciones 22 y 26, en la segunda planta.

Mientras subían a las habitaciones, echaron un vistazo al comedor. Lo habían vuelto a pintar, pues ninguno de los dos recordaba ese rosa chabacano, pero el resto seguía idéntico. Desvaídas fotografías sepia del Gois, acuarelas del castillo de Noirmoutier, las marismas y la regata del Bois de la Chaise. Seguían en uso las mismas sillas de mimbre y las mesas cuadradas cubiertas con almidonados manteles blancos.

—Solíamos bajar las escaleras para venir a comer —evocó Mélanie con un hilo de voz—. Venías con el pelo empapado en colonia; llevabas una chaqueta azul marino, y debajo una camisa Lacoste amarilla.

—¡Cierto! Nos sentábamos ahí, ¿te acuerdas? —Rió y señaló la mesa más grande de la estancia, situada en el centro—. Ésa era nuestra mesa… Y tú te ponías los vestidos de canesú blancos y rosas de esa tienda de pijos que había en la avenida Victor Hugo, y llevabas una cinta a juego en el pelo.

¡Qué importante y orgulloso se sentía de niño cuando bajaba por las escaleras alfombradas de azul con su blazer y el pelo repeinado como un pequeño caballero mientras los abuelos le miraban con cariño desde la mesa! Blanche tomaba Martini; Robert, whisky con hielo, y Solange sostenía una copa de champán con el meñique alzado y lo bebía a sorbitos. Todos levantaban los ojos de los platos y las copas para admirar la entrada de aquellos niños tan repeinados y bien vestidos, y de mejillas tan coloradas por la exposición al sol.

Sí, ellos eran los Rey, los adinerados, respetables, impecables y recatados miembros de la familia Rey. Tenían la mejor mesa. Blanche daba las mayores propinas. Daba la impresión de que en el interior de su bolso Hermès tenía una interminable provisión de billetes de diez francos doblados.

El personal del hotel se desvivía para que nada faltara en la mesa de los Rey y la atención era continua. El vaso de

Robert debía estar siempre lleno a la mitad, ningún plato de Blanche estaba aderezado con sal, pues tenía problemas de tensión, y el lenguado molinero de Solange debía estar preparado a la perfección: no podía tener ni una espina ni nada que raspara al tragar.

Antoine se preguntó si quedaría alguien que se acordase de la familia Rey. La muchacha de la recepción era demasiado joven. ¿Habría alguien que se acordase de esos abuelos patricios, la hija metomentodo, el hijo pitagorín que sólo acudía los fines de semana y los niños obedientes?

¿Y de la hermosa nuera?

De buenas a primeras, el recuerdo nítido de su madre bajando por esas escaleras ataviada con un vestido negro sin tirantes le alcanzó de lleno, como un puñetazo en el pecho.

—¿Pasa algo? —quiso saber Mélanie—. Has puesto una cara muy rara.

—No es nada —repuso él—. Vamos a la playa.

Poco después echaron a andar en dirección a Plage des Dames, cuyas arenas estaban a unos minutos a pie desde el hotel. Él aún recordaba esa pequeña excursión, el entusiasmo de acudir a la playa, el paso lento de los adultos durante el trayecto y lo exasperante que era tener que demorarse e ir detrás de ellos.

El sendero estaba atestado por corredores de footing, ciclistas, adolescentes en monopatines, familias con perros, niños, bebés. Antoine señaló la enorme villa de postigos rojos que Robert y Blanche habían estado a punto de adquirir en el transcurso de un veraneo. Un hombre de la edad del mayor de los Rey y dos adolescentes estaban sacando la compra del maletero de un coche aparcado delante de la entrada.

—Me pregunto cómo es que al final no la compraron —comentó su hermana.

—No creo que hayan vuelto a la isla tras la muerte de Clarisse —respondió él.

—Sigo preguntándome cuál fue el motivo —insistió ella.

Siguieron caminando en silencio durante un rato, hasta que la orilla apareció al final del camino y ambos esbozaron unas enormes sonrisas mientras los recuerdos se extendían como las olas. Mélanie señaló un alargado muelle de madera a la izquierda mientras su hermano le indicaba mediante señas la desigual línea de cabinas de la playa.

—¿Te acuerdas de nuestra cabina y de cómo olía a salitre, leña y corcho? —Se echó a reír, pero luego gritó—: Oh, mira, Tonio, el faro de la Pointe des Dames. Así, a primera vista, me parece muy pequeño.

Él no pudo reprimir una sonrisa ante el entusiasmo desplegado por Mel, pero ella estaba en lo cierto. El faro que tanto había admirado de pequeño sobresalía entre los pinos, pero parecía haber encogido. «Eso es porque has crecido, colega, has crecido», caviló en su fuero interno, y de pronto le entraron unas ganas locas de ser otra vez ese chaval que jugaba en la playa, construía castillos de arena, corría por el muelle haciendo saltar astillas con sus pasos o tiraba de la manga a su madre para que le comprara un helado de fresa.

No, había dejado de ser ese niño. Era un hombre divorciado y solitario de mediana edad a quien la vida no le había parecido tan triste y vacía como ese mismo día. Su esposa le había dejado por otro, sentía un profundo desprecio por su trabajo y sus adorables niños se habían transformado en unos adolescentes huraños. Esos recuerdos le helaron la sangre, así que los desechó. En ese momento, Mélanie ya no estaba junto a él, se había desnudado hasta dejarse puesto únicamente un bikini muy poco recatado y corría para zambullirse en el mar. La contempló estupefacto. Relucía de puro gozo. La melena le colgaba a la espalda como una cortina negra.

—¡Venga, bobalicón, métete! —gritó—. ¡Está genial!

Pronunció «genial» exactamente como solía hacerlo Blanche: «Ge-niaaal». No había visto a su hermana en traje de baño desde hacía años. Tenía las carnes firmes y prietas, conservaba un aspecto estupendo, mucho mejor que él, de eso no cabía duda. Había ganado peso en ese terrible primer año de divorciado. Las tardes de soledad delante del ordenador o el DVD se habían cobrado su precio. Las comidas saludables y sanas de Astrid, con su perfecto equilibrio de proteínas, vitaminas y fibra, eran cosa del pasado y ahora se nutría a base de alimentos congelados y comida preparada, de toda clase de delicias que podía calentar en el microondas en un pispás, y todo eso le había ido cargando de kilos durante aquel primer invierno insoportable. Su constitución larguirucha se había transformado y ahora tenía una tripa como la de su padre, y ponerse a dieta exigía un esfuerzo excesivo. Ya era bastante malo tener que levantarse por las mañanas, prepararse para soportar un trabajo que no cesaba de acumularse. Ya era bastante malo vivir solo después de haber pasado los últimos dieciocho años cuidando de una familia. Sí, ya era bastante malo intentar convencer a todos, y sobre todo a sí mismo, de que era feliz.

Se estremeció sólo de pensar que Mélanie pudiera verle las carnes fofas y blancas.

—¡Me he dejado el traje de baño en el hotel! —contestó a voz en grito.

—¡Tarugo!

Él se dirigió al malecón de madera, que se adentraba bastante en el mar. La playa se estaba llenando a buen ritmo de familias, ancianos y adolescentes malhumorados. Eso no había cambiado. El tiempo jamás alteraba ciertas cosas. Esa idea le hizo sonreír, pero también le llenó los ojos de lágrimas. Se las enjugó con rabia.

Botes de todas las formas y tamaños posibles remaban en el mar picado. Caminó hasta el final del destartalado malecón; desde allí, primero volvió la vista atrás para contemplar la playa y luego observó de nuevo el océano. La isla era hermosísima, y él lo había olvidado. Respiró con avidez grandes bocanadas de aire marino.

Vio cómo su hermana salía del agua y luego agitaba la cabeza para secarse el pelo, igual que hacen los perros. Tenía unas piernas largas a pesar de no ser muy alta. Como Clarisse. Desde lejos parecía tener más estatura de la que en verdad poseía. Subió por el muelle, estremeciéndose, mientras se ataba la sudadera a la cintura.

—Ha sido una gozada —dijo ella, pasándole un brazo por los hombros.

—¿Te acuerdas de monsieur Benoît, el viejo jardinero del hotel?

—No, para nada.

—Era un viejo de barba blanca. Solía contarnos historias truculentas sobre la gente que se había ahogado en el Gois.

—De eso sí me acuerdo, creo… Le olía mal el aliento, ¿verdad? Una mezcla de queso Camembert, vino tinto barato y Gitanes.

—Ese mismo —contestó Antoine, riendo entre dientes—. Una vez me trajo aquí, a este mismo muelle, y me contó todo lo habido y por haber del desastre del *San Filiberto*.

—¿Qué pudo sucederle al pobre Fili? ¿No le pusieron su nombre a la catedral en honor a ese monje de Noirmoutier?

—El abad lleva muerto desde el siglo VII, Mel —repuso Antoine—. No, ésta era una historia más reciente. Me encantaba. Era muy… gótica.

—Bueno, ¿y qué ocurrió?

—El *San Filiberto* era un barco y se llamaba así por el santo. Fue una tragedia, como lo del *Titanic,* pero en pequeño. Ocurrió justo ahí. —Señaló la bahía de Bourgneuf con un ademán de la mano—. Creo que la nave se dirigía de vuelta a Saint-Nazaire. Los pasajeros habían pasado un día de picnic en esta playa, en Des Dames. Había hecho un tiempo estupendo, pero se desató una tormenta de aúpa nada más zarpar del malecón. Un golpe de mar volcó al *San Filiberto* y se ahogaron quinientas personas, en su mayoría mujeres y niños. Apenas hubo supervivientes.

Mélanie jadeó.

—¿Cómo podía ese viejecito contarte historias tan espantosas? ¡Qué retorcido! Si eras un crío...

—No era nada retorcido, sino de lo más romántico. Le recuerdo totalmente desconsolado. Me contó que había un panteón en Nantes con los cuerpos de los pasajeros ahogados del *San Filiberto*. Prometió llevarme algún día.

—Gracias a Dios que no lo hizo y que ahora sea él quien esté criando malvas.

Los dos se echaron a reír y siguieron mirando el mar.

—¿Sabes una cosa? Pensé que no iba a acordarme de nada —murmuró Mel—, pero ya estoy abrumada por tantos recuerdos. Me estoy emocionando. Espero no venirme abajo y ponerme a chillar.

Él le apretó el brazo.

—¡Menudo par de bobos sentimentales!

Se carcajearon de nuevo y caminaron de vuelta al lugar de la playa donde Mélanie había dejado amontonados los vaqueros y las sandalias. Se sentaron sobre la arena.

—Me voy a echar un pitillo, te guste o no —anunció él.

—Son tus pulmones, no los míos, pero fuma lejos de mí.

Antoine le dio la espalda a su hermana, y ésta se apoyó sobre él. El viento era fuerte y debían gritar para poder escucharse.

—Estoy recordando tantas cosas… sobre ella.

—¿Sobre Clarisse?

—Sí. Puedo verla aquí mismo, en esta orilla. Llevaba puesto un traje de baño naranja. Tengo los recuerdos un poco borrosos. ¿Te acuerdas tú? Solía perseguirnos en el agua, y nos enseñó a nadar. Te acordarás de eso, ¿no?

—Claro que sí. Aprendimos los dos el mismo verano. Solange se estuvo burlando de ti, porque eras demasiado joven para nadar a los seis años.

—Ya era así de mandona, ¿verdad?

—Mandona y sin marido, igualito que ahora. ¿La has visto alguna vez en París?

Mélanie negó con la cabeza.

—No, y tampoco creo que vea mucho a nuestro padre después de…, bueno, ya sabes, después de la bronca que tuvieron cuando se murió el abuelo. Fue por el asunto del dinero, ya sabes, cosa de las herencias. Tampoco mantiene relación con Régine. Se parece un montón a Blanche. En cuanto a su relación con la abuela, su manera de hacerse cargo ha sido contratar a un equipo médico completo para que la atienda, se asegura de que su apartamento esté bien cuidado y de ese tipo de cosas.

—Tenía debilidad por mí en aquellos tiempos —comentó Antoine—. Siempre estaba comprándome helados, y me llevaba a dar largos paseos por la playa cogido de la mano. Incluso venía a navegar conmigo y los chicos del club de regatas.

—Blanche y Robert no se bañaban jamás, ¿te acuerdas? Se sentaban siempre en ese café de ahí.

—Eran demasiado viejos para meterse en el mar.

—Hace más de treinta años, Antoine —se mofó ella—. Rondarían los sesenta por aquel entonces.

Él silbó.

—Tienes razón. Eran más jóvenes que nuestro padre ahora. Se comportaban como viejos y eran muy prudentes con todo. Maniáticos. Quisquillosos.

—Blanche sigue igual —repuso ella—. Resulta duro ir a verla en los últimos tiempos.

—Apenas voy ya —admitió Antoine—. La última visita fue espantosa. Estaba de un humor de perros y echaba pestes de todo. No me quedé mucho rato. No fui capaz de soportar estar en ese piso grande y oscuro.

—Nunca le da el sol —observó Mélanie—. Está en el lado malo de la avenida Henri-Martin. Por cierto, ¿recuerdas a Odette? Andaba por ahí arrastrando los pies con unas pantuflas. Tenía los suelos como una patena de limpios. Siempre estaba mandándonos callar. —Su hermano se rió—. Su hijo Gaspard es clavadito a ella. Me alegro que siga ahí, cuidando del lugar, lidiando con las enfermeras que contrata Solange y la mala leche de Blanche.

—Blanche fue una abuela de lo más cariñosa con nosotros, ¿a que sí? Ahora es una tirana.

—No sé qué decirte —respondió Mel pausadamente—. Era muy dulce con nosotros, pero sólo cuando la obedecíamos, y eso era lo que hacíamos.

—¿Qué quieres decir?

—Bueno, éramos unos nietos inmejorables: calladitos, amables, obedientes… Sin una pataleta ni un berrinche.

—Nos educaron para ser así.

—Sí —replicó Mélanie; luego se volvió hacia su hermano, le quitó de entre los dedos el pitillo a medio fumar y lo enterró en la arena haciendo caso omiso de los gritos de protesta de Antoine—. Nos educaron para ser así.

—¿Adónde pretendes llegar?

—Sólo quiero recordar si Clarisse se ponía de los nervios con Blanche y Robert, si aprobaba o no que debiéramos ser sumisos y amables todo el rato —contestó ella, entornando los ojos—. ¿Qué recuerdas tú?

Él se rascó la parte posterior de la cabeza.

—¿Que qué recuerdo?

—Sí, ¿cómo se llevaban Clarisse y los abuelos?

—No me acuerdo de nada —aseguró de forma tajante.

Ella le miró por el rabillo del ojo y sonrió.

—Ya verás como al final te acuerdas. Si yo empiezo a acordarme, tú también lo harás.

Anoche te esperé en el malecón, pero no viniste. Refrescó y me fui al cabo de un rato; pensé que quizá esta vez te habría resultado difícil escabullirte. Les dije que necesitaba dar un paseo corto por la playa después de cenar y aún me pregunto si me creyeron. Ella me miró como si sospechara algo, aunque yo estoy segura, completamente segura, de que nadie sabe nada. Nadie. ¿Cómo iban a saberlo? ¿Cómo pueden siquiera intuirlo? Cuando me miran, sólo ven a una madre recatada, bonita y tímida con un hijo y una hija amables, encantadores; en cambio, cuando te miran a ti, ven la tentación. ¿Cómo podría nadie resistirse a ti? ¿Cómo podría haberme resistido yo? Lo sabes, ¿verdad? Lo supiste en cuanto me pusiste los ojos encima ese primer día de las vacaciones del año pasado en la playa. Eres el demonio disfrazado.

Antes salió el arco iris, era realmente precioso, pero ahora se avecina la noche a toda prisa, y se reúnen la oscuridad y las nubes. Te echo de menos.

Comieron tarde en el café Noier, en Noirmoutier-en-l'Île, el pueblo más grande de la isla. Era un establecimiento ruidoso y atestado; saltaba a la vista que era un local frecuentado por los lugareños. Antoine pidió sardinas a la parrilla y un vaso de vino blanco. Mel se decantó por un plato de *bonnottes,* las famosas patatitas redondeadas locales, salteadas con beicon, mantequilla y sal gorda.

Había subido la temperatura, pero una fresca brisa marina mantenía el calor a raya. La terraza del café daba al pequeño puerto atestado de veleros y botes de pesca oxidados y a la fina línea de un canal de aguas lodosas que se extendía frente a los antiguos depósitos de sal.

—No solíamos comer aquí, ¿verdad? —inquirió Mélanie, todavía con la boca llena.

—No. Robert y Blanche preferían estar siempre cerca del hotel. La playa era lo máximo que se alejaban.

—Pero tampoco vinimos aquí con Solange ni con Clarisse, ¿a que no?

—Solange nos llevó un par de veces a ver el castillo de Noirmoutier y la iglesia. Se suponía que Clarisse iba a acompañarnos, pero tuvo una de sus migrañas.

—Yo no recuerdo ningún castillo —repuso ella—, pero de las migrañas me acuerdo perfectamente.

Antoine miró a la mesa contigua, atestada de adolescentes bronceadas. La mayoría de las chicas vestían bikinis minúsculos. Apenas eran mayores que su hija Margaux. Nunca le habían atraído las mujeres mucho más jóvenes que él, pero las que había conocido después de su divorcio, ya fuera a través de Internet o las que le habían presentado sus amistades, le habían sorprendido por su total descaro en lo tocante a sus hábitos sexuales. Cuanto más jóvenes, más groseras y violentas habían demostrado ser en la cama. Al principio eso le había puesto como una moto, pero luego, y bastante deprisa además, la novedad se había apagado. ¿Dónde estaba el sentimiento? ¿Dónde estaba la emoción, la punzada, el compartir, esa encantadora torpeza del principio? Esas chicas practicaban con desenvoltura todo el repertorio de movimientos de las reinas del porno y practicaban el sexo oral con tanta despreocupación y displicencia que le daban repulsión.

—¿En qué estás pensando? —quiso saber Mel mientras se untaba protector solar en la punta de la nariz.

—¿Te ves con alguien? —preguntó él a su vez—. Quiero decir, ¿tienes novio?

—Nada serio. ¿Y qué hay de ti?

Volvió a mirar en dirección al grupo de escandalosos adolescentes. Una de las muchachas era realmente espectacular, con una larga melena de color rubio oscuro y una constitución de aire egipcio: hombros grandes y caderas estrechas. Decidió que era un tanto flacucha y muy pagada de sí misma.

—Ya te lo dije en el coche. Nadie.

—¿Ni siquiera rollos de una noche?

El interpelado suspiró y pidió más vino. No era lo mejor para su barriga, pensó de forma fugaz. No le convenía nada.

—Ya he tenido bastantes rollos de una noche.

—Ya, igual que yo.

Antoine se sorprendió. No pensaba que Mélanie hubiera llegado hasta esos extremos. Ella se mofó de él.

—Tú te piensas que soy una estrecha, ¿a que sí?

—Por supuesto que no —replicó él.

—Oh, sí, ya lo creo. Bueno, pues para que lo sepas, querido hermano, me he liado con un hombre casado.

Él la observó fijamente.

—¿Y?

Mel se encogió de hombros.

—Odio esa clase de líos.

—¿Y entonces por qué mantienes la relación?

—Porque no soporto estar sola ni la cama vacía ni las noches de soledad. Por eso —contestó ella bruscamente, casi amenazadora. Comieron y bebieron en silencio durante unos instantes, y luego ella prosiguió—: Me saca la tira de años, es un sesentón. Eso me hace sentirme más joven, supongo. —Esbozó una sonrisa seca—. Su mujer desprecia el sexo, es de las que se las dan de intelectuales, o eso dice él, así que duerme por ahí. Es un hombre de negocios importante. Trabaja en el sector financiero. Tiene un montón de pasta y me compra regalos. —Le mostró un pesado brazalete de oro—. Es un adicto al sexo. Se me echa encima y se saca hasta el último jugo, es como un vampiro enloquecido. En la cama es diez veces más hombre de lo que Olivier fue jamás, y más que ninguno de mis últimos ligues.

La verdad era que la idea de Mélanie revolcándose con un sexagenario libidinoso le resultaba muy poco atractiva. Ella se rió al verle el rostro.

—Supongo que se te hace duro imaginar a tu herma-
nita practicando sexo. También lo es cuando imaginas a tus
padres dale que te pego.

—O a tus hijos —agregó él en tono grave.

Ella contuvo la respiración.

—¡Oh! No lo había pensado, pero tienes razón.

Mel no entró en detalles con nuevas preguntas y él se
sintió aliviado. Pensó en los condones encontrados en su
bolsa de deportes unos meses atrás. Arno la había tomado
prestada durante un tiempo. El chico sonrió con timidez
cuando él la recuperó. Antoine había terminado por sentirse más avergonzado que su hijo.

Había sucedido sin previo aviso. El cándido niño había florecido de la noche a la mañana para convertirse en un
gigante alto y delgado que apenas soltaba un gruñido cuando necesitaba comunicarse. Antoine no se sorprendió. Había presenciado esa brutal transformación en los retoños de
otros amigos, pero eso no le facilitó las cosas cuando al final
les tocó a los suyos, en especial porque el descaro y la rebeldía de la pubertad coincidieron con la infidelidad de Astrid.
El momento fue de lo más inoportuno.

Cada fin de semana Antoine se veía obligado a lidiar
con los inevitables choques sobre lo de volver antes de medianoche, la obligatoriedad de terminar los deberes y la pelea para conseguir que se duchara al menos una vez. Astrid
debía afrontar esos problemas, no lo dudaba, pero al menos
ella tenía a otro hombre en la casa, y probablemente eso hacía que se mostrara menos gruñona e impaciente que su ex
marido. Soportar él solito los frecuentes numeritos de Arno hacía que se sintiera peor. Astrid y él habían formado
un equipo. Lo habían hecho juntos absolutamente todo, y
ahora eso había terminado. Sólo contaba con sus propias

fuerzas, y cuando llegaba el viernes por la noche y les oía abrir la puerta de su casa, se abrazaba para darse consuelo antes de cuadrar los hombros, como un soldado a punto de lanzarse al fragor del combate.

Margaux había entrado en la adolescencia por la puerta grande y la cosa era más difícil, pues no sabía qué hacer con ella. Era como una gata: muda, retorcida y retraída. Se pasaba horas en el ordenador chateando por el Messenger o con los ojos fijos en el móvil. Un mensaje «malo» podía sumirla en un silencio absoluto o hacer que rompiera a llorar. Rehuía a su padre y evitaba el contacto físico con él. Antoine echaba de menos sus abrazos y sus demostraciones de afecto. Había desaparecido para siempre la chica de las trenzas que hablaba por los codos con una sonrisa torcida y en su lugar había una esbelta mujercita con unos pechos incipientes, una piel brillante llena de granos y unos ojos embadurnados con un maquillaje espantoso que él no le quitaba con sus propios dedos porque conseguía reprimir ese impulso a duras penas. Y el hecho de que su madre ya no estuviera tan encima de ella provocó que las fobias de Margaux crecieran sin medida y fueran más complejas que las de él mismo.

Gracias por tu tierna nota. No puedo quedarme tus cartas por mucho que lo desee, lo sé, como tampoco puedo retenerte sólo para mí. Apenas consigo convencerme de que el verano va a terminar enseguida y que volverás a marcharte. Transmites tranquilidad y confianza, pero tengo miedo. Tal vez porque sabes más que yo no muestras preocupación y crees que queda esperanza. Crees que lo nuestro funcionará, pero yo no lo sé. Y me asusta. Has ejercido un gran control sobre mi vida este año pasado. Eres como la marea que inunda el Gois de forma incansable. Yo me rindo una y otra vez, y el miedo pronto sustituye al éxtasis.

Ella me mira a menudo con curiosidad, como si estuviera al tanto de lo que pasa, y tengo la impresión de que debemos comportarnos con cautela, pero ¿cómo va a saberlo? ¿Cómo podría intuirlo? ¿Acaso puede alguien? No me siento culpable, porque lo que tengo contigo es puro. No sonrías mientras lees esto, por favor. No te burles de mí. Tengo dos hijos y he cumplido treinta y cinco años, y me siento como una niña a tu lado. Lo sabes. Sabes que me has puesto en marcha. Has hecho que me sienta viva. No te rías.

Procedes de un país moderno, eres una persona culta y sofisticada, tienes una licenciatura universitaria, un trabajo, un estatus social. Yo sólo soy un ama de casa. Crecí en un pueblecito soleado donde siempre olía a queso de cabra y a espliego. Mis padres vendían fruta y aceite de oliva en el mercado y a su muerte mi hermana y yo trabajamos en los tenderetes de Le Vigan. Nunca me subí a un tren hasta que conocí a mi marido: tenía veinticinco años en aquel entonces, cuando descubrí otro mundo. Había ido a París para unas pequeñas vacaciones y jamás regresé. Conocí a mi esposo en un restaurante de los grandes bulevares donde estaba tomando una copa con una amiga, y así fue como comenzó todo entre él y yo.

A veces me pregunto qué puedes ver en mí, pero te siento cada vez más cerca, incluso en la forma en que miras sin decir nada. Tus ojos me buscan.

El día de mañana te traerá a mí, amor mío.

Se fueron a nadar a la piscina del hotel después de comer. Antoine tenía tanto calor que decidió enfrentarse a Mélanie en traje de baño. Ella no hizo comentario alguno sobre su estado de forma, y él se lo agradeció mucho. ¡Cuánto se odiaba a sí mismo! Y pensar que pesaba ocho kilos menos cuando estaba casado con Astrid... Iba a tener que hacer algo al respecto, y otro tanto con el tabaco.

La piscina era de un azul brillante casi artificial y estaba abarrotada de niños. Eso no ocurría en los setenta. Robert y Blanche lo habrían aborrecido, pensó Antoine; a ellos les daba repelús la vulgaridad, la gente gritona y cualquier cosa que oliera a nuevo rico. Tenían un piso enorme y frío en la avenida Henri-Martin, no muy lejos del Bois de Boulogne. Era todo un remanso de elegancia, refinamiento y silencio. Odette, la timorata criada, deambulaba por allí, abriendo y cerrando las puertas sin hacer ruido. Hasta el silencio sonaba de forma amortiguada. Las comidas podían durar horas y lo peor de todo, o así lo recordaba él, era acostarse en Nochebuena justo después de la cena para que luego le despertaran a medianoche a fin de recibir los regalos. Jamás iba a olvidar esa desorientación mientras entraba en el gran cuarto de estar a trompicones, con los ojos soñolientos y medio grogui. ¿Por qué no le dejaban quedarse con ellos a esperar a Papá Noel? Sólo era Navidad una vez al año.

—No dejo de pensar en lo que has dicho antes.

—¿En qué? —preguntó Mel.

—En Clarisse y los abuelos. Creo que tienes razón: hacían que lo pasara mal.

—¿Qué recuerdas?

—No mucho —admitió su hermano con un encogimiento de hombros—. Nada en particular, solamente que les daba la neura por cualquier cosa.

—Ah, empiezas a acordarte.

—Algún recuerdo me viene a la cabeza.

—¿Como cuál?

—Hubo una gran bronca el último año que veraneamos aquí.

Mélanie se incorporó.

—¿Una pelea? Nadie discutía jamás. Todo era siempre fácil y sin complicaciones.

Antoine también se irguió. La piscina era un hervidero de cuerpos relucientes que se contorsionaban ante las miradas impertérritas de los padres.

—Blanche y Clarisse discutieron una noche. Ocurrió en la habitación de la abuela. Yo las escuché.

—¿Y qué oíste?

—Oí llorar a Clarisse. —Mélanie permaneció en silencio, de modo que él prosiguió—: Blanche hablaba con voz fría y glacial. No logré entender las palabras de la abuela, pero parecía estar muy enfadada. Entonces Clarisse salió y me vio allí. Se enjugó las lágrimas y me abrazó con una sonrisa. Luego me explicó que había tenido una discusión con la abuela, me preguntó qué estaba haciendo fuera de la cama, y me obligó a entrar otra vez en mi cuarto.

—¿Y cómo lo interpretas? —quiso saber Mel.

—No lo sé, no tengo ni idea. Tal vez no significara nada.

—¿Crees que eran felices juntos?

—¿Nuestro padre y ella? Sí, sí lo eran. Eso creo, vamos. Sí, yo lo recuerdo así. Clarisse hacía feliz a la gente. De eso te acuerdas, ¿no?

Mélanie asintió con la cabeza y permaneció en silencio; luego confesó con un susurro:

—La echo de menos. —Antoine percibió un estremecimiento en la voz de su hermana, que, en voz baja, agregó—: Volver aquí ha sido como regresar con ella.

Él le apretó la mano, feliz de que, gracias a las gafas de sol, ella no pudiera verle los ojos.

—Lo sé, y lo siento. No lo pensé cuando planeé este viaje.

Ella le sonrió.

—No te preocupes. Al contrario, traerme hasta aquí es un regalo estupendo. Muchas gracias.

Él deseó dejar fluir sus lágrimas por las mejillas, pero las contuvo en silencio, reprimió sus emociones como había hecho toda su vida, tal y como le habían enseñado a comportarse.

Volvieron a tumbarse en la hamaca y alzaron sus blancos semblantes parisinos hacia el sol. Mel estaba en lo cierto: su madre regresaba con ellos poco a poco, como el agua del mar cuando cubría el paso del Gois; lentamente recuperaban retazos de recuerdos que parecían mariposas fugadas a través de los agujeros de una red. Ningún recuerdo seguía un orden cronológico ni era preciso, guardaba más semejanza con un sueño nebuloso e inconexo: les venían a la mente imágenes de su madre en la playa con un bañador naranja, veían instantáneas de su sonrisa y de sus ojos color verde claro.

Él recordaba que Blanche se mostraba inflexible en lo de que los niños debían esperar dos horas después de comer antes de meterse en el mar. Era muy peligroso bañarse tras las comidas, repetía una y otra vez, y eso los obligaba a hacer castillos de arena y a aguardar. Antoine se acordaba de aquellas largas esperas. La abuela solía quedarse roque durante las mismas y permanecía allí, debajo de la sombrilla, sofocada por el calor que le daban la camisa de manga larga y el chaleco de punto, con la boca abierta, los zapatos de ciudad manchados de arena y la labor de calceta retorcida encima de su regazo.

Solange se marchaba a comprar de forma compulsiva y luego regresaba al hotel con regalos para todos. Robert tenía por costumbre echar hacia atrás el sombrero de paja para protegerse la nuca y regresar al hotel dando un paseo mientras se fumaba un Gitanes. Clarisse atraía la atención de los niños con un silbido y les señalaba el agua con el mentón.

—¡Aún falta otra media hora! —le recordaba él con un hilo de voz.

Entonces ella le dedicaba una sonrisa maliciosa.

—¿Ah, sí? ¿Y quién lo dice?

Y los tres se escabullían con sigilo hacia la orilla, dejando a Blanche roncando a la sombra.

—¿Tienes alguna fotografía de ella? —preguntó Antoine—. Yo sólo tengo un par.

—Tengo algunas —admitió Mel.

—De todas formas me cuesta entender que no tengamos más fotos de nuestra madre.

—Pues no las tenemos.

Un niño de entre uno y dos años se puso a berrear cerca de los dos hermanos cuando una mujer de rostro congestionado lo sacó del agua a la fuerza.

—No hay ni una sola foto suya en el piso de la avenida Kléber.

—Pues antes sí que había —replicó él, presa de una cierta agitación—. Esa en la que estamos ella, tú y yo en el trenecito del jardín botánico. ¿Qué ha sido de ella? ¿Y la de la boda con papá?

—No las recuerdo.

—Estaban a la entrada de casa y en su despacho, pero desaparecieron todas después de su muerte, igual que los álbumes.

Antoine se preguntó dónde habrían ido a parar aquellas fotografías y los álbumes y qué habría hecho su padre con ellos.

No quedaba testimonio alguno de que Clarisse había vivido en el piso de la avenida Kléber durante diez años, de que aquél había sido su hogar.

Régine, su madrastra, había tomado posesión del espacio, había rediseñado el lugar de arriba abajo y había borrado hasta la menor huella de Clarisse, la primera esposa de François Rey. Y Antoine acababa de percatarse en ese mismo instante de hasta qué punto era así.

Me pregunto algunas veces, cuando estoy entre tus brazos, si he sido feliz en algún momento; antes de conocerte hace un año, quiero decir. Debo de haberme sentido contenta y haberlo parecido, pues siempre me he considerado una persona dichosa, y, aun así, todo cuanto he experimentado antes de conocerte me parece vacuo e insípido. Puedo imaginarte alzando esa perfecta ceja izquierda tuya, como haces cada vez que me deslumbras con una sonrisa irónica. No me preocupa decirlo, pues de todos modos sé que estas cartas van a ser destruidas, hechas trizas, así que puedo escribir lo que quiera.

Fui una niña satisfecha en mi pueblo asomado al río, donde hablamos con ese fuerte acento del sur tan basto que tanto desaprueba la familia de mi esposo, pues no es chic, no es parisino. No me llamo a engaño: ellos jamás me habrían aceptado si yo no hubiera tenido un tipazo. Tragaron con lo del acento porque quedo bien con traje de fiesta, porque soy guapa. No, no soy vanidosa, y tú lo sabes. Es fácil darse cuenta de tu atractivo por la forma en que te mira la gente. Eso también va a sucederle a mi hija. Ahora sólo tiene seis años, pero va a ser una preciosidad. ¿A santo de qué te cuento todo esto? A ti no te preocupa si soy del sur ni si mi acento es el adecuado. Me quieres tal y como soy.

Acudieron a cenar al comedor con paredes pintadas de rosa. Antoine había intentado reservar «su» mesa, la de antaño, pero la joven de pechos grandes le explicó que se utilizaba para que se sentaran familias grandes. La estancia se llenó enseguida de niños, parejas y gente mayor. Los hermanos Rey se reclinaron sobre el respaldo de sus sillas y observaron en silencio. Nada había cambiado. Ambos sonrieron nada más ver el menú.

—¿Te acuerdas del suflé Grand Marnier? —inquirió él en voz baja—. Nos lo dieron sólo una vez.

Ella se echó a reír.

—¿Cómo voy a olvidarlo?

Antoine se acordó de la ceremoniosa solemnidad con que el camarero trajo el postre a la mesa. Los demás comensales entraron en trance al ver las llamas naranjas y azules. Se hizo un silencio sepulcral en la sala mientras depositaban el plato delante de los niños. Todos los allí presentes contuvieron el aliento.

—Éramos una familia tan, tan, tan perfecta… —observó Mélanie con ironía—. Éramos impecables en todo.

—Demasiado impecables, ¿no te parece?

Mel asintió.

—Sí, aburridamente perfectos. Mira tu familia, eso es lo que yo llamo una familia normal. Chicos con temperamento y personalidad que a veces no tienen pelos en la lengua, pero eso es lo que me gusta de ellos. Tu familia sí que es perfecta.

Antoine sintió que se le descomponía el semblante e intentó sonreír mientras contestaba:

—Yo ya no tengo una familia, Mel.

Ella se cubrió la boca con la mano.

—Cuánto lo siento, Tonio. Supongo que aún no consigo aceptar el divorcio.

—Tampoco yo —repuso él con tono de reprobación.

—¿Cómo lo llevas?

—Hablemos de cualquier otra cosa.

—Perdona.

Ella se apresuró a darle unas palmadas en el brazo. Eligieron los platos y cenaron en silencio. Antoine volvió a sentirse abrumado por el vacío de su vida. Se preguntó si esa vaciedad no sería efecto de la crisis de la mediana edad. Era lo más probable. Un hombre a punto de perderlo todo en la vida. Su esposa le había abandonado por otro tipo y encima él había dejado de encontrar satisfacción en su trabajo de arquitecto. ¿Cómo había podido ocurrir? Había peleado a brazo partido para conseguir crear una empresa propia y le había costado Dios y ayuda encontrar su propio hueco profesional. Ahora era como si se le hubiera secado el cerebro. Todo le parecía insípido y flojo. No quería trabajar con su equipo, ni dar órdenes, ni continuar con las obras, ni hacer todo lo que le exigía su puesto. Ya no tenía esa energía. Se había consumido.

El mes anterior había asistido a una fiesta y se había encontrado con algunos amigos del pasado, gente a la que no había visto en los últimos quince años. Todos habían sido alumnos del estricto colegio Stanislas, célebre por la excelencia de sus resultados, la sofocante educación religiosa y la falta de humanidad del profesorado. («Francés sin miedo y cristiano sin mácula» era la divisa del colegio). Le había localizado por Internet Jean-Charles de Rodon —un adulador que le caía fatal porque había sido la mascota de los profesores—, y le había invitado a una cena con «toda la banda». Había tenido el propósito de declinar el ofrecimiento, pero al final contestó en sentido afirmativo tras echar un vistazo a su triste cuarto de estar, y así había acabado sentado en torno a una mesa redonda en un piso caldeado cerca del Parc Monceau, rodeado de matrimonios de larga duración entregados con fruición a la tarea de aumentar su descendencia. Enarcaron las cejas con lástima en cuanto oyeron la mención de su divorcio.

Jamás se había sentido tan desplazado. Sus amigos de clase se habían convertido en unos tipos calvos, satisfechos de sí mismos, adinerados, casi todos empleados en el sector financiero. Y sus mantenidas esposas eran todavía peores: se enfrascaron en intrincadas conversaciones que invariablemente estaban relacionadas con la educación de los niños.

¡Cómo había echado de menos a Astrid esa noche! Astrid y su forma poco convencional de vestir, con ese capote rojo oscuro de terciopelo que le confería un aspecto de heroína de Brontë, sus leotardos, sus baratijas compradas en el rastro. Cuánto añoraba sus chistes y sus risas desinhibidas. Había sentido un alivio enorme cuando regresó conduciendo por las calles desiertas del distrito 17º. Prefería con diferencia su apartamento vacío a media hora más en compañía de monsieur De Rodon y su horda.

Cuando pasó cerca de Montparnasse empezó a sonar una antigua balada de los Stones en Radio Nostalgia: *Angie*.

> *Angie, I still love you baby.*
> *Everywhere I look, I see your eyes.*
> *There ain't a woman that comes close to you*[*].

Se había sentido casi feliz.

---

[*] «Angie, nena, aún te amo. / Veo tus ojos donde quiera que mire. / No hay mujer que te iguale». *[N. del T.]*

Antoine tardó en conciliar el sueño durante la primera noche que pasaron en el hotel Saint-Pierre a pesar de no haber ruido alguno, pues la paz y el silencio reinaban en el viejo edificio. Era su primera velada allí desde 1973. La última vez que había dormido bajo ese mismo techo él tenía nueve años y su madre aún vivía. Había algo perturbador en ese pensamiento.

Las habitaciones apenas habían cambiado. Ahí estaban la misma alfombra gruesa con textura similar al musgo, el papel de color azul en las paredes y las fotografías de beldades pasadas de moda en bañador. Notó enseguida las reformas del cuarto de baño: la taza del inodoro había ocupado la posición del bidé, pues según recordaba él era necesario ir a orinar a un baño compartido. Apartó las descoloridas cortinas y se asomó a echar un vistazo al jardín de debajo. No había nadie por los alrededores. Era tarde y los niños escandalosos por fin se habían ido a dormir.

Salió fuera y permaneció delante de la antigua habitación de su madre, en la primera planta. La recordaba sin ninguna duda: la número 9, la situada enfrente de las escaleras. Tenía un recuerdo muy nebuloso de su padre en esa habitación, pues apenas hacía acto de presencia en la isla. Estaba muy ocupado en el bufete y no hacía más que un par de apariciones fugaces durante las dos semanas de estancia de la familia Rey en Noirmoutier.

Pero cuando regresaba su progenitor era como si un emperador volviera a sus dominios. Blanche se aseguraba de que engalanaran su cuarto con flores frescas y ponía de los nervios al personal del hotel con fastidiosas instrucciones sobre las preferencias de su hijo en lo tocante a vinos y postres. Robert miraba el reloj cada cinco minutos mientras fumaba Gitanes con impaciencia y hacía continuos comentarios especulando en qué kilómetro de la carretera estaría ya François. «Viene papá, viene papá», canturreaba Mélanie de forma febril mientras iba de una habitación a otra saltando a la pata coja. Clarisse se ponía el vestido negro, el preferido de su marido, el de la falda corta, el que dejaba a la vista las rodillas. Únicamente Solange seguía bronceándose en la terraza, indiferente a la llegada del hijo pródigo, el predilecto de los Rey.

A Antoine le encantaban las visitas de su padre: soltaba un rugido al salir del Triumph y estiraba brazos y piernas a modo de saludo. Clarisse era la primera persona en llegar junto a él. En esos momentos, François observaba a su mujer de tal manera que su hijo tenía que desviar la mirada. Mostraban sus ojos un deseo desnudo y descarnado y Antoine se sentía avergonzado por el modo en que François apoyaba las manos sobre las caderas de su madre.

Antoine continuó con el paseo, y volvió a detenerse delante del dormitorio de Blanche. La abuela solía hacer acto de presencia sobre las diez de la mañana, pues ella desayunaba en la cama. En cambio, Solange, Clarisse, Mélanie y él mismo lo hacían con el abuelo en la galería, cerca de la marisma. Después, Blanche efectuaba una aparición triunfal con la sombrilla colgada del brazo. Las vaharadas sofocantes de L'Heure Bleue anunciaban su presencia cuando bajaba las escaleras.

A la mañana siguiente, Antoine se levantó temprano, después de haber pasado una mala noche. Mélanie todavía no se había despertado. El hotel parecía vacío cuando bajó a desayunar. Disfrutó del café y le maravilló que los bollos tuvieran el mismo sabor que los que acostumbraba a engullir treinta años atrás. Qué vida tan tranquila y ordenada llevaban en aquellos veranos interminables en los que no hacía nada, pensó.

Los fuegos artificiales de Plage des Dames marcaban el cenit de las fiestas. Tenían lugar el 15 de agosto, coincidiendo con el cumpleaños de Mel. Ella solía pensar de pequeña que los hacían en su honor, que todo ese gentío se congregaba en la playa para festejar su aniversario.

Recordaba que un año tuvieron un 15 de agosto pasado por agua y todo el mundo se quedó bajo techo, apretujados de mala manera en el hotel. Se desató una tormenta terrible. Antoine se preguntó si Mélanie se acordaría de aquello. Había pasado mucho miedo. Ella y también Clarisse, a quien le daban pánico las tormentas. Entonces le vinieron a la mente imágenes de cómo su madre permanecía agachada y con la cabeza cubierta por los brazos, temblando como una niña.

Terminó el desayuno y merodeó por los alrededores durante un rato a la espera de su hermana. Había una mujer de cincuenta y pico años sentada tras el mostrador de recepción. Colgó el auricular y saludó con la cabeza cuando él pasó por delante.

—No se acuerda de mí, ¿a que no? —gorjeó.

Él la estudió con la mirada. Había algo vagamente familiar en sus ojos. Al final, ella se presentó:

—Soy Bernadette.

¡Bernadette! Bernadette era una preciosa niña menudita de melena negra y cautivadora, en nada parecida a la matrona que tenía delante. De niño estaba colado por ella y sus brillantes coletas. Ella lo sabía, y siempre le daba el mejor trozo de carne, una rebanada adicional de pan u otra ración de tarta Tatin.

—Le he reconocido nada más verle, monsieur Antoine, y también a mademoiselle Mélanie.

Bernadette, la de los dientes blancos, figura grácil y sonrisa jovial.

—Cuánto me alegro de verla —farfulló él, avergonzado por no haberla reconocido.

—No ha cambiado ni lo más mínimo. ¡Qué familia tan estupenda hacían ustedes! Sus abuelos, su tía, su madre… —dijo hablando a toda velocidad.

—¿Se acuerda de ellos? —inquirió él con una sonrisa.

—Claro, cómo no, monsieur Antoine. Su abuela nos daba las mejores propinas de la temporada. Y su abuelo también. ¿Cómo iba a olvidar eso una camarera de poca monta? Y su madre era amable y bondadosa. Créame, todos nos llevamos una decepción enorme cuando su familia no volvió a venir.

Antoine la miró. Tenía los mismos centelleantes ojos negros.

—No volvió a venir… —repitió él.

—Bueno, eso… Su familia había venido muchos veranos de forma consecutiva y de pronto ninguno de ustedes regresó. La dueña, la anciana madame Jacquot, se llevó un chasco mayúsculo. Se preguntaba si sus abuelos estarían descontentos con el hotel, si había algo que les hubiera disgustado. Esperamos un año tras otro, pero la familia Rey jamás volvió; hasta el día de hoy, que han venido ustedes.

Antoine tragó saliva.

—Nuestro último verano aquí creo que fue... en 1973.

Su interlocutora asintió; se inclinó hacia delante y, tras un momento de vacilación, sacó de un gran cajón un viejo libro de tapas negras. Lo abrió y pasó un par de páginas amarillentas. Su dedo se detuvo sobre un nombre escrito a lápiz.

—Sí, exacto, en 1973. Ése fue el último verano.

—Vaya, bueno... —dudó—. Nuestra madre murió al año siguiente. Por eso no regresamos.

Bernadette se puso roja como un tomate. Jadeó y se llevó una mano temblorosa al pecho.

Se hizo un silencio incómodo.

—¿Murió su madre? No teníamos ni la menor idea, ninguno de nosotros... Cuánto lo siento.

—No se preocupe, no lo sabían... —murmuró Antoine—. Ocurrió hace mucho tiempo...

—No me lo puedo creer —susurró ella—. Una dama tan joven y adorable...

Antoine Rey deseó en silencio que Mel bajara de una vez. No soportaba la idea de tener que someterse al interrogatorio de Bernadette sobre la muerte de su madre. Entornó los ojos, apoyó una mano sobre el mostrador de recepción y se encerró en un silencio obstinado.

Sin embargo, Bernadette no despegó los labios. Permaneció inmóvil con una expresión preocupada y triste mientras empezaba a aminorar la intensidad del rojo de sus mofletes.

Me encanta nuestro secreto. Me encanta la discreción de nuestro amor, pero ¿cuánto tiempo va a durar? ¿Cuánto vamos a permitir que dure? Hace ya un año de esto. Recorro con los dedos tu piel sedosa y me pregunto si en verdad deseo que esto se haga público. Puedo adivinar todo cuanto va a acarrear. Es como el olor a lluvia y a tormenta en ciernes que nos llega en alas del viento. Soy consciente de las implicaciones, de lo que significa para ti y para mí, pero en lo más hondo de mi ser también sé que me duele y que lo necesito. Tú eres mi único amor. Eso me asusta, pero no hay nadie más.

¿Cómo va a terminar esto? ¿Qué va a ser de mis hijos? ¿En qué les afectará a ellos? ¿Cómo vamos a hallar el modo de vivir juntos tú, yo y los pequeños? ¿Dónde? ¿Cuándo? Me aseguras que no te asusta decírselo a todos, pero seguramente comprenderás que a ti te resulta más fácil. Eres independiente, te ganas tu propio dinero y no tienes ningún jefe. No tienes cónyuge ni hijos: eres libre. Pero mírame a mí. Soy un ama de casa de las Cévennes, nada más que un objeto de adorno envuelto en un pequeño vestido negro.

Hace mucho que no he vuelto a mi pueblo natal ni he visto la vieja casa de piedra escondida entre las montañas, pero conservo recuerdos: las cabras balando en el corral, el suelo reseco, el olivar, mi madre tendiendo las sábanas, la visión del monte Aigoual, los melocotones y albaricoques que mi padre solía acariciar con sus manos callosas. Me pregunto qué dirían si estuvieran vivos, no sé siquiera si me comprenderían, lo mismo ellos que mi hermana, para quien me he convertido en una extraña desde que me fui al norte a casarme con un parisino.

Te quiero, te quiero, te quiero.

Mélanie durmió a las mil maravillas y se levantó muy tarde. Antoine advirtió que tenía los ojos hinchados, pero bajó al comedor a desayunar con el rostro resplandeciente y tranquilo tras una noche de descanso y las mejillas sonrosadas por el sol matutino. Decidió no contarle nada de su encuentro con Bernadette. ¿Qué sentido tenía mencionarle esa conversación? No servía de nada. Le haría daño, tal y como se lo había causado a él.

Ella desayunó tranquilamente sin decir nada mientras él leía la prensa local y bebía café recién hecho. El buen tiempo iba a durar, le anunció. Ella sonrió. Antoine volvió a preguntarse si aquel viaje había sido una buena idea. ¿Qué provecho iban a sacar de remover el pasado? Sobre todo si era el pasado de su familia.

—He dormido a pierna suelta —anunció Mel mientras se colocaba la servilleta encima de las piernas—. Hacía mucho que no me pasaba. ¿Qué tal tú?

—He dormido muy bien —mintió. Por alguna razón, no quería decir que había pasado la noche en vela dándole vueltas al último veraneo. Las imágenes del pasado se proyectaban inesperadamente sobre sus párpados cerrados.

Se acercaron una mujer joven y su hijo. Tomaron asiento en una mesa próxima a la suya. El niño lloriqueaba y hablaba con voz aguda, haciendo caso omiso de la regañina de la madre.

—¿No te alegras de que tus chavales hayan superado esa edad?

Él enarcó las cejas.

—En este momento, percibo a mis hijos como verdaderos extraños.

—¿Qué quieres decir?

—Viven unas vidas de las que no sé nada. Se pasan el tiempo delante del ordenador, de la tele o enviando SMS con el móvil cuando están conmigo.

—No me lo puedo creer.

—Pues es la verdad. Nos reunimos a la hora de las comidas, y ellos se sientan en silencio. A veces Margaux se lleva el iPod a la mesa. Lucas todavía no ha entrado en esa edad, gracias a Dios, pero está al caer.

—¿Por qué no hablas con ellos para ponerles freno? ¿Por qué no tienes una conversación con Arno y Margaux?

Antoine, sentado al otro lado de la mesa, miró a su hermana y se preguntó qué podía contestarle. ¿Qué sabía ella de los niños en general y los adolescentes en particular: de sus silencios, sus arrebatos, de toda esa rabia contenida en su interior? ¿Cómo iba a contarle que a veces percibía el desprecio de sus hijos con tanta dureza que le echaba para atrás?

—Debes conseguir que te respeten, Antoine.

¿Respeto? Ah, sí, igual que él había respetado a su padre cuando era un adolescente. Él nunca se había pasado de la raya. Jamás se había rebelado ni contestado a gritos. Nunca había dado un portazo.

—Están pasando por algo saludable y normal —murmuró él—. Es natural comportarse de forma brusca y ser un poco difícil a esa edad. Tiene que suceder así. —Su hermana permaneció en silencio, bebiendo a sorbos una taza de té. El pequeño de la mesa contigua seguía berreando—. Lo difícil es tener que pasar por esto yo solo, sin Astrid. Todo ha sido tan repentino, tan de la noche a la mañana… Son mis hijos, pero en realidad son unos completos desconocidos y no sé nada de su vida, ni adónde van ni en compañía de quién.

—¿Cómo es posible eso?

—Por Internet y los móviles. Cuando teníamos su edad, nuestros amigos tenían que telefonear a casa y hablar con nuestro padre o con Régine, debían pedirles que nos pusiéramos al teléfono. Eso se acabó. Ahora no tienes ni idea de a quién ve tu hijo y jamás hablas directamente con sus amigos.

—A menos que los traigan a casa.

—Pero no siempre lo hacen.

El niño de la mesa contigua dejó de llorar por fin y se concentró en masticar un cruasán tan grande como el plato.

—¿Margaux todavía es amiga de Pauline? —preguntó Mel.

—Sí, por supuesto; pero Pauline es la excepción. Las dos llevan en el mismo colegio desde que tenían seis años. Ahora no la reconocerías.

—¿Por qué?

—Tiene el mismo tipazo que Marilyn Monroe.

—¿Estás de guasa? ¿Hablamos de la pequeña Pauline, la flacucha, la pecosa con dientes de conejo?

—Esa misma Pauline, la flacucha.

—¡Dios mío! —exclamó Mel, asombrada. Luego, alargó una mano y palmeó la de su hermano con suavidad—. Lo estás haciendo bien, Antoine. Me enorgullezco de ti. Debe de ser un trabajo infernal criar a dos adolescentes.

Antoine se apresuró a levantarse cuando los ojos se le llenaron de lágrimas. Dedicó una sonrisa a su hermana y preguntó:

—¿Qué te parece si nos damos un chapuzón por la mañanita?

Comieron después del baño y luego Mélanie subió a su cuarto para terminar la lectura de un manuscrito.

Su hermano optó por descansar a la sombra. Hacía menos calor del previsto, pero lo más probable era que acabara metiéndose en la piscina en algún momento. Se acomodó al amparo de una amplia sombrilla en una hamaca de madera situada en la terraza e intentó leer un par de páginas de una novela que le había prestado Mélanie, obra de uno de sus autores estrella, un joven desenvuelto de poco más de veinte años. Era un gallito de pose chulesca y pelo oxigenado. Su interés por el libro decayó a las pocas páginas.

Las familias iban y venían al borde de la piscina, y verlas era mucho más entretenido que esa lectura. Había una pareja de cuarentones que bien podían haber sido Astrid y él mismo, pensó Antoine. Él tenía buen tipo: brazos musculosos y estómago firme, pero ella tiraba más bien a gorda. Los dos hijos adolescentes eran una réplica exacta de él. La chica tenía una mueca de mala leche continua y sujetaba unos audífonos entre los dedos, rematados por unas uñas pintadas de negro. El chaval era más joven, quizá de la edad de Lucas, según evaluó Antoine; iba absorto jugando con una Nintendo y contestaba con encogimientos de hombros y gruñidos cuando le hablaban sus padres. «Bienvenidos al club», pensó él, pero al menos esa pareja estaba unida, eran un equipo y serían capaces de lidiar entre los dos las tormentas venideras. En cambio él debía afrontar la galerna en solitario.

No fue capaz de recordar la última vez que había mantenido una conversación con Astrid acerca de sus hijos. ¿Cómo se comportaban cuando estaban con ella y con Serge? ¿Era igual de malo? ¿Era peor o tal vez mejor? ¿Cómo capeaba la tormenta? ¿Perdía los nervios alguna vez? ¿Les devolvía los gritos? ¿Y qué ocurría con Serge? ¿Cómo se las apañaba con tres chavales que ni siquiera eran suyos?

Antoine se fijó en otra familia más joven con dos niños pequeños. Los padres tendrían veinte y muchos o treinta y pocos. La madre se sentaba con la pequeña sobre la hierba y la ayudaba a encajar las piezas de un puzle de plástico con mucha paciencia. Aplaudía y arrullaba a la niña cada vez que ésta acertaba. Él también solía hacer eso, pensó, recordando aquella época dorada en la que los niños eran pequeños y encantadores: podías abrazarlos y hacerles cosquillas, jugar al escondite o a los monstruos, correr tras ellos, levantarlos en brazos o hacerlos girar por encima de la cabeza mientras sus gritos y alaridos te resonaban en los oídos. Incluso podías cantar para dormirlos y mirarlos durante horas, maravillado ante la perfección de sus minúsculas facciones.

Observó cómo el padre cogía la botella para darle el biberón a su hijo, cómo ponía cuidadosamente la tetina de goma en la boca del bebé. Antoine se sintió abrumado por la tristeza de lo que había pasado para no volver jamás, la nostalgia de un tiempo precioso donde las cosas entre él y Astrid iban bien, disfrutaba de su trabajo —y él lo hacía bien—, se sentía joven y estaba en paz consigo mismo.

Se acordó de los domingos por la mañana, cuando paseaba con su familia por el mercado de Malakoff. Lucas todavía iba en el cochecito, empujado por Astrid, y los otros dos andaban a su lado con paso despreocupado. Le cogían la mano con las suyas, calientes y húmedas. Los vecinos y tenderos saludaban asintiendo con la cabeza y gesticulando con la mano. Qué orgulloso se había sentido, qué seguro estaba en su propio mundo, como si nada pudiera destruirlo, como si nada fuera a cambiar jamás.

¿Cuándo empezó todo? Él no lo había visto venir, y en caso contrario, si hubiera estado sobre aviso, ¿acaso habría sido más fácil? ¿Tenía algo que ver con el proceso de hacerse mayor? ¿Era eso lo que le tenía reservado el destino?

Se sintió incapaz de soportar por más tiempo el aire de felicidad emanado por aquella familia, pues le recordaba demasiado su pasado; de modo que se levantó, inspiró hondo y se deslizó al interior de la piscina. El agua fría le sentó de maravilla, se zambulló y buceó bajo la superficie un rato, hasta que le dolieron brazos y piernas y ya no le quedó aire en los pulmones. Luego, regresó a su silla y extendió la toalla sobre el césped.

Un sol de justicia cayó inclemente sobre él. Justo lo que necesitaba. Un sofocante olor a rosas flotó a su alrededor hasta embriagarle los sentidos y le hizo recordar con una punzada de dolor que sobre ese mismo césped, junto a los rosales, tenían lugar las meriendas con los abuelos, que tomaban el té allí mismo. Rememoró las esponjosas magdalenas que mojaba en su té Darjeeling con una nube de leche, el olor acre del puro del abuelo, la cadencia sedosa de la abuela al hablar, con su entonación de soprano, las risas roncas y repentinas de su tía. Y también se acordó de su madre, de su sonrisa, de la forma en que se le iluminaban los ojos cada vez que miraba a sus hijos.

Todo eso había desaparecido, se había desvanecido para siempre. Se preguntó qué le traerían los años venideros y si tendría las energías necesarias para quitarse de encima esa abrumadora tristeza que le apretaba con tanta fuerza. No la había percibido con tanta intensidad antes de volver a Noirmoutier. Quizá debía viajar, tomarse un tiempo de descanso e ir a algún sitio, a algún lugar lejano, de donde no volviera en años, un país como China o la India; pero le echaba hacia atrás la idea de hacerlo solo. Siempre podía pedírselo a alguno de sus mejores amigos, Hélène, Emmanuel o Didier, pero sabía que era un sinsentido. ¿Quién iba a tomarse libres un par de semanas o un mes para viajar a su edad? Hélène era madre de tres niños que requerían toda su atención. Emmanuel se dedicaba a la publicidad y tenía el peor horario de todos. Didier era arquitecto, como él, pero parecía estar trabajando siempre. Ninguno de los tres estaba en condiciones de dejarlo todo y marcharse a Asia en un abrir y cerrar de ojos.

El cumpleaños de Mélanie era al día siguiente. Había reservado mesa en uno de los mejores restaurantes de Noirmoutier: L'Hostellerie du Château. Era uno de esos sitios donde no había estado nunca, ni siquiera en los buenos tiempos de Blanche y Robert.

Estaba tendido sobre la espalda y se dio la vuelta para tumbarse sobre el vientre. Entretanto, pensaba en la semana próxima. La gente regresaría a la capital después de las vacaciones, ya podía ver en la ciudad legiones de parisinos con los rostros bronceados. Debía afrontar un volumen de trabajo abrumador y encontrar un nuevo ayudante. Los chicos empezarían a ir al colegio otra vez. Poco a poco, agosto se deslizaba para convertirse en septiembre. ¡Cómo demonios iba a arreglárselas para soportar otro invierno por sus propios medios!

Hubo una tormenta terrible la noche en que cumplió años la pequeña y me asusté, como siempre, pero tú viniste a mí en la oscuridad mientras todos se acurrucaban en el comedor alumbrado con velas. El suministro de corriente eléctrica se había cortado, pero no la necesitábamos. Los dedos de tus manos eran como haces de luz para mí, refulgían a mis ojos, parecían casi blancos de pura pasión. Me tomaste y me llevaste a otro lugar en el que nunca había estado antes, donde nadie antes me había llevado, ¿lo oyes?, nadie.

Regresé junto a ellos cuando volvió la luz y trajeron el pastel. Volví a mi papel de madre y esposa perfecta, pero aún relucía bajo los efectos de tu deseo y me abrigaba ese fuego. Ella volvió a mirarme como si sospechara algo, como si lo supiera, pero, escucha, ya no los temo, ya no les tengo miedo. Pronto deberé irme, lo sé, deberé volver a París para retomar mi vida de todos los días, el piso en la avenida Kléber y su atmósfera de vida tranquila, con la seguridad que dan el dinero, los niños...

Te hablo demasiado de los niños, ¿verdad? Pero ellos son mi pequeño tesoro. Lo valen todo para mí. ¿Conoces la expresión «las niñas de los ojos»? Bueno, pues eso es lo que son para mí esos angelitos. Para mí vivir es estar contigo, y eso es lo que más deseo en el mundo, amor mío, pero vivir de verdad sería hacerlo en tu compañía y en la de mis hijos. Estar juntos nosotros cuatro, como una pequeña familia, pero ¿es eso posible? ¿Lo es?

Mi marido no va a venir este fin de semana, y eso quiere decir que otra vez puedes venir a mi habitación de madrugada. Te estaré esperando. Me estremezco sólo de pensar qué vas a hacerme y cómo te tomaré yo.

Destruye esto.

Mel estaba despampanante esa noche. Llevaba el pelo recogido hacia atrás y sujeto por un moño. Un sencillo vestido negro realzaba su figura esbelta. Tuvo la impresión de que era su madre quien le miraba a través de los ojos de Mélanie, pero no dijo nada. Ése era un recuerdo propio e intransferible.

Estaba muy satisfecho de haber elegido ese restaurante, situado a un tiro de piedra del castillo de Noirmoutier. Visto desde fuera ofrecía una apariencia engañosamente sencilla, con su porche estrecho y sus contraventanas de olivo. El salón principal tenía un techo alto terminado en punta, unas paredes pintadas de color crema, mesas de madera y una enorme chimenea, pero él había reservado una mesa en el exterior, en una pequeña terraza cubierta por un toldo más privada, donde disponían de una mesa debajo de una fragante higuera recostada sobre un muro cuyas piedras se estaban desmenuzando.

Antoine se percató de que allí no imperaba la habitual algarabía de las familias. No había ni niños lloriqueantes ni adolescentes temperamentales. Era el lugar idóneo para celebrar el cuadragésimo aniversario de Mélanie. Pidió dos copas largas de champán *rosé,* el favorito de su hermana, y ambos estudiaron en silencio el menú. *Foie gras poêle au vinaigre de framboises et au melon. Huîtres chaudes au caviar d'Aquitaine et à la crème de poireaux. Homard bleu à l'Armagnac. Turbot de pleine mer sur galette de pommes de terre ailées.*

—Esto es una verdadera maravilla, Tonio —observó ella mientras entrechocaban los vasos para brindar—. Gracias.

Él esbozó una sonrisa. Eso era exactamente lo que tenía en mente cuando había planeado el viaje hacía un par de meses.

—¿Cómo te sientes ahora que te han caído los cuarenta?

Ella hizo una mueca de asco.

—Fatal. Lo odio.

Vació la copa de un trago.

—Estás guapísima para tener esa edad, Mel.

La piropeada se encogió de hombros y contestó:

—No me siento menos sola por eso, Tonio.

—Tal vez este año…

Mel le miró con desdén.

—Oh, sí, tal vez este año, tal vez este año encuentre un buen tío. Eso mismo me digo todos los años. Como todos sabemos, el problema es que los hombres de mi edad no buscan cuarentonas. O están divorciados y quieren una esposa más joven o están solteros, y ésos son aún más recelosos y huyen de las mujeres de su edad.

Él sonrió.

—Bueno, yo no estoy interesado en mujeres más jóvenes. Ya he tenido bastante de eso. Sólo quieren frecuentar night clubs, ir de compras o casarse.

—Ajajá —asintió ella—, casarse. Llegamos al meollo del problema. ¿Puedes explicarme por qué nadie quiere casarse conmigo? ¿Voy a terminar como Solange, siendo una vieja gorda y mandona?

Los ojos verdes de Mélanie se llenaron de lágrimas. Su hermano no podía soportar que su tristeza echara a perder una velada tan agradable, de modo que dejó el cigarrillo y la aferró por la muñeca, con amabilidad pero con firmeza. En ese momento apareció el camarero y Antoine esperó a que se marchara antes de hablar.

—No has encontrado el tipo adecuado, Mel. Olivier fue una equivocación y duró demasiado. Siempre esperaste que te hiciera una propuesta, pero nunca la hizo, y me alegro de que fuera así, pues él no te convenía, y tú lo sabes.

Ella se enjugó las lágrimas despacio y le sonrió.

—Bien que lo sé. Se llevó seis años de mi vida y dejó detrás de sí un buen lío. A veces me pregunto si estoy jugando en el terreno adecuado para conocer hombres. La mayoría de los escritores y periodistas son gays, complicados o neuróticos. Estoy harta de liarme con hombres casados, como mi vejete salido. Quizá debería ir a trabajar contigo. Tú ves hombres todo el día, ¿no?

El interpelado se echó a reír con ironía. Oh, sí, veía hombres a lo largo de todo el día, y en realidad a pocas mujeres. Veía a hombres como Rabagny, cuya falta de encanto rozaba lo delictivo, o como los hoscos capataces con los que debía lidiar de continuo y con quienes tenía menos paciencia que con sus propios hijos, hombres como los fontaneros, carpinteros, pintores, electricistas. Los conocía desde hacía años y había aprendido a soportar sus chistes verdes.

—No te gustaría esa clase de hombres —observó él, y se tragó una ostra.

—¿Cómo lo sabes? Ponme a prueba. Llévame a una de tus obras.

—Vale, de acuerdo. —Esbozó una gran sonrisa—. Te presentaré a Régis Rabagny, pero luego no me digas que no te previne.

—¿Y quién diablos es Régis Rabagny?

—Un joven y ambicioso empresario que está siendo mi cruz. Es familia del intendente municipal del distrito 12º. Se considera un regalo del cielo para los padres parisinos por haber inventado un novedoso modelo de guarderías infantiles bilingües. Las construcciones son espectaculares, pero las está pasando canutas para que las acepte la concejalía de seguridad urbana. No hay modo de hacerle entender que debemos ceñirnos a las reglas y no asumir riesgos cuando están involucrados los niños. Da igual cómo se lo diga, no me escucha. Él piensa que no entiendo su «arte», sus «creaciones».

Confiaba en hacer reír a su hermana con un par de ejemplos graciosos sobre las rabietas de Rabagny, pero se dio cuenta de que ella no le escuchaba: miraba algo más allá de su espalda.

Una pareja acababa de entrar en la terraza y en ese momento la guiaban hasta una mesa no muy lejos de la suya. Eran un hombre y una mujer de cincuenta y tantos, los dos altos y muy elegantes. Ambos estaban morenos y tenían el pelo plateado, aunque el de ella era más bien tirando a blanco mientras que el de él era oscuro salpicado de canas. Eran tan apuestos que su aparición provocó un silencio en la terraza y todos los comensales se volvieron para observar a la pareja. Ajenos a la atención suscitada, tomaron asiento y pidieron champán. Una camarera se lo sirvió enseguida. Antoine y Mélanie los miraron mientras se sonreían el uno al otro, hacían un brindis y se cogían de la mano.

—¡Toma ya! —exclamó Mel en voz baja.

—Belleza y armonía.

—Amor de verdad.

—Así que existe.

Mélanie se inclinó hacia delante.

—Quizá sean unos impostores, un par de actores representando una comedia.

—¿Para ponernos los dientes largos a los demás?

El rostro de Mélanie se iluminó.

—No, para infundirnos esperanza y hacernos creer que es posible.

En ese momento, sintió una corriente de compasión hacia su hermana, allí sentada con su vestido negro, con una copa de champán y la adorable línea de los brazos y los hombros perfilada contra la higuera de detrás. «Tiene que haber un hombre bueno e inteligente capaz de enamorarse de una mujer como Mélanie —meditó Antoine—. No tiene por qué ser perfecto como el de la mesa de al lado ni ser la mitad de bien parecido, pero sí fuerte, sincero y capaz de hacerla feliz». Se preguntó dónde podría estar ese hombre en ese momento. Tal vez a miles de kilómetros o puede que a la vuelta de la esquina. No soportaba la idea de que Mélanie envejeciera sola.

—¿En qué piensas? —le preguntó ella.

—Quiero que seas feliz —contestó su hermano.

Ella frunció los labios.

—Yo te deseo lo mismo.

Permanecieron en silencio durante un rato comiendo concentrados en sus platos y procurando mirar lo menos posible a la pareja perfecta.

—Debes superar lo de Astrid.

Él suspiró.

—No sé cómo hacerlo, Mel.

—Quiero que lo consigas; lo deseo mucho.

—También yo.

—A veces la odio por lo que te hizo —murmuró Mel.

Antoine se estremeció.

—No, no la odies.

Mélanie le cogió el mechero y jugueteó con él antes de hablar de nuevo:

—No puedo. Nadie puede odiarla. No es posible odiar a Astrid.

¡Cuánta razón tenía! Era imposible odiarla. Astrid era como el sol. Su sonrisa, sus carcajadas, sus andares desenfadados, esa voz cantarina tan llena de luz y actividad. Ella abrazaba, besaba, cantaba con voz suave, te cogía de la mano y la estrechaba con fuerza, siempre estaba dispuesta para los amigos y para su familia. Podías llamarla en cualquier momento, pues ella iba a escucharte, asentir, aconsejarte e intentar ayudarte. Ella jamás perdía los nervios, y si lo hacía, era por tu propio bien.

Entonces trajeron el pastel con las velas brillando en la oscuridad. Todos prorrumpieron en aplausos y el hombre y la mujer de la apuesta pareja alzaron sus copas de champán hacia Mélanie, al igual que el resto de los comensales. Antoine sonrió y también aplaudió.

Pero la antigua pena seguía ahí, oculta tras su sonrisa. Quemaba tanto y con tanta precisión que casi comenzó a jadear. Debía dejar irse a Astrid. Él ni siquiera se había dado cuenta de cómo se iba alejando poco a poco. No lo había visto venir y ya no hubo remedio cuando todo salió a la luz.

Mientras estaban tomando un café y un té de hierbas, el chef salió a saludar a los invitados mesa por mesa para asegurarse de que habían disfrutado de la cena. Cuando se volvió hacia ellos y vio a Mélanie con el vestido negro, profirió un grito que los sobresaltó.

—¡Madame Rey!

El rostro de Mélanie se puso colorado de inmediato, y el de Antoine también. Aquel sesentón creía que era Clarisse, eso era evidente.

Tomó la mano de Mélanie y la besó, extasiado.

—Ha llovido mucho desde la última vez, madame Rey. Más de treinta años, diría yo, pero nunca la he olvidado, nunca. Solía venir a cenar aquí con sus amigos del hotel Saint-Pierre. Parece que fue ayer… En aquellos días, yo acababa de abrir el negocio…

Se produjo un silencio tenso. Los ojos del chef iban de Mélanie a Antoine. Entonces empezó a comprender poco a poco y le soltó la mano con amabilidad.

Mel permaneció en silencio mientras una sonrisa levemente avergonzada le curvaba los labios.

—¡*Mon Dieu*, soy un viejo bobo! Usted no puede ser madame Rey, es mucho más joven…

Antoine carraspeó para aclararse la garganta.

—Aun así, mademoiselle, usted se parece mucho a ella. Sólo puede ser…

—Su hija —contestó finalmente Mélanie con calma mientras se echaba hacia atrás un mechón del pelo que se le había escapado del moño.

—Su hija, por supuesto, y usted debe de ser…

—Su hijo —respondió Antoine con dificultad, pues estaba deseando que se marchara ese hombre. Probablemente no estaría al corriente de la muerte de su madre y él quería evitar a toda costa tener que dar explicaciones. Esperaba que tampoco Mel comentara nada, y así fue: su hermana no despegó los labios y el chef reanudó la ronda entre sus clientes.

Antoine se centró en la cuenta, dejó una suculenta propina y luego él y su hermana se levantaron con intención de marcharse. El chef insistió en estrecharles la mano.

—Presenten mis respetos a madame Rey, por favor. Díganle cuánto me ha complacido conocer a sus hijos y que me dará la mayor de las alegrías si viene a verme alguna vez.

Ambos asintieron con la cabeza, murmuraron un agradecimiento apresurado y pusieron pies cn polvorosa.

—¿Tanto me parezco a ella? —preguntó Mélanie con un hilo de voz.

—Bueno, sí, lo cierto es que sí.

Acabas de salir de tu habitación y aprovecho la ocasión para deslizar esta nota por debajo de la puerta en vez de dejarla en nuestro escondrijo de costumbre. Rezo para que la recojas antes de coger tu tren de regreso a París. He dormido con tus rosas y era como hacerlo contigo. Son suaves y preciosas, al igual que tu piel, como los recovecos secretos de tu cuerpo, adonde adoro ir, esos lugares que ahora son míos porque deseo grabarme sobre ellos a fin de que nunca puedas olvidarme, de que jamás olvides nuestro tiempo aquí, de que recuerdes siempre cómo nos conocimos aquí el año pasado: esa primera mirada, esa primera sonrisa, las primeras palabras, el primer beso. Tengo la convicción de que sonríes mientras lees esto, pero no me preocupa, ya no me preocupa nada en absoluto porque sé lo fuerte que es nuestro amor. A veces piensas que soy demasiado joven y que reboso ingenuidad. Pronto encontraremos una forma de enfrentarnos al mundo. Muy pronto.

Destruye esto.

Los dos hermanos se sentaron hombro con hombro a contemplar cómo se deslizaban las aguas del mar hasta cubrir el Gois. Mélanie mantuvo el semblante tristón y habló muy poco mientras el viento le agitaba los cabellos oscuros. No había dormido bien, se justificó cuando bajó a desayunar, y lo cierto era que esa mañana sus ojos eran dos minúsculas rendijas que le daban un aspecto casi oriental.

Antoine no se había preocupado en un primer momento, pero su hermana se encerró en un silencio cada vez mayor conforme fue transcurriendo la mañana, así que le preguntó con tacto si algo iba mal. Mel soslayó la pregunta con un simple encogimiento de hombros. Antoine se percató de que había apagado el teléfono, algo que hacía en muy pocas ocasiones; más bien al contrario, por lo general no quitaba los ojos de la pantalla por si recibía algún mensaje o la avisaba de alguna llamada perdida. Se preguntó si esa actitud no guardaría alguna relación con Olivier. Quizá la había telefoneado por su cumpleaños o le había dejado algún mensaje y eso había reabierto la antigua herida. «Bastardo asqueroso», le maldijo. O justo lo contrario, tal vez su antiguo amante había olvidado felicitarla.

Las aguas devoraron con avidez el pavimento del paso. Él contempló la escena con la misma fascinación que había sentido de joven. Fin del camino. Se acabó. Ya no había más paso. Sintió que le atravesaba una punzada de dolor, como si un momento especial se hubiera perdido para siempre y no pudiera volver a suceder jamás. Quizá prefería observar cómo emergía firme y gris el paso del Gois, presenciar cómo una larga línea dividía en dos las aguas, en vez de verlo desaparecer bajo las olas. Esto último equivalía a ser testigo de un ahogamiento. Deseó haber elegido otro momento para descender hasta allí. El lugar tenía un aspecto un tanto siniestro ese día y el extraño estado de ánimo de Mélanie no contribuía en nada a aliviarlo.

Ésa era la última mañana que iban a pasar en la isla. ¿Por eso permanecía en silencio, ajena a cuanto acaecía a su alrededor, a las gaviotas que sobrevolaban en círculos por encima de sus cabezas, al ulular del viento en los oídos y a la marcha de los espectadores tras la desaparición del Gois?

Mel flexionó las piernas, apoyó el mentón sobre las rodillas y, tras rodearse los muslos con los brazos, apretó con fuerza. Sus ojos verdes parecían aturdidos. Antoine se preguntó si no sufriría una migraña como las de su madre, una de esas jaquecas fuertes y terribles que la dejaban literalmente inmovilizada. Luego pensó en el largo viaje que les esperaba hasta París y en los inevitables atascos de la entrada, en su apartamento vacío, en el apartamento vacío de Mélanie. Tal vez ella estaba pensando en lo mismo: en el regreso a un lugar silencioso y solitario donde nadie te esperaba, donde nadie te recibía al entrar agotado tras horas de conducción detrás del volante, donde nadie te abrazaba. Ella tenía al viejo verde, por supuesto, pero lo más probable era que hubiera pasado con su esposa ese largo fin de semana, porque casi toda Francia estaba de puente. Tal vez estuviera pensando en el día siguiente, en el lunes, en la vuelta a la oficina en Saint-Germain-des-Prés, donde tendría que lidiar con esos autores neuróticos y egotistas de los que le había hablado y con un jefe impaciente y exigente. Y él con una ayudante deprimida.

Astrid tenía que tratar con el mismo tipo de personas en otra editorial de la competencia. Antoine jamás se había sentido parte del mundo de las letras. Nunca había disfrutado con el relumbre de las fiestas literarias, donde corría el champán y los escritores se entremezclaban con periodistas, editores ejecutivos, publicistas. Solía observar a Astrid revolotear entre el gentío con su precioso vestido de cóctel y sus zapatos de tacón; iba de un grupo a otro con una sonrisa en los labios y un agradable gesto de asentimiento para todos. Entretanto, él permanecía cerca de la barra, encendiendo un cigarro con otro y sintiéndose fuera de lugar, desplazado. Dejó de asistir a esas galas al cabo de un tiempo. Ahora se daba cuenta de que tal vez había sido una mala idea. Quizá esa distancia con respecto a la vida profesional de su esposa había sido el primer error. ¡Qué ciego había estado! ¡Qué estúpido había sido!

Al día siguiente, lunes, acudiría a su pequeña oficina en la avenida Du Maine. La compartía con una silenciosa dermatóloga de rostro pálido cuyo único placer en esta vida parecía consistir en quemarles las verrugas de los pies a los pacientes.

Y en la oficina estaba Florence, su ayudante, una mujer mofletuda de ojos redondos y brillantes como canicas, pantorrillas lamentables y dedos gruesos como morcillas; además padecía seborrea y en la frente le relucía la grasa exudada bajo su cabello castaño. No hacía una a derechas, aunque estaba convencida de que no era así, de que la culpa era de él por no explicarle las cosas como era debido. Además tenía un carácter extremadamente susceptible, como una sufragista de vieja escuela, y solía montarle escenitas de aúpa que indefectiblemente terminaban con ella llorando sobre el teclado del ordenador.

El día siguiente y las imágenes de un futuro deprimente iluminaron su mente como las luces de un atasco de tráfico en una autovía interminable, una réplica del año anterior, un rosario de soledad, pena y aborrecimiento hacia sí mismo.

Meditó sobre si había sido una buena idea regresar a Noirmoutier mientras observaba con disimulo el rostro demacrado de su hermana. Habían tenido que enfrentarse a los recuerdos de mucho tiempo atrás, rememorar los ojos, la voz y la risa de su madre, incluso la forma en que correteaba por la arena de esa misma playa. Tal vez hubiera sido más conveniente haber ido a Deauville, Saint-Tropez, Barcelona o Ámsterdam. A cualquier lugar donde ninguno de esos recuerdos pudiera perturbarlos.

Le pasó el brazo por los hombros y la zarandeó con cierta torpeza. Era una forma de decir: «Eh, alegra esa cara, no lo estropees todo». Pero ella no le devolvió la sonrisa; en lugar de eso volvió hacia él la cabeza y le miró de forma inquisitiva, como si intentara descifrar algo en el fondo de sus ojos. Separó los labios como si fuera a hablar, pero luego los cerró otra vez, sacudió la cabeza con una mueca y suspiró.

—¿Qué pasa, Mel?

Su hermana esbozó una sonrisa que no le gustó ni un pelo. Era un gesto forzado y poco agradable, un simple fruncimiento de labios que la hacía parecer mayor y más triste.

—Nada —murmuró una voz apagada por el viento—. Nada de nada.

Mélanie continuó en silencio a lo largo de toda la mañana. Pareció entonarse un poco algo más tarde, cuando llevaron los equipajes al coche y se pusieron en camino con él al volante. Porque realizó unas cuantas llamadas telefónicas e incluso tarareó al ritmo de una antigua canción de los Bee Gees. Antoine sintió una oleada de alivio. Entonces estaba bien, o iba a estar bien. Sólo había sido una jaqueca, un momento delicado ya superado.

Hicieron un alto en el camino para tomar un tentempié y un café poco después de pasar Nantes. Mel aseguró que se sentía lo bastante bien como para ponerse al volante. Era una buena conductora, siempre lo había sido, así que su hermano le cambió el sitio y contempló cómo deslizaba hacia delante el asiento del piloto, se abrochaba el cinturón y bajaba un poco el espejo retrovisor, a fin de ajustarlo a su nivel. Tenía piernas finas y brazos delgados. Era pequeña y delicada, y también frágil. Él siempre se había mostrado protector hacia ella, incluso antes de la muerte de su madre.

Durante los años de confusión que siguieron a la muerte de Clarisse, su hermana tenía miedo a la oscuridad y dejaba encendida una luz por las noches mientras dormía, como Bonnie, la hija pequeña de Escarlata O'Hara. Ninguna de las muchas canguros que se sucedieron, ni siquiera las más encantadoras, supo consolarla cuando ella tenía una pesadilla, y sólo Antoine lo conseguía, acunándola mientras le cantaba en voz baja las mismas nanas que solía entonar Clarisse para dormirla. Su padre casi ni se acercaba a ella. No parecía estar al tanto de los malos sueños de su hija, a pesar de que la lamparilla seguía encendida y ella llamaba a gritos a su madre una noche tras otra.

Antoine recordaba que Mélanie no comprendía la muerte de Clarisse. «¿Dónde está mamá? ¿Dónde está mamá?», preguntaba una y otra vez. Y nadie le contestaba, ni siquiera Robert y Blanche, ni su padre, ni Solange, ni el largo rosario de amigas de la familia que acudían al piso de la avenida Kléber tras la muerte de su madre, esas visitas que les manchaban las mejillas de carmín y les alborotaban el pelo. Nadie sabía responder a esa niña asustada y desesperada. A los diez años, él sabía de forma intuitiva qué era la muerte, y comprendía la consecuencia última de la misma: su madre nunca iba a regresar.

Observó las delicadas manos de su hermana sobre el volante. Llevaba un solitario anillo en la mano derecha, una sencilla alianza de oro bastante ancha que había pertenecido a su madre.

El tráfico fue en aumento en cuanto empezaron a cruzar Angers según se iban acercando más y más a París. Probablemente terminarían metidos en un colosal atasco, pensó él, mientras se moría de ganas por fumarse un pitillo.

Mel habló al cabo de un largo silencio:

—Hay algo que debo decirte, Tonio.

El tono de voz era tan tenso que su hermano se volvió para mirarla de inmediato. Ella tenía la vista puesta en la carretera, pero apretaba los dientes con determinación y no despegó los labios.

—Puedes decirlo —respondió él con tono suave—. No te preocupes.

Apretaba el volante con tanta fuerza que tenía blancos los nudillos. Al ver eso, a Antoine se le aceleró el corazón.

—Le llevo dando vueltas todo el día —empezó Mel, hablando de forma apresurada—. La noche pasada, en el hotel, me acordé de algo sobre…

Sucedió tan deprisa que Antoine apenas tuvo tiempo de contener el aliento. Primero, le miró de refilón con unos ojos turbados e inquietos; luego, volvió también el rostro hacia él. El coche pareció girar al mismo tiempo, dio la sensación de escorarse hacia la derecha y de pronto las manos de Mel perdieron el control del volante. A continuación, se escuchó el chillido agudo de las llantas y el fuerte pitido de un claxon detrás de ellos, y tuvo una extraña sensación de vértigo cuando Mel se le echó encima, profiriendo un grito cuyo volumen se intensificó en cuanto el coche dio un bandazo hacia un lateral; después dejó de oír el alarido, sofocado por la ráfaga de aire provocada por la apertura del airbag blanco, contra el cual Antoine se golpeó de lleno, haciéndose daño.

El chillido de Mélanie pasó a ser un gemido estrangulado que se perdió entre el estruendo de los cristales haciéndose añicos y el metal al abollarse. Por último, el arquitecto sólo escuchó los latidos amortiguados de su propio corazón.

Hay algo que debo decirte, Tonio. Le llevo dando vueltas todo el día. La noche pasada, en el hotel, me acordé de algo sobre...».

La cirujana esperó a ver si yo continuaba hablando por iniciativa propia antes de formularme otra vez la pregunta:

—¿Qué le estaba diciendo?

¿Cómo iba a repetir las palabras balbuceadas con voz entrecortada por Mélanie mientras el coche se salía de la carretera? No deseaba sacar a colación ese tema con la doctora. No quería comentar las palabras de Mel con nadie, aún no. La migraña y el picor de los ojos enrojecidos e irritados a causa de las lágrimas seguían sin remitir.

—¿Puedo verla? —le pedí a la doctora Besson por fin, rompiendo el silencio existente entre nosotros—. No soporto estar aquí sentado y no verla.

Ella sacudió la cabeza con determinación.

—Podrá visitarla mañana.

La miré sin entender nada.

—¿No podemos irnos ya?

La doctora me devolvió la mirada.

—Su hermana ha estado a punto de morir.

Sentí un vahído al tiempo que tragaba saliva.

—¿Qué?

—Hemos tenido que operarla. Había un problema con el bazo y además se ha roto un par de vértebras en la parte superior de la espalda.

—¿Y eso qué significa? —logré farfullar.

—Va a quedarse aquí algún tiempo, y cuando esté en condiciones de desplazarse la llevarán a París en una ambulancia.

—¿De cuánto tiempo estamos hablando?

—Podrían ser unos quince días.

—Pero… pensaba que había dicho que estaba bien.

—Y ahora lo está, pero va a necesitar unas semanas para superar esto. Y usted, monsieur, ha tenido mucha suerte de salir ileso. Debo examinarle ahora. ¿Tiene la bondad de acompañarme?

La seguí hasta un consultorio contiguo sumido en una especie de trance. Reinaba tal silencio en el hospital que parecía hallarse vacío y tuve la impresión de que la doctora Besson y yo éramos los únicos seres vivos del edificio. Me pidió que tomase asiento y me subiera la manga de la camisa a fin de poderme tomar el pulso. Mientras ella proseguía con el chequeo, yo rememoraba cómo había logrado salir del vehículo, que yacía recostado sobre un lateral, igual que un animal herido. Mélanie permanecía agazapada en la esquina izquierda del vehículo. No logré verle la cara, oculta por el airbag. Recordé haberla llamado a grito pelado, haber pronunciado su nombre con todas las fuerzas de mis pulmones.

Al cabo de un rato, Besson me informó de que tenía la tensión un poco alta, pero por lo demás estaba bien.

—Puede pasar la noche aquí. Tenemos habitaciones para los familiares. Enseguida vendrá la enfermera.

Le di las gracias y me dirigí a la entrada del hospital. Debía llamar a nuestro padre, lo sabía. Debía contarle lo sucedido. No era posible posponerlo por más tiempo. Salí a dar una vuelta alrededor del edificio y aproveché para fumar un cigarrillo. Era cerca de medianoche y el pueblo parecía dormido. Enfrente de mí había un parking prácticamente vacío, a excepción de otro par de fumadores, y sobre mi cabeza se extendía un firmamento azul oscuro tachonado de estrellas parpadeantes. Me senté en un banco de madera, donde terminé el pitillo, y lancé lejos la colilla. Probé suerte con el teléfono de casa, en la avenida Kléber, pero saltaba el contestador automático con la quejumbrosa voz nasal de Régine. Colgué y probé suerte en el móvil.

—¿Qué pasa? —espetó antes de darme ocasión de pronunciar ni una palabra.

Disfruté de aquel instante momentáneo de supremacía; era un poder nimio, sí, pero, después de todo, podía ejercer algún poder sobre nuestro anticuado, dominante y tiránico progenitor, un padre que aún conseguía que me sintiera como si tuviera doce años y fuera un desastre total en muchas cosas. Un padre que desaprobaba mi trabajo de arquitecto porque lo consideraba aburrido y mediocre, el divorcio reciente, mi tabaquismo, la forma en que educaba a mis hijos. Tampoco aceptaba mi corte de pelo porque, en su opinión, siempre me dejaba los cabellos demasiado largos, mi costumbre de seguir llevando vaqueros en vez de ponerme traje y no usar nunca corbata, mi coche extranjero en vez de uno francés, mi nuevo (y triste) apartamento de la calle Froidevaux con vistas al cementerio de Montparnasse. Todas estas minucias me proporcionaban un placer parecido al de una paja en la ducha.

—Hemos tenido un accidente. Mélanie está en el hospital. Se ha roto algo en la espalda y han tenido que operarla del bazo.

Saboreé la velocidad con que tragó una bocanada de aire.

—¿Dónde estáis? —preguntó al cabo de un rato con voz entrecortada.

—En el hospital de Le Loroux-Bottereau.

—¿Y dónde rayos está eso?

—A veinte kilómetros de Nantes.

—¿Qué hacíais allí Mélanie y tú?

—Hacíamos un viajecito por su cumpleaños.

Se hizo una pausa al otro lado de la línea.

—¿Quién conducía?

—Ella.

—¿Qué ha pasado?

—No lo sé. El coche se salió de la calzada.

—Estaré ahí por la mañana y me haré cargo de todo. No te preocupes. Adiós.

Se despidió y colgó. Gemí para mis adentros. Al día siguiente vendría para mangonear a cuantas enfermeras tuviera cerca. Impondría respeto y miraría por encima del hombro a la doctora. Nuestro padre ya no era alto, pero todavía se imponía como si lo fuera. Cuando entraba en una habitación, los rostros de todos los presentes se volvían hacia él como los girasoles hacia el sol. Fue agraciado de joven, pero eso era cosa del pasado: tenía entradas profundas en el pelo, nariz grande y centelleantes ojos oscuros.

Solían decirme que me parecía a él por tener la misma altura y los mismos ojos de color castaño oscuro, pero yo no era nada autoritario.

Se había puesto más fondón, lo noté la última vez que le vi, haría cosa de seis meses. Nuestros caminos ya no se cruzaban con frecuencia y desde que los niños eran lo bastante mayores para visitar al abuelo sin mí le veía todavía menos.

Nuestra madre murió de un aneurisma en 1974. Desde entonces, Mélanie y yo debíamos referirnos a ella por su nombre: Clarisse. Parecía demasiado duro decir «madre». François —sí, así se llamaba nuestro padre, François Rey, ¿a que resonaba con grandeza y autoridad?— tenía sólo treinta y siete años cuando murió su esposa, era seis años más joven que yo ahora. No lograba recordar dónde ni cuándo conoció a esa rubia ambiciosa de labios finos, Régine, una interiorista; pero no había olvidado ningún detalle de la pomposa boda celebrada el mes de mayo de 1977 en el apartamento de Robert y Blanche, el de las vistas al Bois de Boulogne, ni la consternación que nos produjo a mí y a mi hermana.

Nuestro padre no parecía amar nada en absoluto a Régine, no tenía gestos de cariño hacia ella, ni siquiera la miraba, razón por la cual nos preguntábamos por qué se había casado con ella. ¿Se sentía solo? ¿Necesitaba una mujer que cuidase de la casa tras la muerte de su esposa? Nos sentimos traicionados. Ahí estaba Régine, con los treinta más que cumplidos, sonriendo como una tonta y llevando un vestido beis Courrèges que no le favorecía nada por detrás. Oh, sí, había capturado una buena presa. François no era un viudo, era un viudo forrado, uno de los más brillantes abogados de París y heredero de una familia respetada. Se casaban el vástago de un renombrado linaje de abogados y la rica hija de un pediatra reputado, nieta de un terrateniente de posibles, la crème de la crème de la exigente y conservadora burguesía parisina de la orilla derecha de la Passy. La pareja se fue a vivir a un soberbio piso en la burguesa avenida Kléber. Sólo había una pega: dos niños, de trece y diez años, todavía traumatizados por la muerte de su madre, pero ella nos puso firmes y se encargó de hacerlo todo a su medida. Redecoró el piso y transformó sus espléndidas proporciones haussmanianas en modernos espacios rectangulares despejados, echó abajo las chimeneas y el estuco, se deshizo de los crujientes suelos de madera y convirtió todo aquello en un decorado color castaño y ceniza que parecía la puerta de embarque de un aeropuerto. Todos los amigos lo consideraron el cambio de imagen más audaz e inteligente que jamás habían visto. Nosotros lo odiábamos.

Régine nos crió en la más estricta y severa tradición burguesa francesa. *Bonjour madame. Au revoir, monsieur.* Modales impecables, notazas en el colegio, misa todos los domingos por la mañana en Saint-Pierre de Chaillot, las emociones bien sujetas, porque «a los niños se les ve pero no se les oye», y nunca se hablaba de política, sexo, religión, dinero ni amor. El nombre de nuestra madre tampoco podía pronunciarse. Pronto aprendimos que convenía no mencionarla, ni a ella ni su fallecimiento ni cualquier otra cosa concerniente a nuestra madre, fuera cual fuera.

Nuestra hermanastra Joséphine nació en 1982 y se convirtió en la favorita de nuestro padre. Se llevaba quince años con Mélanie y dieciocho conmigo, que, por aquel entonces, compartía con un par de amigos un cuchitril en la más proletaria y bohemia orilla izquierda y estudiaba Ciencias Políticas en la facultad de la calle Saint-Guillaume.

Yo ya me había ido de casa por aquel entonces, si es que alguna vez pudo llamarse hogar al piso de la avenida Kléber tras la muerte de Clarisse.

A la mañana siguiente me desperté completamente agarrotado. Jamás había dormido sobre una superficie tan incómoda como el lecho desnivelado de aquella cama de hospital, si es que mi sueño desasosegado merecía ser considerado como dormir. El estado de mi hermana monopolizaba toda mi mente. ¿Se encontraría bien? ¿Saldría adelante? Recorrí la habitación con la mirada y detuve el examen en mi maleta y el portátil, guardado dentro de la funda. Habían salido indemnes del accidente. No habían recibido ni el más minúsculo rasguño. Había encendido el ordenador antes de irme a dormir la noche anterior e iba suave como la seda. ¿Cómo era posible? Había visto en qué estado había quedado el vehículo, siniestro total, y sabía en qué estado había quedado el interior de la cabina, y aun así, a pesar de haber sido reducido a chatarra sin otro posible destino que el desguace, mi maleta, mi portátil y yo mismo estábamos bien.

Esa mañana acudió otra enfermera, más rellenita y con hoyuelos en la cara.

—Ya puede ver a su hermana —me informó con una sonrisa.

La seguí a través de un par de corredores por donde gente medio dormida andaba arrastrando los pies y luego subí un tramo de escaleras antes de entrar en la habitación en la que Mélanie yacía en una cama sofisticada, con todo tipo de artilugios y cacharros a su alrededor. Tenía escayolado el torso entero, de la cintura a los hombros. Su cuello largo y fino asomaba entre el yeso como el de una jirafa, y la hacía parecer más alta y flaca de lo que era en realidad.

Se hallaba consciente, pero una sombra le nublaba el verde de los ojos, y estaba pálida, muy pálida, jamás la había visto tan blanca. Parecía distinta, y yo no acertaba a adivinar el cómo ni el porqué de esa transformación.

—Tonio… —jadeó.

Quería ser fuerte e infundirle entereza, pero se me llenaron los ojos de lágrimas nada más verla. No me atreví a tocarla, no fuera a romperle algo y hacerle daño. Me senté en el asiento situado junto a la cama. Me notaba de lo más torpe al realizar cualquier movimiento.

—¿Estás bien? —inquirió, articulando mucho para que pudiera leerle los labios.

—Estoy bien, ¿y tú? —le pregunté, también en voz muy baja.

—No puedo moverme y esta cosa raspa que no veas.

Por un fugaz momento me pregunté si la doctora Besson me habría dicho toda la verdad, si ella se encontraba bien realmente y si estaría en condiciones de moverse algún día.

—¿Te duele algo? —quise saber.

Mel negó con la cabeza.

—Me siento rara, como si ya no supiera quién soy —contestó con voz débil y hablando despacio.

Le tomé la mano y se la acaricié.

—¿Dónde estamos, Antoine?

—En una localidad llamada Le Loroux-Bottereau. Tuvimos un accidente de tráfico poco después de rebasar Nantes.

—¿Un accidente?

Opté por no recordarle los detalles, no por el momento, y le aseguré que yo tampoco me acordaba demasiado bien. Eso pareció tranquilizarla y me apretó la mano.

Entonces se lo solté a bocajarro:

—Él viene hacia aquí.

Mel supo a quién me refería. Suspiró, ladeó la cabeza y parpadeó hasta que sus pestañas se quedaron en reposo sobre la tez pálida. Me sentí su ángel guardián mientras la miraba. No había visto dormir a una mujer desde mi divorcio. Solía observar a Astrid durante horas. Jamás me cansaba de contemplar su rostro sereno, el temblor de sus labios, el madreperla de los párpados y la suave cumbre de su pecho. Al dormitar, parecía frágil y joven, de la misma edad que tenía ahora Margaux. No la había visto dormida desde nuestro último verano como marido y mujer, y de eso ya hacía un año.

Astrid y yo habíamos alquilado una casita blanca en la isla griega de Naxos el año en que se fue al traste nuestro matrimonio. Habíamos decidido separarnos en junio, o más bien debería decir que Astrid había resuelto dejarme por Serge, pero era imposible cancelar el alquiler y canjear los billetes del avión y el ferry en tan breve lapso de tiempo, así que seguimos adelante con el calvario de pasar un último verano como pareja oficialmente casada. Todavía no les habíamos dicho nada a los niños e intentábamos comportarnos en su presencia como padres normales en el día a día. Terminamos actuando con un entusiasmo tan falso que los chavales empezaron a sospechar que algo se cocía. Astrid pasó la mayor parte del tiempo en la terraza del tejado, leyendo desnuda al sol. Adquirió un moreno atezado que me puso enfermo, pues sabía que sería Serge y no yo quien recorriera esa piel con unas manos grandes como jamones.

Soportar esas tres semanas agotadoras fue como meterme un tiro entre las cejas. Me sentaba en la terraza inferior, desde donde se dominaban las playas de Plaka y de Orkos, y encendía un cigarro tras otro mientras le daba buenos tientos a la botella de *ouzo* tibio, un característico licor dulce. Las vistas eran magníficas y yo las admiraba a través del velo de la embriaguez y el profundo malestar. El cobrizo contorno redondeado de la isla de Paros parecía un borrón lejano en las aguas centelleantes de color azul ultramar salpicado por manchas de espuma que coronaban las olas levantadas por la fuerte brisa. Cuando estaba demasiado desesperado, beodo o las dos cosas, bajaba por los escalones de un camino polvoriento hasta llegar a la cala y me dejaba caer al agua. Una vez me picó una medusa, pero estaba tan ebrio que apenas lo noté. Más tarde, cuando Arno señaló con el dedo la zona afectada, bajé la mirada y descubrí un feo verdugón cárdeno, como si alguien me hubiera golpeado en el pecho con una fusta.

El verano fue un infierno. Para empeorar mi desasosiego interior, se añadió el hecho de que la serenidad del lugar se veía rota todas las mañanas a primera hora por el chirriante sonido de los bulldozer y los taladros procedente de una obra en lo alto de la colina, donde un italiano megalómano se estaba haciendo un chalé sacado de un filme de James Bond. Camiones cargados con la tierra de las excavaciones no paraban de subir y bajar pesadamente por la senda situada a la derecha de nuestra casa. Yo no les hacía caso y me despatarraba en la terraza a pesar de las nubes de polvo que me caían sobre la cara. Los conductores eran de lo más amistoso y me saludaban cada vez que pasaban. Todo temblaba a su paso, con aquellos enormes motores a un par de metros de mi desayuno sin probar.

Y lo mejor de todo: el depósito del agua era escaso, la electricidad fallaba una noche sí y otra también, los mosquitos estaban sedientos de sangre y Arno rompió el sofisticado lavabo mural hecho de mármol nada más sentarse en él. Encima, todas las noches debía acostarme junto a mi futura ex mujer, verla dormir y llorar en silencio.

—Ya no te quiero del mismo modo que antes, Antoine, es sólo eso —había repetido una y otra vez con la paciencia que muestra una madre con un niño desobediente, y me estrechaba entre sus brazos de un modo puramente maternal mientras yo me estremecía de deseo al sentir el tacto de su piel.

¿Cómo era posible? ¿Cómo podían suceder semejantes cosas? ¿Cómo lograba sobreponerse un hombre a algo así?

Yo había presentado a Mélanie y Astrid hacía dieciocho años. Resultó que ésta trabajaba como editora júnior para una editorial de la competencia. Se hicieron amigas enseguida. No había olvidado el interesante contraste existente entre ambas: la menuda y delicada morena Mel junto a Astrid, la rubia de ojos azules. Bibi, la madre de Astrid, era una sueca procedente de Uppsala. Tenía una naturaleza tranquila e inclinación artística, y era más rara que un perro verde, pero, eso sí, encantadora. El padre de Astrid, Jean-Luc, era un nutricionista de renombre, uno de esos tipos fibrosos y bronceados tan en forma que te hacían sentirte un negligente lleno de colesterol. Estaba obsesionado con la evacuación intestinal regular y echaba salvado en todo lo que cocinaba Bibi.

Tanto pensar en Astrid despertó en mí el deseo de telefonearla para contarle lo sucedido. Abandoné la habitación de puntillas y la llamé. El teléfono sonó sin cesar, pero no contestó nadie. Estaba tan paranoico que llegué a pensar que tal vez debería haberla llamado desde un número oculto o desconocido a fin de que no se viera el número de mi móvil en la pantalla y evitar así que supiera que era yo. Le dejé un breve mensaje en el contestador. Eran las nueve en punto. Lo más probable era que en ese momento estuviera en el coche, en nuestro viejo Audi. Me sabía su horario al dedillo. A esa hora ya habría dejado a Lucas en el colegio y a Arno y Margaux en Port Royal, donde se hallaba el liceo, y estaría luchando a brazo partido con el atasco matinal para llegar al barrio de Saint-Germain-des-Prés, a su oficina de la calle Bonaparte, justo enfrente de la iglesia de Saint-Sulpice. Aprovechaba los semáforos en rojo para maquillarse y los hombres de los vehículos contiguos la miraban y pensaban que era muy guapa. Ahora que caía, estaba de vacaciones. Con él. Probablemente, ese fin de semana habrían ido a la Dordoña con los niños.

Cuando regresé a la habitación de Mélanie me encontré a un viejo tripudo delante de la puerta. Necesité un par de segundos para identificarle.

Me estrechó entre sus brazos de forma brusca. Esos repentinos abrazos de mi padre siempre me pillaban por sorpresa. Yo jamás daba a mis hijos semejantes apretujones. Arno se encontraba en esa edad en el que reventaban esas muestras de cariño, así que siempre actuaba con suavidad cuando le abrazaba.

Mi padre retrocedió un paso, entornó los ojos y alzó la vista hacia mí. Los ojos saltones estaban hundidos, los llenos labios rojos eran más finos, las manos cubiertas por una telaraña de venillas parecían frágiles y tenía los hombros hundidos. Sí, mi padre era un anciano, un hecho de lo más sorprendente. ¿Envejecemos también los hijos a ojos de nuestros progenitores? Mélanie y yo ya no éramos jóvenes, pero seguíamos siendo «sus niños». Eso me hizo recordar una ocasión en la que Mel y yo nos encontramos con Janine, una dama amiga de nuestro padre que iba bien abrigada y arropada.

—Qué extraño resulta ver cómo llegan a cuarentones los hijos de tus amigos —observó ella.

—Aún lo es más ver cómo las amigas de tus padres se convierten en ancianas —replicó mi hermana, sonriendo con calma.

Quizá mi padre tuviera un aspecto decrépito, pero no había perdido un ápice de su temple.

—¿Dónde demonios está el médico? —gruñó—. ¿Qué rayos pasa aquí? Este hospitalucho no sirve para nada.

Permanecí en silencio. Estaba acostumbrado a sus salidas de tono y ya no me impresionaban. Una joven enfermera acudió correteando como un conejo atemorizado.

—¿Has visto a Mel? —le pregunté.

Se encogió de hombros antes de refunfuñar:

—Está dormida.

—Se va a recuperar.

Él me fulminó con la mirada, fuera de sus casillas.

—Voy a trasladarla a París. No tiene sentido mantenerla aquí. Necesita los mejores médicos.

Pensé en la paciencia acumulada en los ojos color avellana de Bénédicte Besson, en las manchas de sangre de su uniforme y en sus esfuerzos denodados para salvar a mi hermana la noche anterior. Mi padre se dejó caer pesadamente en una butaca cercana y me miró a la espera de una reacción o una respuesta. No le di ninguna de las dos cosas.

—Vuelve a contarme lo ocurrido —me pidió.

Le repetí la historia.

—¿Había bebido algo?

—No.

—¿Cómo puede haberse salido de la carretera?

—Pues eso fue lo que sucedió.

—¿Dónde está tu coche?

—Prácticamente es siniestro total.

De pronto, me miró lleno de dudas.

—¿A santo de qué fuisteis a Noirmoutier?

—Era una sorpresa por el cumpleaños de Mel.

—Una sorpresa… —murmuró.

La rabia creció en mi interior. Me maravilló que lograra sacarme de quicio, pero lo cierto era que aún lo conseguía y yo se lo permitía.

—Le encantó —insistí con vehemencia—. Pasamos tres días maravillosos, fue…

Enmudecí en seco al caer en la cuenta de que parecía un niño enfadado, tal y como él deseaba. Frunció los labios como sólo hacía cuando algo le divertía. Me pregunté si Mélanie no se estaría haciendo la dormida. No sabía cómo, pero tenía la certeza de que ella estaba escuchando hasta la última palabra desde detrás de la puerta cerrada.

Nuestro padre no siempre fue así. Se encerró en sí mismo tras la muerte de Clarisse, se volvió duro y amargado, y empezó a andar siempre con prisas. Resultaba difícil recordar al padre real, al feliz, al que sonreía y se carcajeaba, el que nos arreglaba el pelo y nos hacía crepes el domingo por la mañana, el que sacaba tiempo para nosotros aunque llegara tarde y estuviera ocupado. Jugaba con nosotros, nos llevaba al Bois de Boulogne o nos llevaba en coche a Versalles para pasear por el parque y hacer volar la cometa de Mélanie.

Él jamás nos mostró amor alguno. Ya no. No lo había hecho desde 1974.

—Nunca me ha gustado mucho Noirmoutier —observó.

—¿Por qué no?

Alzó las cejas pobladas.

—Pero a Robert y a Blanche les encantaba, ¿no?

—Sí, a ellos les gustaba y estuvieron a punto de comprar allí una casa. ¿Te acuerdas?

—Sí —contesté—, una de postigos rojos situada cerca del hotel, en el bosque.

—La propiedad de Les Bruyères.

—¿Y por qué no lo hicieron?

Él se encogió de hombros, pero eludió de nuevo darme una respuesta. Nunca se había llevado demasiado bien con sus padres, lo sé. A mi abuelo Robert le sentaba como un tiro que se le llevara la contraria y aunque Blanche manifestaba una actitud más suave, no era muy maternal. Y jamás tuvo buena relación con su hermana Solange.

¿Fue mi padre un tipo tan duro porque los suyos le mostraron cualquier cosa menos amor? ¿Era yo un padre tan blando porque temía cortarle las alas a Arno, como mi progenitor había hecho conmigo? En el transcurso de una bronca por culpa de Arno, Astrid se quejó de que era «demasiado blando» y me pasaba usando con él «la mano izquierda». De hecho, había asumido que no me importaba ser tildado de blando, ya que no había forma humana de que yo emplease con mi hijo la misma dureza con que me trató François.

—¿Cómo está el inútil de tu hijo? —me preguntó mi padre. Nunca se interesaba por Margaux ni por Lucas. Por algún motivo, siempre elegía hablar del mayor.

—Muy bien. Ahora está con Astrid.

Lamenté haber pronunciado el nombre de mi ex. Iba a lanzarse al ataque de un momento a otro, lo sabía, e iba a soltarme un monólogo interminable sobre cómo había tolerado que me dejase por otro hombre y había aceptado el divorcio. ¿Acaso no sabía lo que eso iba a suponer para mí y para los niños? ¿No tenía orgullo ni pelotas? Había que tener huevos. Para mi padre todo se reducía a tenerlos bien puestos. Me abracé mientras él se ponía a despotricar a toda máquina, pero entonces apareció la doctora con paso apresurado. La mandíbula de François sobresalió aún más.

—Explíqueme exactamente cuál es la situación, mademoiselle. Ya.

—Sí, monsieur —replicó ella con gesto serio.

Mis ojos y los de la doctora se encontraron mientras él se volvía para abrir la puerta del cuarto de Mélanie, y, para mi sorpresa, me guiñó un ojo.

Así pues, mi progenitor era visto como ese anciano que a veces le saca a uno de quicio. Ya no era el imponente abogado de lengua viperina. En cierto modo, eso me entristecía.

—Me temo que su hija no puede ser trasladada en este momento —le explicó Besson de forma paciente. Apenas había un brillo leve de irritación en su mirada.

Mi padre estalló.

—Ella debe estar en las manos más cualificadas, en París, con los mejores médicos. No puede quedarse aquí. —Bénédicte Besson apenas se inmutó, pero la fuerza con que frunció los labios me permitió descubrir cuánto le dolía ese golpe bajo. Sin embargo, no dijo nada—. Debo hablar con su superior, con quien dirija este sitio.

—No hay superior —contestó la doctora Besson con aplomo.

—¿Qué quiere decir con eso?

—Éste es mi hospital. Yo estoy al cargo. Soy la responsable del mismo y de todos los pacientes ingresados.

Besson habló con tal calma y autoridad que mi padre al fin cerró el pico.

Mélanie abrió los ojos y nuestro padre le cogió la mano y la sostuvo como si le fuera la vida en ello, como si no fuera a tocarla nunca más. Se inclinó sobre ella hasta que tuvo medio cuerpo por encima de la cama. Me conmovió el modo en que aferraba la mano de Mel. Se había dado cuenta de que había estado a punto de perder a su hija, a su pequeña Mélabelle, el mote cariñoso que no usaba desde hacía muchos años. Se enjugó las lágrimas de los ojos con el pañuelo de algodón que siempre llevaba en el bolsillo. No parecía capaz de articular palabra alguna, y sólo pudo sentarse y respirar entrecortadamente.

Semejante despliegue de emotividad perturbó a Mélanie. Ésta me miraba a mí para no ver el rostro desgastado y lloroso de François. Nuestro padre no había mostrado hacia nosotros otros sentimientos que no fueran descontento o rabia. Ése era el regreso inesperado del padre atento y cariñoso que había sido antes de que muriese nuestra madre.

Permanecimos en silencio durante un rato. La doctora se marchó, cerrando la puerta tras de sí. François aferró la mano de Mel de un modo que me recordó todas las veces que había estado en Urgencias con mis chavales: cuando Lucas se cayó de la bici y se abrió una brecha en la frente; cuando Margaux rodó por las escaleras y se partió la tibia; cuando a Arno le subió la fiebre como no había visto otra igual. Eran momentos de pánico y apuro. Astrid se ponía blanca como la pared y se aferraba a mí mientras esperábamos fuera con las manos entrelazadas.

Miré a mi padre, consciente de que por una vez, y en silencio, estaba compartiendo algo con él, aunque él no se diera cuenta de ello, aunque no lo supiera. Compartíamos ese abismo de miedo que sólo es posible experimentar cuando un padre sufre por su hijo.

Centré mis pensamientos en esa habitación de hospital y en la razón de que estuviésemos en ella. ¿Qué pretendía decirme Mel antes del accidente? Había recordado algo durante nuestra última noche en el hotel Saint-Pierre y le había estado dando vueltas todo el día. ¿De qué podía haberse acordado? Repasé mentalmente los hitos de nuestra estancia, durante la cual habíamos rememorado tantas cosas. ¿Qué recuerdo podría ser éste? ¿Por qué le había dado vueltas todo el día? ¿Era ésa la razón por la cual había estado tan extraña desde el desayuno, como si estuviera en Babia? Le había preguntado si todo iba bien mientras estábamos sentados frente al Gois y ella había contestado con un encogimiento de hombros. Había farfullado que no había dormido bien y me acordaba perfectamente de cómo estuvo con la mente puesta en otra parte toda la mañana. Ese extraño estado de ánimo sólo había empezado a remitir cuando nos subimos al coche por la tarde para volver a París.

En medio de una gran escandalera entró una enfermera con un carrito por delante. Nos anunció que era la hora de comprobar la tensión de Mélanie y asegurarse de que estaban bien los puntos antes de pedirnos a mi padre y a mí que saliéramos de allí. «¿Puntos?», me pregunté extrañado. Entonces caí en la cuenta de que la habrían operado el bazo. François y yo esperamos fuera del cuarto. Él parecía haber recobrado la compostura, pero aún tenía roja la nariz. Me devané los sesos en busca de algo que decir, pero no se me ocurría nada. En mi fuero interno me reí de la situa-

ción: padre e hijo reunidos en torno al lecho de una hermana malherida eran incapaces de mantener una conversación.

Por suerte, el móvil empezó a vibrar en el bolsillo de
atrás. Me apresuré a salir del edificio antes de contestar. Era
Astrid. Hablaba con voz llorosa. La puse al corriente de que
creía que Mel iba a recuperarse y admití que habíamos tenido el santo de cara. Noté un gozo interior cuando me
preguntó si quería que trajese a los niños. ¿No significaba
eso que a ella aún le importaba y que, en cierto modo, todavía me quería? Arno tomó el auricular antes de que yo
tuviera tiempo de contestar a su madre. También estaba alterado. Sabía cuánto apreciaba a mi hermana. Cuando era
pequeño, ella solía llevárselo por los jardines Luxemburgo
y lo hacía pasar por hijo suyo. A él le encantaba, como a ella.
Le expliqué que Mel iba a quedarse en el hospital por un
tiempo, pues estaba escayolada de la cintura al cuello, y él
me replicó que quería venir a verla, pues Astrid iba a traer-
los. Me entraron ganas de ponerme a bailar y cantar ante la
perspectiva de volver a ver reunida a mi familia como en los
buenos viejos tiempos en vez de intercambiar a los niños en
las escaleras mientras cruzábamos pullitas del estilo de «Esta vez no te olvides el jarabe para la tos» o «Te acordarás de
firmar el boletín de las notas, ¿verdad?». Astrid se puso otra
vez al teléfono y me pidió la dirección exacta, así como indicaciones para llegar. Le contesté con mi voz más serena y
tranquila. A continuación se puso Margaux.

—Dile a Mel que la queremos y que vamos para allá,
papá —me dijo con voz susurrante y femenina, y antes de
que pudiera dirigirle la palabra me pasó con el número tres,
Lucas.

«Vamos para allá», me había dicho.

111

Encendí un pitillo y me lo fumé con calma, saboreándolo. No soportaba la idea de volver allí dentro y tener que hablar con mi padre, así que al final me fumé otro y lo disfruté todavía más. Venían de camino. «¿Con o sin Serge?», me pregunté.

A mi regreso, me encontré a nuestra hermanastra Joséphine apoyada contra la pared. Debía de haber venido con nuestro padre. Me sorprendía verla allí, la verdad, pues ella y Mel no eran muy amigas. Tampoco ella y yo. De hecho, no la veía desde hacía meses. Probablemente, desde la última Navidad en el piso de la avenida Kléber. Bajamos a la cafete-ría vacía situada en la planta de la calle. Mélanie parecía descansar y François se hallaba en el coche hablando por teléfono.

Joséphine vestía una camiseta color caqui, calzaba unas All Star y llevaba unos tejanos claros y desteñidos a la moda: por debajo de las caderas. Tenía el pelo corto como el de un chico. Había heredado la boca pequeña y la piel cetrina de Régine, y los ojos castaños de nuestro padre.

Encendimos un cigarrillo. Probablemente, sólo teníamos en común el tabaco.

—¿Se puede fumar en este sitio? —me preguntó con un hilo de voz mientras se inclinaba hacia mí.

—No hay nadie por aquí —repliqué, encogiéndome de hombros.

—¿Qué hacíais Mel y tú en Noirmoutier? —me preguntó tras inhalar profundamente.

Eso era algo que me gustaba de ella: no se andaba con rodeos, iba siempre al grano.

—Era una sorpresa para el cumpleaños de Mel.

Ella asintió y dio un sorbo a su café.

—Solíais ir allí de críos, ¿verdad? Con vuestra madre.

Hizo la observación de un modo que me indujo a estudiarla con detenimiento.

—Sí. Nuestra madre, nuestro padre y los abuelos.

—Nunca hablas de tu madre —observó. La jovencita tenía veinticinco años y no se chupaba el dedo. Era un poco presumida, pero a mí esa pinta de pilluela no me parecía nada del otro jueves. El hecho de que ella y yo tuviéramos en común la sangre de nuestro padre no me había hecho sentirme inclinado a mostrar ningún amor fraternal hacia ella—. De hecho —continuó—, tú y yo no hablamos mucho de nada.

—¿Y eso te sorprende?

El cigarro pendió de sus labios de una forma hombruna mientras ella hacía girar los anillos de los dedos.

—Sí, la verdad. No sé nada de ti.

Un grupo de gente entró en la cafetería y nos miraron escandalizados porque estábamos fumando. Nos dimos prisa en apagar los Marlboro.

—No olvides que yo ya me había ido del piso de Kléber cuando tú naciste —observé.

—Tal vez, pero sigues siendo mi hermanastro. Estoy aquí porque me preocupo por Mel y por ti.

El comentario estaba tan fuera de lugar viniendo de sus labios que me quedé boquiabierto.

—Cierra esa boca, Antoine. —Joséphine sonrió con suficiencia y yo me carcajeé a gusto—. Háblame de vuestra madre —me pidió—. Nadie la menciona.

—¿Qué quieres saber?

Ella enarcó una ceja.

—Cualquier cosa.

—Murió en 1974 a causa de un aneurisma cerebral. Tenía treinta y cuatro años. Todo sucedió muy deprisa. Se la habían llevado al hospital cuando volvimos del colegio.

Había muerto. —La miré fijamente—. ¿No te han contado nada nuestro padre ni Régine?

—No. Continúa.

—Eso es todo.

—No, quiero decir, ¿cómo era?

—Mélanie se parece mucho a ella: menuda y de ojos verde oscuro. Reía sin cesar y nos hacía felices a todos.

Siempre tuve la impresión de que nuestro padre dejó de sonreír tras la muerte de Clarisse y sonrió todavía menos desde que se casó con Régine. No tenía el menor deseo de contarle eso a Joséphine, de modo que cerré el pico, pero estaba convencido de que ella sabía tan bien como yo que sus padres vivían vidas separadas. François se reunía a menudo con otros amigos abogados ya jubilados y se pasaba horas en su estudio, leyendo o escribiendo, y se quejaba por todo. Régine llevaba con paciencia sus refunfuños, se iba a jugar al bridge a su club y procuraba fingir que todo iba bien en la casa.

—¿Y su familia? ¿No la habéis visto?

—Sus padres murieron cuando ella era joven. Tenía unos orígenes rurales muy modestos. Recuerdo que tenía una hermana algo mayor a quien nunca vi mucho y esa hermana desapareció de nuestras vidas después de su muerte. Ni siquiera sé dónde vive.

—¿Cómo se llamaba?

—Clarisse Elzyère.

—¿De dónde era?

—De las Cévennes.

—¿Estás bien? Tienes mal aspecto.

Le dediqué una amplia sonrisa.

—Gracias —contesté. Luego, tras una breve pausa, agregué—: En realidad, tienes razón: estoy exhausto, ésa es la verdad, y ahora viene él a removerlo todo.

—Ya. No hacéis buenas migas, ¿verdad?

—No mucho.

En realidad, era una verdad a medias. Hacíamos buenas migas mientras vivía Clarisse. Él fue el primero en llamarme Tonio. Teníamos una complicidad silenciosa que encajaba muy bien con el niño tranquilo que fui. Por eso, durante los fines de semana quedaba descartado eso de ir corriendo a jugar al fútbol o a realizar actividades viriles donde se sudara mucho, pero sí dábamos paseos contemplativos por los alrededores y hacíamos frecuentes visitas al Louvre, al ala egipcia, mi favorita. A veces, entre sarcófagos y momias, escuchaba algún comentario: «¿No es ése François Rey, el abogado?». Y yo me enorgullecía de ir de su mano y ser su hijo, pero de eso habían pasado más de treinta años.

—Perro ladrador, poco mordedor.

—Decir eso es fácil para ti, que eres su ojito derecho, la favorita.

—Bueno, no siempre es fácil ser su ojito derecho —murmuró. Tuvo el detalle de admitir la verdad de ese hecho con cierta elegancia antes de cambiar de tema—. ¿Cómo está tu familia?

—Están de camino. Los verás si te quedas por aquí un rato.

—Genial —replicó con algo más de alegría—. ¿Y qué tal, cómo va el curro?

Me pregunté el motivo de tanta pregunta, por qué se esforzaba tanto en simular preocupación. En el pasado, mi hermanastra sólo se había dirigido a mí para pedirme tabaco. Mi trabajo era lo último de lo que deseaba hablar. Se me hacía duro sólo de pensarlo.

—Bueno, sigo trabajando como arquitecto, lo cual sigue sin hacerme feliz.

Me lancé a formularle yo preguntas antes de darle ocasión de averiguar la razón.

—¿Y qué hay de ti? Ya sabes, el novio, el trabajo y todo eso. ¿Por dónde andas? ¿Aún te ves con el propietario de ese night club? ¿Todavía trabajas con ese diseñador en el barrio de Le Marais?

No saqué a colación el hombre casado con quien tuvo un rollo el año anterior ni el largo periodo de paro, cuando parecía pasarse todo el tiempo en casa, viendo un DVD tras otro en el estudio de François o de compras en el reluciente Mini negro de su madre.

De buenas a primeras, me dedicó una sonrisa que más bien parecía una mueca. Se alisó el pelo negro y se aclaró la garganta.

—De hecho, Antoine, te agradecería de verdad que… —Hizo una pausa y carraspeó otra vez—. Te agradecería que me prestaras algo de dinero.

Sus ojos castaños me taladraron con una mezcla de descaro y súplica.

—¿Cuánto?

—Bueno, digamos… ¿Mil euros?

—¿Te has metido en algún lío? —pregunté, usando el tono inquisitivo de François que a veces empleaba con Arno.

Ella negó categóricamente con la cabeza.

—No, claro que no. Sólo necesito un poco de efectivo y, ya sabes, preferiría no pedírselo a ellos de ninguna manera.

Di por hecho que con «ellos» se refería a sus padres.

—No llevo una suma tan elevada encima.

—Hay un cajero automático al otro lado de la calle —sugirió amablemente, y esperó mi reacción.

—¿Debo entender que lo necesitas ahora mismo? —Ella asintió con la cabeza—. No me importa prestarte esa suma, pero tendrá que ser con devolución. No he andado muy boyante que digamos después del divorcio.

—Claro, sin problemas. Lo prometo.

—Tampoco creo que me dejen retirar ese importe del cajero.

—Bueno, ¿qué te parece pasarme lo que te dé el cajero en efectivo y el resto en un cheque?

Joséphine se levantó y echó a andar dándose aires, moviendo sus esqueléticas caderas de forma triunfal. Salimos del hospital y nos dirigimos al banco. De camino, encendimos un par de pitillos, y no pude evitar la sensación de haber sido timado, por mucho que ella mostrase esa nueva actitud de hermana.

Entregué el fajo de billetes y un cheque a Joséphine. Ella me besó en la mejilla y se alejó como si tal cosa. Yo di un paseo hasta el pueblo, pues por el momento seguía sin apetecerme regresar al hospital. Era uno de esos términos municipales sin nada digno de mención. Enfrente de la iglesia, el pequeño edificio del ayuntamiento lucía una bandera tricolor descolorida. También vi un *bar-tabac*[*] y una panadería, así como un hotel de pocas pretensiones llamado L'Auberge du Dauphin, pero no había nadie por los alrededores. El *bar-tabac* estaba vacío. Aún era demasiado pronto para comer. Un joven cabizbajo se volvió hacia mí cuando entré. Pedí un café y tomé asiento. Una radio invisible puesta a todo volumen desgranaba las noticias de Europe 1. El mantel de hule de las mesas acumulaba tanta mugre que al menor contacto el dedo se quedaba impregnado de grasa.

¿Debía telefonear a mis amigos cercanos y contarles lo sucedido? Sí, debería llamar a Emmanuel, Hélène y Didier, pero todavía lo diferí un poco más, tal vez porque no deseaba pronunciar ciertas palabras y ponerme a repetir co-

---

[*] «Bar con estanco» en francés. *[N. del T.]*

mo un loro los detalles del accidente. ¿Y qué hacía con los amigos de Mélanie? ¿Y su jefe? ¿Quién iba a decírselo? Probablemente yo. La próxima semana era un momento importante para ella, pues debía ultimar los preparativos del otoño, la época del año más liada para todos cuantos trabajan en el mundo editorial, y eso incluía a mi ex mujer. Y luego estaban mis propias servidumbres laborales: los estallidos de rabia de Rabagny, la obligación de cambiar otra vez los diseños y la necesidad de encontrar un ayudante antes de despedir a la actual, Florence.

Encendí un cigarro.

—Eso se acabará el año que viene —comentó con desdén el joven, y esbozó una sonrisa grosera—. Todos tendrán que salir a fumar o incluso no entrar. Eso es malo para el negocio. Malo de verdad. Quizá deba chapar el chiringuito.

El tipo tenía pinta de estar un poco chalado, así que decidí no entablar conversación de la manera más cobarde. En vez de contestarle, sonreí, asentí, me encogí de hombros y me sumergí en el examen de mi móvil.

Dejé la nicotina durante diez años, pero volví al vicio cuando Astrid me dijo que amaba a Serge y en un pispás me enganché otra vez. Todos me maldijeron. No me importó. Astrid, una verdadera fanática de la vida sana, se quedó consternada. Me dio igual. El tabaco era lo único que nadie podía quitarme. No tenía otra satisfacción en ese momento de mi vida. Resultaba un pésimo ejemplo para mis hijos, lo sabía, en especial para Arno y Margaux, que estaban en una edad crucial del crecimiento y fumar a sus años se consideraba un hábito de riesgo. El aire de mi apartamento estaba viciado por el olor a tabaco, y eso era lo único que encontraba al llegar a casa, eso y la vista del cementerio. O sea, en ambos casos echaba un vistazo a la muerte. Por supuesto, no podía quejarme del pedigrí de los muertos, los difuntos se contaban entre lo más selecto: Baudelaire, Maupassant, Beckett, Sartre, Simone de Beauvoir. No tardé mucho en aprender a apartar los ojos de la ventana de mi cuarto de estar, o a mirar sólo de noche, cuando las austeras cruces y los mausoleos de piedra ya no resultaban visibles y el largo trayecto hacia el Tour Maine-Montparnasse no era más que un misterioso espacio negro lleno de nada.

Invertí tiempo a fin de que el apartamento tuviera aspecto y calor hogareño, pero en vano. Le hurté a Astrid el álbum de fotos y arranqué sin miramientos mis fotografías favoritas de los niños y de nosotros, y las planté por las paredes: Arno en mis brazos (yo estaba desconcertado); el primer vestido de Margaux; Lucas triunfal en lo alto de la torre Eiffel, blandiendo un pringoso chupachups; vacaciones en la nieve y de verano; las visitas al castillo del Loira; cumpleaños; fiestas del colegio; Navidades; etcétera. En suma, tenía a la vista una interminable y desesperante exhibición de la familia feliz que habíamos sido en el pasado.

El piso tenía ese aire de vacío descorazonador a pesar de las fotos, las alegres cortinas elegidas con la ayuda de Mélanie, la cocina alegre, los cómodos sofás Hábitat y la ingeniosa iluminación. Sólo parecía volver a la vida cuando los niños aparecían los fines de semana que me habían tocado en suerte. Aún seguía despertándome en mi cama nueva, me rascaba la cabeza y me preguntaba dónde demonios estaba. A duras penas soportaba volver a Malakoff cuando llevaba a mis hijos y tener delante la nueva vida de Astrid en nuestra vieja casa. ¿Por qué las personas desarrollamos tanto apego por las casas? ¿Por qué nos duele tanto irnos de una?

Habíamos comprado juntos esa casa hacía doce años. Esa zona no estaba de moda en aquella época, se la consideraba una zona sin glamour y propia de la clase trabajadora, y más de uno alzó las cejas con sorpresa cuando hicimos la mudanza a ese «barrio de mala muerte» en el sur de París. Además, había muchas reformas por hacer. La estrecha y alta casa unifamiliar tenía humedades y se caía a trozos. Por eso era tan barata la propiedad. Nos lo tomábamos como un desafío y nos lo pasamos muy bien cada minuto invertido en ese proceso: los problemas con el banco, con un arquitecto compañero mío, con el fontanero, el albañil, el carpintero, etcétera. Trabajábamos días alternos hasta que al final quedó perfecta y Malakoff fue nuestro pequeño paraíso. Nuestros envidiosos amigos parisinos cayeron en la cuenta de su proximidad a la ciudad y la facilidad de acceso, nada más pasar la Porte de Vanves. Hasta teníamos un jardín. ¿Quién podía presumir de tener un jardín en París? Eso suponía que en verano podíamos comer al aire libre, a pesar del amortiguado rumor de fondo que producía el tráfico constante en el Bulevar Periférico —la carretera que circunvala París—, al que nos acostumbramos enseguida. Cuidé de ese jardín con verdadera dedicación, y también del perro, un desgarbado y viejo labrador que seguía sin comprender por qué me había ido y quién era ese tipo nuevo que dormía en la cama de Astrid. Ay, el bueno de *Titus*.

Todavía lamentaba la pérdida de esa casa. En invierno me faltaba el acogedor fuego de la chimenea. Echaba de menos el enorme salón —siempre deslucido por el continuo trasiego de tres niños y un perro—, los dibujos de Lucas, los palos de incienso de Astrid, que me producían jaqueca, los deberes de Margaux, las zapatillas de talla 45 de Arno, el sofá rojo oscuro que había conocido días mejores pero todavía servía para echarse una siesta, las butacas combadas que te abrazaban como viejos amigos.

Añoraba nuestro hogar.

Y un día debí abandonarlo. Ese día permanecí de pie en el umbral y me volví para observarlo por última vez. Era la última ocasión en que lo contemplaba como mi casa. Los niños no estaban allí. Astrid me miró con aire nostálgico.

—Estarás bien, Antoine. Los chicos irán a verte un fin de semana de cada dos. Todo saldrá bien, ya lo verás.

Yo asentí con la cabeza ladeada para no dejarle ver las lágrimas que me llenaban los ojos. Ella me había invitado a llevarme lo que quisiera.

—Llévate lo que creas que es tuyo.

Al principio, en un arranque de furia, empecé a llenar cajas de cartón y metí en ellas todos mis trastos viejos de forma brusca y con mala leche, pero luego me lo tomé con más calma. No deseaba llevarme ningún recuerdo, a excepción de las fotografías. No deseaba nada, salvo las fotos. No quería nada de esa casa, excepto que ella volviera a quererme.

Había instalado la oficina en la planta de arriba. Era la oficina ideal, pues tenía espacio, luz y silencio. La había diseñado para mi uso. Cuando subía ahí arriba, desde donde se dominaban todos los tejados de tejas rojas y las cintas grises siempre llenas de coches, me sentía como Leonardo di Caprio cuando se deleitaba en la cubierta maldita del *Titanic* y gritaba con los brazos extendidos hacia el horizonte: «¡Soy el rey del mundo!».

También perdí la oficina. Era mi refugio, mi guarida. En los viejos tiempos, cuando los niños se dormían, Astrid solía subir a escondidas y hacíamos el amor sobre la alfombra al son de la música de Cat Stevens. *Sad Lisa, Lisa, Lisa, sad Lisa, Lisa.* Suponía que ahora Serge habría instalado allí sus reales y prefería no pensar qué hacían sobre la alfombra.

Escuché una canción cursi de Michel Sardou mientras permanecía sentado en ese lúgubre café a la espera de que apareciera mi familia y me preguntaba si mi padre no tendría razón después de todo.

Nunca luché por ella. Jamás le monté un buen pollo. Nunca liberé mis demonios. La dejé ir. Yo era manso y obediente, exactamente como había sido de niño. El único que llevaba el pelo peinado hacia atrás y vestía de azul marino. El que decía *por favor, gracias* y *perdón.*

Al cabo de un rato, ya fuera del bar, atisbé un Audi conocido, cubierto por una capa de polvo, y salí a su encuentro. Observé a mi familia salir del coche. Ellos ignoraban mi posición, aún no podían verme, porque me ocultaba detrás de un gran árbol situado junto al parking. Se me ensanchó el corazón, pues llevaba un tiempo sin verlos. Arno lucía una melena hasta los hombros, pero el pelo estaba más claro por efecto del sol. Seguía intentando dejarse una perilla que difícilmente iba a sentarle bien. Margaux se había cubierto la cabeza con un pañuelo. Había engordado un poquito, y me alegró, le venía bien no estar tan flacucha. Caminaba sin soltura, no estaba cómoda consigo misma. Lucas fue quien más me sorprendió. El chico regordete era ahora todo brazos y piernas. Pude ver al futuro adolescente en ciernes forcejeando para salir de esa piel, como el increíble Hulk.

Intenté no mirar a Astrid de inmediato, pero no logré mantener la vista lejos de ella por mucho rato. Lucía un vestido vaquero descolorido con botones por delante. Se lo había abrochado casi hasta arriba y le quedaba muy ceñido. Me encantaba ese tipo de ropa. Se había recogido hacia atrás el pelo rubio, y percibí que estaba algo más plateado. Parecía pálida, pero aun así era muy hermosa. No había rastro de Serge. Suspiré con alivio.

Les observé salir del aparcamiento y encaminarse hacia el hospital, momento en el que hice acto de presencia. Lucas pegó un grito y se me echó encima, aferrándose a mí con brazos y piernas. Arno me agarró la cabeza y me dio un beso en la frente. No cabía duda: ya me superaba en estatura. Margaux permaneció en un aparte, apoyada sobre una sola pierna, como un flamenco, pero luego se adelantó y hundió la cabeza en mi hombro. Me di cuenta de que debajo del pañuelo ocultaba el pelo teñido de naranja fosforito. Retrocedí un tanto impresionado, pero no dije nada.

Los niños y yo nos estuvimos saludando durante un buen rato, y dejé a mi ex para el final. Extendí los brazos y la abracé con una angustia que probablemente Astrid malinterpretó como zozobra por la suerte de mi hermana. Experimenté una dicha inconcebible por tenerla tan cerca otra vez. El aroma, la dulzura, el tacto suave como la seda de sus brazos desnudos, todo eso me provocó un mareo. Ella no me rechazó, sino que me devolvió el abrazo. Deseaba besarla y estuve a punto de hacerlo, pero justo entonces recordé que no habían venido aquí por mí, sino por Mel.

Los conduje hasta Mélanie y en el camino nos topamos con François y Joséphine. Mi padre saludó a todos con sus apretujones de rigor. Tomó a Arno por la perilla y tiró de ella.

—¡Por el amor de Dios! ¿Qué es esto? —rugió, y luego palmeó la espalda de mi hijo—. No te eches para delante, que no vales para nada, pánfilo. ¿No te lo dice tu padre? Es tan torpe como tú, la verdad.

Estaba de broma, lo sabía, pero, como siempre, había un toque ácido en sus chanzas. Mi padre se había quejado sobre el modo en que le educaba desde que Arno era un niño, ya que a sus ojos lo hacía mal.

Entramos de puntillas en la habitación de Mélanie. Ella seguía durmiendo. Estaba todavía más pálida que por la mañana. Ofrecía un aspecto frágil y parecía tener muchos más años. Las lágrimas se agolparon en los ojos de Margaux y percibí su brillo cuando rodaron por sus mejillas. El aspecto de Mel la horrorizó. Le pasé un brazo por los hombros y la atraje hacia mí. Emitía ese olor fuerte a sudor. Ése no es el aroma de canela de una niña. Arno observó fijamente a la enferma con la boca abierta y Lucas se removió inquieto mientras su mirada revoloteaba entre Mel, su madre y yo.

En ese momento, Mélanie ladeó la cabeza y abrió los ojos lentamente. Su rostro se iluminó al ver a los chicos y les dedicó una débil sonrisa. Margaux se echó a llorar y por el rabillo del ojo vi que también Astrid tenía los ojos llorosos, y además le temblaban los labios.

Eso fue superior a mis fuerzas. Retrocedí con sigilo y salí a hurtadillas hasta el pasillo, donde extraje un pitillo del paquete y me lo llevé a los labios.

—¡Está prohibido fumar! —bramó una enfermera con aspecto de matrona mientras me señalaba con el dedo de forma acusadora.

—No está encendido. Lo sostengo, pero no estoy fumando.

La mujer me fulminó con la mirada como si fuera un caco pillado in fraganti y se mantuvo en sus trece hasta que devolví el cigarrillo al paquete.

De pronto pensé en Clarisse. Era la única a quien echaba en falta dentro de esa habitación. Si estuviera viva, ahora se hallaría en ese cuarto, con su hija, conmigo, con sus nietos, con su esposo. Tendría sesenta y nueve años, y no me la imaginaba con esa edad por mucho que lo intentase. Para mí, ella siempre sería joven. Yo era un hombre de mediana edad, una fase de la vida a la cual mi madre jamás llegó. Ella nunca supo cómo se educaba a unos hijos adolescentes: murió antes. Me preguntaba qué clase de madre habría sido cuando nosotros hubiéramos llegado a esa edad, pero habría sido diferente para nosotros, todo habría sido distinto. Mélanie y yo mantuvimos a raya los embates de la adolescencia. No hubo salidas de tono, ni gritos, ni portazos, ni insultos. No tuvimos ninguna saludable manifestación de rebeldía juvenil. La neurótica Régine nos amordazó a conciencia. Blanche y Robert lo vieron con buenos ojos, dando por buena la máxima de que «a los niños se les ve pero no se les oye», y nuestro padre pasaba la noche en algún otro lugar. No le interesaban sus hijos ni cómo podrían acabar siendo algún día.

No se nos permitió ser adolescentes.

Una mujer alta uniformada de azul claro me sonrió al pasar mientras acompañaba a mi familia hasta la salida del hospital. Llevaba una placa acreditativa, pero no pude discernir si era médico o enfermera. Le devolví la sonrisa y me pregunté por unos instantes quién podría ser. Estas clínicas de provincias eran estupendas: la gente te saludaba y todo, algo que en París no sucedía jamás. Astrid parecía cansada y conducir con un calor tan intenso no me pareció la mejor de las perspectivas.

—¿No podéis quedaros un poco más?

Tras unos momentos de vacilación, murmuró algo de que Serge la estaba esperando. Yo había reservado una habitación en un hotel cercano para permanecer cerca de Mel hasta que pudiera moverse. Sugerí que descansase en ella un rato. El cuarto era pequeño, pero fresco. Incluso podía darse una ducha. Ella ladeó la cabeza, pues la idea parecía ser de su agrado. Le entregué la llave y señalé el hotel, justo al otro lado del ayuntamiento. Observé cómo se alejaban Margaux, Lucas y ella.

Arno y yo desandamos parte del camino y nos sentamos el banco de madera situado enfrente de la entrada.

—Va a salir de ésta, ¿verdad?

—¿Mel? Puedes apostar que sí. —Asentí con la cabeza—. Va a ponerse bien. —El tono de mi voz me pareció forzado y artificial incluso a mí mismo.

—Papá, dijiste que el coche se salió de la carretera.

—Sí, así fue. Mel iba al volante.

—Pero ¿cómo…? ¿Cómo sucedió?

Decidí contarle la verdad. Arno se había encerrado en sí mismo en los últimos tiempos, se había mostrado distante y únicamente me contestaba con monosílabos. Ya no me acordaba de cuándo habíamos tenido la última conversación digna de tal nombre. Oírle hablar de nuevo y ver que tenía sus ojos fijos en mí, y no la mirada perdida en algún lugar próximo a mis pies, me hizo desear prolongar ese contacto inesperado, sin que importase el modo.

—Tu tía estaba a punto de hablarme sobre algo que la preocupaba, y entonces sucedió todo.

Sus ojos, azules como los de Astrid, hicieron un zoom y se clavaron en los míos.

—¿Qué iba a contarte?

—Sólo le dio tiempo a decir que se había acordado de algo, y ese algo la perturbaba, pero no se acuerda de nada después del accidente.

Arno permaneció en silencio. ¡Qué manazas se le habían puesto! Eran manos de hombre.

—¿Sospechas de qué se trata?

Respiré hondo.

—Me imagino que es algo relacionado con nuestra madre.

Me miró con cierta sorpresa.

—¿Vuestra madre? Tú nunca hablas de ella.

—No, pero la estancia en Noirmoutier durante estos tres últimos días nos ha refrescado la memoria.

—¿Por qué crees que la tía Mel se había acordado de algo sobre la abuela?

Me gustaba la forma en que me interrogaba: preguntas rápidas y sencillas, sin alborotos ni circunloquios.

—Porque nos pasamos casi todo el puente hablando de ella y rememorando anécdotas y todo tipo de cosas.

Me callé. ¿Cómo iba a explicarle todo eso a un hijo de dieciséis años? ¿Qué sacaba en claro de todo ello? ¿Por qué se interesaba?

—Vamos —me urgió—. ¿Qué tipo de cosas?

—Cosas como quién era.

—¿No te acuerdas?

—No me refiero a eso. El día de su muerte fue el peor de mi vida. Imagínate: te despides de tu madre y vas a la escuela con la canguro, pasas un día de clase normal y la chica viene a buscarte para llevarte a casa, como todas las tardes, y vuelves tan contento con tu napolitana de chocolate en la mano. Sin embargo, cuando llegas al hogar están allí tu padre y tus abuelos con cara de funeral y te sueltan de sopetón que tu madre ha muerto, que le ha pasado algo en el cerebro y ha fallecido. Y luego, en el hospital, te muestran un cadáver debajo de una sábana y te notifican que es tu madre. Retiran la sábana, pero tú cierras los ojos; al menos yo hice eso.

Me miró sin salir de su asombro.

—¿Por qué no me lo habías contado nunca?

—Nunca me lo preguntaste —respondí, encogiéndome de hombros.

Bajó las cejas, una de las cuales llevaba perforado un pendiente, cosa que yo encontraba repulsiva.

—Esa excusa es una bobada.

—No sabía cómo contártelo.

—¿Por qué? —inquirió.

Sus preguntas empezaron a molestarme, pero deseaba seguir respondiéndolas. Una poderosa fuerza interior me impelía a sacarme eso del pecho y contárselo a mi hijo por vez primera.

—Porque a su muerte todo cambió para Mel y para mí. Nadie nos explicó lo sucedido. Piensa que eso ocurrió en los setenta. Ahora la gente se preocupa por los niños y se actúa con pies de plomo si sucede algo semejante, pero a nosotros nadie nos echó un cable. Clarisse desapareció de nuestras vidas. Nuestro padre volvió a casarse. El nombre de nuestra madre jamás volvió a mencionarse y todas sus fotos desaparecieron.

—¿De verdad? —preguntó con un hilo de voz.

Hice un gesto afirmativo con la cabeza.

—La borraron de nuestras vidas, y nosotros dejamos que eso sucediera porque estábamos aturdidos por la pena. Éramos niños y estábamos indefensos. Nos marchamos de casa en cuanto fuimos capaces de valernos por nuestra cuenta. Eso hicimos tu tía y yo: dejamos de pensar en nuestra madre en algún punto del camino y lo encerramos todo bajo siete llaves. Y no me refiero a la ropa, los libros u otros objetos personales, sino a nuestros recuerdos sobre ella.

De pronto me costaba respirar.

—¿Cómo era? —inquirió mi hijo.

—Físicamente era clavadita a Mel, con el mismo color de pelo y la misma silueta. Tenía una personalidad efervescente, era alegre, estaba llena de vida.

Me callé, incapaz de seguir hablando: no me salían las palabras y sentía un dolor cerca del corazón.

—Perdona —murmuró Arno—. Ya hablaremos de esto otro día. No importa, papá.

Mi hijo estiró sus largas piernas y me dio unas palmadas en la espalda con afecto. Parecía estar muy avergonzado por mi emotividad y no saber muy bien cómo manejar la situación.

La mujer alta de blusa azul pasó de nuevo junto a nosotros y sonrió una vez más. Tenía una sonrisa tan bonita como sus piernas. Le devolví la sonrisa.

El móvil de Arno empezó a sonar a toda pastilla y él se levantó despacio para contestar. Bajó la voz y se alejó de mí. No logré escuchar la conversación. No tenía ni idea de nada relativo a la vida privada de mi hijo. Rara vez traía amigos a casa, excepto a una chica, inquietante a mi modo de ver: una gótica con el pelo teñido de negro y unos labios pintados de púrpura que le conferían un parecido a Ofelia ahogada. Se sentaban en su habitación y escuchaban música a todo volumen. No me gustaba someterle a un interrogatorio. En una ocasión le hice un par de preguntas que me parecían divertidas y me saltó:

—Pero ¿tú eres de la Gestapo o qué?

Había mantenido el pico cerrado desde entonces, porque no había olvidado cuánto odiaba a mi padre por husmear en mi vida cuando tenía la edad de Arno, aunque yo jamás me había atrevido a responderle de ese modo.

Encendí un pitillo y me levanté para estirar las piernas. Anduve un poco mientras cavilaba cuáles deberían ser mis siguientes pasos para organizar todo lo relativo a la estancia de mi hermana en el hospital. ¿Con qué debía comenzar?

Sentí una presencia junto a mí y cuando me volví vi a la mujer de la blusa azul.

—¿Me da un cigarrillo?

Le tendí el paquete con el pulso tembloroso, y me entró otro tembleque cuando le ofrecí un mechero que no me había pedido.

—¿Trabaja aquí?

Tenía unos interesantes ojos dorados y le calculé unos cuarenta, pero se me daba muy mal eso de echarle años a la gente. Quizá fuera más joven. Todo cuanto sabía era que resultaba agradable a la vista.

—Sí —contestó.

Nos quedamos allí mismo de pie unos instantes, un poco cohibidos. Me fijé en el texto de la etiqueta: «Angèle Rouvatier».

—¿Es usted médico?

—No, no exactamente —repuso con una sonrisa. Antes de que pudiera formularle otra pregunta, ella me la hizo a mí—: ¿Ese joven es hijo suyo?

—Sí, estamos aquí porque…

—Sé por qué se encuentran aquí —atajó ella—. Éste es un hospital pequeño. —Se explicaba en voz baja y tono amistoso, pero a pesar de todo había algo extraño en ella, una actitud distante que era incapaz de precisar—. Su hermana fue afortunada. Fue un buen golpe. Y usted también tuvo suerte.

—Sí, mucha —admití.

Los dos exhalamos el humo en silencio.

—Entonces, ¿usted trabaja con la doctora Besson?

—Ella es la jefa.

Mientras asentía con la cabeza, me percaté de que no llevaba anillo de casada. Ése era el tipo de detalles en los que me fijaba ahora, cuando antes no lo hacía nunca.

—Debo irme. Gracias por el cigarro.

Admiré sus elegantes piernas mientras ella se alejaba. Ni siquiera me acordaba de la última mujer con la que me había acostado. Probablemente, alguna chica con la que había contactado a través de Internet. Una aventura triste de no más de dos horas después de la cual sólo quedaban un par de condones usados y un adiós apresurado. Había sido algo así, seguro.

Tras el fin de mi matrimonio, sólo había conocido a una mujer buena, Hélène, pero estaba casada. Una de sus hijas iba a clase de Arte con Margaux. Ella no estaba interesada en mantener una aventura, sólo quería que fuéramos amigos, y a mí me pareció bien. Con el tiempo se había convertido en una aliada valiosa y cercana. Hélène me había llevado a cenar a alguna de esas ruidosas brasseries del Barrio Latino. Me cogía la mano y me escuchaba cuando estaba con la depre. A su esposo no parecía importarle, y le entendí: tampoco yo era del tipo de hombre que pone celoso a un marido. Hélène vivía en una casona llena de recovecos ubicada en el bulevar de Sebastopol. Heredó la propiedad de su abuelo y la restauró con gran atrevimiento. El edificio tenía una vieja fachada a punto de venirse abajo en un área constreñida entre Les Halles y el Centro Pompidou, dos símbolos ostentosos de la vanidad presidencial. Me invadían punzadas de nostalgia cada vez que la visitaba, pues me recordaba una época de mi infancia, cuando mi padre y yo acostumbrábamos a deambular por los tenderetes de un mercado lleno de olores que ya no existía. A François le gustaba llevarme al distrito 16º y mostrarme el París viejo y sus reminiscencias zolianas. Jamás iba a olvidar la ocasión en que me comí con los ojos a las prostitutas ataviadas con vestidos de colores chillones que se alineaban a lo largo de la calle Saint-Denis, hasta que mi padre me reprendió con severidad para que dejara de hacerlo.

Vi regresar del hotel a Lucas con Astrid y Margaux, recuperadas después de darse una ducha. El rostro de Astrid estaba más relajado y parecía menos cansada. Venían las dos de la mano, y Astrid movía la mano de Margaux adelante y atrás, como si fuera una niña pequeña.

Enseguida llegaría el momento de su marcha, bien lo sabía yo, y necesitaba estar preparado para ese trance. Siempre me costaba un poco hacerme a la idea.

Al final del día, el rostro de Mélanie parecía un poco más sonrosado contra el blanco de la almohada. ¿O era cosa de mi imaginación? Nuestra familia se había marchado y nos había dejado solos con aquel implacable calor de mediados de agosto y el ruido del ventilador resonando en los oídos.

Esa tarde había telefoneado a su jefe, Thierry Drancourt, a su ayudante, Lucie, y a sus amigos íntimos: Valérie, Laure y Édouard. Había intentado explicarles la situación de la mejor forma posible y con un tono suave y firme. Les transmití el mismo mensaje en plan telegrama: había sufrido un accidente, se había roto la espalda, estaba hospitalizada, necesitaba descanso, iba a ponerse bien. Sin embargo, todos parecían preocuparse y preguntaban si podían ayudar en algo, si tenía dolores o si necesitaba que le enviaran alguna cosa. Los aplaqué hablándoles con confianza y les aseguré que iba a recuperarse del todo. Encontré un par de mensajes del amante de Mel en su teléfono, del cual me había apropiado, pero no los contesté.

Luego, me escabullí al servicio de caballeros, desde cuya privacidad llamé a mis propios amigos, Hélène, Didier,

Emmanuel, y a ellos les conté, con un tono de voz muy diferente, lo asustado que estaba, el miedo que aún tenía cada vez que la veía allí tendida, inmóvil, escayolada y con una mirada mortecina en los ojos. Hélène rompió a llorar y Didier apenas logró articular palabra. Sólo Emmanuel se las arregló para consolarme con su ensordecedora voz de barítono y sus risas entre dientes. Se ofreció a venir conmigo y durante un rato barajé seriamente la posibilidad de aceptar su oferta.

—Dudo que quiera volver a conducir jamás —comentó Mel sin energía.

—Olvídalo. De todos modos, es demasiado pronto.

Ella se encogió de hombros, o al menos lo intentó, e hizo una mueca de dolor.

—Cómo han crecido los chicos. Lucas es un hombrecito. Margaux lleva el pelo naranja y Arno, una perilla. —Frunció los labios resecos y sonrió—. Y también ha venido Astrid...

—Sí. —Se me escapó un suspiro—. También ha venido...

Alargó la mano muy despacio, cogió la mía y me la estrechó.

—Su nombre no aparecía, ¿eh?

—Gracias a Dios.

La doctora y una enfermera entraron en la habitación para efectuar el reconocimiento vespertino. Le di un beso a mi hermana y me escabullí de allí. Deambulé por los pasillos, haciendo un ruido bastante molesto por culpa de las suelas de goma de las zapatillas, y luego me encaminé hacia la entrada principal, donde volví a verla junto a la puerta.

Angèle Rouvatier vestía unos vaqueros negros y una camiseta sin mangas del mismo color. Se sentaba a horcajadas sobre una magnífica Harley Davidson, aunque era un modelo antiguo. Sostenía el casco con una mano mientras con la otra mantenía el móvil a la altura de la oreja. Sus cabellos castaños le caían sobre el rostro, ocultándoselo, razón por la cual no lograba distinguir su expresión. Me quedé ahí plantado, observándola durante un rato. Recorrí con los ojos el largo trazo de sus muslos, la espalda estrecha y sus hombros redondeados, muy femeninos. Tenía muy morenos los antebrazos. Debía de haber estado tomando el sol hacía poco. Me pregunté qué aspecto tendría en traje de baño, cómo sería su vida, si estaría soltera o casada, si tendría o no hijos, y también cómo olería justo debajo de la cascada de su melena.

Debió de percatarse de algo, ya que se giró bruscamente y me descubrió admirando su figura. Avergonzado, me apresuré a retroceder con el corazón golpeteándome en los oídos. Ella me sonrió, se metió el móvil en el bolsillo y me hizo con el dedo un gesto de significado elocuente: ven aquí. Caminé lenta y pesadamente hacia ella, sintiéndome un gilipollas.

—¿Cómo está su hermana esta tarde? —preguntó.

Sus ojos eran dorados a pesar de la escasa luz de la tarde.

—Un poco mejor, gracias —farfullé.

—Tiene una familia estupenda. Me refiero a su esposa y sus hijos.

—Muchas gracias.

—¿Se han ido?

—Sí. —Se hizo un silencio—. Estoy divorciado.

No sé por qué dije esa tontería, pero sonó patético.

—Por lo que parece, va a tirarse aquí una temporadita, ¿eh?

—Sí. Mel no puede moverse.

Ella asintió y se bajó de la moto. Admiré la agilidad con que desplazó la pierna por encima del sillín.

—¿Tienes tiempo para tomar un trago? —preguntó, mirándome a los ojos.

—Claro —contesté, intentando aparentar que eso me sucedía todos los días—. ¿Tienes alguna sugerencia sobre dónde podemos ir?

—No hay mucho donde elegir. Hay un bar justo ahí abajo, cerca del ayuntamiento, pero a estas horas seguramente habrá cerrado ya. Y luego está el bar del hotel Dauphin.

—Ahí es donde me alojo.

—Claro —convino ella—. No hay otro lugar donde quedarse. Es el único hotel abierto en esta época del año.

Caminaba más deprisa que yo, así que me quedé sin aliento en mi intento de seguirle el paso. Anduvimos sin decir nada, pero no fue uno de esos silencios incómodos. No había nadie detrás de la barra cuando llegamos al hotel. Esperamos un rato, pero el lugar parecía totalmente vacío.

—Habrá un minibar en tu habitación, ¿no? —sugirió, y de nuevo me dirigió esa mirada directa.

Había algo terrible y excitante en ella. Me siguió hasta mi cuarto. Saqué las llaves con mano temblorosa, abrí la puerta, que hizo clic cuando ella la cerró. Y de pronto me la encontré en mis brazos, y la melena lustrosa me caía sobre la mejilla. Me besó a fondo y con ansia. Su boca sabía a menta y a tabaco. Era más fuerte y alta que Astrid, más que cualquier otra mujer que hubiera tenido entre mis brazos últimamente.

Allí, de pie mientras me besaba, sumergido en mi propia inercia, me sentí tan idiota como un adolescente torpón.

De repente mis manos volvieron a la vida y la agarré como un náufrago se sujeta a un salvavidas: con desesperación. La sujeté de forma febril y recorrí la zona lumbar con los dedos. Ella se diluyó en mí y profirió suaves gemidos, nacidos de la fibra más honda de su ser.

Caímos sobre la cama y se montó a horcajadas sobre mí con la misma agilidad exhibida en el sillín de la moto. Sus ojos refulgieron como los de un gato. Poco a poco se dibujó una sonrisa en su rostro mientras me desabrochaba el cinturón y me bajaba la cremallera de la bragueta. Sus toques fueron precisos, pero tan sensuales que tuve una erección en cuestión de segundos.

Angèle no dejó de mirarme ni de sonreírme ni siquiera cuando la penetré. De inmediato, con habilidad, ralentizó el ritmo de mis caderas, y entonces lo supe: aquél no iba a ser otro de esos polvos rápidos y chapuceros que terminaban en cuestión de minutos. Era otra cosa.

Observé los contornos de su silueta leonina mientras cabalgaba sobre mí. A veces, se inclinaba hacia mí y me agarraba el rostro entre las manos, y me besaba con una ternura sorprendente. Se tomaba su tiempo, se regodeaba, lo disfrutaba. Gozamos de un sexo algo pausado y exento de prisas, pero el clímax fue tan intenso que noté cómo una quemazón me recorrió la espalda desde la rabadilla a la cabeza, quemándolo todo a su paso. Era como un dolor.

Ella se tendió junto a mí, sin aliento. El sudor de su espalda empapó la palma de mi mano.

—Gracias, lo necesitaba.

Me las arreglé para soltar una risilla seca.

—Perdona que te corrija: yo también lo necesitaba.

Se estiró hacia la mesilla de noche, sacó un cigarro del paquete, lo encendió y me lo pasó.

—Lo supe en cuanto te eché la vista encima.

—¿Saber? ¿El qué?

—Que te tendría.

Me quitó el pitillo de entre los dedos.

De pronto me di cuenta de que llevaba puesto un condón, y hasta donde lograba recordar no había realizado los movimientos necesarios para colocarlo. Lo había deslizado con tanta maña que ni me había dado cuenta.

—Todavía la quieres, ¿a que sí?

—¿A quién?

Sabía a quién se refería, aunque se lo preguntase.

—A tu esposa.

¿Por qué iba a molestarme en ocultarle nada a aquella bella desconocida tan poco convencional?

—Sí, aún la amo. Me dejó por otro hace un año, y desde entonces me siento una mierda.

Angèle apagó el cigarro y se volvió hacia mí otra vez.

—Estaba segura por el modo en que la mirabas. Debe de doler.

—Sí.

—¿Qué haces…? Quiero decir, ¿a qué te dedicas?

—Soy arquitecto, pero de los que hacen cosas aburridas. Restauro oficinas y almacenes, hospitales, bibliotecas y laboratorios. No hago ningún trabajo estimulante. No hago nada creativo.

—A ti lo que te va es machacarte, ¿verdad?

—No —refuté, escocido por el comentario.

—Pues entonces, deja de hacerlo.

Permanecí en silencio mientras me quitaba el preservativo con la mayor discreción posible. Luego, sin mirarme al espejo, como de costumbre, entré al servicio, donde me deshice del condón. Metí tripa y regresé a la cama.

—¿Y qué hay de usted, madame Rouvatier? ¿A qué se dedica?

Ella me miró con cierta reserva.

—Soy tanatopractora. —Esbozó una sonrisa que dejaba entrever unos dientes blancos perfectos que me hicieron tragar saliva—. Manipulo cadáveres a lo largo de todo el día con las mismas manos con que te he acariciado la polla hace unos instantes. —Se las observé. Eran fuertes y hábiles, y, aun así, extremadamente femeninas—. Mi trabajo repugna a ciertos hombres, así que no lo cuento. No se empalman si lo hago. ¿Te da repulsión?

—No —le contesté con sinceridad—, pero supongo que me sorprende un poco. Háblame un poco de tu trabajo. Nunca he conocido a nadie con ese oficio.

—Mi labor consiste en aprender a respetar a los muertos, eso es todo. Si tu hermana hubiera fallecido en ese accidente, cosa que, por suerte, no ha ocurrido, gracias a Dios, mi tarea habría sido darle un aspecto sereno para que tú y tu familia pudierais mirarla por última vez sin llevaros un susto.

—¿Y cómo lo logras?

Angèle se encogió de hombros.

—Es un trabajo. Tú restauras edificios, yo hago lo mismo con los cuerpos.

—¿Es duro?

—Sí, lo es cuando se trata de niños, bebés o mujeres embarazadas.

Me estremecí.

—¿Tienes los tuyos propios? Quiero decir, hijos, bebés…

—No, no soy una persona de familia. Por eso admiro las de los demás.

—¿Estás casada?

—Pareces un poli. Tampoco soy de las que se casan. ¿Alguna otra pregunta, agente?

—No —contesté con una sonrisa.

—Perfecto, porque ahora debo irme. Mi novio va a preguntarse dónde estoy.

—¿Tu novio? —pregunté con una nota de perplejidad que no logré reprimir.

Ella me regaló una sonrisa deslumbrante que mostraba sus dientes.

—Sí, tengo un par.

Se puso de pie y se metió en el cuarto de baño, donde oí correr el agua de la ducha durante unos breves momentos. Luego, reapareció envuelta en una toalla. La observé. La encontraba fascinante, no podía evitarlo, y ella lo sabía. Se puso las bragas, los vaqueros y la camiseta.

—Volveré a verte; lo sabes, ¿verdad?

—Sí —musité.

Se inclinó sobre mí y me besó con avidez en los labios.

—Volveré a por más, monsieur Parisiense. Ah, por cierto, no hace falta que vayas metiendo tripita de ese modo. Ya estás bien como estás. —Se despidió y cerró la puerta con suavidad al salir.

Intenté poner en orden mis ideas. Estaba hecho polvo, era como si me hubiera pasado por encima un camión. Mientras me duchaba, no pude contener una risilla al recordar su audacia, pero había una ternura irresistible detrás de ese descaro. Esa mujer atesoraba un don increíble, pensé mientras me cambiaba de ropa y me ponía unos vaqueros y otra camiseta. Me había hecho sentirme bien conmigo mismo, y eso no sucedía desde hacía siglos. Me sorprendí a mí mismo tarareando y a punto de estallar en carcajadas.

Me miré al espejo como era debido, y eso no ocurría desde hacía mucho tiempo. Vi un rostro un tanto alargado, cejas espesas y una constitución delgada, si exceptuábamos la barriga. Desde el espejo me contemplaba un hombre que ya no se parecía al perro Droopy, el personaje de dibujos animados. No, incluso era más sexy, o así me lo parecía a mí, a pesar de las canas y del brillo enloquecido de los ojos de color castaño.

«Si Astrid pudiera verme ahora, si fuera capaz de quererme como Angèle Rouvatier-que-va-a-volver-a-por-más», me lamenté antes de ponerme a gemir. ¿Cuándo iba a dejar de aferrarme a mi ex mujer? ¿Cuándo sería capaz de pasar página y seguir con mi vida?

Le estuve dando vueltas al oficio de Angèle. No me hacía una idea precisa del trabajo de un tanatopractor. ¿Quería saber más? De un modo morboso, en cuyas razones no deseaba ahondar, encontraba el tema fascinante.

Había visto en la tele un documental sobre cómo trataban a los cuerpos tras la muerte. Les inyectan unos compuestos químicos, les recomponen las facciones y les alisan la piel, les cosen las heridas, les recolocan las extremidades e incluso se les aplica un maquillaje especial. «Es un trabajo siniestro», había comentado Astrid, que lo estaba viendo junto a mí.

¿Qué clase de cadáveres podía tratar a diario Angèle Rouvatier en un hospital de provincias como ése? Ancianos muertos de puro viejos y víctimas de cáncer, accidentes de coche e infartos, suponía.

¿Contó el cuerpo de mi madre con la asistencia de algún embalsamador? Mel y yo fuimos conducidos al hospital para ver su cadáver, pero yo cerré los ojos. Ignoro si mi hermana hizo otro tanto. El funeral tuvo lugar en la iglesia de

Saint-Pierre de Chaillot, a diez minutos a pie de nuestra casa de la avenida Kléber. Mi madre estaba enterrada en el panteón de los Rey, ubicado en el cementerio de Trocadero, también muy cerca. Hacía unos años había llevado a los niños para enseñarles la tumba de una abuela a la que nunca conocieron.

¿Cómo era posible que apenas conservara recuerdos del funeral? Me quedaban imágenes sueltas de una iglesia poco iluminada adonde acudió poca gente, el eco de los cuchicheos, el olor asfixiante de las lilas blancas y un montón de desconocidos que nos abrazaban una y otra vez.

Debía hablar con mi hermana para averiguar de qué se acordaba ella. Quizá recordase el rostro de nuestra madre muerta. Pero ahora no, no era el momento, y lo sabía.

Pensé de nuevo en lo que estaba a punto de decirme Mélanie unos segundos antes del accidente. Lo llevaba clavado desde el siniestro, no lograba sacármelo de la cabeza, estaba ahí, como un peso muerto, haciéndose notar. Había barajado incluso la posibilidad de comentárselo a la doctora Besson para ver qué pensaba y qué me sugería, pero en ese mismo momento la única persona con quien deseaba consultar el asunto era Astrid, y no estaba allí.

Encendí el móvil y escuché los mensajes. Había uno de Florence para hablar de un nuevo contrato y otros tres de Rabagny. El importe de los emolumentos había sido la única razón para aceptar el encargo de su guardería infantil cerca de la Bastilla. No podía ponerme tiquismiquis tal y como estaba el patio. Debía transferir a Astrid una pensión alimenticia mensual bastante elevada. Así lo habían concertado los abogados y no había nada que yo pudiera hacer al respecto. Siempre había ganado más dinero que ella, y probablemente el acuerdo sería justo, pero ahora las pasaba canutas cada fin de mes.

Rabagny no entendía dónde me metía ni por qué no le devolvía las llamadas, a pesar de que el día anterior le había enviado un SMS donde le explicaba lo del accidente mientras regresaba a París. Odiaba el sonido de su voz aguda y quejumbrosa como la de un niño consentido.

Había surgido un problema en el área de juegos. El color y la consistencia no eran los adecuados. El tipo me echaba su perorata con tal desprecio que parecía escupir las palabras, y mientras oía las grabaciones casi veía su cara ratonil de ojos prominentes y orejas descomunales. No me había gustado desde el principio. Tenía los treinta recién cumplidos y una arrogancia que me desagradaba tanto como su aspecto físico. Consulté la hora. Acababan de dar las siete. Todavía podía devolverle la llamada, pero no lo hice. Borré todos sus mensajes con una fiereza de lo más satisfactoria.

Hélène había dejado un mensaje con su voz suave como el zureo de una paloma: deseaba saber cómo nos encontrábamos Mélanie y yo desde nuestra última conversación, hacía apenas unas pocas horas. Ella seguía de vacaciones con su familia en Honfleur. Desde mi divorcio, yo había visitado a menudo esa residencia, una casa con vistas al mar muy agradable, cómoda y desordenada en donde uno se sentía a gusto. Era una amiga muy apreciada porque sabía cómo conseguir que me sintiera mejor conmigo mismo y con mi vida. Al menos por un tiempo.

La brecha abierta entre los amigos de la pareja era una de las cosas más molestas de los divorcios. Unos habían elegido a Astrid y otros a mí. ¿Por qué? Jamás iba a conocer las razones. ¿No les resultaba extraño a nuestros conocidos ir a cenar a la casa de Malakoff y tener a Serge sentado en mi silla? ¿No encontraban triste visitarme en el apartamento vacío de la calle Froidevaux, donde era obvio que no lograba salir a flote desde que ella me había dejado? Algunos amigos la habían preferido a ella porque Astrid exudaba un aura de felicidad. Era más fácil tener trato social con una persona dichosa, o eso imaginaba yo, y a casi nadie le apetecía sentarse a rumiar cuitas con un perdedor ni oír mis quejas sobre lo solito y desamparado que me hallaba ni lo confundido que estuve los cinco primeros meses al verme sin una familia después de haber sido un padre de familia durante dieciocho años, ni sobre lo silenciosas que me parecían las mañanas a primera hora en mi cocina de Ikea, a solas con el olor de una barra de pan quemada y los eslóganes publicitarios de las noticias de la emisora RTL, pues enchufaba la radio para tener algo de compañía. Me quedaba allí como un pasmarote, aturdido por la falta de voces, la de Astrid urgiendo a los niños para que no llegasen tarde, el retumbar de las pisadas de Arno cuando bajaba por las escaleras, los ladridos de *Titus,* movido por el entusiasmo, los gritos de Lucas cuando no localizaba la bolsa de gimnasia. Ahora, un año después, me había acostumbrado a las nuevas mañanas, las silenciosas, pero seguía echando de menos aquellos ruidos.

También tenía mensajes de otros clientes; algunos de ellos revestían cierta urgencia. El paréntesis vacacional estaba a punto de acabar y ahora la gente regresaba al trabajo y retomaba el ritmo habitual de actividad. Empecé a calcular cuánto tiempo debía quedarme allí; el plazo máximo que iba a poder permanecer junto a mi hermana. Pronto habrían transcurrido tres días desde el accidente y Mel aún no podía moverse. La doctora Besson no me había facilitado nuevos detalles. Sospechaba que ella prefería ver la evolución de Mélanie antes de ser más precisa.

Había recibido también varios mensajes de la compañía de seguros con preguntas concretas acerca del coche accidentado y peticiones de rellenar cuanto antes el papeleo. Procedí a apuntar todo eso en el bloc de notas.

Luego, encendí el portátil y usé la conexión telefónica situada junto a la cabecera de la cama para conectarme y revisar el correo. Tenía un par de mensajes de Emmanuel y unos pocos relativos a mi negocio. Los respondí enseguida.

Después abrí un par de archivos de AutoCAD relativos a proyectos en los que debería estar trabajando. Sentí una desidia enorme al verlos en la pantalla, lo cual casi me resultaba divertido. Hubo un tiempo en que me daba escalofríos sólo imaginar nuevas oficinas, una biblioteca, un hospital, un centro deportivo o un laboratorio. Ahora me era indiferente. Había malgastado la mayor parte de mis energías y de mis años en un campo que no me llenaba, así de simple. ¿Cómo había podido ocurrir eso? ¿Cuándo se quedó todo en nada? Probablemente, cuando Astrid me dejó. Quizá sufriera una depresión o tal vez fuera cierto lo de la crisis de la mediana edad, pero ¿acaso se veía venir este tipo de cosas?

Apagué el ordenador, bajé la tapa y me recliné sobre la cama. Las sábanas todavía olían a Angèle Rouvatier, lo cual me agradaba. Miré a mi alrededor. La habitación era de las modernas: cómoda y sin encanto, la ventana daba a un aparcamiento, las paredes estaban pintadas de color gris perla y la fina alfombra tenía un tono beige apagado. Mélanie ya habría tomado la cena a esa hora, porque la servían ridículamente pronto, como en todos los hospitales. Por mi parte, podía elegir entre el McDonald's de las afueras o una pequeña casa de huéspedes situada en la avenida principal del pueblo, donde ya había cenado dos veces. Los camareros se movían a cámara lenta y el comedor estaba a rebosar de octogenarios desdentados, pero los platos eran de lo más saludable. Decidí saltarme la cena de esa noche, lo cual, por cierto, no iba a hacerme ningún mal.

Encendí la tele e intenté concentrarme en las noticias. Inquietud en Oriente Próximo: bombas, disturbios, muerte y violencia. Cambié de un canal a otro y todo me revolvía el estómago. Hice zapping hasta acabar parándome en medio de la película *Cantando bajo la lluvia*. Las piernas esculturales de Cyd Charisse y su firme y ceñido corsé esmeralda mientras giraba en torno a un torpe Gene Kelly con gafas me dejaban obnubilado, como siempre.

Me sobrevino una suerte de paz interior mientras permanecía tumbado, maravillado por esos muslos firmes y redondeados. Continué viendo el largometraje con la placidez de un chaval amodorrado, invadido por una dicha silenciosa que hacía mucho tiempo que no sentía, y me pregunté la razón de mi satisfacción de esa noche. Mi hermana estaba escayolada de la cintura hacia arriba y sólo Dios sabía cuándo sería capaz de volver a andar, seguía enamorado de mi ex mujer y aborrecía mi trabajo.

La presencia de Astrid había removido unos recuerdos amargos casi por sorpresa, habían salido de repente, como el payaso de una caja sorpresa, pero esa poderosa sensación de paz fluía por mi cuerpo con fuerza suficiente para llevarse por delante todos los pensamientos negativos, tranquilizar mis preocupaciones sobre Mélanie, eliminar la ira y la frustración nacidas por mis desvelos laborales. Yací allí tumbado y me rendí.

Qué hermosa era Charisse envuelta con ese velo blanco y los brazos extendidos en gesto de súplica, recortados contra el tono púrpura del decorado. Seguía teniendo unas piernas muy largas incluso cuando estaba descalza, parecían no tener fin. Me sentía capaz de permanecer allí tumbado para siempre, confortado por el olor a almizcle de Angèle Rouvatier y los muslos de Cyd Charisse.

El móvil emitió un pitido indicador de la recepción de un mensaje. Lo cogí y aparté a regañadientes los ojos de Charisse para leerlo.

Dream a little dream of me[*].

No conocía el número de teléfono remitente del SMS. Sonreí. Sabía quién me lo había enviado. Sólo podía ser Angèle Rouvatier. Probablemente había copiado mi número del expediente de Mélanie, al cual podía acceder fácilmente como parte integrante del personal del hospital.

El sentimiento de sosiego y satisfacción me envolvió como un gato ronroneante. Deseaba apurarlo al máximo, porque de algún modo, y aunque no supiera de dónde sacaba esa certidumbre, sabía que no iba a durar. Ese momento era como hallar abrigo en el ojo del huracán.

---

[*] «Sueña un poco conmigo», título de una famosa balada de Gus Kahn interpretada, entre otros, por Louis Armstrong, Ella Fitzgerald, Bing Crosby, Chicago y The Mamas & the Papas. *[N. del T.]*

Daba igual cuánto me esforzase por eludirlo. No lograba evitar que mi mente regresara una y otra vez al aciago viaje en cuyo transcurso Astrid conoció a Serge. Eso había ocurrido hacía cuatro años, cuando los chicos aún no se habían adentrado en las turbulencias de la adolescencia. Habíamos contratado unas vacaciones en Turquía, en el Club Med Palmiye Hotel. La ocurrencia fue mía. Solíamos pasar la mayor parte del verano con los padres de Astrid, Bibi y Jean-Luc, en su casa de la Dordoña, cerca de Sarlat. Mi padre y Régine tenían una casa en el valle del Loira, un presbiterio que mi madrastra había transformado en uno de esos horrores modernos que hacen daño a la vista. Rara vez nos invitaban y nunca nos sentíamos bien recibidos.

Las vacaciones en compañía de Bibi y Jean-Luc habían empezado a pasar factura y la convivencia con mis suegros se me hacía cada vez más difícil, a pesar de la grandiosidad y belleza del Périgord Negro. La obsesión de Jean-Luc por la evacuación intestinal regular y la consistencia de las deposiciones, los menús frugales, el recuento de calorías y el ejercicio continuado acababan por ser irritantes.

Bibi apechugaba con todo eso. Podías ver su rosáceo rostro redondo con hoyuelos y el pelo blanco recogido en un moño casi siempre en la cocina, atareada como una abeja obrera. Accedía a casi todo y se encogía de hombros con la mejor de las disposiciones.

Todas las mañanas, mientras me tomaba un café negro con azúcar en el desayuno, mi suegro me censuraba:

—¡Qué malo es eso para tu cuerpo! Habrás muerto antes de cumplir los cincuenta.

Debía ocultarme como un colegial detrás de las hortensias a fumarme un pitillo deprisa y de mala manera para oírle decir:

—Vives cinco minutos menos con cada cigarro que te fumas, ¿lo sabías?

Y eso no era todo. Con el fin de sudar lo máximo posible, mi suegra andaba a toda prisa por el jardín completamente vestida con plástico y subida sobre unos palos de esquí. A esto se le llamaba «marcha nórdica», y como ella era sueca, pues, bueno, supongo que encajaba que la practicara, pero tenía un aspecto ridículo.

La costumbre nudista de los sesenta empezó a cansarme cuando la practicaban en torno a la piscina y dentro de la casa. Iban por ahí contoneándose como ciervos viejos, inmunes a la evidencia de que sus cuerpos no inspiraban más que lástima; pero yo no me atrevía a poner el tema sobre la mesa, ya que Astrid también practicaba el nudismo en verano, aunque en menor medida. Las alarmas saltaron cuando Arno, que entonces sólo tenía doce años, murmuró en la cena algo sobre que le avergonzaba que sus amigos acudieran a la piscina porque los abuelos se exhibían desnudos. Para esa fecha ya habíamos decidido pasar los veranos en otra parte, aunque volvimos de visita.

Por todo ello, cambiamos los robledales de Dordoña, los desayunos con muesli y el nudismo de mis suegros por el abarrotado y alegre Club Med, donde abundaban las comidas con un alto contenido en calorías.

Al principio no me preocupé por Serge, lo admito. No percibí ningún indicio de peligro. Astrid se marchaba a sus clases de gimnasia acuática y de tenis, los chicos se quedaban en el miniclub y yo me pasaba las horas muertas leyendo, tomando el sol o echando una cabezadita en la playa y nadando en el mar. Ese verano leí un montón de novelas. Me las había regalado Mélanie. Eran libros de nuevos valores, escritores confirmados y escritores extranjeros publicados por la editorial en la que trabajaba mi hermana. Los leí por encima, sin concentrarme mucho, pues ese verano sobre todo hice el vago. Debería haber estado con la guardia alta, pero en vez de eso holgazaneé bajo el sol, convencido de que todo marchaba bien en mi pequeño mundo.

Astrid le conoció en las pistas de tenis, o eso tengo entendido, pues compartían el mismo profesor, un italiano de voz melosa que llevaba unos pantalones cortos blancos muy apretados e iba por ahí caminando como John Travolta en la pista de baile. No noté nada raro hasta más tarde, durante el viaje a Estambul. Serge formaba parte del grupo de quince turistas del Club Med guiados por un viejo turco que hablaba francés con un sorprendente acento belga. Aturdidos por el calor y el cansancio, pateamos por el palacio de Topkapi de punta a punta, la mezquita azul del sultán Ahmed, Santa Sofía, las antiguos restos de cisternas de agua adornadas con cabezas de medusa y el bazar. Lucas tenía seis años y no hizo más que quejarse. Era el niño más pequeño de todos.

Me di cuenta de que Astrid se estaba carcajeando mientras cruzábamos el Bósforo en un barco y el guía señalaba las

vistas de la orilla asiática. Serge estaba de espaldas a mí ro-
deando con el brazo a una joven, y los dos se reían. La muchacha era una joven de rostro saludable que llevaba el pelo
sujeto en una cola de caballo.

—Eh, Tonio, ven a conocer a Serge y Nadia.

Me acerqué a ellos sin ninguna prisa y les estreché la
mano. Entorné los ojos mirándole a la cara. No hallé nada
especial en él. Estaba cachas, pero era más pequeño que yo
y tenía unas facciones muy del montón. Pero Astrid le miraba, y él a ella. El menda estaba ahí con su novia y no era
capaz de quitarle los ojos de encima a mi esposa. Me entraron ganas de tirarle por la borda.

Con creciente angustia, sentía su continua presencia
cuando regresamos al Palmiye Hotel. Nos lo encontrábamos
en todas las esquinas. ¡Quién lo iba a decir! Serge estaba en
el *hammam*, junto a la piscina, bailando con los chicos en las
Crazy Signs organizadas por el Club Med y en la mesa contigua a la nuestra. A veces con Nadia y otras solo.

—Son una pareja moderna —me había explicado Astrid.

Yo no tenía ni idea de qué diablos significaba eso, pero no me gustaba ni un pelo.

En las clases de gimnasia acuática, estaba inevitablemen-
te presente: pedaleando en el agua junto a mi esposa, masa-
jeando su cuello y sus hombros durante las sesiones de ma-
saje recíproco del final.

No iba a sacármelo de encima ni con agua caliente.
Empecé a asumir con desánimo que debería esperar al final
de las vacaciones para perderle de vista. No me di cuenta en
absoluto de que el romance empezó justo después de que
todos regresáramos a Francia. Bajo mi punto de vista, Serge
había sido un incidente desagradable en unas vacaciones por
todo lo demás muy satisfactorias.

Fue entonces cuando Astrid empezó a dar señales de estrés. Se cansaba muy a menudo y saltaba a la mínima. Ya nunca hacíamos el amor. Se acurrucaba en su lado de la cama, de espaldas a mí, y se quedaba dormida enseguida. Una o dos veces, después de que los niños se hubieran acostado, la sorprendí llorando a solas en la cocina.

Ella siempre se las arreglaba para convencerme de que todo se debía al cansancio o a este o aquel otro problema en la oficina; nada serio. Y yo la creía.

¡Qué fácil era creerla! No debía plantearle ninguna pregunta a ella ni tampoco debía hacérmelas yo.

La verdad era que ella lloraba porque amaba a Serge y no sabía cómo decírmelo.

Al día siguiente apareció por el hospital Valérie —la mejor amiga de Mélanie—, con Léa —su hija de cuatro años, ahijada de Mel—, su esposo, Marc, y su perra *Rose,* una jack russell terrier.

Me vi en la obligación de esperar fuera con la niña y la perra para que Léa y Marc pudieran pasar un rato con mi hermana. El chucho era nervioso, de esos que no se están quietos nunca: parecía haber nacido para dar brincos y ladrar hasta debajo del agua; la niña era más mala que la quina, a pesar de su aspecto angelical. Tuve que dar una vuelta tras otra alrededor del hospital para tranquilizarlas un poco a las dos. Al animal lo sujetaba por la correa y a la niña la llevaba bien cogida de la mano. Angèle Rouvatier se desternillaba de risa cada vez que me observaba desde su ventana en el piso primero. Un fuego interior se encendía entre mis caderas cada vez que sus ojos se posaban en mí, pero resultaba muy difícil tener una pinta mínimamente sexy y al mismo tiempo mantener controladas a una perra que no dejaba de ladrar y a una niña que no paraba de gritar.

Rose tenía la poca elegancia de sentarse a horcajadas para mear donde le viniera en gana, y eso incluía la rueda delantera de la Harley de Angèle. Por otro lado, la niña deseaba estar con su madre y no alcanzaba a entender por qué la habían empaquetado como un fardo y la habían dejado conmigo, con el calor que hacía en pleno mes de agosto; una tarde perdida en un lugar carente de todo interés, pues no había un sitio decente donde jugar ni poder comprar helados.

Me encontraba perdido frente a un niño de esa edad. Había olvidado lo tiránicos, obtusos y ruidosos que pueden llegar a ser. De pronto, eché de menos los equívocos silencios de la adolescencia, a los que había ido acostumbrándome y con los que, según creía, era capaz de manejarme.

Por el amor de Dios, ¿por qué teníamos hijos?, me preguntaba cuando las enfermeras abrieron las ventanas y me miraron con desdén o desquiciadas por la combinación de los gemidos de la niña y los ladridos de la terrier.

Valérie salió del edificio por fin y, para mi enorme alivio, se hizo cargo de la estruendosa pareja. Esperé a que apareciera Marc y se llevase a Léa y *Rose* para conversar con la amiga de mi hermana. Nos sentamos a la sombra de un castaño, pues el calor era más intenso ese día: el ambiente era seco y ardiente, más propio de un desierto, lo cual me hacía añorar todavía más los helados y los insondables fiordos noruegos.

Nuestra visitante estaba muy morena tras pasar las vacaciones en España. Mélanie y ella eran amigas desde hacía muchos años, desde que fueron juntas a clase en el colegio Sainte-Marie de l'Assomption, en la calle Lubeck. De pronto me percaté de que a lo mejor ella recordaba algún detalle sobre mi madre y me asaltó la tentación de preguntarle, pero mantuve cerrado el pico. Valérie era una escultora de bastante renombre. En mi opinión, su trabajo era bueno, pero marcadamente sexual y demasiado explícito como para tenerlo expuesto en una casa llena de niños. Sin embargo es posible que pensase de ese modo porque, y aquí casi puedo oír la voz de Mel burlándose de mí, soy «un chico burgués y un estirado del distrito 16º».

Valérie parecía preocupada. Aunque yo la había mantenido al corriente del estado de Mel durante los últimos días, era inevitable, como tuve que recordarme a mí mismo, la fuerte impresión cuando se la veía por primera vez. Extendí el brazo y le cogí la mano.

—Parece muy débil —susurró.

—Sí —admití—, pero tiene mejor aspecto que el primer día.

—No me estarás ocultando nada, ¿verdad? —inquirió con acritud.

—¿Como qué?

—Bueno, que vaya a quedarse paralítica o alguna otra cosa horrorosa.

—Por supuesto que no, aunque lo cierto es que la doctora Besson tampoco me ha dicho demasiado. No tengo ni idea de cuánto tiempo va a tener que quedarse aquí ni cuándo va a caminar por su propio pie.

Valérie se rascó la coronilla.

—Ha venido la doctora cuando estábamos en la habitación. Parece una mujer amable.

—Sí, lo es.

Ella se volvió para mirarme a los ojos.

—¿Y qué hay de ti? ¿Cómo lo llevas, Tonio?

Sonreí y me encogí de hombros.

—Me siento como en una especie de nube.

—Debe de haber sido terrible, y más aún después de un fin de semana maravilloso. He hablado con Mel de su cumpleaños, y, por cómo hablaba, parece que os lo pasasteis fenomenal.

—Sí, fue estupendo —afirmé sin convicción.

—No dejo de preguntarme por qué ha sucedido esto —comentó, y volvió a observarme.

Como no sabía muy bien qué responder, miré hacia otro lado. Al final, suspiré y le contesté:

—Se salió de la carretera. Así sucedió. Nada más y nada menos.

Valérie me rodeó con su brazo moreno.

—Lo que tú digas, pero ¿por qué no me dejas quedarme con ella unos días? Puedes irte a París en el coche con Marc y yo me quedaré cuidando de Mel durante un tiempo. —Acaricié la idea en silencio. Ella continuó hablando—: No puedes hacer casi nada por tu hermana en este momento y Mel no puede moverse, así que ¿por qué no vuelves a casa, me dejas a cargo de todo y vemos cómo evolucionan las cosas? Debes volver al trabajo y ver a tus hijos los fines de semana, y en unos días, si quieres, puedes volver con tu padre.

—Me siento mal dejándote sola.

Ella soltó un bufido.

—¡Oh, vamos! Soy su mejor y más antigua amiga. Hago esto por ti y por ella, por los dos.

Le apreté el brazo e hice una pausa antes de preguntarle:

—¿Tú recuerdas algo de mi madre, Valérie?

—¿De tu madre?

—Mel y tú sois amigas desde hace tantos años que pensé que quizá te acordaras de algo.

—Mel y yo nos conocimos a los ocho años, creo, poco antes de morir tu madre. Recuerdo una cosa: mis padres me ordenaron que nunca le preguntara a Mélanie nada sobre su madre, aunque ella me mostraba fotografías, cartas y pequeñas pertenencias de vuestra madre. De todas formas, luego tu padre volvió a casarse y nosotras crecimos y nos convertimos en adolescentes frívolas: empezamos a interesarnos por los chicos y esas cosas, y ya no hablamos mucho de ella. Pero lo sentía mucho por los dos. No conocía a otros niños que hubieran perdido a su madre, y eso hacía que me sintiera culpable y triste.

Culpable y triste. Bastantes amigos del colegio reaccionaron de ese mismo modo. Algunos se llevaron una sorpresa de tal calibre que ya no fueron capaces de dirigirme la palabra de forma normal nunca más. Me ignoraban o se ponían rojos como un tomate si yo les hablaba.

La directora del colegio pronunció unas torpes palabras e incluso hubo una misa especial por Clarisse. Los profesores se portaron fenomenal conmigo durante un par de meses, ya que yo era el huérfano. Susurraban a mis espaldas, se daban codazos o me señalaban con movimientos de cabeza.

—Mira, ése es, su madre ha muerto.

A lo lejos vi a Marc caminando hacia nosotros con la niña y la perra. Podía confiar en Valérie para cuidar de mi hermana. Ella me explicó que había traído una bolsa con lo necesario para quedarse un par de días. Era fácil, me hacía falta y además ella quería hacerlo.

Por tanto, hice mi composición de lugar enseguida: me marcharía con Marc, Léa y *Rose*. Sólo necesitaba un poco de tiempo para guardar mis cosas, comunicar en el hotel que Valérie iba a necesitar una habitación y despedirme de Mel. Se sentiría tan feliz de ver a su mejor amiga que mi marcha no iba a perturbarla lo más mínimo.

Rondé por los alrededores de lo que intuía que eran las oficinas de Angèle, pero no la vi por allí. Pensé en lo que podía estar haciendo en esos precisos instantes. Tal vez estaba manipulando un cadáver. Así que me alejé de allí y me entrevisté con la doctora Besson, a quien le expliqué que dejaba a Mel al cuidado de una muy buena amiga y le anuncié mi propósito de estar de vuelta enseguida.

Ella me tranquilizó y me aseguró que Mélanie iba a estar en las mejores manos. Sin embargo, nuestra entrevista concluyó con una frase enigmática:

—No pierda de vista a su padre.

Asentí con la cabeza y me marché, pero no pude evitar preguntarme a qué se estaría refiriendo. ¿Acaso pensaba que François tenía mal aspecto? ¿Había advertido su ojo clínico algún detalle que yo había pasado por alto? Tuve la tentación de dar media vuelta y pedirle que me lo aclarase, pero Marc me estaba esperando y la niña ya había empezado a armar alboroto, así que me marché a toda prisa mientras despedía con la mano a Valérie, cuya figura alta y reconfortante se recortaba contra el umbral de la entrada.

El viaje fue largo y caluroso, pero milagrosamente silencioso, pues se quedaron roque tanto la niña como la mascota. Marc no era hombre de mucha conversación. Escuchamos música clásica y hablamos poco, y eso fue todo un alivio.

Nada más llegar a casa abrí todas las ventanas de par en par, pues el ambiente estaba cargado y el aire, viciado. Durante los veranos parisinos reinaba una chicharrera pesada y olorosa, cargada del hedor del humo de los tubos de escape, gases y mierda de perro. ¡Y cómo sonaba el atasco tres pisos por debajo, en la calle Froidevaux! Nunca era posible dejar abiertas las ventanas del todo durante mucho rato: el ruido resultaba insoportable.

La nevera estaba vacía y además se me hacía insufrible la idea de cenar solo otra vez más, de modo que le pegué un telefonazo a Emmanuel y le dejé un mensaje en el contestador automático, implorándole que atravesase el atasco de París, con el calor que hacía, y viniera a darme un poco de apoyo moral y me acompañase a cenar. Di por seguro que aceptaría. El móvil pitó al cabo de unos minutos; aunque yo esperaba un mensaje de mi amigo, no se trataba de eso.

Eso se llama despedirse a la francesa. ¿Cuándo vuelves?

La sangre se me agolpó en el pecho y rompí a sudar todavía más: Angèle Rouvatier. No logré contener una ancha sonrisa. Acuné el teléfono en la mano como un adolescente sentimental y luego le contesté:

Te echo de menos. Llamaré pronto.

Me sentí un idiota nada más enviarlo. ¿Había hecho bien mandándolo? ¿Hacía falta admitir que la echaba de menos?

Bajé a todo correr al Monoprix de la avenida Général Leclerc y compré vino, queso, jamón italiano y pan. El móvil pitó de nuevo, justo cuando salía del supermercado. Emmanuel me enviaba un SMS para informarme de que estaba en camino.

Mientras le esperaba elegí un viejo CD de Aretha Franklin y lo puse bien alto. La anciana del piso de arriba estaba sorda como una tapia y la pareja de debajo seguían de vacaciones. Me serví un vaso de vino de chardonnay y paseé por el apartamento vacío, acompañando con mi tarareo la cadencia del tema *Think*.

Mis hijos iban a venir la siguiente semana, así que aproveché para echar un vistazo a sus habitaciones. A ellos les gustaba tener dos habitaciones en dos casas distintas, lo cual ayudó mucho cuando estuvo en marcha lo del divorcio. Yo les dejé que la decorasen a su aire. Lucas llenó de caballeros jedis e imágenes de Darth Vader las paredes de su cuarto. Arno las pintó de azul oscuro, lo cual les confería un aspecto disonante y acuático. Margaux plantó un póster de Marilyn Manson en la peor situación posible. Yo sólo miraba si no me quedaba otro remedio. También había otra foto turbadora: Margaux y Pauline, su mejor amiga, con una gruesa capa de maquillaje, mostrando el dedo corazón estirado y el resto de la mano cerrada.

Madame Georges, la enérgica y parlanchina señora de la limpieza, formulaba quejas continuas sobre el estado del cuarto de Arno: muchas veces ni siquiera lograba abrir la puerta por tantos objetos como había acumulados detrás. Margaux era igual de desordenada. Sólo Lucas hacía un pequeño esfuerzo para mantener limpias sus cosas. Yo les dejaba tener sus leoneras como les viniera en gana. Pasaban tan poco tiempo conmigo que me daba pena tener que ordenarles que limpiasen una y otra vez. Eso lo dejaba para Astrid, y para Serge.

En mi ronda descubrí un árbol genealógico en el cuarto de Lucas, justo encima de la mesa. No lo había visto antes. Deslicé el puente de las gafas por la nariz para mirar por encima de los cristales. El diagrama se remontaba a los abuelos. Figuraban los padres de Astrid, francés uno y sueca la otra. La familia Rey se hallaba al otro lado, pero había un interrogante junto a la fotografía de mi padre. Tomé conciencia de lo poco que sabía mi hijo sobre mi madre. Tal vez ni siquiera conociera su nombre. ¿Qué les había contado a mis hijos sobre ella? Prácticamente nada.

Tomé un lápiz de la mesa y en el minúsculo recuadro situado junto a mi padre, donde ponía «François Rey, 1934», escribí con mi mejor caligrafía: «Clarisse Elzyère, 1939-1974».

Todos y cada uno de los parientes tenían una fotografía, salvo mi madre, y eso me causó una extraña frustración.

El timbre de la puerta anunció la llegada de mi amigo. Me alegró mucho contar con su presencia, me encantaba no estar solo, y abracé con fuerza su cuerpo bajo y fornido. Emmanuel me palmeó la espalda de un modo paternal para consolarme.

Nos habíamos conocido hacía unos diez años, cuando mi equipo se encargó de remozar las oficinas de su agencia de publicidad. Era de mi edad, pese a parecer algo mayor, tal vez debido a que estaba completamente calvo. Emmanuel compensaba la falta de pelo con una espesa barba pelirroja, y se la acariciaba muy a menudo; le encantaba hacerlo. Vestía ropas de colores brillantes y estrafalarios que yo no me atrevería a llevar en la vida, pero él lucía esas prendas con cierto garbo. Esa noche, por ejemplo, había elegido una camisa naranja de Ralph Lauren. Sus centelleantes ojos de color azul índigo me contemplaron desde detrás de unas gafas sin montura.

Deseaba expresarle cuánto me alegraba que hubiera venido y lo mucho que le agradecía su aparición esa noche, pero en mí era ya costumbre, siguiendo la mejor tradición de los Rey, que se me trabara la lengua, de modo que al final me guardé esas palabras de gratitud.

Cogí la bolsa de plástico que él sostenía entre las manos y me dirigí a la cocina, donde mi invitado se puso a trabajar de inmediato. Yo me ofrecí a hacer algo mientras le miraba, aun a sabiendas de que era inútil. Se había apropiado del lugar como si fuera suyo y le dejé hacer.

—No te has comprado un delantal como Dios manda, ¿a que no? —refunfuñó.

Señalé con la mano uno de color rosa con un dibujo de Mickey Mouse colgado en un perchero próximo a la puerta. Era de Margaux, lo tenía desde los diez años. Él suspiró mientras se las arreglaba para atárselo en torno a su oronda figura. Hice un gran esfuerzo para reprimir las carcajadas.

La vida personal de Emmanuel era un misterio para mí. Tenía un lío más o menos serio con una mujer triste y complicada llamada Monique, madre de dos hijos adolescentes fruto de un matrimonio anterior. No sabía qué veía en ella, la verdad, pero estaba casi seguro de que mi amigo tenía sus rolletes por ahí cuando Monique no andaba cerca, como en ese momento, que continuaba de vacaciones con sus hijos en Normandía. Esos días tenía alguna aventura, y yo lo sabía porque estaba silbando mientras troceaba los aguacates y hacía ostentación de la misma pose de chico malo que solía verle casi todos los años por esa época.

Mi invitado parecía inmune a los efectos del calor a pesar de estar trabajando en la cocina sin cesar; en cambio yo, que estaba sentado y dándole sorbitos a mi copa de vino, notaba la humedad brillante del sudor en las sienes y en el labio superior. Y él seguía ahí, tan fresco.

La ventana abierta de la cocina daba a un patio típicamente parisino, oscuro como boca de lobo incluso en pleno mediodía. Desde allí sólo se veían los cristales sucios del vecino y unos paños de cocina húmedos encima de la repisa. No entraba ni una pizca de aire por ahí. Odiaba París con ese calor. Echaba de menos Malakoff y el fresco jardincillo, la mesa destartalada y la silla debajo del viejo álamo. Emmanuel trajinaba de un lado a otro de la cocina, quejándose por la falta de buenos cuchillos y de un molinillo de pimienta.

Bueno, yo nunca había sido un cocinillas. Astrid se encargaba de eso en nuestra convivencia. Preparaba unos platos deliciosos y originales con los que no dejaba de impresionar a nuestros amigos. «¿Era buena cocinera mi madre?», me pregunté de pronto. No me parecía recordar ningún aroma de comidas ricas en el piso de la avenida Kléber. Nuestro padre contrató a una gobernanta para hacerse cargo de nosotros y de la casa hasta su boda con Régine. Madame Tulard era una mujer delgada con pelos en la barbilla. Nos tuvo varios años a sopa aguada, poco apetitosos platos de coles de Bruselas, filetes de ternera duros como suelas de zapato y un arroz con leche que era un verdadero engrudo.

Y entonces, de pronto, me vinieron a la memoria imágenes de rebanadas de pan integral untadas con queso fundido de cabra. Eso era cosa de nuestra madre. Me acordé de ese olor fuerte a queso fundido, el sabor a harina de trigo, el suave regusto a albahaca y tomillo fresco y el chorrito de aceite de oliva. Recordé que ella me contaba que solía comer queso de cabra cuando era niña, en las Cévennes. Esos quesos redondos tenían un nombre, *picadons*, *pélardons* o algo por el estilo.

Emmanuel se interesó por la evolución de Mel. Le expliqué que Valérie me había relevado por un par de días y admití que en realidad ignoraba el verdadero estado de mi hermana, pero que confiaba en la cirujana —me gustaba Bénédicte Besson, era una doctora concienzuda y amable—, y le expliqué con detalle cómo me reconfortó la noche del accidente y también cómo metió en cintura a mi padre.

Luego me interrogó acerca de los chicos mientras presentaba dos platos estupendos de verduras frescas cortadas en rodajas finas, rebanadas de queso gouda, salsa de yogur ácida y jamón italiano. Conocía bien su tremendo apetito, y sabía que eso era un mero aperitivo.

Mientras empezábamos a comer, le expliqué que mis hijos iban a venir el próximo fin de semana. Levanté la mirada y le vi masticar a dos carrillos. Era igual que Mélanie, ¿qué sabía él de criar hijos? ¿Qué sabía de los adolescentes? Nada. ¡Qué hombre tan afortunado! Reprimí una sonrisa mordaz. No me imaginaba a Emmanuel como padre por mucho que lo intentase.

Se puso a preparar el salmón en cuanto terminó su plato. Era hábil y diestro. Lo contemplé, maravillado por su maña culinaria, mientras esparcía pepinillo en vinagre al eneldo sobre el pescado. Enseguida me entregó mi parte y la mitad de un limón, y fue entonces cuando le dije:

—Mélanie se salió de la carretera porque acababa de recordar algo acerca de nuestra madre.

Emmanuel alzó la mirada y me observó con perplejidad. Se le había metido un trocito de pepinillo entre los dientes y se lo quitó en silencio.

—Ahora no se acuerda de nada —proseguí sin dejar de masticar el pescado.

Él también comía, pero sin quitarme los ojos de encima.

—Pero al final lo recordará; eso lo sabes, ¿no?

—Sí, se acordará, pero de momento no, y yo no logro sacármelo de la cabeza. Esto me está volviendo loco.

No encendí ni un cigarrillo hasta que él hubo terminado de cenar. Emmanuel odiaba el tabaco, y yo lo sabía, pero, después de todo, estaba en mi propia casa.

—¿Y qué piensas que puede ser?

—Algo que la alteró por completo, lo bastante como para que perdiera el control del coche.

Fumé en silencio mientras él removía los restos de pepinillo.

—Y después he conocido a esa mujer —añadí tartamudeando.

Emmanuel levantó una ceja y me miró con el semblante más animado.

—Es tanatopractora.

Soltó una gran risotada.

—¡Estás de guasa!

Sonreí.

—Y es de lo más sexy.

Se frotó el mentón. Los ojos le centellearon con picardía.

—¿Y…? —me azuzó para que continuase. A Emmanuel le encantaban ese tipo de conversaciones.

—Bueno, se vino derechita a por mí. Es magnífica, sorprendente.

—¿Rubia?

—No. Morena. Tiene los ojos verdes con un toque dorado y un cuerpazo, además de un gran sentido del humor.

—¿Dónde vive?

—En Clisson.

—¿Y eso dónde está?

—En algún lugar cerca de Nantes.

Se echó a reír entre dientes.

—Bueno, chaval, pues deberías volver a visitarla, porque ha hecho un buen trabajo. No te había visto tan lleno de vida desde…

—Desde que Astrid me dejó.

—No, incluso desde antes de eso. No te había visto tan bien desde hacía años.

—¡Por Angèle Rouvatier! —brindé mientras alzaba mi vaso de chardonnay.

Entrechocamos las copas con un tintineo.

Pensé en ella en aquel hospital de provincias, en su sonrisa morosa, en el tacto suave de su piel y en el sabor de sus labios. La deseaba con tanta desesperación que estuve a punto de explotar. Emmanuel estaba en lo cierto: no me había sentido igual desde hacía años.

El viernes por la tarde salí de la oficina para visitar a mi padre. La ola de calor no había remitido y París era un horno. Diseminados por la ciudad vi derrengados pelotones de turistas. Las ramas de los árboles colgaban mustias, polvorientas y sucias en medio de nubes de humo. Decidí caminar desde la avenida Du Maine hasta la avenida Kléber. No debería tardar más de cuarenta y cinco minutos. Hacía demasiado calor para ir en bicicleta y me apetecía practicar un poco de ejercicio.

Habían llegado buenas noticias desde el hospital. Tanto la doctora Besson como Valérie me habían telefoneado para decirme que Mélanie estaba recobrando fuerzas. (Bueno, también había recibido algunos mensajes de texto de Angèle Rouvatier, pero eran más bien de naturaleza erótica, y estaba encantado con ellos. No había borrado ni uno del teléfono).

Giré a la izquierda en cuanto rebasé el complejo de los Inválidos, momento en que sonó el teléfono. Eché un vistazo a la pantalla para ver el número. Era Rabagny. Le contesté al instante, aunque no tardé mucho en desear no haberlo hecho.

No se molestó en saludarme, como de costumbre. Le sacaba un mínimo de quince años, pero jamás había demostrado el menor respeto hacia mí.

—Acabo de estar en la guardería —anunció a voz en grito— y sólo puedo decir una cosa: me espanta su falta de profesionalidad. Le contraté porque gozaba de una buena reputación y su trabajo había impresionado a algunas personas.

Le dejé divagar un rato. Nada de esto era nuevo. Sucedía prácticamente en todas nuestras conversaciones. Había intentado recordarle a menudo, y siempre con la mayor calma posible, que en Francia era imposible trabajar deprisa durante el mes de agosto, y por tanto también resultaba difícil esperar entregas rápidas.

—Al alcalde no va a gustarle que la guardería no vaya a estar lista para abrir a principios de septiembre, tal y como estaba previsto. ¿Ha pensado en eso? Sé que ha tenido dificultades familiares, pero a veces me pregunto si no estará usando esos problemas como excusa.

Deslicé el teléfono sin colgar en el bolsillo de la chaqueta y apreté el paso, caminando más deprisa conforme me acercaba al Sena.

Había habido una serie de contratiempos desafortunados en la guardería: se había hecho un mal trabajo de ebanistería y el pintor, una persona que no formaba parte de mi equipo, no había usado los colores adecuados. Ninguno de esos traspiés tenía nada que ver conmigo, pero era imposible hacer entrar en razón a Rabagny. El tipo iba a por mí. Yo no le había caído bien desde el principio. Lo sabía simplemente por la forma en que me miraba. Y eso no iba a cambiar. Daba igual lo que yo hiciera o dijera. A veces se me quedaba mirando a los zapatos de un modo mordaz. Me pregunta-

ba cuánto tiempo iba a soportar sus modales, pero el trabajo estaba bien pagado, por encima de lo normal, así que me
tocaba aguantar mecha. La cuestión era cómo.

Dejé atrás Place de l'Alma, donde unos turistas des-
consolados miraban el túnel donde se estrelló el coche de
Lady Di y Dodi al Fayed, y empecé a subir por la avenida
Président Wilson, donde apenas había tráfico, pues era un
área residencial. Éste era mi vecindario de niño: el plácido,
tranquilo y rico distrito 16°. Si admitías ante un parisino que
residías ahí, éste pensaba de inmediato: «Dinero». Ese distrito era donde vivían los ricos, y también donde alardeaban de
su riqueza. Aquí se unían las familias adineradas de siempre
y los nuevos ricos. Ambos grupos cohabitaban con mayor o
menor armonía. No echaba de menos esta zona, la verdad.
Me alegraba vivir en la orilla izquierda del Sena, en el ruidoso, colorido y moderno Montparnasse, incluso aunque la
ventana de mi apartamento diera a un cementerio. Este distrito se vaciaba de forma alarmante durante el verano. Todo
el mundo se marchaba a Normandía, Bretaña o la Riviera.

Para llegar antes a la avenida Kléber atajé por la calle
Longchamp. Allí me sentí fatal, abrumado por los recuerdos
de la infancia. Era como si viera al niño serio y callado que
fui con unos pantalones cortos de franela gris y un suéter
azul marino. Era como si hubiera algo triste y siniestro en
esas calles vacías de gente y llenas de edificios planeados por
Haussman. ¿Por qué me costaba tanto respirar siempre que
caminaba entre ellos?

Eché una mirada al reloj cuando llegué a la avenida
Kléber y descubrí que había llegado demasiado pronto, de
modo que prolongué mi paseo y bajé por la calle Des Belles-
Feuilles. No había pisado esas aceras desde hacía años. Lo
recordaba como un lugar alegre y animado. Iba mucho por

allí de niño, pues era una calle comercial. En sus tiendas podías obtener el pescado más fresco, la carne más jugosa o llevarte la barra de pan recién salida del horno. Clarisse compraba allí todas las mañanas. Bajaba con una cesta de mimbre en el brazo y nos ataba en corto a Mel y a mí. Se nos hacía la boca agua al oler el pollo asado y los cruasanes calientes. Ese día la calle estaba desierta, un McDonald's se alzaba triunfal donde antes había un restaurante de postín y un almacén de ultramarinos había sustituido al cine. La mayoría de los locales donde se vendía comida habían sido reemplazados por tiendas de ropa chic y zapaterías. Los olores apetitosos eran cosa del pasado.

Llegué al final de la calle. Podría dirigirme a la avenida Henri-Martin, donde estaba la casa de mi abuela, si torcía a la izquierda y continuaba por la calle de la Pompe. Barajé la posibilidad de hacerle una visita en ese momento. El amable y avejentado Gaspard me dejaría entrar y me daría la bienvenida, feliz de ver a monsieur Antoine. Tras pensarlo dos veces, consideré que era mejor dejarlo para otro día y desanduve mis pasos para encaminarme hacia el piso de mi padre.

A mediados de los setenta, ya después de la muerte de nuestra madre, levantaron la Galerie Saint-Didier un poco más allá. Era un triángulo grande y feo que se comía parte de los estupendos palacetes de la zona y a su estela habían crecido como setas centros comerciales y supermercados. Al pasar junto al edificio vi que no había envejecido bien.

El pitido del móvil me avisó de que alguien había dejado dos mensajes en el buzón de voz. Aceleré el paso y no los escuché. Eran de Rabagny, estaba seguro.

Mi madrastra abrió la puerta y me plantó un beso en la mejilla. Régine lucía un moreno bastante intenso que la hacía parecer mayor y más ajada de lo que estaba en realidad. Exudaba ese aroma característico a Chanel n° 5 y vestía uno de esos conjuntos de André Courrèges con aire retro, como era habitual en ella. Se interesó por el estado de salud de Mel y le fui desgranando detalles mientras la seguía hacia el cuarto de estar. Nunca me había gustado acudir de visita, era como viajar atrás en el tiempo, volver a un lugar donde fui desdichado. Mi cuerpo lo recordaba también y rechinaba, quejosa, hasta la última fibra de mi ser. El apartamento adolecía del mismo problema que la Galerie Saint-Didier: había envejecido mal. Su osada modernidad había desaparecido y ahora estaba pasado de moda hasta decir basta. Tanto la decoración gris y granate del interior como la suave alfombra habían perdido brillo y textura. Todo parecía destartalado y con manchas.

Mi padre llegó arrastrando los pies. Me quedé a cuadros al apreciar su apariencia consumida, y eso pese a haberle visto la semana anterior. Parecía exhausto, tenía los labios descoloridos y su piel había adquirido una extraña tonalidad amarillenta. Apenas podía creer que ése hubiera sido el formidable abogado ante quien sus adversarios se encogían cuando entraba en los tribunales.

El tristemente célebre caso Vallombreux cimentó el prestigio de mi padre como brillante abogado a principios de los setenta. Edgar Vallombreux, un influyente asesor político, fue hallado medio muerto en su casa de campo cerca de Burdeos. Tenía toda la pinta de ser un suicidio provocado por los malos resultados electorales de su partido. Quedó paralizado e incapaz de hablar, sumido en una depresión tan grave que fue necesario internarle en un hospital para el resto de sus días. Sin embargo, Marguerite, su esposa, jamás aceptó la hipótesis del suicidio. A su modo de ver, estaba claro que le habían agredido porque no estaba dispuesto a facilitar ciertos datos fiscales comprometedores de un par de ministros muy bien situados.

Todavía recuerdo cuando *Le Figaro* dedicó una página entera a François Rey, el joven e insolente abogado que se había atrevido a plantarle cara al ministro de Economía sin reparo alguno y, tras varias semanas de juicio palpitante que había hecho contener la respiración a todo el país, había demostrado que Vallombreux había sido la víctima de un importante escándalo financiero. Las repercusiones fueron inmediatas y rodaron varias cabezas. Cuando era adolescente solían preguntarme si yo tenía alguna relación con el «legendario letrado». En ocasiones lo negaba, avergonzado o confundido. Mélanie y yo estábamos apartados de su vida profesional y rara vez le veíamos en acción ante los tribunales. Simplemente sabíamos que era temido y respetado.

Mi padre me dio unas palmadas en el hombro, me precedió hasta el mueble-bar y me sirvió con mano temblorosa un whisky, bebida que no me gustaba nada, pero preferí no recordárselo, de modo que simulé darle un sorbo. Él se sentó con un gemido y se frotó las rótulas. No estaba muy contento de haberse jubilado, pero otros abogados más jóvenes le pisaban los talones y ya no formaba parte del panorama judicial. Me pregunté a qué dedicaría todo el día. ¿Leía? ¿Salía con los amigos? ¿Hablaba con su mujer? No sabía nada sobre la vida de mi padre y él lo ignoraba todo de la mía. También ignoraba lo que pensaba, lo que sabía, lo que censuraba.

Joséphine hizo acto de presencia en la estancia farfullando por el móvil que sostenía entre el hombro y la cabeza ladeada. Me dedicó una sonrisa y me entregó algo. Lancé una mirada furtiva para ver un billete de 500 euros doblado. Me guiñó un ojo y me hizo algo parecido a un gesto que indicaba que más adelante me devolvería el resto.

François me habló de un problema de cañerías en la casa de campo, pero no le escuché. Miré a mi alrededor e intenté rememorar cómo era todo aquello cuando aún vivía mi madre. Había macetas en los balcones, el suelo de madera refulgía con un brillo castaño, había una librería en una esquina, una cretona cubría el sofá y también una mesa de despacho donde ella solía sentarse a escribir a la luz de la mañana. Me pregunté adónde fue a parar todo eso, los libros, las fotografías, las cartas, y también qué escribiría. Me asaltó el deseo de preguntárselo a mi padre, pero no lo hice. Sabía que no podía. Ahora se estaba quejando del nuevo jardinero contratado por Régine.

Nadie mencionaba a mi madre, y menos aún aquí, donde ella murió. Sacaron el cuerpo por la puerta de la entrada y lo bajaron por las escaleras alfombradas en rojo, sí, pero ¿dónde murió exactamente? Nunca me lo dijeron. ¿En su habitación, situada junto a la entrada? ¿Aquí mismo? ¿En la cocina, al final de un pasillo interminable? ¿Cómo sucedió? ¿Quién estaba en la casa? ¿Quién la encontró?

Había recopilado información en Internet sobre la naturaleza de un aneurisma. Le sucedía a gente de cualquier edad, y era como caer fulminado por un rayo. Así porque sí.

Mi madre había fallecido hacía treinta y cinco años en este mismo apartamento donde yo estaba sentado en esos instantes. No me acordaba de cuándo fue la última vez que la besé, y me dolía mucho no ser capaz de recordarlo.

—¿Has escuchado algo de lo que te he dicho, Antoine? —inquirió mi padre con sarcasmo.

Mis hijos ya habían llegado a casa cuando crucé el umbral. Lo supe antes de entrar, claro, pues mientras subía las escaleras escuchaba el barullo que hacían: música a todo volumen, pasos, gritos. Lucas estaba viendo la tele con los zapatos sucios plantados encima del sofá. Se apresuró a darme la bienvenida en cuanto me vio. Margaux se asomó a la puerta. Aún no había logrado acostumbrarme a ese pelo naranja, pero no le dije nada.

—Eh, papá —saludó, arrastrando las sílabas.

Detecté un movimiento detrás de ella y enseguida asomó por encima de su hombro Pauline, la mejor amiga de mi hija desde que eran niñas, sólo que ahora la criatura parecía tener veinte años. Hacía nada era una mocosa escuálida y ahora resultaba imposible no apreciar sus senos colmados y sus caderas femeninas. No la abracé como cuando era pequeña, de hecho ni siquiera la besé en la mejilla. Procurábamos mantenernos a una distancia cortés el uno del otro.

—¿Puede quedarse a dormir Pauline?

Se me cayó el alma a los pies, sabedor de que no iba a ver a mi hija, salvo en la cena, si su amiga se quedaba a pasar la noche. Se meterían las dos en el cuarto de Margaux para reírse como dos bobas y cuchichear toda la noche, y yo ya no disfrutaría ni un segundo de ese tiempo que podía dedicarle a mi hija.

—Claro —acepté con poco entusiasmo—. ¿Están de acuerdo tus padres?

Pauline se encogió de hombros.

—Fijo, sin problemas.

La joven se había desarrollado todavía más durante el verano, si eso era posible, y le sacaba unos centímetros a Margaux. Llevaba una falda vaquera corta y una ceñida camiseta púrpura. ¿Catorce años? Nadie que la contemplase iba a echarle esa edad. Probablemente ya tenía la regla. Margaux no, lo sabía porque me lo había dicho su madre no hacía mucho tiempo.

Era consciente de que con ese cuerpazo Pauline atraería a toda clase de hombres: chicos del colegio y de más edad, incluso de la mía. ¿Cómo llevarían ese tema sus padres? ¿Qué le dirían? ¿Qué sabía ella en realidad? Tal vez tuviera un novio habitual y ya mantuviera relaciones sexuales, era posible incluso que tomase la píldora. ¡Y tenía sólo catorce años!

Arno entró tan tranquilo como Pedro por su casa y me dio una palmada en la espalda, pero en ese momento sonó el móvil, lo abrió y contestó:

—Dame un segundo.

Desapareció en un pispás. Lucas se concentró en el programa de la tele y las chicas se escabulleron. En suma, me quedé solo en la entrada de mi casa, sintiéndome un idiota.

Los tablones de madera crujieron bajo mis pies cuando entré en la cocina para hacerles la cena. No me quedaba otra alternativa. Me puse a preparar una ensalada de pasta con mozzarella, tomates cherry, albahaca fresca y taquitos de jamón. Pensé en lo vacía que estaba mi vida mientras cortaba el queso y estuve a punto de echarme a reír. De hecho no me contuve. Más tarde, cuando tuve preparada la cena, pasaron siglos antes de que consiguiera que vinieran a sentarse a la mesa. Todos tenían cosas mejores que hacer.

—Ni iPod ni consolas Nintendo ni móviles mientras cenáis, por favor —exigí con voz firme mientras depositaba la comida sobre la mesa.

Una ola de suspiros y encogimientos de hombros acogió mis órdenes y a continuación reinó un silencio roto tan sólo por sorbidos y los ruidos propios del masticar. Formábamos un pequeño grupo y lo contemplé con perspectiva. Éste era mi primer verano sin Astrid y, sí, odiaba todos y cada uno de sus minutos.

La noche se extendía ante mí como una pradera llena de trampas. Las niñas se encerraron en la habitación de Margaux. Lucas reanudó su existencia dentro de la Nintendo y Arno se quedó absorto en su ordenador conectado a Internet. ¡En mala hora se me ocurrió instalar una zona wifi y regalarles un ordenador a cada uno! Cada mochuelo vivía en su propia rama y yo apenas estaba con ellos. Ya nadie quería ver la televisión en familia. Internet había acabado con esa costumbre, sin estridencias pero de forma implacable.

Me dejé caer sobre el sofá, encendí el DVD y me tragué una peli de acción protagonizada por Bruce Willis. Pulsé el botón de pausa a mitad del filme para telefonear a Valérie y Mélanie, y aproveché para enviar un SMS a Angèle sobre nuestro próximo reencuentro. La noche continuó. Agucé el oído y escuché unas risitas sofocadas en el cuarto de Margaux, un continuo pin-pon en la habitación de Lucas y el golpeteo chabacano de los cascos en la de Arno. El calor se apoderó de mí y me quedé frito.

Eran casi las dos de la mañana cuando abrí los ojos y, bastante grogui, conseguí levantarme y andar por la casa a trompicones. Lucas se había quedado sopa con la mejilla apoyada en la Nintendo. Le llevé con suavidad a la cama, haciendo todo lo posible para no despertarlo. Decidí no llamar a la puerta de Arno. Después de todo seguía de vacaciones y en ese momento no tenía cuerpo para otro altercado por recordarle la conveniencia de estar dormido a cierta hora, pues ya era muy tarde. Me dirigía hacia la habitación de mi hija cuando se me metió en la nariz un inconfundible tufo a tabaco. Hice una pausa al poner la mano en el pomo de la puerta. Sonaron nuevas risillas sofocadas, que cesaron cuando llamé con los nudillos. Margaux abrió, dejando ver una habitación llena de humo.

—¿Estáis fumando aquí, chicas? —pregunté con voz sofocada, como si estuviera pidiendo perdón. Sentí una enorme vergüenza al oírme.

Mi hija se encogió de hombros. Pauline estaba tumbada encima de la cama, sin más ropa que unas braguitas azules minúsculas y un sujetador de volantes. Desvié la mirada de la redondez de unos pechos que parecían lanzarse hacia mí.

—Solamente un par de pitillos, papá —contestó Margaux, entornando los ojos.

—Sólo tenéis catorce años —rugí—, y es una de las mayores memeces que podéis hacer.

—Bueno, si es una memez, ¿por qué fumas tú, papá? —respondió burlona antes de cerrarme la puerta en las narices.

Y me dejó ahí plantado, con los brazos en jarras. Alcé la mano, lleno de dudas sobre la conveniencia de si llamar o no de nuevo, pero al final no lo hice. Me retiré a mi cuarto y me senté encima de la cama. ¿Qué haría Astrid en una situación semejante? ¿Abroncarla? ¿Castigarla? ¿Amenazarla? ¿Se atrevía a fumar Margaux bajo el techo de su madre? ¿Por qué me sentía tan inútil? Las cosas ya no podían ir a peor. ¿O sí?

Angèle estaba sexy incluso cuando llevaba puesta esa austera blusa azul de hospital. Me rodeó con sus brazos, sin importarle que estuviéramos en la morgue del hospital, que al otro lado de la puerta acecharan los cadáveres ni que en la cercana sala de espera se sentaran las familias afligidas y desconsoladas.

Su contacto era electrizante.

—¿Cuándo te quedas libre? —susurré.

No la había visto en tres semanas, pues me acompañaba mi padre la última vez que había ido a ver a mi hermana y no tuve la menor posibilidad de pasar un segundo con Angèle. François estaba muy cansado y necesitaba que le llevara en el coche de vuelta a casa.

Ella suspiró.

—Ha habido un choque múltiple en la carretera, un par de infartos, un cáncer y un aneurisma… Es como si todos se hubieran puesto de acuerdo para morir al mismo tiempo.

—Aneurisma… —murmuré.

—Una mujer joven de treinta y tantos.

La mantuve cerca de mí y acaricié su cabello liso y brillante.

—Mi madre murió de aneurisma a mitad de la treintena…

Ella levantó los ojos.

—Eras un niño.

—Sí.

—¿La viste después de muerta?

—No. Cerré los ojos en el último momento.

—Las víctimas de aneurisma suelen tener buen aspecto. Esa joven mujer tiene un aspecto adorable. Apenas me ha dado trabajo.

Estábamos en un pequeño corredor frío y silencioso que conducía a la sala de espera.

—¿Ya has visto cómo se encuentra tu hermana?

—Acabo de llegar, pero está con las enfermeras. Ahora voy a volver a su habitación.

—Vale. Dame un par de horas. Debería haber terminado en ese tiempo.

Angèle me dio un beso cálido y húmedo en los labios. Luego tomé el camino de regreso a la habitación de Mélanie. El hospital parecía más ocupado y concurrido de lo habitual.

El semblante de mi hermana estaba menos pálido, casi había recuperado el tono sonrosado, y los ojos se le iluminaron nada más verme.

—Estoy deseando irme de aquí —me confesó en un susurro—. Son todos muy amables, pero yo sólo quiero volver a casa.

—¿Y qué dice la doctora Besson?

—Que tal vez eso ocurra pronto.

Acto seguido me preguntó cómo me había ido la semana. Le sonreí sin saber muy bien por dónde empezar. Vaya semanita, se mirase por donde se mirase. El papeleo del seguro del coche había sido agotador. Había tenido la enésima discusión con Rabagny por lo de la guardería. Florence me había desesperado lo suyo. El rostro de nuestro padre seguía avejentado y exhausto, pero él seguía escaso de paciencia. La semana con los chicos no había sido fácil precisamente y como acababan de empezar las clases los tres andaban un poquito tensos. Nunca había sentido tanto alivio como cuando por fin los dejé en Malakoff. Al final, sólo le comenté a mi hermana que había sido una de esas semanas de mierda en las que todo sale mal, pero sin entrar en detalles.

Me senté junto a ella durante un buen rato y estuvimos de palique sobre las cartas, las flores y sus llamadas telefónicas. Su donjuán entrado en años le había enviado un anillo de rubíes desde una joyería de la cadena Vendôme. Me dio la impresión de que iba a hablar del accidente en un par de ocasiones, pero no lo hizo, luego todavía no había recordado nada. Debía ser paciente.

—Qué ganas tengo de que lleguen el otoño y el invierno —comentó Mel con un suspiro—. Odio el final del verano, odio el calor y todo lo que conlleva. Me muero de ganas de tener esas mañanas frías de invierno y acostarme con una bolsa de agua caliente.

En eso apareció la doctora Besson y me saludó con un apretón de manos. Nos comunicó que en el transcurso de las próximas semanas iba a ser posible trasladar a Mel a París en ambulancia. Probablemente a mediados de septiembre. Se le permitiría pasar en su casa la convalecencia, que duraría un mínimo de dos meses, bajo la supervisión de un fisioterapeuta y visitas periódicas de su médico.

—Su hermana ha mostrado mucho coraje —comentó la doctora más adelante, cuando estábamos los dos solos en el despacho de Besson rellenando el papeleo: una pila de documentos de la Seguridad Social y formularios del seguro. Entonces me miró a los ojos—. ¿Cómo se encuentra su padre?

—Usted cree que no está bien, ¿verdad? —Bénédicte Besson cabeceó en señal de asentimiento y yo admití la verdad—: No nos ha contado ni a mi hermana ni a mí qué le pasa. Está muy fatigado, eso sí lo he observado, pero no puedo decirle más.

—¿Y qué hay de su madre? ¿Sabe algo?

—Nuestra madre murió siendo nosotros niños.

—Oh, disculpe —se apresuró a decir.

—Nuestro padre contrajo segundas nupcias, pero no estoy muy seguro de que mi madrastra vaya a contarme nada sobre la salud de su marido. Ella y yo nos tratamos lo justo.

La doctora asintió y permaneció en silencio durante un rato. Luego comentó:

—Sólo deseo asegurarme de que está bajo supervisión médica.

—¿Por qué se preocupa?

—Sólo quiero asegurarme —repuso mientras me observaba fijamente con sus ojos de color avellana.

—¿Quiere que hable con él?

—Sí. Pregúntele sólo si le está atendiendo su médico.

—De acuerdo, lo haré.

Mientras me dirigía a las oficinas de Angèle no dejaba de preguntarme qué síntomas habría advertido la cirujana en mi padre. ¿Qué habría visto su avezado ojo médico que a mí se me había pasado por alto? La situación me sorprendía y me preocupaba. No había visto a mi padre ni había hablado con él desde la última visita, pero había soñado con él durante las últimas semanas, y también con mi madre.

Noirmoutier estaba volviendo a mí como la marea que cubría el paso del Gois y las gaviotas que sobrevolaban los postes de salvamento. Soñaba con mis padres de jóvenes en la playa, mi madre sonreía y mi padre se carcajeaba. También revivía imágenes de mi estancia en la isla con Mélanie, como, por ejemplo, la noche de su cumpleaños, cuando estaba tan guapa con ese vestido negro, o el momento en que la elegante pareja madura de pelo plateado brindó alzando sus copas hacia nosotros, o cuando el chef exclamó: «Madame Rey». Y soñaba con la habitación número 9, la de mi madre. Soñaba con Noirmoutier una y otra vez desde la noche del accidente. No me sacaba la isla de la cabeza en ningún momento.

orgue del hospital», rezaba el cartel. Llamé con los nudillos una, dos veces, sin recibir respuesta. Permanecí ante la puerta de Angèle durante un buen rato sin obtener respuesta, por lo cual deduje que todavía no había terminado con su cometido. Me dirigí a la sala de espera acondicionada para los familiares y tomé asiento. El tiempo transcurría despacio. Revisé el móvil, pero no tenía llamadas perdidas ni recados en el buzón de voz, ni tampoco había recibido mensajes de texto.

Levanté la vista al oír un ruidillo y vi plantada delante de mí a una persona con gafas protectoras, mascarilla, gorro de papel y guantes de látex, ataviada con una bata y unos pantalones de color azul claro metidos por dentro de unas botas de goma. Las facciones hermosamente cinceladas de Angèle aparecieron cuando se quitó las gafas y la mascarilla con una mano enguantada.

—¡Menudo infierno de día! Lamento haberte hecho esperar.

Parecía cansada y tenía el rostro demacrado.

Tras ella descubrí entreabierto el acceso a su consulta y lancé una mirada al interior de la misma, visible desde mi posición. Era una salita azul de tabiques completamente desnudos y suelo de linóleo detrás de la cual había otra estancia de paredes lechosas y un suelo de baldosas blancas, y a través de su puerta abierta alcancé a distinguir una camilla de ruedas, viales y otros utensilios que fui incapaz de identificar.

Flotaba en el aire un fuerte olor de lo más extraño. Ella también lo emitía. Procedía de sus ropas. ¿Era ése el olor de la muerte? ¿U olía a formol? Todo cuanto sabía era que no lo había olido antes y era la primera vez que lo detectaba en ella.

—¿Tienes miedo? —preguntó con delicadeza.

—No.

—¿Quieres entrar?

—Sí —contesté sin vacilar.

Se quitó los guantes y su mano cálida se enroscó en torno a la mía.

—Entonces, ven a la guarida de Morticia —susurró. Cerró la pesada puerta al entrar. Ahora estábamos en la primera habitación, la de color azul—. Ésta es la sala adonde se traen los cuerpos para que las familias puedan verlos por última vez. Es una sala de exposición.

Me esforcé por imaginar lo que sucedía en ella. ¿Fue en un lugar similar a éste donde nos enseñaron el cuerpo de nuestra madre a Mélanie y a mí? Debió de ocurrir algo muy parecido. Una parte de mi mente seguía en blanco, y no lograba imaginar ni recordar nada, pero si la hubiera visto muerta, si no hubiera cerrado los ojos hacía tantos años, todo habría ocurrido en una estancia como ésa.

Seguí a Angèle hasta la otra habitación, la de mayor tamaño, donde imperaba un olor más intenso, casi inaguantable, muy similar al del azufre. Un cuerpo cubierto por una sábana blanca de hospital descansaba encima de una camilla de ruedas. El lugar estaba muy limpio y la superficie de todo inmaculada. Los instrumentos relucían. No veía mancha alguna. La luz se filtraba a chorros entre los listones de las persianas. Percibí el runrún del aire acondicionado. Aquí dentro hacía más frío que en cualquier otro lugar del hospital.

—¿Qué deseas saber? —inquirió mi guía.

—Lo que puedas contarme.

Ella esbozó una sonrisa.

—Deja que te presente al paciente de esta tarde.

Retiró con suavidad la sábana y dejó al descubierto el cadáver de la camilla. Noté cómo me envaraba, exactamente igual que hice cuando retiraron el lienzo del cuerpo de mi madre, pero ante mis ojos se mostraba el rostro tranquilo y pacífico de un anciano de poblada barba blanca vestido con traje gris, camisa blanca y unos zapatos de cuero de marca. Lucía una corbata de color azul marino. Las manos descansaban cruzadas sobre el pecho.

—Acércate, no te va a morder —me azuzó.

El difunto parecía dormido y no me percaté del rigor mortis hasta que estuve junto a él.

—Es monsieur B. Ha muerto de un infarto a los ochenta y cinco años.

—¿Tenía este aspecto tan estupendo cuando entró?

—Lo trajeron púrpura, con un pijama lleno de manchas y un rictus crispado en el rostro.

Me estremecí.

—Comienzo por asear a los pacientes. Me tomo un tiempo, porque los lavo de la cabeza a los pies. Uso una manguera especial ahí. —Señaló una pileta y un grifo cercanos—. También empleo una esponja y jabón antiséptico. Mientras dura este proceso, les masajeo brazos y piernas para que el rigor mortis no los agarrote demasiado deprisa. Les sello los ojos con unas cubiertas especiales y suturo los labios, aunque odio esa palabra, prefiero decir que les cierro la boca. A veces uso algún adhesivo porque muestra un aspecto más natural. Me repatea ver esas bocas zurcidas de cualquier manera que entregan algunos embalsamadores. Si el cuerpo o el rostro presenta algún trauma especial, trabajo las áreas dañadas con cera u otros productos. En ocasiones es muy laborioso y lleva un buen rato. Luego es cuando empiezo el proceso de embalsamamiento. ¿Sabes en qué consiste?

—No exactamente —admití con sinceridad.

—Inyecto el fluido embalsamador en la carótida, justo aquí —me explicó mientras señalaba el cuello de monsieur B— y lo dreno por la yugular. ¿Sabes qué es un fluido de embalsamamiento?

—No.

—Una solución química capaz de devolver el color natural y retrasar la descomposición por un tiempo. Cuando se lo inyecté a monsieur B, por ejemplo, le borró todo rastro de congestión púrpura del semblante. Tras inyectar el compuesto químico, utilizo un aspirador para succionar todos los fluidos del cuerpo. Lo aplico al estómago, el abdomen, el corazón, los pulmones, la vejiga. —Hizo una pausa para preguntar—: ¿Estás bien?

—Sí —contesté, y una vez más era cierto.

Nunca antes había visto un cadáver, aparte de la silueta de mi madre cubierta por un lienzo. Tenía cuarenta y tres años y jamás había visto un muerto. Para mis adentros le agradecí mucho a monsieur B ese aspecto suyo tan saludable y sonrosado. ¿Había tenido mi madre un aspecto similar al de ese caballero?

—¿Y qué haces después?

—Lleno las cavidades con productos químicos concentrados para luego suturar todas las incisiones y orificios, lo cual también requiere su tiempo. No voy a entrar en detalles. No te gustaría, te lo aseguro. Por último, visto a mis pacientes.

Me encantaba la forma en que decía «mis pacientes». Estaban inertes como la piedra y aun así seguían siendo sus pacientes. Me fijé en un detalle: la mano sin guante había descansado sobre el hombro de monsieur B durante todo el tiempo que había durado la explicación.

—Aplico el maquillaje al final de todo el proceso. Estaba con eso cuando has llamado a la puerta. Tiene que resultar natural. En ocasiones pido fotografías recientes de los pacientes para conocer su aspecto cuando estaban vivos. Intento ajustarme a eso.

—En cuanto a monsieur B, ¿todavía no le ha visto su familia?

Ella echó un vistazo a su reloj.

—Mañana. Estoy muy satisfecha con monsieur B, por eso te lo he enseñado. En el día de hoy he tenido otro paciente, y no estoy tan contenta con él…

—¿Por qué?

La tanatopractora se alejó de la camilla y se dirigió hacia la ventana, donde se quedó quieta y en silencio durante un buen rato antes de contestar.

—La muerte puede ser muy desagradable a veces y, da igual lo que hagas o cuánto te esfuerces, no consigues proporcionarle un aspecto lo bastante relajado para que lo contemple la familia.

Me estremecí al pensar en lo que estaría obligada a ver esa mujer todos los días.

—¿Cómo es que no te afecta?

Ella se volvió y me miró fijamente.

—Es que sí me afecta. —Lanzó un suspiro, se acercó a monsieur B y volvió a cubrirle con la sábana—. Me dedico a esto por mi padre. Se suicidó cuando yo tenía trece años. Fui yo quien lo encontró. Me lo encontré sobre la mesa de la cocina con los sesos esparcidos por las paredes al volver de clase.

—¡Jesús! —se me escapó.

—Mi madre se puso hecha un manojo de nervios y yo tuve que efectuar todas las llamadas necesarias y encargarme de todo, y acabé por organizar el funeral. Mi hermana mayor se vino abajo, pero yo crecí ese día y me convertí en la tía dura que soy ahora. La tanatopractora que se encargó de mi padre hizo un trabajo increíble. Reconstruyó la cabeza de mi padre con cera y así tanto mi madre como la familia pudieron ver el cadáver sin desmayarse. Yo era la única que le había contemplado tal y como quedó tras el suicidio. Me impresionó tanto la habilidad de esa mujer que supe que de mayor querría dedicarme a lo mismo. Aprobé el examen y me convertí en tanatopractora a los veintidós años.

—¿Fue duro?

—Al principio sí, mucho, pero yo sé qué importante es cuando has perdido a alguien poder ver con paz por última vez a ese ser querido.

—¿Hay muchas mujeres en este trabajo?

—Más de las que piensas. Cuando me encargo de bebés o de niños, los padres sienten un gran alivio cuando se enteran de que soy mujer. Creen que nosotras vamos a ponerle más esmero, que tenemos un toque más amable y vamos a prestar más atención al detalle y a la dignidad.

Se volvió hacia mí, me tomó de la mano y poco a poco esbozó una de esas lentas sonrisas suyas.

—Deja que me dé una ducha rápida y nos iremos a mi casa. —Entramos en unas consultas contiguas, detrás de las cuales había un cuarto de aseo con azulejos blancos—. Será cosa de un minuto —aseguró.

Examiné las fotografías de su mesa, varias de ellas eran imágenes en blanco y negro de un hombre rondando los cuarenta. Debía de ser el padre de Angèle, a juzgar por el gran parecido existente entre ambos. Tenían los mismos ojos e idéntico mentón.

Me senté en la mesa del despacho y paseé la mirada por sus papeles, agendas, ordenador y cartas, la parafernalia habitual de un día de trabajo, vamos. Había una pequeña agenda junto al móvil. Estuve tentado de alargar la mano para cogerla y hojearla. Quería saberlo todo acerca de la fascinante Angèle Rouvatier: sus citas, sus encuentros, sus secretos…, pero al final no lo hice, me contenté con quedarme sentado y esperarla, sabiendo que probablemente no era sino un novio más de una larga serie.

Imaginé el chorro de agua sobre su piel desnuda cuando empecé a oír la ducha en la habitación contigua y fantaseé con mis manos recorriendo esa piel y ese cuerpo sedoso, con esos labios cálidos y húmedos, y me regodeé pensando lo que iba a hacerle cuando estuviera en su casa, lo cual me provocó una erección de campeonato. No sabía yo si eso encajaba mucho con la morgue de un hospital.

Sentía como si mi vida se hubiera iluminado por vez primera en mucho tiempo y se filtraran unos rayos de luz entre las nubes después de la tormenta, como el Gois cuando emerge entre las aguas en retroceso de la bajamar.

Y quería sacarle el máximo partido.

Mélanie volvió a casa por vez primera desde el accidente a mediados de septiembre. La acompañé cuando cruzó el umbral de su apartamento y percibí con toda claridad la palidez de su rostro y su debilidad. Todavía llevaba muletas y caminaba con paso inseguro. Las semanas siguientes iban a estar consagradas a la rehabilitación con un fisioterapeuta. Estaba eufórica por volver a casa y una sonrisa le iluminó el semblante cuando vio a todos sus amigos cargados de flores y regalos para celebrar su regreso.

Siempre que me dejaba caer por la calle de la Roquette había alguien con ella preparándole un té, haciéndole la comida, escuchando música en su compañía o haciéndola reír. Nos dijo que si todo iba bien estaría en condiciones de volver al trabajo en primavera, lo cual no significaba que deseara hacerlo.

—No sé si el negocio editorial es tan excitante —nos admitió a Valérie y a mí en el transcurso de una cena—. Me resulta difícil leer. No logro concentrarme, eso es todo. Nunca me había pasado antes nada parecido.

El accidente había cambiado a mi hermana. Ofrecía un aspecto más sereno y meditabundo, menos tenso. Había dejado de teñirse el cabello, por lo cual empezaron a verse hebras plateadas en su cabeza, lo cual le daba un aspecto todavía más elegante. Un amigo le regaló una gatita, una felina negra de ojos dorados llamada *Mina*.

Cuando hablaba con ella me asaltaba la tentación de soltarle a bocajarro:

—¿Te acuerdas de qué estabas a punto de decirme cuando nos estrellamos, Mel?

No lo hacía, por descontado. Su flojera todavía me asustaba y, en el fondo, había renunciado más o menos a que llegara a acordarse alguna vez, pero esa idea no se me iba de la cabeza.

—¿Qué me cuentas de tu admirador maduro? —le pregunté un día medio en broma mientras *Mina* ronroneaba sobre mis rodillas.

Nos hallábamos en el enorme y luminoso cuarto de estar, dominado por hileras de estantes llenos de libros, paredes pintadas de un verde oliva claro, una mesa de mármol redonda y una chimenea. Mélanie obraba maravillas en su apartamento, adquirido hacía quince años sin haberle pedido prestada ni una sola moneda a nuestro padre. Lo hizo cuando todavía no era más que un conjunto de salas contiguas destinado al servicio de habitaciones en el último piso de un edificio sin pretensiones. En aquel entonces esa zona no era un distrito de moda. Había tirado los tabiques y puesto parqué en los suelos, además de instalar una chimenea. Hizo todo eso sin contar con mi ayuda ni mis sugerencias, lo cual me resultó insultante en ese momento, pero al final terminé por comprender que ésa era la forma de actuar de mi hermana: hacer las cosas por sí misma, y la admiré por ello.

—Ah, él… —Ladeó la cabeza—. Todavía me escribe y me manda rosas, e incluso me ha ofrecido llevarme a Venecia para pasar un largo fin de semana. ¿Me imaginas en Venecia con las muletas? —Nos echamos a reír—. Dios, ¿cuándo fue la última vez que practiqué sexo? —Me miró con aire ausente—. Ni siquiera me acuerdo, pero debió de ser con él… Pobre viejo. —Entonces, me dirigió una mirada inquisitiva—. ¿Y qué hay de tu vida sexual, Tonio? Últimamente te muestras de lo más reservado, pero hacía años que no te veía tan animado.

Sonreí al pensar en los suaves y blancos muslos de Angèle. No estaba muy seguro de cuándo iba a volver a verla, pero la ansiedad de la espera hacía que, en cierto modo, todo fuera aún más excitante. Hablábamos varias veces por teléfono todos los días e intercambiábamos mensajes por correo electrónico y SMS por teléfono. Por las noches podía verla desnuda a través de la webcam en mi habitación, donde me encerraba como un adolescente vergonzoso. De forma imprecisa, admití ante mi hermana estar manteniendo una relación a distancia con una embalsamadora de lo más sexy.

—¡Caramba! —se le escapó a Mel—. Eros y Tánatos. ¡Menudo potaje freudiano! Y dime, ¿cuándo voy a conocer a la dama?

Le conté la verdad: ni siquiera yo sabía cuándo iba a verla en persona. Estaba seguro de que la novedad de la webcam pasaría con el tiempo, y entonces iba a necesitar tocarla de verdad, poseerla, tenerla en carne y hueso. No usé esos términos con Mélanie, pero ella se hizo una idea bastante clara de por dónde iban los tiros.

Más tarde, en un mensaje particularmente subido de tono, admití esto ante Angèle. Acto seguido recibí un mensaje suyo con el horario del siguiente tren que salía de la estación de Montparnasse hacia Nantes. No podía subirme a ese tren, ya que tenía una reunión importante para firmar un nuevo contrato: la reforma de unas oficinas bancarias en el distrito 12°; otro trabajo tedioso, pero, aun así, no podía permitirme el lujo de rechazarlo.

Mi deseo hacia Angèle crecía día tras día. La próxima vez que nos viéramos íbamos a montar una buena, lo sabía, y eso era lo único que me permitía seguir adelante.

Una mañana de octubre hallé un tesoro en mi bodega. Buscaba una buena botella de vino para agasajar durante la cena a Hélène, Emmanuel y Didier. Quería un caldo de su agrado, uno del que se acordasen durante mucho tiempo, pero en vez de subir con una botella de Croizet Bages lo hice con un viejo álbum de fotos familiar con aire triunfal. Ni siquiera recordaba haberlo tenido alguna vez. Estaba junto a una caja de cartón que no me había molestado en abrir desde el divorcio, perdido entre un montón de postales, mapas, almohadones y mohosas toallas con dibujitos de la factoría Disney. El revoltijo era tal que parecía uno de esos mercadillos de beneficencia en los que se venden artículos usados. Me lancé sobre el álbum sin dejar de preguntarme cómo era posible que hubiera acabado en mis manos sin que yo me acordase.

Había viejas fotos en blanco y negro de mi hermana y mías con ocasión de mi primera comunión, por eso vestía de blanco. Tenía siete años y estaba serio, pero exhibía con orgullo mi reloj nuevo. Mélanie, vestida con un blusón de volantes, estaba rellenita a los cuatro años. La celebración había tenido lugar después de la ceremonia en el piso de la avenida Henri-Martin. Podía verse champán, zumo de naranja y pellizcos de monja adquiridos en Carette, una confitería muy próxima. Los abuelos me contemplaban con aire benigno. También estaban la tía Solange, mi padre y mi madre. Tuve que sentarme en el suelo. Ahí estaba ella con su pelo negro y esa sonrisa adorable. Apoyaba la mano sobre mi hombro. ¡Era tan joven! Mirando esa fotografía resultaba difícil de creer que le quedaran tan sólo tres años de vida, pues era la viva imagen de la juventud.

Pasé las páginas con lentitud, procurando no dejar caer la ceniza del cigarro sobre ellas. Olían a humedad tras su prolongada estancia en la bodega. Las había también del último verano en Noirmoutier, en 1973. Me percaté de que debía de haber sido mi madre quien pegara las fotos en el álbum. Esa caligrafía redonda y un tanto infantil era la suya. Me parecía verla en su despacho de la avenida Kléber inclinada sobre esas páginas, absorta en su trabajo con pegamento, tijeras y un bolígrafo especial con el que se podía escribir sobre páginas de color negro.

Mélanie de pie en el Gois durante la bajamar. La pose de Solange en el malecón mientras se fumaba un cigarro. ¿Había hecho mi madre esas fotos? ¿Tenía una cámara? No me acordaba. Mélanie en el puerto y en la playa. Yo enfrente del casino. Mi padre deleitándose al sol. La familia al completo en la terraza del hotel. Me pregunté quién habría tomado esa instantánea. ¿Bernadette? ¿Otra camarera? Mostraba a la perfecta familia Rey en su mejor momento.

Cerré el álbum y un objeto blanco salió volando al hacerlo. Me agaché para cogerlo. Era una tarjeta de embarque antigua. Correspondía a un viaje a Biarritz en la primavera de 1989. Figuraba el nombre de Astrid, de soltera, por supuesto: la conocí en ese vuelo. Ella asistía a la boda de un amigo y yo trabajaba para un arquitecto que había recibido el encargo de renovar las oficinas de un centro comercial. Estaba encantado por mi suerte: me había tocado sentarme al lado de una joven muy guapa.

Tenía un aire escandinavo y ese aspecto sano de quien hace vida al aire libre, por lo cual me atrajo de inmediato. No era una de esas parisinas menudas y arregladitas que van por la vida con la manicura hecha. Me devané los sesos durante el vuelo en busca de algo que decir para romper el hielo, pero ella llevaba un walkman en los oídos y no apartaba los ojos de la revista *Elle*. Durante la maniobra de descenso hubo muchas turbulencias y cuando parecía que íbamos a llegar al País Vasco francés se desató la madre de todas las tormentas. Se frustraron los dos intentos de tomar tierra y los pilotos debieron desistir entre los bandazos del avión y el gemido de los motores. A nuestro alrededor, el viento ululaba y el cielo se había oscurecido hasta volverse negro como la tinta a pesar de ser las dos del mediodía. Astrid y yo intercambiamos una sonrisa de aprensión. El aparato se bamboleaba de un lado para otro, revolviéndonos las tripas sin misericordia con cada descenso súbito.

Un hombre barbudo situado al otro lado del pasillo se había puesto verde. Extrajo la bolsa para el mareo del bolsillo del asiento y la abrió con gran habilidad para luego, durante lo que pareció una eternidad, vomitar en ella una papilla grasa. Un olor acre a vómito y ajo flotó por el aire en dirección a nosotros. Astrid me miró con impotencia y me las arreglé para decirle que no se asustara. Yo tenía miedo, no de estrellarnos, sino de acabar echando sobre las rodillas de una chica tan guapa los espaguetis a la boloñesa de la comida. Todo cuanto oíamos eran las muestras de mareo de los pasajeros.

El reactor fue dando más y más tumbos por el aire de una forma vertiginosa y yo hacía todo lo posible por no mirar hacia el pasajero de barba, que ya había cogido una segunda bolsa y la estaba llenando con un vómito purpúreo. Entonces Astrid acercó su mano a la mía.

Así fue como conocí a quien luego sería mi esposa.

Me alegró el corazón el hecho de que ella hubiera guardado ese billete de avión durante todo ese tiempo. El intervalo de quince años existente desde la muerte de mi madre hasta la aparición de Astrid parecía un borrón, un camino a través de un túnel oscuro, y no me gustaba pensar en esa época. Yo era como un caballo que tira del arado con las orejeras puestas, sobrepasado por una soledad que me devoraba y de la cual no lograba zafarme.

Mi existencia resultó menos deprimente cuando me marché de la avenida Kléber, en la orilla derecha del Sena, donde vivían los selectos, y me pasé a la orilla izquierda con dos compañeros de facultad. En esos años tuve un par de novias y viajé al extranjero para descubrir Asia y América, pero sólo hubo luz cuando Astrid apareció de pronto en mi vida. Luz y felicidad, y risas, y júbilo.

Mi mundo se fue al garete cuando mi matrimonio se rompió y al fin asumí que Astrid ya no me amaba, que quería a Serge. Había vuelto a ese interminable túnel negro. Los restos de mi vida con Astrid empezaron a dar vueltas a mi alrededor, en mis sueños y durante el día. Mientras recorríamos todos los pasos legales del proceso de divorcio, ella con determinación y yo con incredulidad, me aferraba a cada momento antes de dejarlo pasar.

Uno de esos recuerdos me acechaba de forma especial, el del viaje a San Francisco, nuestro primer viaje como pareja. Eso ocurrió antes de que naciera Arno. Teníamos veinticinco años, éramos jóvenes y estábamos libres de preocupaciones, como suele decirse; estábamos locamente enamorados. Recordaba con agrado un par de momentos estelares de ese recorrido memorable.

Uno de ellos es conducir un descapotable por el Golden Gate, en California. El viento agitaba los cabellos de Astrid, que me daban en la cara. El segundo era el hotelito de Pac Heights, en San Francisco, en cuyo teleférico habíamos hecho el amor como locos en unos viajes desenfrenados.

Sin embargo, otro me obsesionaba: Alcatraz. Subimos a un barco e hicimos una visita guiada a la isla, desde donde podía atisbarse la ciudad rutilante entre las espléndidas colinas a apenas tres kilómetros de distancia, al otro lado de las frías y traicioneras aguas. Tan cerca y sin embargo tan lejos. Las celdas del bloque «cutre» eran las más deseadas, porque el sol se filtraba por las ventanas. Los presos preferían las de ese lado, les había explicado el guía, porque eran las más cálidas, y en ellas pasaban noches menos duras incluso en lo más crudo del invierno. Y algunas veladas, según contó aquel hombre, los presos podían escuchar el sonido de las fiestas que el viento traía desde el St Francis Yacht Club, al otro lado de la bahía.

Durante mucho tiempo me sentí como un recluso de Alcatraz: intentaba con desesperación captar los ecos de las risas, las canciones y la música que flotaban en el viento, escuchar el barullo de un gentío que tal vez pudiera oír, pero jamás ver.

Cuatro semanas antes de Navidad, París ya se había engalanado de reluciente espumillón, como una cortesana chabacana. La tarde de un triste día de noviembre yo estaba sentado en mi despacho, rehaciendo por quinta vez a lo largo de ese día un proyecto complejo: los planos de las oficinas del Banco Bercy. En ese momento tenía que imprimirlos. La impresora profería tales gemidos que parecía una parturienta. Florence, a quien me había faltado el valor para despedirla, pues me daba muchísima lástima, no dejaba de sonarse la nariz ni un momento. Tras cada estornudo, retiraba de las narices los pañuelos llenos de mocos y los hacía girar como si fueran hélices. Me moría de ganas por alargar la mano y darle un par de bofetadas.

Los dos meses anteriores habían sido un torbellino de luchas y conflictos. Arno tenía serios problemas en el colegio. Astrid y yo habíamos tenido que ir un par de veces a hablar con los profesores, quienes nos admitieron que, si las cosas seguían por el mismo camino, no sólo perdería el curso, sino que le expulsarían. En ese momento descubrimos consternados hasta dónde llegaban las hazañas de nuestro hijo: malas notas, insolencia, deterioro de material escolar e interrumpir en clase. ¿Cómo podía haberse convertido un chico encantador y de trato tan fácil en un matón y un díscolo?

La furia de Arno era tan marcada como el mutismo de Margaux. Nuestra pequeña se iba envolviendo en un mundo frío de descontento y silencio. Apenas nos dirigía la palabra y se pasaba el día enchufada al iPod. Sólo había una forma de comunicarse con ella: enviarle un mensaje de texto, aunque estuviera en la habitación contigua.

Únicamente Lucas seguía siendo razonablemente agradable. Por el momento.

Además de la existencia de Angèle, sólo había una buena noticia: la rápida recuperación de Mélanie. Ya caminaba normalmente, sin pasos vacilantes. El ejercicio regular y la fisioterapia le habían proporcionado la fuerza adicional de la que carecía. Ponerse al día en el trabajo no figuraba entre sus prioridades. Al final se fue a Venecia con ese amante maduro que tenía, pero detrás de mi hermana había otros hombres más jóvenes que no dejaban de proponerle ir a cenar, asistir a conciertos y estrenos de cine.

Volví la vista atrás a fin de contemplar el minúsculo árbol de Navidad. Era de plástico e iluminaba la entrada con luces verdes y rojas. Se nos echaban encima las segundas celebraciones navideñas como pareja separada. Astrid estaba en Tokio con Serge, quien tenía una importante sesión de «fotosushi» —una expresión que hizo reír mucho a Emmanuel— para uno de esos catálogos lujosos impresos en papel satinado. Faltaba para que regresaran al menos otra semana, razón por la cual los chicos estaban pasando todo el tiempo conmigo, y eso resultaba agotador.

Sonó el móvil y resultó ser Mélanie. Hablábamos mucho por teléfono para comentar los regalos de Navidad, quién enviaba qué y a quién y qué podría gustarle a tal o cual persona.

Habíamos discutido con nuestro padre. Los dos estábamos convencidos de que estaba enfermo, pero él no nos había dicho nada, y cuando nos habíamos enfrentado con Régine ella había asegurado no saber absolutamente nada. Intenté sonsacarle información a Joséphine, pero al final admitió avergonzada que ni había reparado en que estuviera enfermo.

Mi hermana me gastó varias bromas por el tema de Angèle, «tu Morticia», como la llamaba ella. Admití ante Mel, tampoco tenía por qué ocultarlo, que en ese momento aquella mujer era quien me mantenía en juego, a pesar de que sólo había conseguido verla un par de veces al mes desde ese verano. Angèle insuflaba una vitalidad renovada a mi vida.

Era independiente hasta la exasperación, sí; probablemente se veía con otros hombres, cierto; sólo se encontraba conmigo cuando quería, es verdad, pero mantenía mi mente lejos de mi ex mujer. Había resucitado mi virilidad en todos los sentidos de la palabra.

Todos mis amigos se habían percatado del cambio. Desde que Angèle Rouvatier había entrado con paso firme en mi vida, yo había perdido peso, estaba más alegre y había dejado de quejarme. Incluso elegía con más cuidado la ropa que me ponía. Me gustaban las camisas muy blancas y sencillas, llevaba vaqueros negros, como los de ella, y de buena hechura. Me había decantado por un largo abrigo negro que Arno encontraba «guay» y que incluso Margaux miraba con aprobación, y cada mañana me echaba un poco de la colonia que me había regalado Angèle, una fuerte fragancia italiana que me hacía pensar en ella, y en nosotros dos.

Durante mi larga conversación con Mel el teléfono emitió un pitido que indicaba que tenía una llamada en espera.

—Un momento —le pedí, y eché un vistazo a la pantalla.

Era el número de mi hija. Me telefoneaba tan pocas veces que le dije a mi hermana que debía aceptar esa llamada y que le daría un telefonazo más tarde.

—Hola, soy papá —saludé con toda jovialidad, pero no obtuve más respuesta que el silencio—. ¿Eres tú, Margaux? —Se me aceleró el corazón cuando al otro lado de la línea se escuchó un sollozo estrangulado—. ¿Qué ocurre, cielo?

Florence volvió hacía mí su rostro de hurón y me lanzó una mirada inquisitiva. Me levanté y me dirigí a toda prisa hacia la entrada de la oficina.

—Papá…

Margaux me hablaba con voz tan débil que parecía estar a kilómetros de distancia.

—Habla, cielo.

—¡Papá! —aulló. El sonido de su grito me perforó el tímpano.

—¿Qué ocurre?

Los dedos me temblaban tanto que casi se me cae el móvil. Empezó a hablar de forma tan atropellada que no lograba comprender nada, así que le dije:

—Margaux, cariño, cálmate, que no te entiendo.

La madera del suelo crujió cuando Florence se acercó a mí con sigilo para no perderse ni un detalle. Me giré en redondo y la fulminé con una mirada glacial. Ella dejó un pie en el aire y luego retrocedió otra vez a su mesa.

—Margaux, háblame, por favor —le pedí mientras encontraba refugio detrás de un gran armario de archivo.

—Pauline ha muerto.

—¿Qué…? —exclamé, jadeante.

—Pauline está muerta.

—Pero ¿cómo es…? —tartamudeé—. ¿Dónde estás? ¿Qué ha sucedido?

—Ha sido en clase de gimnasia, a primera hora de la tarde —contestó con una voz apagada y desprovista de toda emoción.

Se me dispararon los pensamientos y me sentí confuso e impotente. Regresé a mi mesa con dificultad y luego reaccioné echando mano al abrigo, la bufanda y las llaves.

—¿Sigues en el gimnasio?

—No. Hemos vuelto al colegio. Trasladaron a Pauline al hospital, pero ya era demasiado tarde.

—¿Han avisado a Patrick y a Suzanne?

—Supongo que sí.

Habría preferido que rompiera a llorar. No soportaba esa voz de autómata. Le aseguré que enseguida estaría allí y salí de la oficina a todo correr sin ni siquiera mirar a Florence. Me dirigí al colegio envuelto en una nube de inquietud.

Entretanto, y con verdadero pánico, en el fondo de mi mente iba pensando: «Astrid se ha marchado lejos y no está aquí. Vas a tener que lidiar con esto tú solo; tú, el padre; tú, el papá; tú, ese tipo a quien su hija apenas le ha dirigido la palabra en el último mes; tú, el fulano que ella no se digna mirar».

No sentí la mordedura del frío, sólo pensaba en ir lo más deprisa posible. Las piernas me pesaban como el plomo mientras iba soltando neblinosas vaharadas de aliento por la boca. Port Royal estaba a veinte minutos. Grupos de adolescentes y adultos se habían congregado a las afueras del colegio cuando llegué al edificio. Todos tenían los ojos nublados por las lágrimas y la expresión alterada. Al fin, localicé a Margaux. Tenía el rostro ceniciento y las mejillas le centelleaban a causa de las lágrimas. La gente había formado cola para abrazarla y acompañarla en su llanto. Me pregunté cuál era el motivo en un primer momento, pero luego caí en la cuenta de que ella era la mejor amiga de Pauline. Habían ido juntas a ese colegio desde los cuatro años. Habían estado juntas diez años en una biografía de sólo catorce. Un par de profesores me identificaron y acudieron a hablar conmigo. Les contesté con una evasiva mientras me abría paso entre el gentío congregado alrededor de mi hija. La tomé entre mis brazos cuando llegué hasta ella. Estaba débil como un animalillo abandonado. No la abrazaba desde hacía mucho tiempo.

—¿Qué quieres hacer? —le pregunté.

—Ir a casa —respondió en voz muy baja.

Di por hecho que, dadas las circunstancias, habían suspendido las clases para el resto de la jornada. Además, ya eran las cuatro y empezaba a hacerse de noche. Ella se despidió de sus amigos y los dos caminamos por el bulevar del Observatoire.

El ruido del atasco era ensordecedor: el pitido de los cláxones y el ruido sordo de los motores, pero entre nosotros dos reinaba el silencio. ¿Qué podía decirle? No me salían las palabras. Sólo podía pasarle el brazo por el hombro y estrecharla con fuerza mientras seguíamos andando. De pronto me di cuenta de que cargaba con dos bolsas. Intenté cogerle una para aliviar su carga, pero ella se revolvió como una loca:

—¡No!

Y me entregó la otra, la que me resultaba conocida y familiar, su baqueteada Eastpak. Aferró la otra como si le fuera la vida en ello. Debía de ser la de Pauline.

Pasamos junto al hospital de Saint-Vincent de Paul. Ahí era donde habían nacido todos mis hijos, y también

Pauline. Ella vino al mundo en ese mismo sitio hacía catorce años. Conocí a Patrick y Suzanne por ese motivo, porque las niñas nacieron con dos días de diferencia. Astrid y Suzanne estuvieron ingresadas en la misma sala. La primera vez que vi a Pauline fue en ese mismo hospital, en una cuna de plástico contigua a la de mi hija.

Y ahora había muerto. No me hacía a la idea. Aquello no tenía ningún sentido. Deseaba bombardear a Margaux con preguntas a fin de cerciorarme, pero ella mantenía su rostro demacrado mirando en dirección opuesta a mí. Seguimos caminando mientras anochecía y empezaba a helar. El camino de regreso parecía no terminar nunca. Al final atisbé los enormes cuartos traseros de la réplica en bronce del león de Belfort, en la plaza Denfert-Rochereau. Ya era cuestión de unos pocos minutos.

Nada más llegar a casa preparé un té. Margaux se sentó en el sofá, con el rostro entre las manos y la bolsa de Pauline en el regazo.

Me miró de soslayo cuando me acerqué con la bandeja e intentó componer el rostro duro y hermético de un adulto. Deposité la bandeja sobre la mesita de café, llené una taza y le añadí leche y azúcar antes de entregársela. Ella la cogió en silencio mientras yo reprimía el deseo de fumarme un cigarro. Podía aguantar con uno nada más, pero fumar en ese momento me parecía un error.

—¿Puedes contarme lo sucedido?

Ella dio un sorbo muy lento antes de susurrar con voz tensa:

—No.

De pronto, la taza se le cayó al suelo y, del susto, pegué un bote. Mi hija se atragantó y los ojos se le llenaron de lágrimas. Jamás la había visto tan fuera de sí, con el rostro hinchado y colorado a causa de una ira que le crispaba las facciones.

—¿Por qué ha sucedido esto, papá? ¿Por qué le ha pasado a Pauline? ¡Sólo tenía catorce años! —gritó a plena voz, echándome saliva en la cara.

No sabía cómo calmarla. No lograba pronunciar palabras de consuelo ni se me ocurría nada. Me sentía inútil. Era un náufrago y me encontraba perdido. ¿Qué podía decirle a mi hija? ¿Cómo podía ayudarla? Ojalá Astrid estuviera conmigo. Ella sabría qué hacer y decir, las madres siempre tienen una maña especial para esas cosas; los padres no; al menos yo no.

Y por eso le di una respuesta inútil.

—Llamemos a tu madre —musité mientras intentaba calcular la diferencia horaria con Japón—. ¿Qué te parece? ¿Por qué no la telefoneamos?

Mi hija me miró fijamente con desdén y se puso en pie delante de mí, sin dejar de aferrar la bolsa de su amiga.

—¿No puedes ofrecerme nada más? —murmuró, ultrajada—. «¿Llamemos a tu madre?» ¿Crees que así me ayudas ahora mismo?

—Margaux, por favor… —murmuré.

—Eres patético —siseó—. Es el peor día de mi vida y no tienes ni puta idea de cómo ayudarme. Te odio, te odio.

Se dio la vuelta y anduvo dando grandes zancadas hasta meterse en su habitación y cerrar de un portazo. Esas palabras escocían lo suyo, hacían daño. Me importaba un pimiento qué hora fuera en Japón. Fui en busca del papel donde estaba apuntado el teléfono del hotel de Astrid y marqué los números con torpeza. «Te odio, te odio». No lograba sacarme esas palabras de la cabeza.

La puerta de la entrada se abrió con estruendo y entraron los chicos. Arno venía pegado al móvil, como de costumbre, y Lucas comenzó a decirme algo en el preciso momento en que alguien en Tokio descolgaba el teléfono. Alcé la mano para pedir silencio y pregunté por Astrid usando su nombre de soltera, pero entonces caí en la cuenta de que la habitación estaría registrada a nombre de Serge. El recepcionista me informó de que era la una de la madrugada de la hora local, y yo le repliqué que se trataba de una emergencia. Mis hijos me contemplaron sin salir de su asombro. Al otro lado de la línea Serge empezó a soltar una ristra de quejas, pero le hice callar y le pedí que se pusiera Astrid.

—¿Qué ocurre, Antoine? —preguntó con esa voz floja de quien no le llega la camisa al cuerpo.

—Ha muerto Pauline.

—¿Qué?

Astrid respiró hondo a miles de kilómetros y los chicos me contemplaron horrorizados.

—No sé cómo ha ocurrido. Margaux está en estado de shock. Pauline ha caído fulminada en clase de gimnasia. Acabo de enterarme.

Se quedó en silencio. Podía imaginármela incorporada en la cama con el pelo alborotado y él a su lado. Estaría en una de esas elegantes habitaciones equipadas con alta tecnología dentro de un hotel situado en un rascacielos con baños ultramodernos y vistas al negro corazón de la noche. El catálogo de sushi estaría desplegado sobre una mesa larga junto al equipo fotográfico y un ordenador portátil encendido. Las espirales del salvapantallas estarían refulgiendo en la oscuridad.

—¿Sigues ahí? —pregunté al final, viendo que se prolongaba el silencio.

—Sí —contestó al final con voz calmada, casi fría—. ¿Puedo hablar con ella?

Los chavales, boquiabiertos, se apartaron con movimientos torpes para dejarme paso. Me dirigí hasta la habitación de mi hija teléfono en mano y llamé a la puerta cerrada. No obtuve respuesta.

—Es tu madre.

Ella abrió una rendija para que le pasara el teléfono y volvió a cerrar con otro portazo. Conseguí escuchar un sollozo sofocado y luego la voz temerosa de Margaux. Regresé al cuarto de estar, donde mis hijos me esperaban petrificados. Lucas se había puesto blanco como la pared y luchaba por contener las lágrimas.

—¿Cómo ha muerto Pauline, papá?

El móvil empezó a sonar antes de tener oportunidad de contestarle. Era el número de Patrick, el padre de Pauline. Acepté la llamada con la boca seca y el corazón en un puño. Había conocido a ese hombre el día del nacimiento de su hija y durante estos catorce años habíamos entablado conversaciones interminables sobre jardines de infancia, escuelas, vacaciones, excursiones, profesores malos y buenos, quién recogía a quién y dónde, viajes a Disneylandia, fiestas de cumpleaños, fiestas de pijamas y campamentos de verano. Me llevé el teléfono al oído y sólo fui capaz de articular su nombre.

—Hola, Antoine —me saludó con un hilo de voz apenas audible—. Verás… —Soltó un suspiro. Me pregunté dónde estaría. Probablemente seguiría en el hospital—. Necesito tu ayuda.

—Claro, por supuesto, cualquier cosa…

—Creo que Margaux tiene las cosas de Pauline. La bolsa del colegio y sus ropas.

—Así es. ¿Qué quieres que haga?

—Sólo que las tengas a mano. Pauline… tenía ahí su carné de identidad, las llaves y el móvil. E imagino que también la cartera. Tenlo todo a mano, y quédatelo por el momento…

Las lágrimas me humedecieron los ojos cuando oí cómo se le quebraba la voz.

—Dios mío, Patrick, yo… —farfullé.

—Lo sé, lo sé —repuso él, luchando por contener el temblor de su propia voz—. Gracias, gracias, amigo.

Me colgó sin más.

Un torrente de lagrimones salió en tromba por mis lacrimales. Ya no había forma de retenerlos. Resultó extraño, porque no hubo sollozos ni hipidos como la noche del accidente. Solté un flujo continuo de lágrimas y nada más.

Apagué el móvil con gesto lento y me derrumbé en el sofá con el rostro oculto entre las manos. Mis hijos se quedaron de pie frente a mí durante unos instantes, sin saber qué hacer. El primero en acudir a mi lado fue Lucas. Metió la cabeza entre mis brazos para encajarse junto a mí. Sus mejillas mojadas se deslizaron sobre las mías. Arno se tiró a mi lado y sus brazos huesudos me rodearon por la cintura.

Mis hijos me veían llorar por primera vez en su vida, pero ya era demasiado tarde. No logré detener el flujo de lágrimas y dejé de intentar contenerlas.

Permanecimos de esa guisa durante un buen rato.

La bolsa de Pauline estaba en la entrada junto a un montón de prendas dobladas de forma primorosa. Mis ojos iban de la bolsa a la ropa y viceversa, una y otra vez. Era tarde, las dos o las tres de la madrugada, pero sentía la noche como un pozo negro. Ya no me quedaban lágrimas: las había soltado todas, y en el camino me había fumado medio paquete de tabaco. Tenía el rostro hinchado y me dolía todo el cuerpo, pero me asustaba la idea de acostarme.

La luz seguía encendida en la habitación de Margaux, podía escuchar su respiración agitada cada vez que pegaba la oreja a la puerta. Al final se durmió, al igual que los chicos, y el apartamento se sumió en el silencio. Apenas había tráfico en la calle Fridevaux. Hice lo posible por no mirar dentro de la bolsa, en serio, pero parecía estar llamándome, y al final caí en la tentación. Me acerqué de puntillas y la cogí con cautela. Me senté con las ropas y la bolsa sobre el regazo. ¿Cómo era posible que Pauline hubiera muerto y ahora sus efectos personales estuvieran sobre mi regazo? Abrí la cremallera de la bolsa y hurgué en sus cosas. Hallé un cepillo para el pelo con algunos largos pelos todavía atrapados en sus púas. Pauline estaba muerta y yo sostenía entre los dedos cabellos suyos. No me entraba en la cabeza.

El móvil estaba puesto en modo silencio. Lo examiné. Tenía 32 llamadas perdidas. ¿La habrían telefoneado algunos amigos suyos sólo para oír el sonido de su voz? Tal vez yo habría hecho lo mismo si hubiera muerto mi mejor amigo.

Hojeé los libros de texto y los apuntes. Tenía una letra excelente y era una buena estudiante, mejor que Margaux. Quería estudiar Medicina, lo cual enorgullecía a Patrick. ¡Sabía qué quería ser a los catorce años!

Le abrí la cartera, que era un auténtico cajón de sastre: maquillaje, lápiz de labios, desodorante, la agenda y el carné de identidad con una fotografía de hacía dos años; ésa era la Pauline que yo conocía, la chica huesuda con quien solía jugar al escondite. Hojeé la agenda. En ella figuraban las citas y tareas de las dos semanas siguientes. «*Dallad* el domingo», rezaba una entrada, y al lado había dibujado un corazón rosa. *Dallad* era el sobrenombre de Margaux, y *Pitou* el de Pauline. Había sido así desde que eran pequeñas.

También estaban las ropas que se había quitado para ponerse las prendas deportivas. Un suéter blanco y unos vaqueros. Olisqueé durante unos instantes el suéter. Olía a tabaco y a perfume afrutado. La chiquilla había muerto y su olor aún no se había ido de la ropa.

Pensé en Patrick y Suzanne y en dónde podrían estar en ese momento. Quizá estuviesen velando el cuerpo de su difunta hija o tal vez estuvieran en casa sin poder dormir. ¿Podría haberse salvado? ¿Sabía alguien si tenía alguna dolencia cardiaca? ¿Seguiría viva si no hubiera jugado al baloncesto? Las preguntas me daban más y más vueltas en la cabeza.

Me levanté y me fui derecho a la ventana, la abrí y dejé que el aire glacial se me metiera en el cuerpo. El vasto y oscuro cementerio se extendía ante mí. No dejaba de pensar en Pauline, en su cadáver, en el aparato de ortodoncia. ¿La enterrarían con él? ¿Contratarían a un dentista para quitárselo o sería cosa del tanatopractor? Alargué la mano hacia el móvil. Necesitaba hablar con Angèle.

Respondió después de que el teléfono sonara un par de veces.

—Hola —dijo con voz cálida y soñolienta—. ¿Qué tal, monsieur Parisiense? ¿Te sientes solo?

Sentí tal alivio de oír su voz en medio de la noche en aquel momento tan terrible que estuve a punto de soltar un grito. Le hice un breve resumen de lo sucedido.

—¡Uy, pobre chica! Tu hija vio morir a su amiga. Qué mal rollo. ¿Cómo lo ha encajado?

—No muy bien —admití.

—Y tu ex no está ahí, ¿verdad?

—Exacto.

Se hizo un silencio.

—¿Quieres que vaya?

La oferta fue tan directa que me pilló de improviso.

—¿Lo harías?

—Si me quieres allí, sí.

«Por supuesto que sí, claro —pensé—. Ven, ven, por favor. Móntate en esa Harley ahora mismo y corre hacia aquí como alma que lleva el diablo. Sí, sí, ven, Angèle, ven, te necesito. Ven. Ven». ¿Qué opinión iba a tener de mí si le decía eso, si le imploraba que viniera lo antes posible? ¿Me consideraría un flojo? ¿Se compadecería de mí? ¿Lo haría?

—No quiero ser un incordio. Es un trayecto muy largo.

Ella suspiró.

—¡Hombres! No se os puede hablar con claridad nunca, ¿verdad? Iré si me necesitas. Sólo tienes que pedírmelo. Ahora buenas noches, que mañana empiezo a primera hora.

Y me colgó.

Tuve la tentación de volver a llamarla, pero no lo hice. Me metí el teléfono en el bolsillo y me recosté sobre el respaldo del sofá. Al final me quedé dormido y cuando abrí los ojos los chicos ya se estaban preparando el desayuno. Me miré de refilón en el espejo. Me vi como una mezcla arrugada de Boris Yeltsin y Mister Magoo. Margaux ya se había levantado y se encontraba en el baño, donde probablemente llevaría un buen rato. Escuché el ruido del agua en la ducha.

Eché un vistazo a su habitación cuando pasé por delante. Las sábanas de la cama estaban echadas hacia atrás. ¿Sábanas nuevas? Resultaba extraño, pues nunca había visto unas de grandes flores rojas. Me acerqué a echar un vistazo y comprobé que no eran rosas carmesíes, sino manchas de sangre. Había tenido la regla durante la noche y, por lo que yo había hablado con su madre, ésa era la primera vez.

¿Estaría bien? ¿Estaría sorprendida? ¿Cómo se sentiría? ¿Estaría temerosa, aliviada, disgustada, avergonzada o tal vez experimentaría todas esas emociones juntas? ¿Tendría dolores? Mi pequeña había tenido la regla. Estaba ovulando, sus óvulos eran fértiles, luego ya podía tener niños. No sabía muy bien qué pensar de todo eso. Astrid no estaba allí, de modo que iba a tener que tomármelo con calma.

Mi hija tenía que menstruar tarde o temprano, y yo ya lo sabía, por supuesto, pero, de una forma en el fondo cobarde, me alegraba mucho que eso no tuviera mucha relación conmigo, su padre, y estuviera más vinculado al mundo femenino, el de Astrid. ¿Cómo abordaban este tema los padres? ¿Cómo se suponía que debía comportarme? ¿Debía hacerle saber que estaba al corriente? ¿Debía mostrarme orgulloso de ella? Yo estaba allí para ayudarla si ella me necesitaba, como una suerte de fornido y arrogante John Wayne. Porque, sí, lo sabía todo acerca de tampones con o sin aplicador, compresas, ultraligeras o superabsorbentes y los dolores de la tensión premenstrual. Era un hombre moderno, ¿no? Bueno, pues estaba al día, pero, claro, ¿cómo iba a hablar con mi hija de la regla? Y más aún al día siguiente de haber sufrido una tragedia. Parecía imposible. Sólo se me ocurría una cosa: pedir ayuda a Mélanie. No recordaba nada sobre el primer sangrado de Mel ni lo vieja que se había sentido cuando tuvo lugar, pero en ausencia de mi ex mujer era la única aliada que se me ocurría.

El cerrojo del baño hizo un ruido al descorrerse y yo salí con sigilo de la habitación de mi hija. Margaux hizo acto de presencia con el pelo envuelto en una toalla. Debajo de los ojos tenía unas ojeras enormes. Murmuró un buenos días y me rozó al pasar. Alargué la mano y le acaricié los hombros, pero ella se alejó.

—¿Cómo estás, cielo? ¿Qué tal te encuentras? —le pregunté para tantear el terreno.

Ella se encogió de hombros y cerró la puerta de su cuarto con un clic. Me pregunté si sabría qué hacer con la menstruación. ¿Sabría usar compresas y tampones? «Por supuesto que sí», me dije. Astrid se lo habría explicado todo. Sus amigas sabían. Pauline probablemente ya los usaba.

Me dirigí a la cocina para prepararme un café y me encontré con que los chicos ya se iban a clase. Me abrazaron con torpeza y se marcharon, pero el timbre de la puerta sonó antes de que se abrieran.

Era Suzanne, la madre de Pauline. Se produjo un momento muy emotivo y doloroso cuando nos encontramos en el umbral. Mis hijos, sobrepasados por la intensidad de la emoción, intercambiaron unos besos en la mejilla y se escabulleron. Ella y yo nos agarramos de la mano.

Tenía el rostro abotargado y los ojos eran dos minúsculas ranuras, pero aun así me sonrió con valentía. La abracé. Ella llevaba encima los olores de un hospital: pena, miedo y dolor. Permanecimos juntos, balanceándonos con suavidad. Era pequeña. Su hija ya la había superado en altura. Alzó la mirada y me miró con ojos llorosos.

—Me vendría bien un poco de café.

—Claro, ahora mismo.

La conduje hasta la cocina, donde se quitó la bufanda y el abrigo antes de tomar asiento. Le serví una taza de café con pulso inseguro y me senté delante de ella.

—Estoy aquí para lo que necesites, Suzanne —fue cuanto logré articular.

A pesar de sonar poco convincente, la frase pareció de su agrado, pues asintió con la cabeza y se llevó a los labios la taza de café con pulso inseguro.

—Aún creo que voy a despertarme en cualquier momento y que esto sólo es una pesadilla.

—Ya —repuse en voz baja.

Vestía unos pantalones negros y una blusa blanca debajo de una rebeca de lana verde. Calzaba unas botas de caña baja. ¿Llevaba esa misma ropa cuando la telefonearon para decirle que su hija había muerto? ¿Qué estaba haciendo cuando la avisaron? ¿Estaba en la oficina? ¿En el coche? ¿Qué pensó cuando vio el número del colegio en la pantalla del móvil? Que Pauline había hecho novillos o que había tenido algún problema con un profesor, seguro. Me habría gustado contarle lo mal que me sentía desde la llamada de Margaux.

Deseaba expresarle mis condolencias, la tristeza y la zozobra que sentía, pero no me salía ni una palabra, por lo que la agarré de la mano y aguanté ahí como si me fuera la vida en ello, pues no era capaz de hacer nada más.

—El funeral será el próximo martes, pero tendrá lugar fuera de París, en Tilly, en la Alta Normandía, donde está enterrado mi padre.

—Allí estaremos, por supuesto.

—Gracias —murmuró—. He venido a recoger las cosas de Pauline. Su bolsa y algo de ropa, según tengo entendido.

—Está todo aquí.

Mi hija hizo acto de presencia mientras me dirigía a por las cosas de la difunta. Nada más ver a la invitada profirió un agudo grito que me hirió en lo más profundo y echó a correr para arrojarse a los brazos de Suzanne, apoyando la cabeza sobre su hombro. La pequeña figura de la mujer se estremeció bajo el efecto del llanto de Margaux, quien empezó a hablar de forma atropellada y a voz en grito contándole todo lo que no me había contado a mí.

—Estábamos en clase de gimnasia, como todos los jueves, jugando al baloncesto. Pitou cayó al suelo fulminada. Lo supe en cuanto el profesor le dio la vuelta. Tenía los ojos en blanco. El profe intentó reanimarla haciendo lo mismo que en una serie de televisión. Aquello duró una eternidad. Alguien había llamado a una ambulancia, pero todo había terminado cuando ésta llegó.

—No sufrió —susurró Suzanne mientras acariciaba el pelo húmedo de Margaux—. No sintió dolor alguno. Todo ocurrió en cuestión de segundos. El médico me lo aseguró.

—¿De qué murió? —se limitó a preguntar Margaux, y se retiró un poco para alzar los ojos y mirar a Suzanne.

—Creen que fue un problema cardiaco del que no teníamos ni idea. Esta semana van a hacerle unas pruebas a su hermano pequeño para averiguar si padece el mismo problema.

—Quiero verla, quiero despedirme de ella.

Suzanne me buscó con la mirada.

—¡No me detengas, papá! —exigió mi hija de forma brusca y sin mirarme siquiera—. Quiero verla.

—No te lo estoy impidiendo, cielo. Te entiendo.

Suzanne tomó asiento y se terminó el café.

—Puedes verla, por supuesto. Sigue en el hospital. Puedo llevarte allí, o que te lleve tu madre luego.

—Mi madre está en Japón.

—Pues entonces que te lleve tu padre —repuso ella, levantándose—. He de irme ya. Tengo mucho trabajo por delante: rellenar papeleo, preparar el funeral… Quiero darle un funeral precioso… —Enmudeció cuando le empezaron a temblar los labios, y se mordió uno—. Un funeral precioso para mi preciosa hija.

Se dio media vuelta para marcharse, pero dispuse de tiempo para ver cómo se le crispaba el rostro. Recogió la bolsa y la ropa de Pauline y se encaminó hacia la salida. Se cuadró de hombros al llegar a la puerta, como un soldado que se preparara para la batalla. Mi admiración por ella no tenía límites.

—Os veo luego —susurró sin levantar la vista.

Buscó a tientas el picaporte y abrió la puerta.

Me asaltó la impresión de haber pasado mucho tiempo en las morgues de los hospitales, y cavilaba a ese respecto mientras esperaba con mi hija en el hospital Pitié Salpêtrière para ver el cuerpo de su amiga. En comparación con el lugar donde trabajaba Angèle, ese sitio era deprimente y tenebroso: carecía de ventanas, la pintura se descascarillaba y el suelo estaba lleno de rasponazos, y nadie había hecho un esfuerzo por darle un poco de alegría a esa sala.

Nos hallábamos los dos solos y únicamente se oía un murmullo de voces en algún lugar indeterminado y el sonido de los pasos cuando la gente andaba por el pasillo. El tanatopractor era un hombre corpulento de cuarenta y tantos años. No ofrecía ninguna palabra de consuelo, ni tan siquiera una sonrisa. Lo más probable era que se hubiera curtido después de haber visto tantas muertes. Conjeturé que una adolescente víctima de un fallo cardiaco no significaba nada para él, pero me equivocaba. Se acercó a nosotros y dijo:

—Su amiga está preparada. ¿Lo está usted, mademoiselle? —Margaux mantuvo la mandíbula apretada y asintió con la cabeza. Él insistió—: Es duro ver el cuerpo de un ser querido. Quizá debería acompañarla su padre.

Mi hija alzó los ojos y se quedó mirando su piel rubicunda y deteriorada.

—Era mi mejor amiga y voy a verla —masculló entre dientes.

Margaux estaba dispuesta a repetir esa frase toda la vida si era preciso. El hombre asintió.

—Su padre y yo estaremos detrás de la puerta por si nos necesita, ¿de acuerdo?

Ella se levantó, se alisó la ropa y se sacudió el pelo. Parecía varios años mayor. Me entraron deseos de retenerla y protegerla, quise rodearla con mis brazos. ¿Iba a soportarlo? ¿Se vendría abajo? ¿Le causaría un daño permanente? Combatí tenazmente la necesidad de agarrarla por la manga.

El tanatopractor la condujo hasta una sala contigua, le abrió la puerta y la dejó entrar.

Suzanne y Patrick aparecieron entonces con su hijo. Nos abrazamos y besamos en silencio. El niño estaba pálido y cansado. Nos dispusimos a esperar un poco más, pero…

De pronto se oyó la voz de Margaux pronunciando mi nombre. No dijo «papá», sino «Antoine». Nunca antes me había llamado así. Lo dijo dos veces.

Entré en una habitación de proporciones muy parecidas a las del hospital donde trabajaba Angèle. Reconocí de inmediato el olor predominante, me resultaba familiar. Posé los ojos en el cuerpo ubicado delante de nosotros. Pauline parecía muy joven, demasiado joven y demasiado frágil. La figura curvilínea de su cuerpo parecía haber encogido un poco. Estaba vestida con una blusa rosa y unos vaqueros. Calzaba unas zapatillas de la marca Converse. Sobre el regazo descansaban las manos cruzadas. Finalmente, le miré el semblante. No iba maquillada, sólo se veía la limpia piel blanca. Alguien le había peinado el pelo rubio con sencillez. La boca estaba cerrada de forma muy natural. Angèle lo habría aprobado.

Margaux revoloteaba cerca de mí. Coloqué la mano detrás de su cabeza, tal y como hacía cuando era pequeña. Ella no me rehuyó como había estado haciendo últimamente.

—Esto es algo que no entiendo —me dijo, y se escabulló fuera de la estancia.

Me quedé a solas frente al cuerpo de la adolescente. Astrid no iba a verlo. Seguía en Tokio, aunque tomaría el avión a tiempo de asistir al funeral del martes. Serge y ella no habían conseguido cambiar las reservas en el último minuto. Lo más probable era que hubiera visto a Pauline por última vez en Malakoff, haría cosa de una semana más o menos. Estaría dentro del ataúd para cuando mi ex mujer hubiera llegado a suelo francés. Ella jamás iba a ver el cadáver de Pauline. No sabía si eso era bueno o malo para ella. Nunca había tenido que afrontar ese tipo de situaciones con Astrid.

Pensé en mi padre mientras permanecía allí de pie. Mi madre murió en cuestión de un par de minutos, como Pauline. ¿Había estado François en la morgue del hospital, como yo ahora, contemplando el cadáver de su esposa mientras intentaba sobreponerse? ¿Dónde se hallaba cuando murió nuestra madre? ¿Quién le avisó? No había móviles en 1974. Lo más probable era que estuviera en su oficina, que en aquellos días estaba cerca de los Campos Elíseos.

Miré fijamente el rostro de la difunta, situado enfrente de mí, tan joven y lozano a sus catorce años. Deposité la mano sobre su cabeza con suavidad. La de Margaux tenía la calidez de la vida mientras que aquélla era fría como la piedra. Jamás en la vida había tocado un cadáver. Retiré los dedos. Adiós, Pauline. Adiós, pequeña.

Se apoderó de mí el temor que había experimentado la noche anterior mientras sostenía la bolsa de Pauline, cuyo rostro descolorido de pronto pareció fundirse con el de Margaux, y me estremecí. Podía haberle pasado a mi hija. Podía haberme tocado estar mirando el cuerpo de Margaux. Volví a tocar el cadáver e intenté detener el tembleque que me sacudía todo el cuerpo. Deseé que Angèle estuviera a mi lado. Tuve la certeza de cuánto consuelo podrían haberme dado su sentido común y su conocimiento interior de la muerte. Me esforcé por imaginar que había sido ella quien se había hecho cargo del cuerpo de Pauline con todo el cuidado y respeto que yo sabía que empleaba con sus «pacientes».

De pronto sentí una mano en el hombro. Era Patrick. No despegó los labios. Los dos permanecimos allí callados con los ojos fijos en la difunta. Él se percató de mis temblores y me palmeó el hombro en silencio. El tembleque siguió mientras yo le daba vueltas a aquello en lo que se había convertido Pauline. Ni ella ni nosotros llegaríamos a conocer qué era lo que la vida le tenía reservado. Viajes, novios, independencia económica, una carrera profesional, el amor, la maternidad, la mediana edad, el duro envejecer, toda una vida. Había desaparecido todo cuanto tenía por delante.

El miedo se retiró y la rabia se adueñó de mí. La chiquilla tenía catorce años, por amor de Dios, catorce años. ¿Por qué sucedían estas cosas? Y cuando pasaban, ¿cómo rayos ibas a recuperar las fuerzas y tirar para delante? ¿De dónde obtenías el coraje y la entereza para lograrlo? ¿Era la religión una respuesta? ¿De ahí obtenían consuelo Patrick y Suzanne? ¿Era eso lo que les ayudaba ahora?

—Suzanne la vistió ella sola. No quería que lo hiciera nadie más —me informó Patrick—. Los dos juntos elegimos las ropas: sus vaqueros favoritos, su blusa preferida…

Extendió el brazo y acarició la mejilla fría de su hija mientras yo observaba la blusa rosa. Me vino a la mente una imagen: la de los dedos de Suzanne abotonando minuciosamente todo el largo frontal de la blusa, entrando en contacto con la carne inerte de Pauline. El pensamiento me abrumó con todo su terrible poder.

Margaux necesitaba estar con Suzanne y Patrick. Yo supuse que era su forma de permanecer cerca de Pauline.

Revisé el teléfono cuando salí del hospital. Había un mensaje de mi hermana: «Llámame, es urgente». Había una extraña contención en la voz de Mélanie, pero estaba demasiado turbado por lo que acababa de ver, el cadáver de Pauline, como para mencionárselo cuando la localicé por teléfono. Le expliqué en pocas palabras la muerte de la muchacha, el incidente con Margaux, lo espantoso que había sido todo, la ausencia de Astrid, la regla de mi hija, el cuerpo de la adolescente, lo de Patrick y Suzanne, y cómo ésta había vestido a su hija.

—Escucha, Patrick... —me interrumpió Mel.

—¿Qué? —le espeté, casi con impaciencia.

—Necesito hablar contigo. Debes venir ahora.

—No puedo, estoy a punto de regresar a la oficina.

—Tienes que venir.

—¿Por qué? ¿Qué ocurre?

Se quedó en silencio durante unos instantes.

—Porque ya me he acordado. He recordado por qué tuve el accidente.

Sentí el corazón en un puño. Había esperado tres meses a que ocurriera esto y tenía que ser precisamente en ese momento. No estaba muy seguro de poder encararlo, no sabía si me quedaban fuerzas. La muerte de Pauline me había dejado exhausto.

—De acuerdo —contesté con voz débil—. Voy ahora mismo.

A causa del tráfico, el trayecto desde la Pitié hasta la Bastilla era de los lentos a pesar de que no estaba lejos de casa de Mel. Intenté mantener la calma al volante. Luego, me pasé mucho tiempo en busca de un lugar donde aparcar en la concurrida calle de la Roquette. Mélanie me esperaba con la gata en brazos.

—Cuánto siento lo de Pauline —empezó mientras me besaba—. Qué mal lo debe de estar pasando Margaux… Es el peor momento, lo sé, pero es que me ha venido de pronto a la memoria esta mañana y tenía que contártelo.

Mina bajó de un salto y vino hacia mí para frotarse entre mis piernas.

—No sé cómo decirte esto —se limitó a admitir—. Quizá suponga un trauma para ti.

—Ponme a prueba.

—Me desperté con sed la última noche que pasamos en el hotel y no logré conciliar el sueño, así que probé a beber un vaso de agua y leer un poco, pero nada funcionaba. Entonces salí de mi cuarto en silencio y bajé por las escaleras. Reinaba un silencio absoluto, porque no había nadie despierto. Pasé por delante de recepción, crucé el comedor y al final subí otra vez por las escaleras. Fue entonces cuando sucedió.

Hizo una pausa.

—¿Qué fue lo que pasó?

—¿Recuerdas la habitación número 9?

—Sí, fue la de Clarisse.

—Pasé delante de ella mientras subía y de repente tuve un flashback tan fuerte que necesité sentarme en las escaleras.

—¿Qué viste? —pregunté en un susurro.

—Hubo una tormenta el día de mi cumpleaños de nuestro último verano, en 1973. ¿Te acuerdas de eso? —Asentí con la cabeza—. Esa noche tampoco pude dormirme, así que bajé con cuidado las escaleras del hotel y me fui al cuarto de nuestra madre. —Mel efectuó otra pausa, rota por el ronroneo de la gata—. La puerta no estaba cerrada, así que la abrí con suavidad. Las cortinas estaban descorridas y por la ventana entraba a raudales la luz de la luna, iluminando la habitación. Entonces vi que había alguien en la cama con ella.

—¿Nuestro padre? —pregunté, sorprendido.

Mi hermana me contestó que no con un ademán.

—No entendí muy bien aquello. Recuerda que tenía seis años. De modo que me acerqué más. Distinguí con claridad la melena negra de Clarisse y también vi que aferraba a alguien entre sus brazos. No era nuestro padre.

—¿Quién era? —inquirí con la voz entrecortada.

¿Estaba nuestra madre con un amante, con otro hombre, mientras los abuelos y nosotros, sus hijos, dormíamos a un par de habitaciones de distancia? Nuestra madre, la del bañador de un color naranja indefinido, la que jugaba con nosotros en la playa. ¿Estaba nuestra madre con otro hombre?

—No tengo ni la menor idea.

—¿Qué aspecto tenía? ¿Le habías visto antes? ¿Se alojaba en el hotel? ¿Podrías acordarte de él?

Mélanie se mordió el labio y desvió la mirada.

—Era una mujer, Antoine —repuso en voz baja.

—¿Qué quieres decir?

—Nuestra madre tenía abrazada a otra mujer.

—¿Una mujer? —repetí sin dar crédito a mis oídos.

Mina se subió de un salto a las rodillas de Mel, y ella la aferró con fuerza.

—Sí, Antoine, una mujer.

—¿Estás segura?

—Sí. Me aproximé a la cama. Estaban dormidas. Habían echado hacia atrás las sábanas, por lo que pude ver que estaban desnudas. Recuerdo haber pensado que ambas eran muy guapas, muy femeninas. La desconocida era esbelta y tenía la piel morena. Llevaba el pelo largo, pero no sabría decir de qué color porque se reflejaba la luz de la luna. Parecía rubio plateado. Me quedé allí cerca y las observé durante un rato.

—¿De verdad pensaste que eran amantes?

Mi hermana me dedicó una seca sonrisa.

—A los seis años no tenía ni idea, por supuesto, pero hay algo que recuerdo con total claridad: la mano de esa mujer agarraba uno de los pechos de Clarisse. Era un gesto posesivo de naturaleza muy sexual.

Me levanté y anduve por la habitación hasta detenerme ante una ventana con vistas a la bulliciosa calle de la Roquette. No fui capaz de articular palabra durante un par de minutos.

—¿Te has quedado mudo de asombro?

—Algo por el estilo.

Escuché el tintineo de sus brazaletes mientras ella se los colocaba bien.

—Intenté decírtelo en Noirmoutier, pero no hallaba ni el momento adecuado ni el lugar oportuno. Podía explicarte que algo iba mal, pero, de pronto, fui incapaz de callármelo por más tiempo, así que te lo quise contar durante el viaje de regreso.

—¿Se lo contaste a alguien al día siguiente?

—Lo intenté a la mañana siguiente mientras jugábamos en la playa con Solange, pero no me prestabas atención, me echaste. Nunca se lo dije a nadie, y luego, poco a poco, lo fui apartando de mi mente hasta que terminé por olvidarlo. Nunca volví a pensar en ello hasta esa noche en el hotel, treinta y cuatro años después.

—¿Has vuelto a ver a esa mujer? ¿Tienes la menor idea de quién puede ser?

—No, no recuerdo haberla visto de nuevo. Y no sé nada sobre ella.

Me volví hacia la silla para encararme con mi hermana.

—¿Crees que nuestra madre era lesbiana? —pregunté con un hilo de voz.

—Eso mismo me he estado preguntando —admitió con el mismo volumen.

—¿Crees que fue una cana al aire o piensas que tuvo más líos con otras mujeres?

—No he dejado de darle vueltas a eso. Nos estamos haciendo las mismas preguntas, pero no tengo respuestas.

—¿Crees que lo sabe nuestro padre? ¿Y los abuelos?

Se marchó a la cocina, donde puso agua a hervir y colocó unas bolsitas de té en tazas. Yo me quedé allí grogui, como si me hubieran noqueado de un fuerte golpe.

—¿Te acuerdas de esa bronca que presenciaste entre Clarisse y Blanche, la que me contaste en la playa?

—Sí —repuse—. ¿Piensas que era sobre eso?

—Tal vez. —Mel se encogió de hombros—. Dudo que nuestros abuelos, unos respetables burgueses, fueran muy abiertos de mente respecto a la homosexualidad, y esto ocurrió en 1973.

Me entregó una taza de té antes de volver a sentarse.

—¿Y qué me dices de nuestro padre? ¿Lo sabría? —inquirí.

—Tal vez lo sabía la familia Rey al completo y puede que hubiera un escándalo, pero no se habló de ello. Nadie lo mencionó.

—Y entonces murió Clarisse…

—Sí, y nadie volvió a hablar de ello tras la muerte de nuestra madre —concluyó Mel.

Permanecimos en silencio el uno frente al otro mientras nos tomábamos el té.

—¿Sabes qué es lo que más me descompone de todo esto? —preguntó al final—. Y por eso tuve el accidente y me duele aquí —continuó, llevándose la mano a la clavícula— incluso con sólo hablar de este asunto.

—¿Qué es lo que te descompone?

—Antes de contestarte, dime tú qué encuentras tan turbador.

Respiré hondo.

—Tengo la sensación de no conocer a mi madre.

—¡Exacto! —exclamó sonriendo por primera vez, pero no era una de esas sonrisas habituales en ella, tan relajadas—. Eso es exactamente.

—Tampoco sé cómo averiguar quién era.

—Yo sí —replicó.

—¿Cómo?

—Lo primero de todo es decidir si quieres saberlo, Antoine. ¿De verdad deseas averiguarlo?

—¡Por supuesto! ¿A santo de qué lo preguntas?

Volvió a esbozar esa sonrisa esquinada tan suya.

—Porque a veces la ignorancia es más fácil. La verdad hace daño en ocasiones.

Recordé el día en que descubrí en la cámara de mi esposa el vídeo que mostraba a Serge y Astrid copulando. Sufrí un shock y luego un daño devastador.

—Sé a qué te refieres, conozco bien ese dolor —repliqué, arrastrando las sílabas.

—¿Estás preparado para afrontarlo otra vez, Antoine?

—No lo sé —contesté con total sinceridad.

—Yo sí, y lo haré. No puedo fingir que no ha pasado nada. No deseo cerrar los ojos ante esto. Quiero averiguar quién era nuestra madre.

Pensé al oírla hablar que las mujeres eran mucho más fuertes que nosotros, los hombres, y aunque no ofrecía la menor sensación de fortaleza —de hecho parecía más frágil que nunca con aquellos vaqueros finos y aquel jersey gris—, desprendía una determinación absoluta. Mélanie no temía a nada y yo sí. Me cogió la mano en un gesto maternal, como si supiera exactamente qué me pasaba por la cabeza.

—No te deprimas por eso, Tonio. Vuelve a casa y atiende a tu hija, ella te necesita. Podemos hablar de esto más adelante, cuando estés preparado. No hay prisa.

Hice un gesto de asentimiento y me levanté con un nudo en la garganta para irme a la oficina, pero me sentía algo más aliviado. La idea de la oficina se me hacía insoportable. Allí me aguardaban Florence y toneladas de trabajo. Besé a mi hermana y me dirigí a la salida. Estaba a punto de cruzar el umbral cuando me di la vuelta.

—Dices que sabes dónde enterarte de todo.

—Sí.

—¿Cómo? ¿Dónde?

—A través de Blanche.

¿La abuela? Mel estaba en lo cierto, por supuesto. Blanche debía de conocer las respuestas. Quizá no todas, pero sí algunas. Que quisiera dárnoslas era harina de otro costal.

Conduje directamente a casa en vez de ir a la oficina y de camino le dejé un mensaje a Florence para ponerle al corriente de que no iba a pasar por la oficina en todo el día. Una vez en casa me preparé un café, encendí un pitillo y me senté en una silla junto a la mesa de la cocina. El nudo en la garganta no desaparecía y me dolía mucho la espalda. Tomé conciencia de la importancia de mi fatiga.

Dejaban su poso amargo tanto el fallecimiento de Pauline como el recuerdo de mi hermana: esa habitación iluminada por la luna que yo no había visto, pero imaginaba perfectamente, donde estaban nuestra madre y su amante. Una mujer. ¿Qué me sorprendía de todo eso? ¿La infidelidad o su bisexualidad? No estaba muy seguro de qué me perturbaba más. ¿Cómo lo vería Mélanie, que era una mujer? ¿Estaba menos desconcertado porque imaginaba que una madre lesbiana era una impresión más suave que tener un padre gay? Semejante guirigay habría sido todo un festín para un psiquiatra.

Pensé en todos mis amigos homosexuales, tanto hombres como mujeres, Mathilde, Milèna, David y Matthew, y recordaba todas las historias que me habían contado sobre el momento en que salieron del armario y las reacciones de su familia. Algunos padres lo habían comprendido, mientras que otros se negaron a aceptarlo. Ahora bien, ¿qué podía hacer una persona si descubría la homosexualidad de uno de sus progenitores cuando ya era tarde y esa persona estaba muerta? Daba igual lo tolerante o abierto de mente que fuera uno, ese giro era totalmente inesperado, especialmente cuando el padre o la madre había desaparecido y ya no estaba ahí para responder a las preguntas.

La puerta de entrada se cerró con estrépito y apareció Arno andando a grandes zancadas seguido de cerca por una chica huraña con los labios pintados de negro. No supe si era la de siempre u otra. A mí me parecían todas iguales: aspecto gótico, brazaletes metálicos y largas ropas negras. Él me saludó con la mano y me dijo: «Hola»; ella me saludó en voz muy baja sin apartar la mirada del suelo. Se fueron directos a su cuarto y al cabo de unos segundos empezó a sonar la música.

En un par de minutos alguien volvió a cerrar dando un portazo y apareció Lucas. Su rostro se iluminó al verme en casa. Vino corriendo a mis brazos y estuvo a punto de tirarme encima el café. Le expliqué que no había ido a la oficina porque necesitaba tomarme un día libre. Era un chico muy responsable, muy parecido a su madre, tanto que en ocasiones sentía una punzada cuando le miraba. Quiso saber cuándo iba a volver Astrid, y le dije que el martes para asistir al funeral. De pronto me pregunté si era una buena idea que él asistiera al servicio fúnebre. ¿Le convenía? Sólo tenía once años. El funeral de Pauline me impresionaba incluso a mí. Por eso, le interrogué con tacto al respecto. Él se mordió el labio y llegó a la conclusión de que tal vez se animaría a estar presente si acudíamos los dos, Astrid y yo. Al final le dije que lo hablaría con su madre. Vi cómo le temblaban los labios mientras ponía su mano sobre la mía. Ésa era la primera vez que se enfrentaba a la muerte. Y se trataba de alguien a quien conocía bien, alguien con quien había crecido, pues Pauline había pasado muchos veranos con nosotros y en vacaciones se había venido a esquiar. Había fallecido alguien sólo tres años mayor que él.

Hice lo posible por consolar a mi hijo, pero ¿lo hacía bien? Yo era huérfano a su edad y no tuve a nadie que me confortara. ¿Era ésa la razón por la que se me daba tan mal ofrecer apoyo y ternura? ¿Acaso no conformaban nuestra forma de ser las cicatrices, los secretos y las penas ocultas de nuestra infancia?

Cuando llegó el viernes por la noche quedó claro que Margaux iba a seguir un poco más con Patrick y Suzanne. Ella parecía necesitar su compañía y ellos la de mi hija. ¿Se habría quedado en casa Margaux de haber estado en París su madre? ¿La razón de que no estuviera conmigo era que yo no podía ayudarla ni consolarla? Odiaba formularme este tipo de preguntas, pero lo necesitaba. Las había esquivado durante demasiado tiempo.

Arno salió de su cuarto, como siempre, farfullando no sé qué de una fiesta por la noche y anunció su intención de volver tarde. Cuando le hablé de sus malas notas y del inminente boletín de calificaciones y le sugerí que debería estudiar un poco en vez de irse de fiesta, me fulminó con la mirada, puso los ojos en blanco y salió dando un portazo. Por un instante tuve la tentación de agarrarle por el pescuezo y patearle ese culo huesudo para que cayera rodando por las escaleras. Jamás había pegado a mis hijos. Es más, nunca había golpeado a nadie. ¿Me hacía eso mejor persona?

Me preocupaba ver tan apagado a Lucas, así que le preparé su cena preferida: un filete con patatas y ketchup, y helado de chocolate. Incluso le dejé beber Coca-Cola, tras hacerle prometer que no se lo contaría a su madre; una devota de la comida sana como ella habría puesto el grito en el cielo. Sonrió por primera vez en toda la tarde, al fin. Le agradaba la idea de compartir un secreto conmigo. Contemplé cómo devoraba la cena. Hacía mucho tiempo que no habíamos estado a solas de ese modo, porque siempre estaba enzarzado en una interminable pelea con Arno y Margaux. Deseaba atesorar y recordar esos momentos sencillos y despreocupados como auténticas joyas.

Apenas había pegado ojo la noche anterior, de modo que decidí acostarme temprano. Lucas también parecía agotado, y por una vez no se quejó cuando le sugerí que se fuera a dormir. Me preguntó si podía dejar abierta la puerta de su dormitorio y encendida la luz del pasillo, algo que no me había pedido desde hacía años. Accedí a su solicitud y me derrumbé en la cama suplicando que esa noche no me acosaran las visiones del rostro de la difunta Pauline, Suzanne vistiendo a su hija, mi madre durmiendo a la luz de la luna con una extraña en los brazos. Para mi sorpresa, caí dormido como un leño enseguida.

El timbre estridente del teléfono me despertó en plena noche. Busqué a tientas la luz y cogí el auricular. Cerca de la cama el despertador marcaba las 2.47 de la madrugada del sábado.

—¿Es usted el padre de Arno Rey? —inquirió una cortante voz de hombre.

Me senté en la cama con la boca seca.

—Sí…

—Soy el comisario Bruno, del departamento de policía del distrito 10º. Debe venir ahora mismo, monsieur. Su hijo tiene un problema. Es un menor y no podemos ponerle en libertad sin su consentimiento.

—¿Qué ha ocurrido? —pregunté con voz preocupada—. ¿Está bien?

—Lo tiene usted en una celda de borrachos, y sí, se encuentra bien, pero debe venir ahora mismo.

Me facilitó una dirección, el número 26 de la calle Louis Blanc, y colgó. Me levanté a trompicones y me vestí de forma maquinal, como un robot. Estaba en una celda de borrachos. ¿Significaba eso que estaba bebido? Después de todo, ¿no es ahí donde encerraban a los alcohólicos? «Su hijo tiene un problema...». ¿Qué clase de problema? ¿Debía telefonear a Tokio otra vez? ¿Para qué? No había nada que Astrid pudiera hacer desde donde estaba. «Oh, sí, colega —me dijo una voz interior—, ahora tú estás al mando, tú defiendes el fuerte contra los indios y sales al exterior cuando sopla el huracán, eres el que se enfrenta al enemigo, es tu trabajo, tú eres el padre. Ponte a ello, tío».

¡Ay, Lucas! No podía dejarle allí solo, ¿verdad? ¿Qué pasaría si se despertaba y encontraba la casa vacía? Debería llevarle conmigo. «No —me dijo la voz—, no puede acompañarte. ¿Qué ocurre si Arno está en mal estado? Está perturbado por la muerte de Pauline, imagínate qué daño podría hacerle ver así a su hermano. No puedes hacer eso. No es conveniente llevar a un frágil niño de once años a una comisaría de policía a medianoche porque han enchironado a su hermano en la celda de los borrachos. Piensa otra cosa».

Levanté el auricular y marqué el número de Mélanie. Me contestó con voz clara. Estaba tan despejada que me pregunté si no habría permanecido en vela. Le expliqué en pocas palabras la situación de Arno y le pregunté si podría venir a pasar el resto de la noche a nuestro apartamento y yo le dejaría la llave debajo del felpudo. No podía dejar solo a Lucas y no tenía a nadie más a quien recurrir.

—Por supuesto, pido un taxi y ahora mismo voy para allá —me contestó con calma y voz tranquila.

La comisaría se hallaba situada en algún lugar detrás de la estación de L'Est, cerca del canal Saint-Martin. París jamás se quedaba vacío el sábado por la noche. La plaza de la República y el bulevar Magenta estaban atestados de gente a pesar del frío, razón por la cual me llevó un buen rato llegar y encontrar un sitio para aparcar.

Me identifiqué ante el policía de la entrada como el padre de Arno Rey y él me dejó entrar con un asentimiento. El lugar mostraba un aspecto de abandono tan desalentador como la morgue de un hospital. Un hombre menudo y delgado con los ojos grises claros se acercó a mí y se presentó como el comisario Bruno.

—¿Puede explicarme qué ha pasado? —le pedí.

—Su hijo y otros adolescentes han sido arrestados.

—¿Por qué?

La cara de póquer del tipo me irritaba. Se tomaba su tiempo y disfrutaba mirando cada músculo de mi cara, o esa impresión me dio.

—Han saqueado un apartamento.

—No le entiendo.

—Su hijo y un par de amigos se han colado en una fiesta esta noche. La anfitriona de la fiesta es una joven llamada Émilie Jousselin. Vive en la calle Faubourg-Saint-Martin, en la esquina de al lado. Su hijo no estaba invitado y, una vez dentro, él y sus amigos han llamado a otros amigos por los móviles, y a base de meter a los amigos de los amigos se ha juntado dentro un verdadero ejército. Unas cien personas como mínimo. Y todos borrachos, porque han llevado alcohol.

—¿Qué han hecho? —pregunté con el tono más calmado posible.

—Han arrasado la casa. Algunos han pintado grafitis en las paredes, otros han roto la porcelana o han hecho trizas la ropa de los padres. Ese tipo de cosas.

Tragué saliva.

—Es una sorpresa para usted, lo sé. Lo crea o no, esto sucede muy a menudo. Debemos enfrentarnos a este tipo de cosas una vez al mes por lo menos. Hoy día, los padres se ausentan un fin de semana y ni siquiera saben que sus hijos han planeado dar una fiesta. Esta joven tiene quince años y no se lo había dicho a sus padres. Sólo les había comentado que iban a pasarse por su casa un par de amigas.

—¿Va al colegio de mi hijo?

—No, pero anunció la fiesta en su muro de Facebook y así ha sido como ha empezado todo.

—¿Cómo sabe que Arno ha tomado parte en todo eso?

—Los vecinos nos avisaron cuando vieron que la fiesta se había salido de madre. Mis hombres han arrestado al mayor número posible de jóvenes, aunque muchos han logrado huir, pero su hijo apenas podía moverse: estaba demasiado bebido.

Miré a mi alrededor en busca de un asiento, pero no lo había. Clavé la mirada en los pies calzados con zapatos deportivos de cuero. Mi calzado de todos los días. Sin embargo, ese día me habían llevado a la morgue de un hospital para ver el cadáver de Pauline, luego al apartamento de mi hermana para saber la verdad que había causado el accidente y ahora hasta allí, de madrugada, a una comisaría, para hacer frente al hecho de que habían detenido borracho a mi hijo.

—¿Quiere un poco de agua? —me ofreció el policía.

Vaya, el tipo era humano después de todo. Acepté su oferta y vi desaparecer la figura delgada del comisario, que regresó casi de inmediato y me entregó un vaso de agua.

Al cabo de un par de minutos aparecieron dos policías llevando a Arno a empujones. Él arrastraba los pies con el paso vacilante de los borrachos. Estaba pálido y tenía los ojos inyectados en sangre. No me miró. Se apoderó de mí una oleada de ira y vergüenza. ¿Cómo hubiera reaccionado Astrid? ¿Qué le habría dicho? ¿Le habría echado una bronca? ¿Le habría tranquilizado? ¿Le habría zarandeado?

Firmé un par de documentos. Mi hijo se mantenía en pie a duras penas. Apestaba a alcohol, pero yo estaba convencido de que conservaba la lucidez suficiente como para enterarse de todo lo que estaba sucediendo.

El comisario Bruno me advirtió de la conveniencia de buscar un abogado por si los padres de la joven presentaban cargos, que era lo más probable. Dejamos la comisaría, pero me negué a ayudar a Arno y dejé que caminara como pudiera hasta el coche. No le dirigí la palabra y tampoco le toqué. Me daba asco. Por primera vez en mi vida me avergonzaba de la carne de mi carne. Observé cómo se metía en el coche con torpeza y me pareció tan joven y frágil que sentí una pasajera punzada de pena, pero la repulsión volvió. Tanteó en busca del cinturón de seguridad e intentó abrocharse en vano. No puse en marcha el motor, esperé hasta que al final logró ponérselo. Respiraba de forma entrecortada por la boca, como cuando era pequeño, cuando era un buen chico, el niño que yo llevaba sobre los hombros y me miraba como todavía hacía Lucas, y no ese adolescente desgarbado y altanero con una mueca de desdén esculpida en el rostro. La ironía resultaba sorprendente: de la noche a la mañana nuestros hijos se transformaban en seres a quienes no conocíamos.

Las calles estaban semidesiertas a las cuatro de la mañana. Las luces de Navidad refulgían con alegría en la fría oscuridad ahora que no había nadie para verlas. Todavía no le había dicho una palabra a mi hijo. ¿Qué habría hecho mi padre en una situación semejante? No pude contener una sonrisa de sarcasmo. ¿Golpearme hasta hacerme fosfatina? Él me había pegado, y yo no lo había olvidado. Me había cruzado la cara en alguna ocasión, aunque no muy a menudo, porque yo era un adolescente apocado en vez del zafio y desafiante despojo que estaba sentado a mi derecha.

El silencio se instaló entre nosotros. ¿Le resultaba incómodo a Arno? ¿Tenía idea de lo que había pasado esa noche? ¿Me temía a mí o el inevitable sermón que iba a echarle? ¿O tal vez las consecuencias? Se habían acabado las pagas y el permiso para salir. Iba a tener que sacar mejores notas, portarse mejor, escribir a los padres de esa chica para pedirles perdón…

Llegamos a la calle Froidevaux. Salió del vehículo y se reclinó sobre la puerta del copiloto, donde pareció quedarse dormido. Le desperté de un codazo en las costillas. Recorrió con paso vacilante el trecho que nos separaba de las escaleras, pero no le esperé. Localicé las llaves debajo del felpudo y abrí la puerta. Nada más entrar vi a mi hermana hecha un ovillo en el sofá, leyendo. Se levantó para abrazarme. Luego, esperamos a que Arno cruzara la puerta haciendo eses. Dedicó a su tía una sonrisa torcida que le ensanchó el rostro, pero nadie se la devolvió.

—Venga, tíos, dadme una tregua —pidió quejumbroso.

Mi mano reaccionó y le crucé la cara con todas mis fuerzas. Sucedió muy deprisa, pero, por raro que parezca, fui capaz de ver mi movimiento a cámara lenta. Arno jadeó. Le dejé los dedos marcados en la mejilla, ahora de un rojo encendido. Y todavía no había pronunciado ni una palabra.

Él me miró indignado y yo le sostuve la mirada. «Eso es —me dijo la vocecita—, así se hace, tú eres el padre, el que dicta las normas, tus normas, le guste o no a ese gilipollas que tienes por hijo».

Le taladré con los ojos como nunca antes lo había hecho, y al final miró hacia el suelo.

—Venga, jovencito —dijo Mélanie con tono de eficiencia al tiempo que le aferraba por el brazo—. Ahora vas derechito a la ducha y luego a la cama.

Mi hermana le alejó de la entrada, y de mí. Me dolía el corazón y me faltaba el aliento hasta tal punto que apenas podía moverme. Me senté lentamente. Escuché correr el agua de la ducha y Mel regresó. Se sentó junto a mí y apoyó la cabeza sobre mi hombro.

—Creo que jamás te he visto tan enfadado —susurró—. Dabas miedo.

—¿Cómo está Lucas?

—Roque.

—Gracias —murmuré.

Permanecimos allí sentados. Percibí su olor habitual a lavanda y especias.

—Cuántas cosas se ha perdido Astrid —comentó—: la muerte de Pauline, la nochecita de Arno, lo de nuestra madre.

Resultaba raro que no me viniera mi ex mujer a la cabeza, sino Angèle. Me moría de ganas de tenerla allí, ansiaba su calor, su cuerpo flexible, su risa sarcástica, esa ternura que me desarmaba.

—No veas cómo te parecías a papá cuando has abofeteado a Arno —dijo Mel en voz baja—. Se ponía exactamente así cuando se enfadaba con nosotros.

—Nunca le había pegado antes.

—¿Te sientes mal por ello?

Suspiré.

—No lo sé, de momento sólo tengo un cabreo enorme… Tienes razón, jamás había estado tan enfadado.

No admití delante de mi hermana que estaba enfadado conmigo mismo porque, en cierto modo, consideraba que la conducta de Arno era culpa mía. ¿Por qué había sido siempre un padre tan blando y transparente? ¿Por qué nunca me había impuesto y no había dictado las reglas, tal y como había hecho mi padre? ¿Por qué cuando Astrid me dejó lo único que me preocupaba era que mis hijos me quisieran menos si me ponía autoritario con ellos?

—Deja de pensar, Tonio —me instó la voz confortable de Mel—. Vete a la cama y descansa un poco.

Mélanie se fue al cuarto de Margaux y, como no estaba seguro de volver a conciliar el sueño esa noche, me entretuve un rato buscando el viejo álbum de fotos en blanco y negro donde estaban las imágenes tomadas en Noirmoutier. Contemplé las fotografías de mi madre y vi a una extraña. Acabé por conciliar un sueño agitado.

El domingo por la mañana, Lucas y Mélanie fueron a tomar un desayuno contundente a la calle Daguerre. Me duché y me afeité.

Aún no tenía nada que decirle a Arno cuando salió de su cuarto. Mi silencio pareció desconcertarle, pero centré mi atención en *Le Journal du Dimanche* y el café, y no levanté la vista por mucho que anduvo trasteando con estrépito. No necesitaba levantar la vista para saber que llevaba puesto el arrugado y sucio pijama de color azul marino y no una camiseta. No miré su espalda esquelética, en la que se le marcaban todas las costillas. Tampoco necesitaba verle la melena larga y grasienta ni los cuatro pelos rojizos que le crecían en la barbilla.

—¿Pasa algo? —farfulló al final mientras masticaba con estruendo los Corn Flakes. Permanecí absorto en mi lectura, por lo que al final se quejó—: Al menos podrías hablarme.

Me levanté, doblé el periódico y me marché de la habitación. Necesitaba estar lejos de él físicamente. Notaba la misma repugnancia que la noche anterior. Jamás pensé que eso podría ocurrir. Siempre se había dicho que los niños sentían asco hacia sus padres, no a la inversa. ¿Era el único padre que experimentaba esa sensación con respecto a sus hijos? ¿La había sentido Astrid alguna vez? No, ella jamás sería capaz, los había llevado en su vientre, los había alumbrado.

Miré el reloj cuando oí el timbre de la puerta. Estaba a punto de ser mediodía, era demasiado pronto aún para que mi hermana y mi hijo estuvieran de vuelta. Probablemente sería Margaux, que se habría olvidado las llaves. Tuve una punzada de desazón sobre el mejor modo de tratar a mi hija, no sabía cómo expresarle todo mi cariño, toda mi preocupación hacia ese momento tan delicado y difícil en su vida. Abrí la puerta casi con miedo.

Pero en el umbral de la puerta no me esperaba la figura menuda de mi niña, sino una mujer alta con una chupa negra de cuero de la marca Perfecto, vaqueros negros y botas negras. Apoyaba el casco sobre la cadera. La abracé enseguida y la estreché con fuerza contra mí. Olía a cuero y almizcle, una combinación embriagadora. El crujido de la madera detrás de mí delató a Arno, pero no me importó. Él no me había visto jamás con otra mujer que no fuera su madre.

—Se me ocurrió que podría venirte bien un poco de terapia sexual —me murmuró al oído.

La arrastré al calor de la casa, donde Arno se había quedado de pie, inmóvil, como si fuera bobo. El adolescente impertinente había desaparecido. No le quitaba ojo de encima a la chaqueta Perfecto.

—Hola, me llamo Angèle, la fan número uno de tu padre —se presentó ella mientras miraba a mi hijo de arriba abajo, despacio. Le tendió una mano y esbozó una de esas sonrisas lobunas suyas que dejaban al descubierto sus perfectos dientes blancos—. Creo que tú y yo ya nos conocimos este verano en el hospital.

El rostro de Arno era una mezcla perfecta de sorpresa, asombro, desagrado y placer. Estrechó la mano de Angèle y se escabulló como un conejito temeroso.

—¿Estás bien? —preguntó—. Pareces…

—Recién salido del infierno. —Hice una mueca.

—Te he visto más alegre, la verdad.

—Las últimas 48 horas han sido…

—¿Interesantes?

La tomé entre mis brazos de nuevo y acaricié su melena.

—Devastadoras sería más adecuado. No sé por dónde empezar…

—Pues no empieces. ¿Dónde está tu dormitorio?

—¿Qué?

Vi su sonrisa ávida.

—Ya me has oído. ¿Cuál es tu habitación?

Su fragancia seguía en mi piel cuando me tumbé en la cama y escuché cómo el rugido apagado de la moto rasgaba el silencio de la noche. Se iba tras haber pasado en casa todo el día, pero iba a volver, y esa perspectiva me reconfortaba. Angèle parecía insuflar en mí una vitalidad renovada, igual que devolvía el color de la vida a sus «pacientes» con esas inyecciones. Y no me refería sólo al sexo, lo cual era una parte emocionante y fundamental en nuestra aventura, sino a cómo abordaba los temas más difíciles de mi vida, siempre con los pies sobre la tierra. Habíamos ido saltando de un tema a otro mientras estábamos abrazados en mi cama.

Margaux.

¿Visitaba a un terapeuta de duelo, alguien con quien pudiera hablar de la pérdida de una amiga cuya muerte había ocurrido ante sus propios ojos? La terapia de duelo era completamente necesaria en su caso. La idea era buena, y tomé nota de ella. Angèle me habló de cómo reaccionaban los adolescentes ante la muerte: unos se quedaban alterados y perdidos, en estado de shock, mientras que otros maduraban al instante, pero adquirían una dureza de la que jamás se desprendían.

Arno.

Probablemente me sentía mejor después de haberle abofeteado, pero eso no iba a ayudar demasiado a la comunicación entre los dos. Debía llegar un momento en que me sentara a hablar con él, a hablar con él de verdad. Sí, él necesitaba límites, y sí, yo debía imponerme, pero debería atenerme a esa nueva inflexibilidad. Cuando dijo eso, le sonreí y le acaricié las caderas desnudas antes de preguntarle en susurros qué sabía ella de adolescentes, a no ser que tuviera uno por ahí oculto y hubiera olvidado mencionarlo. Tal vez no fue la mejor de las ideas. Se revolvió y vi cómo me fulminaba con la mirada a pesar de la escasa luz.

—¿Qué sabes de mí? —replicó.

—No mucho —admití.

—Nada, aparte de mi trabajo.

Entonces me contó que tenía una hermana divorciada algo mayor que ella. Nadège vivía en Nantes con tres hijos adolescentes, de catorce, dieciséis y dieciocho. Su padre había vuelto a casarse y ya no estaba interesado ni se sentía obligado a echar un cable a sus hijos, y era ella quien lo hacía. Los ataba en corto, sí, pero era honesta y justa con ellos. Todas las semanas pasaba una noche en Nantes, en casa de su hermana, lo cual no le resultaba difícil, ya que el hospital de Le Loroux-Bottereau estaba a sólo veinte kilómetros. Ella adoraba a esos muchachos, a pesar de que a veces era infernal tratar con ellos.

—De modo que sí, lo sé todo sobre adolescentes y de primera mano, muchas gracias —concluyó.

Clarisse.

Le había enseñado las fotografías de mi madre.

—¡Qué mujer tan guapa! ¡Es el vivo retrato de tu hermana!

Luego le conté por qué Mélanie había perdido el control del coche. Angèle serenó el rostro de inmediato. Esa reacción me indicó que estaba buscando las palabras adecuadas. Estaba acostumbrada a tratar con la muerte y los adolescentes, y sabía hacerlo, pero ese tema en particular era un poco más espinoso. Permaneció en silencio un par de minutos. Yo había intentado describirle a mi madre, su franqueza y su sencillez, su educación rural, de la que no sabíamos nada, el contraste entre la prosperidad de la familia Rey y la infancia de una niña de pueblo, pero de pronto me encontré tartamudeando y sin palabras para traer de vuelta su imagen y explicarle a Angèle quién era mi madre en realidad. Ése era el núclco del problema de hecho, sí, se reducía a eso, nuestra madre era una extraña, eso era lo oscuro, e incluso más a raíz del recuerdo de Mélanie.

—¿Qué tienes pensado hacer al respecto? —me había preguntado Angèle.

—Cuando me encuentre preparado, y tengo la impresión de que va a ser bastante pronto, después del funeral o después de Navidades a lo sumo, quiero acompañar a Mélanie a hablar con la abuela.

—¿Por qué?

—Estoy seguro de que sabe algo sobre mi madre y esa mujer.

—¿Y por qué no lo hablas directamente con tu padre?

La pregunta era completamente lógica, pero me desconcertó.

—¿Con mi padre?

—Sí, ¿por qué no? ¿Crees que él no sabe nada de eso? Después de todo, era su esposo.

Mi padre, el hombre de rostro avejentado y figura empequeñecida por los años, el hombre rígido y autoritario cuya presencia era como la de la estatua del comendador.

—Angèle, tienes que entender algo: yo no le hablo a mi padre.

—Bueno, tampoco yo al mío —replicó, arrastrando las palabras—, pero eso es porque está muerto. Me vi obligado a sonreír—. ¿Quieres decir que tuvisteis una pelea y ya no os dirigís la palabra?

—No, yo nunca he hablado con mi padre —le confesé, aun a sabiendas de lo extraño que iba a resultarle aquello—. Yo nunca he tenido una conversación de verdad con él.

—Pero ¿por qué? —quiso saber, desconcertada.

—Porque así es como son las cosas. Mi padre no es el tipo de persona con quien puede mantenerse una conversación. Él jamás muestra amor ni afecto. Quiere ser el jefe todo el tiempo, y ya está.

—¿Y tú se lo has permitido?

—Sí, lo hice porque era la salida fácil, porque él me dejó solo —admití—. En ocasiones, admiro las salidas de tono de mi hijo porque yo jamás tuve narices para enfrentarme a mi propio padre. En mi familia nadie habla con los demás. No nos han educado para eso.

Ella me besó en un lado del cuello.

—No dejes que eso te suceda con tus hijos, corazón.

Había sido la mar de interesante verla socializar con Mélanie, Lucas, Arno y Margaux, que acudió a casa ese domingo, por fin. Ellos podían haberse mostrado fríos con una desconocida, resentidos incluso por su presencia, especialmente en unos momentos tan peliagudos, donde habían sucedido tantos hechos desestabilizadores que nos habían rodeado de dolor, rabia y miedo, pero Angèle desplegó sentido del humor, franqueza y calidez, y percibí que se sentían atraídos por ella.

Había habido un segundo de incomodidad al principio, cuando se dirigió a Mélanie y se presentó:

—Yo soy la famosa Morticia y estoy encantada de conocerte.

Pero mi hermana se partió de risa y la observó con verdadero placer. Margaux la interrogó acerca de su trabajo mientras tomaba una taza de café, momento que aproveché para salir con discreción de la cocina. Sólo una persona no parecía seducida por Angèle: Lucas. Le hallé de morros en su habitación. No necesité preguntarle qué le pasaba, lo supe por intuición. Estaba siendo leal a su madre y le ofendía la presencia de otra mujer en nuestra casa, una mujer de la que yo estaba locamente enamorado. Me faltó valor para abordar el tema directamente, porque de momento ya iba bien servido de problemas, pero estaba dispuesto a encontrar una forma de hablar con él. No, no iba a ser como mi padre y cerrar los ojos a todo.

Cuando regresé a la cocina, Margaux lloraba en silencio y Angèle le aferraba la mano. Me asomé por la puerta, sin saber qué hacer. Los ojos dorados de Angèle se encontraron con los míos. Vi en ellos tristeza y sabiduría, como en los de una anciana. Me alejé de nuevo y fui al cuarto de estar, donde Mélanie estaba leyendo. Me senté junto a ella.

—Me alegra que haya venido —comentó mi hermana al cabo de un rato.

Y a mí, pero sabía que pronto se iría, más tarde, de noche, porque el camino a La Vendée era largo y frío, y entonces yo me pondría a contar los días que faltaban para poder verla de nuevo.

E l lunes por la mañana, un día antes del funeral de
Pauline, me reuní con el responsable de un renombrado sitio web de Feng Shui, Xavier Parimbert. La entrevista se había concertado hacía bastante tiempo y tuvo lugar en sus oficinas, próximas a la avenida Montaigne. Yo no le conocía en persona, aunque había oído hablar de él. Era un hombre de poca estatura, nervudo y enjuto. Le calculé sesenta y pocos años, llevaba el pelo teñido a lo Aschenbach y tenía el típico aspecto de alguien que controla su peso al miligramo. Le habían hecho en el mismo molde que a mi suegro, y la verdad es que yo me encontraba más que justo de paciencia para tratar con ese tipo de gente.

Me condujo a su espaciosa oficina de paredes blancas, donde todo era plateado. Despidió a un obsequioso ayudante con un gesto, me invitó a sentarme y fue directo al grano.

—He visto su trabajo, y en especial la guardería que diseñó para Régis Rabagny.

El corazón me habría dado un vuelco en cualquier otro momento de mi vida. Rabagny y yo no habíamos finalizado nuestra colaboración de forma cordial, por decirlo de una manera suave, y daba por supuesto que no me había hecho por ahí la mejor de las publicidades, pero desde entonces había muerto Pauline —a la que enterrábamos al día siguiente— y había regresado del pasado una verdad dura sobre mi madre, y eso sin mencionar el coqueteo con el vandalismo de Arno. Por eso, ahora el nombre de Rabagny me resbalaba por completo y me daba lo mismo si a ese atildado sexagenario se le llenaba la boca con observaciones negativas respecto a mi persona.

Sin embargo, no lo hizo. Me honró con una sonrisa sorprendentemente obsequiosa.

—La guardería me parece impresionante, pero no es sólo eso, hay otro aspecto que en mi opinión resulta aún más atractivo.

—Me pregunto qué podrá ser… ¿Misterios del Feng Shui?

Respondió con una amable risilla a mi ironía.

—Me refiero al modo en que ha tratado usted a monsieur Rabagny.

—¿Puede ser un poco más concreto?

—No conozco a nadie más que le haya mandado a la mierda, salvo yo mismo.

Ahora me tocó a mí reír entre dientes al recordar ese día. Hubo un ataque final de lo más ofensivo por su parte sobre un asunto que, una vez más, no guardaba ninguna relación conmigo ni con mi gente, y el sonido de su voz me puso enfermo.

—Váyase al cuerno —le espeté. Y colgué el teléfono, para sorpresa de Florence.

Se me escapaba cómo podía haber llegado este incidente a oídos de Xavier Parimbert, pero él me sonrió como si estuviera dispuesto a darme una explicación de buen grado.

—Da la casualidad de que Régis Rabagny es mi yerno.

—¡Menuda desgracia! —comenté.

Él asintió.

—Lo pienso muy a menudo, no crea, pero mi hija le quiere, y en lo tocante al amor…

Sonó el teléfono de su despacho. Alargó con elegancia el brazo y cogió el auricular con una de esas manos suyas tan cuidadas, porque evidentemente se hacía la manicura.

—¿Sí? No, ahora no. ¿Dónde? Ya entiendo.

Volví los ojos hacia el despacho aparentemente sencillo cuando vi que se iba a prolongar la conversación. No tenía mucha idea de en qué consistía el Feng Shui, salvo que es un arte ancestral chino cuyo nombre significa «viento» y «agua» y que su propósito es utilizar las leyes del cielo y la tierra. Aquélla debía de ser la oficina más ordenada que había visto jamás. No había ningún objeto encima de otro ni pilas de papeles, y no había forma de hallar nada que molestara a la vista.

Toda una pared era un acuario donde un extraño pez negro de silueta serpenteante nadaba con languidez, dejando una ristra de burbujas tras él. En la esquina opuesta había unas plantas exóticas de grandes hojas. Unos pocos palitos de incienso ardían para impregnar el aire de un aroma relajante. Detrás de la mesa del despacho había una pared forrada de madera donde podían verse más y más fotografías de mi anfitrión con diferentes celebridades.

Parimbert colgó al fin el teléfono y centró toda su atención en mí.

—¿Le apetecería tomar un té verde y unas pastas de harina integral? —sugirió con alegría, como si propusiera un lujo especial a un chiquillo renuente.

—Claro —repliqué, pues tuve el pálpito de que una negativa iba a sentarle fatal.

Agitó una campanilla y apareció una delgada mujer oriental vestida de blanco con una bandeja. Mantuvo los ojos entornados y se inclinó de forma ceremoniosa mientras servía el líquido de una pesada y ornamentada tetera con movimientos gráciles y expertos. Mi anfitrión contempló la escena con expresión plácida. Me ofrecieron una cosa redonda y pesada que supuse que sería una pasta.

Hubo un momento de quietud mientras él comía y bebía, sumido en un silencio casi monacal. Yo le di un mordisquito a aquello y me arrepentí de inmediato. Ese engrudo tenía una consistencia similar a la del chicle. Parimbert hizo grandes aspavientos para tomar el té verde, y luego se relamió los labios. A mi parecer, el brebaje aquel estaba demasiado caliente para metérselo en el cuerpo con semejante entusiasmo.

Tras un último bocado, sonriente como el Gato de Cheshire, propuso:

—Y ahora vamos al negocio.

El té le había dejado en la boca un resto verdoso y era como si una selva intentara asomarle de entre los dientes. Quise echarme a reír, pero en ese mismo momento me di cuenta de que era la primera vez que estaba de humor para reír desde la muerte de Pauline. Se impuso la culpabilidad, aunque persistiera el motivo de la risa.

—Tengo un plan —empezó de forma un tanto misteriosa— y, de verdad, creo que es usted la única persona que puede llevarlo a cabo.

Aguardó mi reacción de forma ceremoniosa. Me limité a asentir. Él continuó:

—Deseo que se imagine la Cúpula Inteligente.

Pronunció esas dos últimas palabras con sobrecogimiento, como si hubiera dicho «Santo Grial» o «Dalai Lama». Yo asentí con cara de póquer y esperé a ver si lograba enterarme de qué rayos era la Cúpula Inteligente, rezando para mis adentros para no parecer tonto del culo.

Parimbert se levantó e introdujo las manos en sus impecables pantalones grises antes de ponerse a pasear por el pulido suelo de madera. Hizo una pausa teatral cuando llegó al centro de la estancia.

—La Cúpula Inteligente es el lugar adonde sólo llevaré a un reducido grupo de gente selecta, elegida con sumo cuidado, con el fin de reunirnos y reflexionar en armonía. Ese lugar estaría ubicado aquí mismo, y se diseñaría bajo esas premisas. Deseo que recuerde a un iglú de inteligencia. ¿Lo entiende?

—A la perfección —repliqué, aunque el impulso de echarme a reír era irresistible.

—No he hablado con nadie de este proyecto. Deseo que tenga usted carta blanca. Es usted el hombre perfecto para este encargo, lo sé. Por eso le he elegido, y le pagaré en consonancia.

Mencionó una suma en apariencia generosa, aunque tampoco estaba claro: no tenía ni idea de lo grande que debía ser la Cúpula Inteligente ni de con qué materiales debía construirla.

—Quiero que vuelva con propuestas. Regrese en cuanto las haya consignado sobre el papel. Deje que fluya su energía positiva, sea atrevido y creativo. Apele a su fuerza interior. No necesita ser timorato en este lugar. La Cúpula Inteligente tiene que estar muy cerca de mi oficina, así que haga un boceto partiendo de las dimensiones de esta habitación.

Me despedí de él y me encaminé hacia la avenida Montaigne, donde las tiendas de artículos de lujo trabajaban a pleno rendimiento, dada la cercanía de las fechas navideñas.

Elegantes damas cargadas con bolsas de compras de diseña-
dores pasaban caminando sobre sus zapatos de tacón alto.
El tráfico no cesaba en su cantinela. Pensé en Pauline mientras me dirigía de camino a la orilla izquierda, en ella y en
su funeral, y en su familia. Y en Astrid, que en ese mismo
momento estaba de camino, pues aterrizaba a última hora.
Reflexioné sobre cómo, a pesar de la muerte de una adolescente, la Navidad no había detenido su avance inexorable,
las mujeres seguían de compras en la avenida Montaigne y
los hombres como Parimbert se tomaban demasiado en serio a sí mismos.

Iba al volante con Astrid a mi derecha y los chicos y Margaux en el asiento de atrás. Ésta era una de las primeras veces desde el divorcio en que viajábamos todos juntos en el Audi, como la familia que habíamos sido. Eran las diez de la mañana y el cielo estaba tan nublado como el día anterior. Astrid luchaba contra el jet lag y no hablaba mucho. A primera hora me había pasado por Malakoff para recogerla. Le pregunté si venía Serge y me contestó que no.

El viaje hasta Tilly, el pueblecito donde la familia de Suzanne poseía una casa, duraba en torno a una hora. Toda la clase de Pauline iba a estar allí. Al final, Lucas había decidido venir. Era su primer entierro. ¿Cuál fue el mío después del sepelio de mi madre? Probablemente el de Robert, mi abuelo, y luego el de un amigo cercano, víctima de un accidente de coche, y el de otro más que murió de cáncer. Entonces caí en la cuenta de que también era el primer entierro de Margaux y de Arno. Los miré de soslayo por el espejo retrovisor. Noté que no había ni un iPod en el coche. Tenían los rostros demacrados y pálidos. Nunca iban a olvidar ese día. Lo recordarían el resto de sus vidas.

Arno permanecía retraído desde lo del sábado. Todavía no habíamos tenido una charla como padre e hijo. Debía hacerlo cuanto antes, lo sabía, no tenía sentido diferirla. Astrid no estaba aún al tanto de lo de Arno. Debía decírselo, pero tenía pensado hacerlo después del funeral.

¿Serviría el sepelio para poner punto y final a algo? ¿Cómo iban a superarlo Suzanne y Patrick? ¿Sería capaz de reponerse Margaux, aunque fuera despacio? Los caminos vecinales silenciosos y vacíos discurrían por el típico escenario invernal lleno de árboles sin hojas ni vida. Ojalá asomara el sol y disipase toda esa negrura. Me encontré implorando por esa primera luz matinal y el roce cálido de los rayos del sol sobre la piel. «Dios o quienquiera que esté ahí arriba, haz que asome el sol durante el funeral de Pauline», imploré. «¡No creo en Dios! —había gritado mi hija con fiereza—. Dios no deja morir a nadie con catorce años».

Todo eso me hizo pensar en mi formación religiosa de misa todos los domingos en Saint-Pierre de Chaillot, mi primera comunión, la de Mélanie. ¿Me cuestioné la existencia de Dios a la muerte de mi madre? ¿Me enfadé con Él porque hubiera dejado morir a Clarisse? En cuanto rememoraba esos años de oscuridad descubría que recordaba entre poco y nada. Sólo venían oleadas de dolor y pena, y sí, también de incomprensión. Tal vez sentí que Dios me había abandonado, como mi hija el otro día, pero la diferencia era que Margaux podía decírmelo y no había habido forma de que yo se lo hubiera dicho a mi padre. Jamás me habría atrevido.

La pequeña iglesia se llenó. Estaban dentro toda la clase de Pauline, todos sus amigos y los profesores, y también amigas de otras clases y otros colegios. Jamás había visto reunida a tanta gente joven en un funeral. Todas las hileras de bancos estaban ocupadas por adolescentes vestidos de negro que llevaban una rosa blanca en la mano. Suzanne y Patrick aguardaban de pie en la puerta de la entrada para saludar a todos los asistentes. Me impresionó su valor. No nos imaginaba a Astrid y a mí en las mismas circunstancias, y tuve la impresión de que ella pensaba como yo mientras abrazaba a Suzanne. Ya estaba llorando cuando Patrick la besó.

Nos sentamos justo detrás de ellos. Los chirridos de las sillas raspando el suelo cesaron poco a poco. Entonces una voz femenina entonó uno de los himnos más puros y tristes que yo hubiera oído nunca. Procedía de algún sitio de la iglesia, pero no pude ver a la cantante. Entonces entró el ataúd, llevado a hombros por Patrick, su padre y sus hermanos.

Margaux y yo habíamos visto ya el cadáver. Sabíamos que estaba en ese féretro con la blusa rosa, los vaqueros y las zapatillas Converse, y también sabíamos cómo estaba peinada y el modo en que las manos descansaban sobre su regazo.

Un joven sacerdote de mejillas rubicundas empezó a hablar. Yo escuchaba su voz, pero era incapaz de entender sus palabras. Me resultaba insoportable permanecer allí. El corazón se me aceleró hasta tal punto que sentí un dolor físico. Observé la espalda de Patrick. ¿Cómo lograba permanecer tan entero? ¿De dónde sacaba la fortaleza? ¿Acaso iba de eso lo de creer en Dios? ¿Era el Todopoderoso la única ayuda a la hora de enfrentarse a un horror indescriptible?

El religioso continuó la ceremonia con voz monocorde y según sus indicaciones nos íbamos sentando y levantando. Y rezábamos. En un momento dado, pronunció el nombre de Margaux. Me quedé perplejo, pues ignoraba que mi hija fuera a pronunciar unas palabras durante la ceremonia. Astrid me lanzó una mirada inquisitiva y negué con la cabeza.

Margaux permaneció junto al féretro de su amiga durante un momento en el que reinó un silencio absoluto. Me pregunté con temor cómo iba a arreglárselas. ¿Sería capaz de hablar? ¿Lograría articular alguna palabra? Cuando empezó me sorprendió su brío. No era la voz de una adolescente tímida, sino la de una mujer joven segura de sí misma.

Parad todos los relojes, descolgad los teléfonos,
dadle al perro un hueso jugoso para que no ladre.
Silenciad los pianos y, al redoble de tambores enfundados,
sacad el féretro y llamad a las plañideras.

Identifiqué al instante los versos de *Parad los relojes*, de Wystan Hugh Auden. Mi hija no necesitaba leer el papel. Pronunciaba los versos como si ella misma hubiera escrito el poema. Lo declamaba con voz dura, honda, llena de pena e ira contenidas.

Ella era mi norte y mi sur, mi este y mi oeste,
mi semana de trabajo y mi descanso dominical,
mi mediodía y mi medianoche, mi charla y mi canción.
Pensé que esa amistad sería eterna, pero me equi-
vocaba.

La voz le falló por primera vez. Cerró los ojos. La iglesia permaneció sumida en un silencio absoluto. Astrid me apretó la mano con tanta fuerza que me hizo daño. Margaux respiró hondo y le volvió la voz, pero ahora fue un susurro tan bajo que apenas resultaba audible.

Ya no hacen falta estrellas, quitadlas todas,
guardad la luna y desmontad el sol,
drenad el mar y talad los bosques,
porque ya nunca puede venir nada bueno.

Mientras Margaux regresaba a su asiento, la iglesia se llenó de un silencio tenso y conmovedor que pareció prolongarse una eternidad. Astrid se aferraba a Lucas y Arno agarró el brazo de su hermana. Hasta el mismo aire parecía hinchado y vibrante a causa de las lágrimas.

Después volvió a sonar la voz del sacerdote y otros adolescentes intervinieron, pero de nuevo fui incapaz de distinguir las palabras. Mantuve la vista clavada en el suelo de piedra y esperé a que terminara todo con los dientes apretados. Descubrí que era incapaz de llorar. Recordé el torrente de lágrimas vertidas el día en que murió Pauline. Ahora era Astrid quien sollozaba en el asiento contiguo. Lo hacía como yo aquel día. La rodeé con el brazo y la atraje hacia mí. Se agarró a mí como si le fuera la vida en ello mientras Lucas nos miraba. No nos había visto así desde antes de nuestro viaje a la isla griega de Naxos.

En el exterior parecía que mis plegarias habían sido escuchadas, porque un sol blanquecino y débil se filtraba entre las nubes. Lentamente seguimos el féretro de Pauline hasta el cementerio contiguo a la iglesia. Éramos una verdadera multitud. Los lugareños nos contemplaban desde las ventanas, sorprendidos de ver tantos rostros jóvenes.

Margaux se adelantó para reunirse con sus compañeros en la cabeza del cortejo. Fueron los primeros en ver el ataúd una vez depositado abajo, en la tumba, donde, uno tras otro, arrojaron las rosas blancas. La mayoría de ellos lloraba abiertamente mientras padres y profesores se enjugaban las lágrimas. Aquello parecía que no iba a terminar jamás. Una joven se desmayó con un gemido. Se armó un revuelo alrededor, pero un profesor la recogió con suavidad y se la llevó de allí. Las manos de Astrid volvieron a buscar las mías.

Nos juntamos en la casa familiar después del funeral, pero la mayoría de los asistentes se marcharon, ávidos de volver a su vida cotidiana, a sus trabajos. Nosotros nos quedamos al almuerzo porque Margaux era la mejor amiga de Pauline. Sentíamos que era nuestro deber y también queríamos quedarnos. El cuarto de estar estaba lleno a rebosar de amigos cercanos y familiares. Conocíamos a la mayoría de ellos. Las cuatro adolescentes allí presentes eran amigas cercanas de Pauline. Formaban un grupo muy unido. Todos conocíamos a esas chicas: Valentine, Emma, Bérénice y Gabrielle, y también a sus padres. Observé sus semblantes de luto y supe lo que estaban pensando, lo mismo que pensábamos todos y cada uno de nosotros, que aquél podía haber sido el funeral de una de nuestras hijas, que podía habernos pasado a nosotros. Ese cuerpo del féretro cubierto de rosas blancas y enterrado en una tumba poco profunda podía haber sido el cadáver de una de nuestras pequeñas.

Nos marchamos a última hora de la tarde, cuando el anochecer oscurecía el cielo. Fuimos una de las últimas familias en irnos. Mis hijos parecían exhaustos, como si hubieran realizado un largo viaje. Nada más entrar en el coche cerraron los ojos y se durmieron. Astrid permaneció en silencio también. Mantuvo la mano sobre mi muslo, como solía hacer durante esos largos viajes en coche hacia la Dordoña.

Se oyó un chapoteo y el coche patinó sobre una gruesa capa de lodo en cuanto salimos a la carretera principal, la que conducía a la autopista. Eché un vistazo al suelo sin distinguir la sustancia que lo cubría. Un hedor sofocante logró filtrarse hasta el interior del vehículo y los chicos despertaron de golpe. Olía a pútrido. Astrid se cubrió la nariz con un Kleenex. Las ruedas seguían patinando a pesar de que conducía despacio. De pronto Lucas profirió un grito y señaló hacia delante, donde una forma sin vida yacía en mitad de la calzada. Un coche que iba delante de nosotros giró bruscamente para evitarla. Era un animal. Pude ver el suelo alfombrado de vísceras. Mantuve las manos firmes en el volante mientras luchaba por superar aquella pestilencia. Lucas volvió a gritar cuando de pronto apareció otra figura inerte: las extremidades amputadas de otro animal.

Nos detuvimos frente a las luces de un control policial, donde nos pusieron al corriente de la situación: uno de los camiones de un matadero cercano había perdido toda su carga. Durante cinco kilómetros vimos desperdigados por la carretera baldes llenos de órganos, pellejos, tejidos grasos, vísceras y restos de ganado sacrificado.

Era como una visión del infierno por la que cruzamos muy despacio, soportando un olor pútrido de lo más molesto, pero al final apareció la señal que anunciaba la autopista, y fue recibida con suspiros de alivio. Nos dirigimos a París a buena velocidad y los llevé a Malakoff. Al llegar, los dejé en la calle Émile Zola, justo delante de la puerta, y esperé con el motor en marcha a que se bajaran.

—¿Por qué no te quedas a cenar? —sugirió Astrid.

Me encogí de hombros.

—¿Por qué no?

Escuché los ladridos del feliz *Titus* al otro lado de la valla cuando los niños salieron del coche.

—¿Está Serge ahí? —pregunté con tacto.

—No, no está.

No pregunté dónde se encontraba. Al fin y al cabo tampoco me importaba. Me alegraba su ausencia y punto, no lograba acostumbrarme a que ese tipo estuviera en mi casa, porque sí, aún sentía que eran mi casa, mi esposa, mi jardín, mi perro. Mi antigua vida.

Cenamos en la cocina americana diseñada por mí con tanto esmero, como en los viejos tiempos. *Titus* no cabía en sí de gozo. No apartó su húmeda boca de mi rodilla ni dejó de mirarme con extasiada incredulidad. Los chicos nos hicieron compañía un rato, pero al final subieron a acostarse. Me pregunté dónde andaría Serge. Esperaba verle aparecer por la puerta en cualquier momento, pero Astrid no le mencionaba, sólo hablaba de los chicos y los acontecimientos del día. Yo la escuchaba. ¿Cómo iba a contarle que en realidad estaba con la cabeza a años luz de allí? ¿Sucedió así cuando se produjo nuestro distanciamiento?

Encendí la chimenea mientras ella continuaba hablando; nadie lo había hecho en mucho tiempo a juzgar por la rejilla vacía y sucia, y la reserva de madera aún era la que había comprado yo hacía dos años. Astrid y Serge no habían tenido conversaciones íntimas al calor de la chimenea. Extendí las manos hacia las llamas. Astrid se sentó en el suelo junto a mí y apoyó la cabeza sobre mi brazo. Me abstuve de echarme un pitillo, sabedor de cuánto odiaba el tabaco. Observamos el fuego en silencio. Si alguien hubiera pasado por allí y hubiera mirado por la ventana, habría visto a una pareja feliz y habría pensado que éramos un matrimonio dichoso.

Le conté lo de nuestro hijo mayor y le describí lo sucedido en la comisaría, el estado de Arno y mi frialdad a la mañana siguiente. Le expliqué que aún no había hablado con él, pero que iba a hacerlo. Y también le dije que íbamos a necesitar un buen abogado. Ella me escuchó con consternación.

—¿Por qué no me telefoneaste?

—Pensé hacerlo, pero ¿qué ibas a hacer tú desde Tokio? La muerte de Pauline ya te había alterado bastante.

Ella asintió.

—Tienes razón.

—Margaux tiene la regla.

—Lo sé, me lo ha contado. Me ha dicho que lo llevaste bastante bien para ser un padre.

Sentí una chispa de orgullo.

—¿De verdad? Me alegra, porque no lo hice muy bien cuando murió Pauline.

—¿Qué quieres decir?

—No me salían las palabras adecuadas. No fui capaz de consolarla, por eso sugerí que te llamáramos, y eso la indignó.

Estuve a punto de contarle lo de mi madre, pero al final me mordí la lengua, porque ése no era el momento, ese tiempo estaba reservado para nuestros hijos y nuestros problemas. Astrid fue a por un poco de *limoncello* del congelador y regresó con unos vasitos de cristal que yo había adquirido hacía una pila de años en un tenderete del rastro de Porte de Vanves. Lo bebimos a sorbos en silencio y luego le hablé de Parimbert y la Cúpula Inteligente. Le describí la oficina Feng Shui, el pez negro, el té verde y los bollos. Se rió. Los dos nos reímos.

No dejaba de preguntarme por el paradero de Serge. ¿Por qué no había vuelto a casa ya? Tuve la tentación de interrogarla a ese respecto, pero no lo hice, y hablamos de Mélanie y la rapidez de su recuperación. Después estuvimos conversando sobre el trabajo de Astrid, y también sobre las inminentes fiestas de Navidad.

—¿Qué te parecería reunirnos aquí para esas fechas? —me sugirió—. El año pasado era demasiado complicado.

Me habló de pasar la Nochebuena con ella y los niños. La muerte de Pauline había hecho que todo pareciera triste y precario.

—Bueno, sí, claro, ¿por qué no? —contesté.

Para mis adentros me pregunté otra vez dónde estaba Serge. No dije nada, pero ella debió de intuir por dónde iban mis pensamientos.

—Tu llamada a Tokio fue la gota que colmó el vaso de la paciencia de Serge.

—¿Por qué?

—No es el padre de esos niños. No tiene ninguna obligación hacia ellos.

—¿Y qué significa eso?

—Es más joven y no sabe cómo afrontar todo esto. —Las llamas crepitaron con alegría y *Titus* soltaba fuertes ronquidos. Esperé—. Se ha ido, necesita pensarse con calma las cosas. Ahora está con sus padres en Lyon.

¿Por qué no sentía una oleada de alivio en mi interior? En vez de eso, noté un aturdimiento y cierta cautela, lo cual me sorprendió.

—¿Estás bien? —pregunté con amabilidad.

Volvió hacia mí un rostro marcado por la pena y el cansancio.

—En realidad no —admitió en un susurro.

Con esas palabras acababa de darme el pie para entrar, el momento para tomarla en mis brazos, el momento que había esperado durante tanto, tanto tiempo, la oportunidad de recuperarla, de recobrarlo todo.

Solía fantasear con ese instante durante las primeras noches en la casa de la calle Froidevaux, cuando me acostaba en la cama vacía y me sentía sin ninguna motivación para seguir vivo. Ése era el momento que había esperado desde el viaje a Naxos, desde que ella rompió, el momento que había imaginado con tanta claridad.

Pero no dije esta boca es mía, pues era incapaz de pronunciar las palabras que ella quería oírme decir. Estudió mi rostro y mis ojos con la mirada sin hallar en ellos lo que buscaba, así que se echó a llorar.

Le cogí la mano y se la besé con delicadeza. Sollozó un poco, pero luego se enjugó las lágrimas.

—¿Sabes? A veces me gustaría recuperarlo como fuera —murmuró.

—¿El qué? —pregunté.

—Recuperarte a ti, Antoine, nuestra antigua vida. —El llanto volvió a crisparle el rostro—. Quiero recobrarlo todo.

Empezó a besarme de forma febril. Ahí estaban sus besos salados, su calor, su aroma, pero nada; quería reclamarla a gritos, devolverle los besos, pero no podía. Algo más fuerte me retenía. Al final sí la besé, pero sin pasión, porque había desaparecido. Ella me acarició y me besó en el cuello y los labios, como si la última vez hubiera sido el día anterior y no hacía dos años. El deseo se removió por los viejos tiempos, por los recuerdos, pero luego se apagó, y la estreché entre mis brazos como a una hija, como a mi hermana, como hubiera abrazado a mi madre. La aferré de forma incondicional para besarla como un hermano besa a otro.

Se apoderó de mí una sensación de pasmo. ¿Cómo era posible? Ya no amaba a Astrid. Me preocupaba muchísimo por ella, pues era la madre de mis hijos, pero ya no la quería. Había ternura, respeto y bondad, pero no amor, no como antes. Y ella lo supo. Lo percibió. Y se terminaron los besos y las caricias insistentes. Retrocedió y se cubrió el rostro con manos temblorosas.

—Lo siento —se disculpó, y soltó un profundo suspiro—. No sé qué me ha pasado.

Se sonó la nariz. Hubo una larga pausa. Le concedí tiempo y la cogí de la mano.

—Lucas me contó lo de tu novia, la morena alta.

—Angèle.

—¿Cuánto hace que la ves?

—Desde el accidente.

—¿La quieres?

Me froté la frente. ¿Que si estaba enamorado de Angèle? Por supuesto, pero no era el mejor momento de decírselo a Astrid.

—Me hace feliz.

Ella me sonrió con valentía.

—Eso está bien, es genial. Me alegro. —Se hizo otra pausa—. Escucha, de pronto se me ha venido encima todo el cansancio. Creo que voy a acostarme. ¿Te importaría sacar a *Titus* para que haga pis?

El perro ya me esperaba junto a la puerta moviendo el rabo. Me puse el abrigo y los dos salimos al frío cortante de la noche. El animal recorrió el jardín caminando despreocupado y de vez en cuando levantaba la pata. Entretanto yo me frotaba las manos para conservarlas calientes, muerto de ganas de regresar al calor de la casa.

A mi regreso, Astrid ya había subido las escaleras. *Titus* se dejó caer frente a las brasas del fuego y yo subí a despedirme. Lucas y Arno habían apagado la luz de sus cuartos, pero la de Margaux estaba encendida. Ella debió de escuchar mis pasos, ya que entreabrió la puerta de su habitación.

—Adiós, papá.

Acudió a mí como un fantasma, vestida con un camisón blanco. Me abrazó durante unos instantes y se marchó. Recorrí el pasillo de camino a lo que había sido mi viejo dormitorio. No había cambiado demasiado. Astrid se hallaba en el cuarto de baño y me senté en la cama a esperarla. Fue en esa habitación donde me dijo que quería el divorcio porque amaba a Serge y deseaba estar con él y no conmigo. Añadió que lo sentía mucho, pero que no soportaba mentir por más tiempo. Recordé la sorpresa y el dolor, agaché la cabeza y miré mi anillo de casado, pensando que no podía ser cierto. Esa noche había seguido hablando sobre cómo nuestro matrimonio se había convertido en algo cómodo, como unas zapatillas viejas cuando el uso las da de sí. Yo había torcido el gesto ante esa imagen, pues sabía a lo que se refería, pero ¿había sido culpa mía por completo? ¿Siempre había que imputárselo al esposo? ¿Por permitir que se apagara la chispa de nuestras rutinarias vidas? ¿Por no llevarle flores? ¿Por dejar que un gallardo príncipe más joven la pusiera lejos de mi alcance? A menudo me había preguntado qué había visto en Serge. ¿Juventud? ¿Ardor? ¿El hecho de que no tuviera hijos? Me puse a un lado en vez de luchar por ella como un poseso porque me había quedado como un balón deshinchado.

Una de mis primeras reacciones fue liarme con la ayudante de un colega en un rollo de una noche; fue una chiquillada que no me ayudó nada. No había sido un esposo infiel durante nuestro matrimonio. No era mi estilo, aunque a algunos hombres se les da bien. Eché una canita al aire durante un viaje de negocios con una atractiva mujer más joven justo después del nacimiento de Lucas. Me quedé hecho polvo. El peso de la culpa resultaba difícil de sobrellevar. Descubrí que el adulterio era de lo más complicado y me rendí.

Unos años después se produjo en nuestro matrimonio esa prolongada sequía previa a que yo me enterase de lo de Serge. Ya nada ocurría en nuestra cama y yo me había resignado, no me molestaba en investigar el porqué. Tal vez no deseaba saber la verdad o quizá ya sabía en lo más hondo de mí que ella amaba y deseaba a otro hombre.

Astrid salió del baño vestida con una camiseta larga. Soltó un suspiro de cansancio mientras se deslizaba dentro de la cama y luego alargó una mano hacia mí, y yo, que seguía completamente vestido pero yacía tumbado junto a ella, la acepté.

—No te vayas aún, espera a que me duerma —murmuró.

Apagó la lámpara de la mesilla. Al principio, la habitación pareció quedarse a oscuras, pero luego mis ojos se acostumbraron a la exigua luz de la calle que se filtraba a través de las cortinas y fui capaz de distinguir los contornos de los muebles. Me propuse esperar un poco más hasta que se quedara dormida y luego marcharme con sigilo. Entonces empezaron a dar vueltas en mi mente una serie de imágenes superpuestas: los cadáveres troceados del camino, el féretro de Pauline, la sonrisa del petulante Xavier Parimbert, mi madre y otra mujer unidas en un tierno abrazo…, y de pronto empezó a sonar un zumbido junto a mi oído y me hallé perdido, incapaz de determinar la hora ni el lugar donde estaba. La radio del despertador, que estaba sintonizada en France Info, retumbó como un trueno. Eran las siete de la mañana. La noche anterior debía de haberme quedado dormido.

Entonces, de pronto, noté las cálidas manos de Astrid sobre mi piel, y era una sensación demasiado placentera como para alejarla de mi lado. La soñolencia me tenía aún atontado y no podía abrir los ojos. «No —me alertó la vocecita—, no, no, no lo hagas». Astrid me quitó la ropa. «No, no, no». «Sí, sí —replicó la carne—, sí». «Vas a arrepentirte de esto. Ésta es la mayor estupidez que puedes cometer ahora, os herirá a los dos». Oh, la bendición de su toque de seda, ¡cuánto lo echaba de menos! «Aún estás a tiempo de impedirlo, Antoine. Puedes levantarte, vestirte y poner pies en polvorosa». Ella sabía exactamente cómo y dónde tocarme, no lo había olvidado. ¿Cuándo habíamos hecho el amor Astrid y yo por última vez? Había sido en esta misma cama, haría cosa de dos años largos. «Eres tonto de remate, necio, idiota». Todo sucedió muy deprisa y culminó en un espasmo de placer. Aferré su cuerpo y la retuve a mi lado con el pulso acelerado, pero no dije nada y ella tampoco. Ambos éramos conscientes de haber cometido un error. Me levanté despacio y le acaricié el pelo con torpeza. Recogí mis ropas y me escabullí al cuarto de baño, de donde regresé ya vestido. Astrid seguía acostada y permaneció de espaldas mientras yo abandonaba el dormitorio. Fui al piso de abajo, donde Lucas estaba desayunando; en su rostro se extendió una sonrisa de oreja a oreja al verme. Se me cayó el alma a los pies.

—¡Papá, has pasado la noche aquí!

Le devolví la sonrisa, aunque por dentro me retorcía de dolor. Sabía que su sueño era vernos a su madre y a mí juntos otra vez. No se lo había guardado para él. Nos lo había dicho a Mélanie, a Astrid y a mí. En su opinión, todavía era posible.

—Sí, estaba reventado.

—¿Has dormido en el cuarto de mamá? —preguntó con un brillo de esperanza en los ojos.

—No. —Me odié por mentirle—. Me he tumbado en el sofá. Sólo he subido al piso de arriba para ir al baño.

—¡Vaya! —exclamó desilusionado—. ¿Vas a volver esta noche?

—No, amiguito, esta noche no, pero ¿sabes qué? Pasaremos todos juntos la noche de Navidad. Aquí, como en los viejos tiempos. ¿Qué te parece?

—¡Chachi!

La noticia parecía alegrarle.

Aún era de noche en la calle y Malakoff estaba sumido en el sueño mientras yo conducía por la calle Pierre Larousse y luego directamente a París, subiendo por Raymond Losserand, que me dejaría en la calle Froidevaux. No deseaba pensar en lo que acababa de pasar. Lo sentía como una derrota, por placentera que pudiera ser. Ahora, incluso el placer se había desvanecido y no había dejado más que un poso amargo de tristeza.

La Nochebuena en Malakoff fue todo un éxito y Astrid resolvió todos los detalles de un modo magnífico. Acudieron Mélanie y mi padre, cuyo aspecto no era bueno, estaba tal vez incluso algo más cansado, y también Régine y Joséphine. Hacía mucho tiempo que no se congregaban tantos miembros de la familia Rey en una misma habitación.

Serge no estaba allí. Le pregunté a mi ex mujer cómo iban las cosas entre ellos y Astrid, tras suspirar, me contestó:

—Es complicado.

Despejamos la mesa después de cenar y abrimos los regalos. Luego, mientras todos se quedaban a charlar delante de la chimenea Astrid y yo subimos al despacho de Serge y mantuvimos una conversación acerca de los chicos, en lo que se estaban convirtiendo y en el hecho de que no ejercíamos ningún control sobre ellos y a cambio obteníamos desdén, falta de respeto y de afecto, nada de amor. Margaux parecía sumida en un mutismo absoluto cargado de desprecio y se había negado en redondo a seguir la terapia de duelo con el orientador que le habíamos encontrado. Arno había sido expulsado del liceo, tal y como temíamos, así que le matriculamos en un internado de lo más estricto no muy lejos de Reims. El abogado encargado de su caso esperaba poder echarle tierra al asunto con la entrega de una suma de dinero a la familia Jousselin, aunque todavía ignorábamos la cuantía de la suma. Por suerte no éramos los únicos padres metidos en ese berenjenal.

Todo debía de ser de lo más normal en los azares turbulentos de la adolescencia moderna, pero eso no nos lo hacía más llevadero a ninguno de los dos. Respiré aliviado cuando comprobé que ella lo estaba pasando tan mal como yo, e intenté hacerle comprender que no era sólo cosa suya.

—Tú no lo entiendes, es peor en mi caso —me replicó—. Yo los parí.

Hice lo posible por explicarle la aversión que sentí hacia Arno la noche de la detención. Ella asintió con una mezcla de alarma y entendimiento.

—No, si veo qué quieres decir, Antoine, pero en mi caso es peor, porque los tres vienen de mis entrañas. —Se llevó la palma de la mano al vientre—. Y siento lo mismo que tú, yo, que los he alumbrado… Durante años han sido unos niños adorables, y ahora esto…

—Lo sé, estaba allí cuando nacieron… —fue cuanto logré añadir, sin mucha convicción.

Ella esbozó una sonrisita de complicidad.

La ley antitabaco entró en vigor a principios de año en Francia, y, por raro que pudiera parecer, acatarla resultó más fácil de lo previsto. Había tantos ciudadanos como yo, capaces de desafiar el frío y plantarse delante de los edificios de oficinas y restaurantes para fumarse un cigarrito, que no pude evitar la sensación de formar parte de una conspiración, de ser uno de los señalados con el dedo acusador.

Me enteré por Lucas de que Serge había vuelto con Astrid. No pude evitar preguntarme si ella le habría contado algo sobre lo que ocurrió entre nosotros la noche del funeral, y cómo se lo habría tomado él.

Tampoco tuve tregua en la oficina. Parimbert había resultado ser un liante de cuidado, igualito que su repelente yerno. Mucha sonrisa encantadora y una apariencia de ser un cliente fácil de llevar, pero luego era de los que mandaba con mano de hierro. Negociar con él resultaba un castigo agotador que me dejaba sin un ápice de fuerza.

El único brillo en el cielo más bien apagado de mi firmamento fue la fiesta sorpresa de cumpleaños que me prepararon Hélène, Didier y Emmanuel. Se celebró en la casa de Didier, amigo y colega de profesión, pero la diferencia entre él y yo era que, aunque empezamos los dos más o menos al mismo tiempo, ahora él gravitaba en otra galaxia de éxito y prosperidad, lo cual no le había vuelto un pretencioso, y le sobraban motivos para sacar pecho. Sólo teníamos una cosa en común: su esposa le había dejado por un hombre más joven, uno de esos banqueros de la City, uno de esos arrogantes que los americanos llaman eurobasura. Su ex mujer, a quien yo le tenía mucho cariño, se convirtió en una clon de Victoria Beckham, y su destacada nariz de corte heleno parecía ahora una bujía eléctrica. Didier era un tipo alto y delgado de manos suaves y alargadas que relinchaba cuando se echaba a reír. Vivía en un loft espectacular en el distrito 20º, cerca de Ménilmontant, reformado a partir de un enorme y viejo almacén enclavado entre dos edificios desvencijados. Nos burlábamos de él cuando lo compró hace muchos años, nos reíamos a su costa diciendo que se pelaría el culo de frío en invierno y se lo cocería en verano, pero él nos ignoró y lentamente lo transformó en un lugar con calefacción central y aire acondicionado construido con vidrio y ladrillo. Ahora se nos ponen los dientes largos de envidia a todos.

No me había comido mucho la cabeza con la inminencia de mi cuadragésimo cuarto aniversario. Hubo un tiempo, cuando tenía una familia, en que era estupendo recibir regalos de mis hijos: esos dibujos toscos y esas creaciones de cerámica que eran un churro, pero yo ya no era un hombre de familia y sabía que iba a pasar solo la noche de mi cumpleaños, como el año anterior. Esa mañana recibí un mensaje de texto de Mélanie y otro de Astrid, y también me escribieron Patrick y Suzanne, que se habían ido a hacer un largo viaje por Oriente. Yo habría hecho lo mismo si hubiera perdido a mi hija. Por lo general, mi padre solía olvidarse de mi cumpleaños, pero para mi sorpresa esta vez me telefoneó a la oficina. Al oírle, me sorprendió lo baja y cansada que sonaba su voz, nada que ver con el tono del pasado, autoritario y estridente como una trompeta.

—¿Te apetece venir a tomar algo para celebrar tu cumpleaños? Seremos sólo tú y yo. Régine tiene una cena en el club de bridge.

¡Uf! ¿Ir al piso de la avenida Kléber, con ese comedor de los años setenta pintado de naranja y marrón y las luces tan intensas, para encontrarnos mi padre y yo cara a cara sobre la mesa ovalada y para que me sirviera vino con esas manos temblorosas llenas de manchas? «Deberías ir, Antoine. Ahora es un anciano y probablemente se siente solo. Deberías hacer un esfuerzo y hacer algo por él, aunque fuera por una vez, sólo por una vez».

—Gracias, pero no puedo. Esta noche he quedado.

«Embustero. Cobarde».

Me abrumó la culpa en cuanto colgué el auricular. Debería haberle llamado para decirle que al final sí podía ir.

Regresé un tanto nervioso a mi ordenador, donde trabajaba en la Cúpula Inteligente. Me partí de risa cuando me surgió el proyecto, pero ahora me estaba exigiendo mucho trabajo, aunque, para mi sorpresa, también estaba resultando un encargo estimulante. Por vez primera en muchos años trabajaba en un proyecto que me gustaba, y mucho, además. Me había documentado acerca de los iglúes, su historia y sus especificidades; había examinado bóvedas y cúpulas y me había esforzado en recordar las más hermosas de cuantas había visitado en Florencia y en Milán. Había hecho un boceto tras otro y había terminado por dibujar formas y figuras que nunca imaginé que sería capaz de concebir y por alumbrar ideas de las que jamás me habría considerado capaz.

Un pitido me avisó de la entrada de un correo electrónico. Lo remitía Didier.

> *Necesito tu consejo sobre un negocio importante con un tipo con el que has trabajado antes. ¿Puedes dejarte caer esta noche a eso de las ocho? Es urgente.*

Le contesté a vuelta de mail:

> *Sí, por supuesto.*

No me esperaba nada en absoluto cuando llegué al umbral de su puerta. Didier me saludó con cara de póquer y me dejó entrar. Le seguí al interior del enorme cuarto central, sumido en una calma excesiva, como si un silencio extraño se hubiera apoderado del lugar, y entonces, de pronto, a mi alrededor hubo gritos y aullidos. Todavía sin salir de mi asombro, descubrí a Hélène y a su esposo, a Mélanie, a Emmanuel y a dos mujeres desconocidas, que resultaron ser las nuevas chicas de Emmanuel y Didier. Pusieron la música a todo volumen, corrió el champán y empezaron a pasar platos con tarama, sándwiches, ensaladas, frutas y un pastel de chocolate, después de lo cual vino la catarata de regalos. Yo estaba encantado por primera vez desde hacía años, estaba relajado, disfrutaba del champán y me gustaba ser el centro de atención.

Didier no le quitaba ojo al reloj de la muñeca sin que yo adivinase la razón, pero se puso en pie como movido por un resorte en cuanto sonó el timbre.

—Ah, la gran sorpresa —anunció.

E hizo un ceremonioso ademán al abrir la puerta.

Entró majestuosa, como caída del cielo. Lucía un largo vestido blanco, un vestido sorprendente para llevar en lo más crudo del invierno, con la melena castaña recogida hacia atrás y esbozando una sonrisa inescrutable.

—*Happy birthday*, monsieur Parisiense —canturreó a lo Marilyn Monroe, y luego vino a besarme.

Todos aplaudieron y dieron vivas. Por el rabillo del ojo capté un triunfal intercambio de miradas entre Mélanie y Didier, e intuí que habían sido ellos quienes habían urdido todo aquello a mis espaldas mientras yo estaba en Babia.

Nadie era capaz de apartar los ojos de Angèle. Emmanuel se quedó impresionado y con la mayor discreción posible levantó jovialmente los pulgares en señal de aprobación. Estaba más que seguro de que las damas, Hélène, Patricia y Karine, se morían de ganas por hacerle preguntas acerca de su trabajo. A esas alturas, debía de estar más que acostumbrada a ser interrogada sobre ese tema.

—¿Cómo puedes trabajar con muertos todo el día? —preguntó al final una de ellas un tanto tímida y sin frivolidad alguna.

—Porque ayuda a que otras personas sigan vivas.

Fue una velada maravillosa. Angèle con ese vestido blanco parecía una princesa de nieve. En el precioso loft de nuestro anfitrión, con una claraboya en el techo asomada a la fría oscuridad de la noche, reímos, bebimos e incluso danzamos. Mi hermana aseguró que eran sus primeros bailoteos desde hacía mucho tiempo, y volvimos a aplaudir. Una mezcla de champán y alegría se me subió a la cabeza. Cuando Didier se interesó por Arno, le contesté:

—¡Menudo desastre! —al tiempo que solté una imitación de ese carcajeo de hiena tan típico de mi hijo.

A continuación pasé a contarles la conversación de hombre a hombre que al final habíamos tenido mi hijo y yo cuando le echaron del colegio. Le leí la cartilla bien leída, pero con el corazón encogido ante lo mucho que me estaba pareciendo a mi padre al hablar en plan admonitorio mientras le reprendía severamente con el dedo en alto. Entonces me levanté e imité la postura de hombros caídos de Arno y puse el mismo ceño de contrariedad, incluso adopté, y exageré, el mismo tono de voz, identificable enseguida como el de un adolescente:

—Vamos, papuchi, no había Internet ni móviles cuando tenías mi edad. Vivíais en la Edad Media. A lo que voy, naciste en los sesenta. Venga, hombre, ¿cómo vas a entender el mundo moderno?

Eso provocó otra salva de vítores. Me sentí eufórico y exultante por una sensación nueva: hacía reír a la gente, una experiencia nueva en mi vida, pues en nuestra pareja Astrid solía ser la de los comentarios socarrones, la de la chispa y las ocurrencias graciosas, la que hacía reír a la gente hasta troncharse. Yo me había limitado a ser el espectador hasta esa noche.

—Deberíais oír a mi nuevo jefe, Parimbert —le dije a mi público.

Todos le conocían, por descontado, pues el tipo había pegado un cartel con su careto en todas las esquinas de París y era casi imposible encender la tele o el ordenador sin encontrarse con esa sonrisa suya del Gato de Cheshire. Empecé a imitar sus andares por la habitación con las manos metidas en los bolsillos y los hombros levantados. Luego, demostré lo bien que me salía la mueca que adoptaba Parimbert cuando le daba por pensar: un mohín de vieja dama seguido de un rápido movimiento de labios, levantando el superior y frunciendo el inferior hasta parecer una pasa arrugada. Entonces imité su forma de dar énfasis a ciertas palabras hablando en voz baja:

—Ahora, Antoine, recuerda: tu espalda debe tener la fuerza de la montaña, cada partícula a nuestro alrededor está viva, llena de energía e inteligencia. Nunca olvides que la purificación de tu yo interior es absolutamente necesaria.

Y luego les hablé de la Cúpula Inteligente, un encargo de lo más complicado, y cómo resultaba inspirador a pesar de ser una pesadilla. Parimbert estudiaba mis bocetos con ojos de miope, porque era demasiado vanidoso para llevar gafas. Mis propuestas nunca parecían complacerle ni disgustarle, le dejaban sin palabras, como si le provocaran una enorme preocupación. Yo había empezado a sospechar que la idea de la Cúpula Inteligente le gustaba mucho porque en realidad no tenía la menor idea de cómo debía ser.

—Recuerda, Antoine, la Cúpula Inteligente es una burbuja de potencia, una célula liberadora, un espacio cerrado con el conocimiento necesario para hacernos libres.

Se rieron a mandíbula batiente, y Hélène estaba literalmente llorando de risa. Luego saqué a colación el seminario al que me había invitado Parimbert; tuvo lugar en un moderno complejo de lo más chic situado en la zona oeste de la ciudad, y en el transcurso del mismo me había presentado a su equipo. Su socio era un oriental intimidante con un rostro imperturbable como una máscara y un sexo difícil de determinar. Todos sus empleados parecían drogadictos o al borde del colapso: tenían ojos vidriosos y cara de padecer algún tipo de intoxicación. Todos vestían de blanco o de negro. Los había muy jóvenes, de hecho algunos parecían recién salidos del colegio, y otros ya eran bastante talluditos, pero normal, remotamente normal, no había ni uno.

El estómago empezó a sonarme a eso de la una. Yo esperaba ir a comer, pero conforme pasaban los minutos veía con absoluta consternación que nadie mencionaba el almuerzo. Parimbert permanecía en la parte posterior de la habitación mientras las pantallas proyectaban desde detrás de su posición y él nos daba la vara con el éxito de su sitio web y con cómo iba a expandirse por el mundo entero. Con toda discreción, me acerqué a la mujer elegante, pero con cara de desnutrida, que se sentaba a mi lado y le pregunté sobre la comida. La tipa me miró como si le hubiera hablado de sodomía o de hacer una orgía.

—¿Comida? —repitió en voz baja con un gesto de repulsión—. Nosotros no almorzamos nunca.

—¿Y por qué no? —le pregunté consternado mientras volvían a sonarme las tripas.

Ella no se dignó contestarme. A las cuatro en punto nos sirvieron té verde y pastas con mucha ceremonia, pero yo tenía el estómago en los pies y me pasé todo el día desfallecido de hambre. Por eso, en cuanto pude escaparme, me fui pitando a una panadería y devoré a palo seco una barra de pan entera.

—¡Qué divertido eres! No sabía que podías ser tan gracioso —observó Mélanie mientras nos marchábamos. Didier, Emmanuel y Hélène estuvieron de acuerdo, lo cual provocó en mí una mezcla de alegría y sorpresa.

Más tarde, mientras me quedaba dormido junto a mi princesa de nieve, me sentí dichoso. Era un hombre feliz.

E l sábado por la tarde Mélanie y yo nos plantamos delante del enrejado de hierro forjado que protegía el acceso al edificio donde vivía la abuela. Habíamos telefoneado por la mañana para informar al tranquilo y bondadoso Gaspard de nuestro propósito de visitar a Blanche. Yo no había estado allí desde el verano, hacía unos seis meses. Mi hermana tecleó el código digital en el portero automático y entramos en el enorme hall alfombrado de rojo. El conserje nos miró desde detrás de la cortina de encaje de su garita y nos dirigió una señal de asentimiento al pasar. Prácticamente no había cambiado nada, salvo, tal vez, que la alfombra parecía un poco más gastada y que había un ascensor de hierro y cristal sorprendentemente silencioso en sustitución del antiguo.

Nuestros abuelos vivían allí desde hacía unos setenta años, desde su boda. Nuestro padre y Solange nacieron allí. En aquellos tiempos, la mayoría de los apabullantes edificios de Haussman eran propiedad del abuelo de Blanche, Émile Fromet, un acomodado propietario dueño de varias residencias en la zona de Passy, en el distrito 16º. Nos habían hablado a menudo de Émile Fromet durante nuestra infancia y había un retrato suyo sobre la repisa de la chimenea, donde se mostraba a un hombre implacable provisto de un mentón amenazador que, por suerte, Blanche no había heredado, aunque sí se lo había transmitido a su hija Solange.

Supimos desde muy jóvenes que el matrimonio Blanche y Robert Rey había sido un gran evento, pues suponía el enlace perfecto entre una dinastía de abogados y una familia de médicos y propietarios inmobiliarios. Se aunaban así respetables e influyentes personas de dinero y excelente consideración social. Se casaban personas que tenían la misma educación, los mismos orígenes y la misma religión. Probablemente, el matrimonio de nuestro padre con una sureña paleta había causado cierta conmoción en los años sesenta.

Una sonrisa de satisfacción iluminó el rostro desigual de Gaspard cuando nos abrió la puerta. El hombre me daba lástima, no podía evitarlo. Debía de tener cinco años más que yo a lo sumo y estaba tan avejentado que podría pasar por mi padre. No tenía familia ni hijos, ni otra vida más allá de los Rey. Caminaba arrastrando los pies, siempre controlado por su madre, Odette, y parecía marchito incluso de joven. Odette había trabajado como una mula para nuestros abuelos hasta el mismo día de su muerte. Nos tenía aterrorizados de niños y nos obligaba a calzar pantuflas antes de caminar sobre el parqué recién pulido, y nos hacía callar siempre, pues madame estaba descansando y monsieur leía *Le Figaro* en el despacho y no deseaba ser molestado. Nadie sabía quién era el padre de Gaspard. Y nunca oímos el menor comentario a ese respecto. Cuando Mel y yo éramos pequeños, él hacía todo tipo de chapucillas y recados para la casa y no parecía pasar mucho tiempo en la escuela. Su madre habría muerto hacía unos diez años y él se había hecho cargo del mantenimiento del lugar, lo cual le había dado una nueva importancia de la que se enorgullecía.

Nuestra visita era el plato fuerte de su semana. Cuando Astrid y yo acostumbrábamos a traer a los niños para que los viera su abuela, en los buenos viejos tiempos de Malakoff, el hombre alcanzaba el éxtasis.

Lo umbrío del lugar me afectaba en todas las visitas. Su orientación norte no ayudaba nada y lo cierto es que apenas entraba el sol en aquel piso de 450 metros cuadrados. Imperaba una oscuridad sepulcral incluso en pleno verano. Nos encontramos con la tía Solange cuando ya se marchaba. No la veíamos desde hacía tiempo. Nos saludó de forma rápida pero amistosa y dio unas palmadas a Mélanie en la mejilla, sin preguntar por nuestro padre. Hermano y hermana vivían en el mismo barrio, él en la avenida Kléber y ella en la calle Boissière, se hallaban a cinco minutos de distancia el uno de la otra, pero nunca se veían ni se llamaban. Jamás lo harían, ya era demasiado tarde.

El apartamento era una sucesión continua de grandes techos altos con molde de escayola: el gran salón, que no se utilizaba nunca por ser demasiado grande y frío, el salón pequeño, el comedor, la biblioteca, el despacho, cuatro dormitorios, dos cuartos de baño decorados a la antigua usanza y al fondo del todo una cocina desfasada. Odette acostumbraba a empujar una mesa con ruedas cargada de comida por el interminable pasillo desde la cocina al comedor. Aún no había olvidado el chirrido de las ruedecillas.

Habíamos hablado sobre el mejor modo de entrarle a la abuela mientras íbamos de camino hacia allí. No podíamos soltarle a bocajarro: «¿Sabías que tu nuera se entendía con mujeres?», de modo que Mélanie sugirió otra táctica:

—Deberíamos echarle un vistazo al lugar.

—¿Y eso qué significa? ¿Fisgonear?

—Eso mismo —respondió con una expresión tan cómica que tuve que sonreír.

Me embargó un entusiasmo extraño, como si me estuviera embarcando en una nueva aventura, y un tanto rarita.

—¿Y qué hacemos con Gaspard? Vigila el sitio como un halcón.

—Eso no va a ser problema —me aseguró con un gesto de desenfado—. El problema real es saber dónde buscar.

Mientras yo aparcaba el coche en la avenida Henri-Martin me había comentado algo más con voz alegre:

—¿A que no adivinas una cosa?

—¿El qué?

—He conocido a un tío.

—¿Otro viejo verde?

Ella había puesto los ojos en blanco.

—No, de hecho es un poco más joven que yo. Es periodista.

—¿Y...?

—Pues eso.

—¿Eso es todo?

—Por el momento sí —me había contestado.

Ya en el piso, descubrimos a una enfermera a la que no habíamos visto antes, aunque ella parecía saberlo todo acerca de nosotros, pues nos saludó por nuestros nombres y nos informó de que la abuela aún dormía. No convenía despertarla, porque había pasado una mala noche.

—¿Les importaría esperar una hora más? Tal vez podrían tomar un café en algún sitio o ir de compras —nos sugirió con una sonrisa radiante.

Mi hermana se volvió para buscar a Gaspard. Éste se hallaba muy cerca, dando instrucciones a la señora de la limpieza.

—Voy a fisgar —anunció Mel en voz baja—. Mantenle ocupado.

Ella se escabulló y yo debí soportar por un tiempo que se me hizo eterno las quejas de Gaspard sobre la dificultad de encontrar buen personal, los precios por las nubes de la fruta fresca y el exceso de ruido que hacían los nuevos vecinos del cuarto. Mélanie volvió al fin y extendió los brazos en señal de impotencia: no había encontrado nada.

Decidimos regresar en una hora y cuando ya nos encaminábamos hacia la puerta Gaspard se apresuró a decirnos que sería un placer prepararnos un té o un café. Podíamos sentarnos en el salón pequeño y él nos lo traería. ¿Para qué salir con semejante frío cuando podíamos esperar cómodamente allí? Tenía tantas ganas de que nos quedáramos que no nos atrevimos a rehusar la invitación. Cuando pasábamos de camino al salón pequeño una señora de la limpieza estaba quitando el polvo del pasillo. Nos saludó con un gesto de la cabeza.

Ninguna habitación me traía tantos recuerdos como aquélla, por cuanto allí había: las cristaleras que daban a la terraza, el sofá de terciopelo verde oscuro, las sillas, una mesita baja con cubierta de cristal sobre la cual aún descansaba la pitillera plateada de Robert. Los abuelos se reunían allí a tomar café o a ver la televisión y entre esas cuatro paredes nosotros jugábamos a los acertijos mientras aguzábamos el oído para ver de qué nos enterábamos de la conversación de los adultos.

Gaspard regresó con una bandeja donde traía café para mí y un té para Mélanie. Nos sirvió las tazas con cuidado antes de entregarnos el azucarero y la jarrita de leche. Se sentó en una silla enfrente de nosotros con la espalda muy erguida.

Le preguntamos por la salud de nuestra abuela en los últimos tiempos.

—No anda demasiado bien. El corazón le está dando guerra otra vez y ahora se pasa el día durmiendo, cosa de la medicación, que la deja grogui.

—Se acuerda de mi madre, ¿verdad? —observó mi hermana de forma inesperada mientras daba un sorbito al té.

Una sonrisa le iluminó el rostro.

—Su madre, la joven madame Rey, sí, por supuesto que la recuerdo. Era imposible de olvidar.

«Chica lista», me dije para mis adentros.

—¿Y qué recuerda de ella exactamente? — continuó Mel.

La sonrisa de Gaspard se hizo aún mayor.

—Era una persona amable, encantadora. Me hacía regalitos de vez en cuando: calcetines nuevos, chocolatinas y a veces flores. Me quedé destrozado cuando murió.

El piso se sumió en un silencio absoluto a nuestro alrededor. No hacía ruido ni la señora de la limpieza, que acababa de entrar para realizar sus quehaceres domésticos.

—¿Cuántos años tiene? —quise saber.

—Cinco años más que usted, monsieur Antoine. Tenía quince por aquel entonces. ¡Qué pena tan grande!

—¿Qué recuerda del día de su muerte?

—Fue terrible, terrible. Eso de ver cómo la sacaban en aquella camilla…

De pronto pareció muy incómodo, retorció las manos y se removió en el asiento. Había dejado de mirarnos y tenía los ojos fijos en la alfombra.

—Ah, pero ¿estaba usted en el piso de la avenida Kléber cuando sucedió? —preguntó Mélanie, sorprendida.

—¿La avenida Kléber? —farfulló, confuso—. No recuerdo, no. Fue un día horrible. No me acuerdo.

Se apresuró a ponerse de pie y salió zumbando en dirección a la puerta, pero nosotros nos levantamos apenas un segundo después y nos lanzamos detrás de él.

—Gaspard —le interpeló Mel con firmeza—, ¿quiere hacer el favor de contestar a mi pregunta? ¿Por qué ha dicho usted que vio cómo se la llevaban?

Estábamos los tres solos en la entrada, en el lado oscuro de la sala. Las baldas de las estanterías parecían inclinarse hacia delante y los semblantes pálidos de los viejos retratos al óleo nos miraban expectantes con expresión atenta. ¡Hasta el busto de mármol parecía esperar nuestro siguiente movimiento!

Gaspard estaba temblando, tenía un nudo en la garganta, estaba rojo como un tomate, y la frente le relucía a consecuencia de unos sudores repentinos.

—¿Qué ocurre? —inquirió Mélanie en voz baja.

Él tragó saliva de forma audible y la nuez de Adán subió y bajó. Luego retrocedió al tiempo que sacudía la cabeza.

—No, no, no puedo.

Le agarré por el hombro. Debajo de la tela barata del traje sólo noté huesos y unos músculos blandos.

—¿Seguro que no tiene nada que decirnos? —pregunté, usando una voz más firme que la de Mélanie.

Se estremeció, se secó el sudor de la frente con el dorso de la mano y retrocedió otra vez.

—¡Aquí no! —exclamó con voz ronca.

Mel y yo intercambiamos una mirada.

—Entonces, ¿dónde? —insistió ella.

Sus piernecitas de alambre temblaban, pero él ya se hallaba en medio del pasillo.

—En mi dormitorio dentro de cinco minutos. En la planta sexta —susurró antes de desaparecer.

De pronto alguien encendió la aspiradora y nos dio un susto tremendo. Nos miramos durante unos instantes y luego nos marchamos.

Una estrecha y tortuosa escalera sin ascensor conducía hasta las habitaciones del servicio. Los residentes menos adinerados del lujoso edificio habitaban la zona más elevada y debían subir aquellos empinados escalones todos los días. Cuanto más arriba, más descascarillada se veía la pintura y más desagradable era el olor, debido al hedor de las minúsculas habitaciones sin ventilación, a la promiscuidad y la falta de cuartos de baño dignos de tal nombre. En el descansillo imperaba la pestilencia de un servicio común. Nunca había subido hasta allí arriba, y Mélanie tampoco. Había un incómodo contraste entre la opulencia de los grandes apartamentos y esta zona sórdida y atestada escondida debajo del tejado.

Tuvimos que subir seis pisos y lo hicimos en silencio. No habíamos intercambiado ni una palabra desde que abandonamos el piso de Blanche. Las preguntas se arremolinaban en mi cabeza e imaginaba que también en la de Mélanie.

Adentrarnos en el piso superior fue como entrar en otro mundo. Docenas de puertas numeradas se alineaban a ambos lados de un pasillo sinuoso sin alfombrar.

Se oían el chirrido de un secador de pelo y voces muy altas de entonación metálica procedentes de un receptor de televisión. Algunas personas discutían en un idioma extranjero mientras sonaban de fondo el pitido de un móvil y el llanto de un bebé. Se abrió una puerta y una mujer se quedó mirándonos fijamente. Detrás de ella se veían un techo sucio e inclinado, unas cortinas asquerosas y unos muebles mugrientos. ¿Cuál era la habitación de Gaspard? Él no nos lo había dicho, ¿acaso se estaba escondiendo? ¿O le había entrado pánico? No tenía certeza alguna, pero intuía que nos estaba esperando hecho un flan, retorciéndose las manos mientras intentaba reunir un poco de valor.

Observé los pequeños hombros cuadrados de Mélanie que se adivinaban bajo el abrigo de invierno. Sus pasos eran atrevidos y confiados, porque quería saber y no tenía miedo. ¿Por qué yo sí estaba asustado y mi hermana no?

Gaspard nos aguardaba al final del pasillo, con el rostro aún ruborizado. Nos hizo pasar a toda prisa, como si no quisiera que nos vieran allí. Su pequeña habitación, cerrada, nos pareció sofocante después de haber recorrido las heladas escaleras. El calefactor eléctrico estaba puesto a toda potencia y dejaba oír un suave zumbido, además de remover por el cuarto el hedor a polvo y pelo quemados. La estancia era tan pequeña que no cabíamos de pie los tres. No nos quedó más remedio que sentarnos en la estrecha cama. Eché una ojeada a mi alrededor y examiné las superficies escrupulosamente fregadas, el crucifijo en la pared, el lavabo agrietado y el armario de cocina improvisado con una cortina de plástico. La vida de Gaspard quedaba expuesta allí en toda su pobreza. ¿A qué se dedicaba ese hombre cuando llegaba allí después de haber dejado a Blanche con la enfermera de noche? No había televisión ni libros, y sólo hallé una Biblia y una fotografía sobre una pequeña estantería. Miré con toda la discreción posible. Con un sobresalto, descubrí que era una foto de mi madre.

Gaspard se quedó de pie porque no tenía donde sentarse. Nos miraba alternativamente a uno y a otro, a la espera de que empezáramos a hablar. Se escuchaba una radio en la habitación contigua. Las paredes eran tan delgadas que captaba hasta la última palabra del boletín informativo.

—Puede confiar en nosotros, Gaspard —afirmó Mélanie—. Eso lo sabe.

Él se llevó un dedo a los labios enseguida, con los ojos dilatados de miedo.

—Debe hablar bajo, mademoiselle Mélanie —susurró—. ¡Cualquiera podría oírla! —Se nos acercó y percibí el hedor rancio de sus axilas. Me eché hacia atrás de forma instintiva—. Su madre… —murmuró— era mi única amiga, la única persona que realmente… me comprendía.

—Sí —dijo Mel, y me maravilló su paciencia, porque yo no tenía ningún interés por escucharle, sólo quería que fuera de una vez al asunto que nos concernía. Ella me puso una mano tranquilizadora en el brazo, como si supiera exactamente lo que estaba pensando.

—Su madre era como yo, de origen humilde, procedente del sur, y no era nada complicada ni quisquillosa, sino simplemente una buena persona. Jamás pensaba en sí misma, porque era generosa y amable.

—Sí —repitió mi hermana, mientras yo apretaba los puños de pura impaciencia.

Alguien apagó la radio en el cuarto de al lado y el silencio inundó aquel pequeño lugar. Gaspard mostró de nuevo esa mirada angustiada y ansiosa. Se quedó mirando hacia la puerta, retorciéndose las manos. ¿Por qué estaba tan inquieto? Se agachó y sacó un pequeño transistor de debajo de la cama, y después buscó el mando para encenderlo, y no paró hasta que surgió la voz seductora de Yves Montand.

C'est si bon, de partir n'importe où,
bras dessus bras dessous...

Mélanie me hizo un gesto apaciguador para pedirme calma, pero al final no pude más y le solté:

—Cuéntenos de una vez qué sucedió el día que murió nuestra madre.

Por fin Gaspard reunió suficiente coraje para mirarme a la cara.

—Debe usted comprender, monsieur Antoine. Esto es... muy difícil para mí...

C'est si bon..., tarareaba Montand con tono desenvuelto y despreocupado. Esperamos a que Gaspard retomase la palabra, pero no lo hizo.

Mélanie le puso una mano sobre el brazo.

—No tiene nada que temer de nosotros —le susurró—. Nada en absoluto. Somos sus amigos y le conocemos desde que nacimos.

Él asintió, con la carne de sus mejillas temblando como si fuera de gelatina. Entrecerró los ojos y para horror nuestro su rostro se arrugó y comenzó a sollozar sin hacer ningún sonido. No podíamos hacer otra cosa que esperar. Yo aparté la mirada del lamentable espectáculo de su rostro pálido y devastado. Cuando finalizó la canción de Montand, comenzó otra melodía que me resultó familiar, aunque no recordé quién la cantaba.

—Lo que les voy a decir no se lo he contado a nadie. Nadie lo sabe. Nadie lo sabe y nadie ha hablado de ello desde 1974.

La voz de Gaspard sonaba tan baja que tuvimos que inclinarnos hacia delante para escucharle y la cama crujió.

Sentí un ligero escalofrío. ¿Era mi imaginación o realmente el miedo estaba reptando por mi columna? Gaspard se agachó y vi la parte superior de su cabeza con la calva que la coronaba.

—El día que murió —continuó, otra vez en susurros—, su madre había ido a ver a la abuela de ustedes. Era temprano y ella estaba tomando el desayuno. Monsieur no estaba en casa ese día.

—¿Dónde se encontraba usted? —preguntó Mélanie.

—En la cocina, ayudando a mi madre a hacer zumo de naranja. A su madre le gustaba mucho el zumo de naranja recién hecho, el mío en especial. Le recordaba el Midi. —Sonrió con afecto, aunque pareció patético—. Estaba muy contento de verla esa mañana, pues no venía muy a menudo. De hecho, no había venido a ver a los abuelos desde hacía mucho tiempo, desde Navidad. Cuando abrí la puerta, fue como si hubiera entrado un rayo de sol en el descansillo. Yo no sabía que iba a venir, porque no había llamado con antelación y mi madre no estaba avisada. Se enfadó y protestó por que la joven madame Rey apareciera así, de cualquier modo. Llevaba puesto un abrigo rojo. ¡Qué guapa estaba con su largo pelo negro, aquella piel pálida y sus verdes ojos! ¡Qué belleza! Como usted, mademoiselle Mélanie. Usted se le parece mucho, tanto que causa dolor mirarla. —Las lágrimas aparecieron de nuevo, pero se las apañó para contenerlas. Respiró con lentitud, tomándose su tiempo—. Yo seguí en la cocina, limpia que te limpia. Era un precioso día de invierno. Tenía muchas tareas pendientes y las realicé a conciencia. De pronto mi madre entró con el rostro blanco. Tenía una mano apretada contra la boca como si fuera a vomitar y supe entonces que había ocurrido algo terrible. Yo sólo tenía quince años, pero lo supe.

Un escalofrío se deslizó por mi pecho hasta mis muslos, que empezaron a temblar. No me atrevía a mirar a mi hermana, pero percibí cómo ella se envaraba a mi lado.

De repente se oyó una tonta melodía y deseé que Gaspard apagara la radio.

Talk about pop musik.
Pop pop pop pop musik.

—Mi madre se quedó durante un momento sin habla, y entonces gritó: «¡Llama al doctor Dardel, rápido! ¡Busca su número en la libreta de direcciones de monsieur, que está en su estudio, y dile que venga corriendo!».

Me apresuré hacia donde me había dicho y telefoneé, temblando de pies a cabeza, hasta que el médico me dijo que vendría enseguida. ¿Quién se había puesto enfermo? ¿Qué era lo que había pasado? ¿Era madame? Tenía la tensión alta, eso lo sabía ya. De hecho hacía poco le habían cambiado la medicación, y tomaba un montón de pastillas durante las comidas.

El apellido del doctor, Dardel, me resultaba muy familiar. Era el amigo más cercano de mis abuelos y su médico personal. Murió a comienzos de los ochenta y era un hombre bajo y fornido, de pelo blanco, muy respetado.

Gaspard hizo una pausa. ¿Qué era lo que intentaba contarnos? ¿Por qué le estaba dando tantas vueltas al asunto?

New York, London, Paris, Munich,
everyone talk about pop musik.

—¡Por el amor de Dios, continúe de una vez! —mas-
cullé con los dientes apretados.

Él asintió con rapidez.

—Madame Blanche se hallaba en el salón pequeño,
todavía vestida con la bata, y andaba de un lado para otro.
Yo no veía a su madre por ninguna parte y tampoco entendía nada. La puerta estaba entreabierta y por allí vislumbré
parte de un abrigo rojo en el suelo. Le había pasado algo a
la joven madame Rey, algo que no me quería contar nadie.

Escuchamos unos pasos al otro lado de la puerta. Él
se quedó callado y esperó hasta que el sonido se perdió a lo
lejos. El corazón me latía tan fuerte que estaba seguro de
que Gaspard y mi hermana podían oírlo.

—El doctor Dardel llegó corriendo y cerraron la puerta del salón pequeño. Luego escuché llegar una ambulancia
y el sonido de unas sirenas justo en el exterior del edificio.
Mi madre no quiso contestar a ninguna de mis preguntas,
me dijo que cerrara la boca y me dio unos sopapos. Habían
venido para llevarse a la joven madame y ésa fue la última
vez que la vi. Parecía estar dormida, muy pálida, con el pelo negro extendido alrededor del rostro. Se la llevaron en
una camilla y más tarde me dijeron que había muerto.

Mélanie se puso en pie con un gesto lleno de ansiedad,
golpeando sin querer la radio con el pie, y ésta se apagó. Gaspard se tambaleó a su vez.

—¿De qué está hablando, Gaspard? —le espetó, olvi-
dando bajar la voz—. ¿Está diciendo que nuestra madre
sufrió el aneurisma aquí?

Él se quedó petrificado y tartamudeó:

—Mi madre me ordenó que nunca mencionara el hecho de que la joven madame murió en este piso.

Ambos nos quedamos boquiabiertos al escuchar aquello.

—Pero ¿por qué? —logré decir.

—Mi madre me hizo jurar que no lo contaría, pero no sé el motivo. No lo sé. Jamás lo pregunté.

Pareció a punto de echarse a llorar de nuevo.

—¿Qué ocurrió con nuestro padre? ¿Y el abuelo? ¿Y Solange? —inquirió mi hermana en voz baja.

Él sacudió la cabeza.

—Desconozco qué es lo que ellos saben, mademoiselle Mélanie. Ésta es la primera vez que he hablado de este tema con alguien. —Su cabeza se abatió como una flor mustia—. Lo siento. ¡Cuánto lo siento!

—¿Le importa si fumo? —dije de repente.

—No, no, claro, por favor.

Me levanté, me acerqué a la pequeña ventana y encendí un pitillo. Gaspard cogió la fotografía de la estantería.

—Su madre confiaba en mí, ya ven. Yo era joven, sólo tenía quince años, pero ella confiaba en mí. Puso su fe en mí —comentó, mostrando un orgullo infinito—. Creo que yo era la única persona en la que confiaba de verdad. Solía venir a esta habitación para verme y hablar conmigo. No tenía ningún otro amigo en París, así que por eso charlaba conmigo.

—¿Y qué fue lo que le contaba cuando subía aquí a verle? —preguntó Mélanie.

—Tantas cosas, mademoiselle Mélanie, tantas cosas maravillosas... Me habló de su infancia en las Cévennes, en aquel pequeño pueblo donde vivían, cerca de Le Vigan, al que nunca había regresado tras su matrimonio. Me contó que sus padres vendían fruta en el mercado y que los había perdido siendo muy joven. Su padre había sufrido un accidente y su madre tenía el corazón débil. La crió una hermana mayor, que era una mujer muy dura y a la que no le gustó ni un pelo que se casara con su padre, con un parisino. Algunas veces se sentía sola. Echaba de menos el sur, la vida sencilla de allí, el sol. Se sentía sola porque su padre se ausentaba a menudo por sus negocios. Me hablaba de ustedes, de que estaba orgullosa y de que eran el centro de su mundo.

Se hizo un nuevo silencio.

—Me comentó que haberles tenido a ustedes hacía que todo valiera la pena. Cuánto deben de echar de menos ustedes a una madre así, mademoiselle Mélanie, monsieur Antoine, cuánto… Mi madre jamás me mostró ningún tipo de afecto, pero la suya era todo amor. Nos daba a todos el amor que tenía.

No era necesario que le mirara para saber que tenía los ojos llenos de lágrimas y tampoco necesitaba mirar a Mélanie. Terminé el cigarrillo y lo tiré al patio desde la ventana. Una ráfaga de viento se coló por ella antes de que la cerrase. La música regresó en la habitación de al lado, sorprendentemente alta. Le eché una ojeada a mi reloj; las manecillas se acercaban a las seis de la tarde y ya era de noche.

—Necesitamos que nos lleve al apartamento de nuestra abuela —le dijo Mélanie con la voz algo temblorosa.

Gaspard asintió humildemente.

—Desde luego.

Nadie habló durante el descenso por las escaleras.

La enfermera nos condujo al interior del gran dormitorio. Había poca luz, pues las persianas estaban cerradas, así que apenas podíamos ver la cama de hospital con el respaldo ligeramente levantado donde reposaba la silueta diminuta de nuestra abuela. Le pedimos a la enfermera, en tono educado, que se marchara porque queríamos hablar con ella en privado, y nos obedeció.

Mel encendió la lámpara de la cama, de modo que al fin pudimos ver el rostro de la abuela. Blanche tenía los ojos cerrados y sus párpados se estremecieron cuando escuchó la voz de Mélanie. Tenía un aspecto cansado y envejecido, como si ya no le interesara la vida. Abrió los ojos lentamente y paseó la mirada entre el rostro de mi hermana y el mío, sin mostrar reacción alguna. ¿Acaso no nos recordaba? Mélanie la cogió de la mano y le habló, y de nuevo sus ojos pasaron de ella a mí en silencio. Su cuello marchito mostraba un apretado collar de arrugas, lo cual era lógico, pues, según mis cálculos, debía de andar cerca de los noventa y cuatro años.

Vimos que la decoración del dormitorio no había cambiado; seguían las mismas cortinas de color marfil, las tupidas alfombras, el peinador ubicado frente a la ventana y aquellos objetos familiares que habían estado allí desde siempre: un huevo de Fabergé, una cajita de rapé de oro, una pequeña pirámide de mármol. También permanecían las fotografías de toda la vida, acumulando polvo en los marcos plateados: nuestro padre y Solange de niños, Robert, nuestro abuelo, y luego Mel, Joséphine y yo. También había un par de fotos de mis hijos de cuando eran aún bebés, pero ninguna de Astrid, Régine o nuestra madre.

—Queremos hablar contigo de mamá, de Clarisse —le dijo Mélanie con toda claridad.

Sus párpados temblaron de nuevo, pero se mantuvieron cerrados, lo que parecía una especie de rechazo.

—Deseamos saber qué pasó el día de su muerte —continuó Mélanie, haciendo caso omiso de los párpados cerrados.

Sus ojos agostados se agitaron hasta abrirse y Blanche nos miró a ambos en silencio durante un rato muy largo. Estaba convencido de que no iba a decirnos ni una palabra.

—¿Podrías contarnos qué fue lo que ocurrió el 12 de febrero de 1974, abuela?

Esperamos, pero no ocurrió nada. Quería decirle a Mélanie que no había nada que hacer, que aquello no iba a funcionar, pero de repente los ojos de Blanche parecieron abrirse un poco más y apareció en ellos una expresión peculiar, casi de reptil, que me inquietó. Tal vez su pecho marchito respirase pesadamente, pero sus ojos, dos manchas negras en un semblante consumido como el de una calavera, no pestañeaban, nos miraban fijamente, fulminándonos, desafiantes.

Conforme iban pasando los minutos, comencé a comprender que mi abuela jamás nos diría nada, que se llevaría lo que sabía a la tumba. Y yo la aborrecí por eso, odiaba cada centímetro de su piel arrugada y repulsiva, cada centímetro de lo que representaba Blanche Violette Germaine Rey, una Fromet de nacimiento, una parisina del distrito 16º, nacida para ser rica, próspera y excelente en todo.

Mi abuela y yo nos quedamos mirándonos el uno al otro durante lo que pareció casi una eternidad. Mélanie apartó la mirada de ella y la dirigió hacia mí, desconcertada. Me aseguré de que Blanche recibiera todo mi aborrecimiento por completo, que lo sintiera como un golpe violento, frontal, y que se extendiera por todo su inmaculado camisón. Sentía por ella un desprecio tan grande que me temblaba todo el cuerpo, desde la cabeza hasta el último dedo del pie. Me picaban las manos por el deseo de agarrar una de aquellas almohadas bordadas y estamparla contra su rostro pálido para hacer desaparecer la arrogancia de aquellos ojos relampagueantes.

Esa fiera y silenciosa batalla entre ella y yo duraría para siempre. Oía el tictac del reloj de la mesilla de noche y los pasos de la enfermera justo al otro lado de la puerta, el rugido sofocado del tráfico que circulaba por la avenida flanqueada de árboles. Escuchaba también la nerviosa respiración de mi hermana, el resuello de los viejos pulmones de Blanche y el latido violento de mi propio corazón, igual que lo había oído en la habitación de Gaspard hacía un rato.

Al final Blanche cerró los ojos y arrastró por encima de la manta esa mano suya en forma de garra, marchita como un insecto disecado, hasta alcanzar el llamador y apretar un botón. Se oyó un pitido estridente.

La enfermera entró casi de forma instantánea.

—Madame Rey está cansada.

Salimos en silencio. No se veía a Gaspard por ninguna parte. Mientras bajaba las escaleras, ignorando el ascensor, pensé en mi madre saliendo por aquel mismo lugar en una camilla, vestida con el abrigo rojo. Sentí una opresión en el pecho.

Fuera hacía más frío que nunca y nos dimos cuenta de que no éramos capaces de articular palabra. Yo estaba destrozado, y Mel también a juzgar por la palidez de su rostro. Encendí un cigarrillo mientras ella conectaba el móvil y comprobaba las llamadas. Me ofrecí a llevarla a casa. Desde el Trocadero hasta la Bastilla el tráfico era intenso, como todos los sábados por la tarde. No nos dijimos nada, pero yo sabía que ella estaba pensando lo mismo que yo sobre la verdad de la muerte de nuestra madre. Algo tan monstruoso que de momento sólo podía controlarse no poniéndolo en palabras.

La ayudante personal de Parimbert se llamaba Claudia. Era una mujer con sobrepeso que escondía sus lorzas bajo un vaporoso vestido negro con aspecto de túnica. Me hablaba con condescendencia, de una forma amable e irritante al mismo tiempo. Su llamada fue lo primero que me encontré el lunes a primera hora la mañana, cuando comenzó a meterme presión sobre la fecha de entrega de la Cúpula Inteligente.

Parimbert había aceptado el proyecto, pero se estaba retrasando porque uno de mis abastecedores no había entregado a tiempo las pantallas luminosas especiales que había pedido. Éstas conformaban todo el interior de la cúpula y cambiaban de color constantemente. Cualquier otro día o en cualquier otro momento, yo me habría sentado sumisamente y la habría dejado regatear, pero eso ya se había acabado. Pensé en sus dientes manchados de cafeína, en su peludo labio superior, en ese perfume de pachulí que usaba y sus chillidos como los de la Reina de la Noche de Mozart. El disgusto, la impaciencia y la irritación rebulleron en mi interior hasta alcanzar la temperatura necesaria para estallar con la eficaz precisión de una olla a presión. Me despaché a gusto y me sentí tan satisfecho como después de practicar sexo. En la habitación contigua escuché jadear a Florence.

Colgué el teléfono de un golpe. Era hora de fumar un pitillo rápido en el patio helado. Me puse el abrigo y entonces sonó el móvil. Era Mélanie.

—Blanche ha muerto —me anunció, sin contemplaciones—. Ha sido esta mañana, acaba de llamarme Solange.

La muerte de la abuela no hizo mella en mí: ni la amaba ni la echaría de menos. Todavía tenía fresca en la mente la aversión experimentada el sábado junto a su cama. Sin embargo, era la madre de mi padre y pensé en él. Sabía que tenía que llamarle, y también a Solange, pero no lo hice. Salí afuera a fumarme el cigarrillo bajo el frío. Reflexioné sobre los difíciles días que se avecinaban con la herencia de Blanche y cómo se enzarzarían Solange y mi padre. Se pondría feo, de hecho ya había sucedido hacía un par de años a pesar de que Blanche no había muerto aún. A nosotros nos mantuvieron al margen del asunto y nadie nos contó nada, pero sabíamos que había problemas y complicaciones entre los dos hermanos. A Solange le parecía que François, su hermano, había sido el favorito y que siempre había disfrutado de todas las ventajas. Después de un tiempo habían dejado de verse y con nosotros también.

Mélanie me preguntó si quería pasarme más tarde para ver el cuerpo de Blanche. Le respondí que lo pensaría. Sentía un ligero distanciamiento entre mi hermana y yo, uno nuevo que no había estado antes y que no había sentido jamás. Sabía que ella no aprobaba mi actitud beligerante hacia Blanche, ni la forma en la que la había mirado el sábado ni la manera en la que le había mostrado mis sentimientos. Mélanie me preguntó también si ya había llamado a nuestro padre, y le dije que lo haría. Una vez más sentí su desaprobación. Me contó que iba de camino a verle, y por la forma en que lo dijo deduje que pensaba que yo debería hacer lo mismo. Y rápido.

Era ya casi de noche cuando llegué por fin a la casa de François. Margaux permaneció silenciosa en el coche, con los cascos puestos, los ojos clavados en el móvil y los dedos revoloteando sobre el teclado, enviando un mensaje tras otro. Lucas iba en la parte de atrás, absorto con su Nintendo. Me sentí como si fuera solo en el vehículo. Estos chicos modernos son de lo más silencioso que se haya visto nunca.

Mélanie nos abrió la puerta; mostraba un rostro pálido y triste; tenía los ojos llorosos. Me pregunté si amaba a Blanche o la echaba de menos. Apenas veíamos a nuestra abuela; sólo muy de vez en cuando. ¿Qué había significado para ella? Sin embargo comprendía que Blanche era la única abuela que nos quedaba. Los padres de Clarisse habían dejado de existir cuando ella era joven, y el abuelo había muerto hacía muchos años, cuando éramos adolescentes. Blanche era la única conexión que nos quedaba con nuestra infancia y ése era el motivo por el que lloraba mi hermana.

Mi padre ya se había acostado, lo cual me sorprendió. Eché una ojeada a mi reloj, sólo eran las siete y media. Mélanie me dijo en voz baja que estaba muy cansado. ¿Había reproche en su voz o me lo estaba imaginando yo? Le pregunté si le pasaba algo, pero me empujó a un lado cuando apareció Régine, muy arreglada y con aspecto triste. Nos abrazó de forma distraída y brusca y nos ofreció bebidas y galletitas. Le expliqué que Arno estaba en el internado, pero que iba a venir para estar presente en el funeral.

—No me hables del funeral —gruñó Régine, sirviéndose un vaso alto de whisky con mano insegura—. No quiero lidiar con todo eso. Nunca me llevé bien con Blanche, nunca le gusté, y no entiendo por qué debo tener nada que ver con su funeral, ¡por el amor de Dios!

Entró Joséphine con un aspecto más gracioso de lo habitual. Nos besó y se sentó al lado de su madre.

—Acabo de hablar con Solange —anunció Mélanie con voz firme—. Ella se encargará de todo lo relacionado con el sepelio. No tienes de qué preocuparte, Régine.

—Bueno, si Solange se hace cargo, entonces no es necesario que ninguno de nosotros haga nada, y menos aún vuestro pobre padre. Está demasiado cansado para enfrentarse con su hermana en estos momentos. Tanto Blanche como ella siempre se han comportado de modo grosero conmigo, todo el rato mirándome por encima del hombro porque o no tenía la figura apropiada o mis padres no eran lo suficientemente ricos —continuó Régine, al tiempo que se echaba más whisky en el vaso y se lo bebía de un solo golpe—. Siempre me mostraban que yo no era lo bastante buena para François, y que no tenía bastante clase para ser una Rey; eso hicieron la repugnante Blanche y su aún más repugnante hija.

Lucas y Margaux intercambiaron miradas de sorpresa mientras Joséphine respiraba entrecortadamente. Me di cuenta de que Régine estaba algo más que bebida. Sólo mi hermana mantenía los ojos en el suelo.

—Nadie era lo bastante bueno para ser un Rey —balbuceó Régine, con los dientes manchados de carmín—. Y bien que se aseguraron de que me quedara claro que no valía de nada venir de una familia de alcurnia y con dinero, ni siquiera de una familia de gente decente. Nada es lo bastante bueno para convertirse en un maldito Rey.

Comenzó a berrear y el vaso vacío resonó al caer sobre la mesa. Mi hermanastra puso los ojos en blanco y levantó a su madre con amabilidad, pero también con firmeza. Lo rutinario de sus movimientos me hizo comprender que ese numerito ocurría a menudo. Se la llevó mientras ella seguía sollozando.

Mélanie y yo nos miramos. Yo pensé en lo que me esperaba: la visita al dormitorio iluminado por velas en la avenida Henri-Martin; allí me aguardaba el cuerpo de Blanche.

Pero lo que me asustaba esa noche no era la visión del cadáver de mi abuela, puesto que ella ya estaba prácticamente muerta cuando la habíamos visto dos días antes, a pesar de sus horribles y relumbrantes ojos.

Me asustaba ir allí. Temía regresar al lugar donde mi madre había encontrado la muerte.

élanie se encargó de dejar a mis hijos en casa, pues ella ya había ido a presentar sus respetos al cuerpo de Blanche en compañía de Solange y nuestro padre. Regresé solo a la casa de los abuelos. Era ya tarde, casi las once, y yo estaba destrozado, pero sabía que mi tía me estaba esperando, puesto que yo era el único nieto varón y era mi deber estar allí.

Me llevé una buena sorpresa al ver el salón grande lleno de elegantes extraños bebiendo champán. Supuse que eran los amigos de Solange. Gaspard, vestido con un austero traje gris, me explicó que, ciertamente, eran sus amigos y habían venido a darle consuelo en esos momentos. Añadió en voz baja que debía hablar conmigo sobre algo importante. ¿Podía atenderle antes de marcharme? Le dije que así lo haría.

Siempre había pensado que mi tía era una mujer solitaria que vivía casi recluida, pero comprendí mi equivocación cuando vi la puesta en escena de esa noche, aunque por otro lado, en realidad, ¿qué sabía yo de mi tía? Nada. Ella jamás se había llevado bien con su hermano mayor y nunca se había casado. Había llevado su propia vida y la había visto muy poco después de la muerte de nuestra madre y los veraneos en Noirmoutier. Se había dedicado a cuidar de Blanche, sobre todo tras la muerte de Robert, su padre y mi abuelo.

Solange se me acercó en cuanto crucé el umbral. Llevaba un vestido bordado cubierto de adornos que parecía demasiado glamuroso para la ocasión y una gargantilla de perlas. Me cogió la mano. Tenía la cara hinchada y los ojos fatigados. ¿Cómo iba a ser su vida a partir de ese momento, sin una madre a quien cuidar ni enfermeras a las que contratar? Y encima debería hacerse cargo de ese enorme piso. Me llevó a la habitación de Blanche y no tuve otra opción que seguirla. Había varios desconocidos rezando alrededor del lecho. Alguien había encendido una vela y me quedé mirando la silenciosa figura colocada sobre la cama. Sin embargo sólo era capaz de imaginar aquellos ojos terribles fijos en mí. Aparté la mirada.

Acto seguido, mi tía me condujo al salón pequeño, en ese momento vacío, desde donde apenas se escuchaban el rumor de la charla y las voces sofocadas de los invitados. Cerró la puerta. Ese rostro de barbilla alargada que tanto me recordaba al de mi padre parecía haberse vuelto rígido, y la expresión era menos hospitalaria, eso desde luego. De pronto me di cuenta de que probablemente no me haría pasar un buen rato y, la verdad, el simple hecho de permanecer en esa habitación era ya incómodo de por sí. Mantuve la mirada fija en la alfombra. Allí era donde había caído el cuerpo de mi madre, justo allí, al lado de mis pies.

—¿Cómo se encuentra François esta noche? —preguntó, mientras jugueteaba con el collar de perlas.

—No le he visto, estaba dormido.

Ella asintió.

—He oído que está siendo muy valiente.

—¿Lo dices por cómo ha encajado lo de Blanche? —inquirí.

Echó mano al collar. La sala era tan silenciosa que se escuchaba el traqueteo de las perlas al chocar entre sí.

—No. Me refiero a lo de su cáncer.

Me quedé de piedra. Cáncer, claro. Cáncer. Mi padre tenía cáncer. ¿Desde cuándo lo padecía? ¿Cáncer de qué? ¿Era grave? En esta familia nadie contaba nada. Preferían el silencio, un silencio denso como el del cloroformo, un silencio sigiloso que lo cubría todo como una avalancha sofocante, mortal.

¿Se daría cuenta? ¿Sería capaz de adivinar a partir de la expresión de mi rostro que era la primera vez que oía mencionar lo de la enfermedad de mi padre, la primera vez que alguien me lo había contado?

—Sí —repuse sin sonreírle—, llevas razón, está siendo valiente.

—Debo regresar con mis invitados —concluyó por fin—. Adiós, Antoine. Gracias por venir.

Y entonces se marchó con la espalda bien erguida. Cuando me dirigí hacia la entrada, Gaspard salió del salón grande con una bandeja en las manos. Le hice una señal, indicándole que le esperaría al pie de las escaleras. Bajé y encendí un cigarrillo justo en la puerta del edificio.

Gaspard apareció unos minutos más tarde. Parecía tranquilo, aunque un poco triste, y fue derecho al asunto.

—Monsieur Antoine, necesito decirle algo. —Se aclaró la garganta y me dio la sensación de que se había tranquilizado respecto al otro día en su habitación—. Ahora su abuela ya está muerta. Me daba mucho miedo, mucho, ¿me comprende? Ahora ya no puede asustarme más. —Hizo una pausa y se estiró la corbata. Decidí no apresurarle—.

Un par de semanas después de la muerte de su madre vino una mujer a ver a madame. Fui yo quien le abrió la puerta. Era una señora americana, y su abuela perdió el control de sí misma nada más verla. Increpó a la visitante y yo le pedí que se marchara. Estaba furiosa, jamás la había visto tan llena de cólera. Salvo su abuela y yo, no había nadie en casa ese día, pues su abuelo estaba fuera y mi madre había salido a comprar.

Una mujer vestida con gran estilo y con un abrigo de visón se acercó a donde estábamos despidiendo olor a Shalimar. Permanecimos en silencio hasta que ella entró en el edificio. Después Gaspard se acercó a mí y continuó.

—La señora americana hablaba muy buen francés y le respondió a gritos a su abuela. Le dijo que quería saber por qué su abuela no había contestado a sus llamadas y por qué había hecho que la siguiera un detective privado. Y después, a pleno pulmón, aulló: «¡Será mejor que me diga de una vez cómo ha muerto Clarisse!».

Se me aceleró el pulso.

—¿Qué aspecto tenía la americana? —pregunté.

—Debía de andar por la cuarentena. Tenía el pelo largo y rubio, casi blanco, y era muy alta, de tipo atlético.

—¿Y qué fue lo que pasó entonces?

—Su abuela le dijo que si no se marchaba enseguida llamaría a la policía, y me ordenó que la acompañara a la puerta. Ella salió de la habitación y me quedé a solas con la americana. Entonces dijo algo en inglés que sonó horrible y cerró con un portazo sin dedicarme una sola mirada.

—¿Por qué no nos contó eso el otro día?

Se ruborizó.

—No podía decirles nada hasta que su abuela dejara de existir. Éste es un buen trabajo, monsieur Antoine, y llevo en él toda la vida. El salario es decente y siento respeto por su familia. No quería causar problemas.

—¿Hay algo más que quiera decirme?

—Sí, lo hay —asintió, diligente—. Cuando la americana dijo aquello de un detective que la seguía, de repente me acordé de un par de llamadas telefónicas que recibió su abuela desde una agencia. No soy de naturaleza curiosa y esas llamadas no me parecieron extrañas, pero tras la pelea las recordé. Y al día siguiente de la aparición de la americana encontré algo… interesante en la papelera de su abuela. —Su rostro se puso aún más colorado—. Espero que no crea…

Esbocé una sonrisa.

—No, claro que no creo que haya hecho nada malo, Gaspard. Simplemente estaba vaciando la papelera, ¿acaso no es así?

Su expresión de alivio fue tan evidente que casi me eché a reír.

—Lo he guardado durante todos estos años —susurró.

Me dio un trozo de papel arrugado.

—¿Por qué guardó usted esto, Gaspard?

Se irguió en toda su estatura.

—Por el bien de su madre, porque siempre la veneré y porque deseaba ayudarle, monsieur Antoine.

—¿Ayudarme?

Su voz permaneció en un tono bajo y sus ojos adquirieron una expresión solemne.

—Ayudarle a comprender lo que ocurrió el día de su muerte.

Extendí el papel con cuidado. Era una factura expedida a mi abuela por la agencia Viaris, Investigadores Privados, con domicilio social en la calle Amsterdam, en el distrito 9º. Y por una bonita suma, según pude ver.

—Su madre era una persona encantadora, monsieur Antoine.

—Gracias, Gaspard —le dije, y le estreché la mano. Fue un gesto algo torpe, pero él pareció ponerse contento.

Le vi marcharse, con la espalda torcida y las piernas flacas, hasta desaparecer en el ascensor de cristal. Conduje hacia casa lo más deprisa que pude.

Una rápida comprobación en Internet confirmó mis temores: ya no existía la agencia Viaris. Se había fusionado con un grupo más grande llamado Rubis Détective. Servicios de Investigación Profesional, Vigilancia, Seguimiento, Operaciones Encubiertas, Control de Actividades y de Solvencia. No tenía ni idea de que esa clase de negocios aún existieran en la actualidad. Y según parecía, éste era floreciente, si se tenía en cuenta el moderno y elegante sitio web con sus ingeniosas extensiones. Tenía las oficinas cerca de L'Opera National y descubrí un correo electrónico. Decidí escribirles para ponerles en antecedentes y explicarles mi solicitud: necesitaba los resultados de una investigación que mi abuela, Blanche Rey, había encargado en 1973. Incluí además el número de la factura consignado en el papel y les dejé mi número del móvil. «¿Podrían contestarme lo antes posible? Es urgente, gracias».

Quería llamar a Mélanie para contarle todo esto, y estuve a punto de hacerlo, pero era ya cerca de la una de la madrugada. Me quedé en la cama durante mucho rato, dando una y mil vueltas hasta quedarme dormido, todo el tiempo pensando en lo mismo: el cáncer de mi padre, el inminente funeral de mi abuela y aquella americana alta.

«¡Será mejor que me diga de una vez cómo ha muerto Clarisse!».

A la mañana siguiente, nada más llegar a la oficina busqué el número de Laurence Dardel. Era la hija del doctor Dardel, que calculé que tendría cincuenta y tantos años. Su padre era aquel médico amigo íntimo de la familia que firmó el certificado de defunción de mi madre y que, según nos había contado Gaspard, fue el primero en llegar a la avenida Henri-Martin aquel día fatal de febrero de 1974. Laurence también era doctora y había asumido la mayor parte de la clientela de su padre y de sus familias. No la había visto desde hacía años y tampoco teníamos un trato demasiado cercano. Cuando la llamé a su consulta, me dijeron que estaba atendiendo a los pacientes del hospital donde trabajaba. Parecía que lo único que cabía hacer era pedir una cita. Me comunicaron que la fecha siguiente en que podía verla era a la semana siguiente y les di las gracias y colgué.

Según recordaba, su padre vivía en la calle Spontini, no muy lejos de la calle Longchamp, donde había instalado su consulta. La de ella se hallaba en la avenida Mozart, pero estaba bastante convencido de que Laurence seguiría viviendo en el mismo apartamento de la calle Spontini, que había heredado de su padre. Recordaba haber acudido allí cuando era un niño, después de la muerte de mi madre, a tomar el té con Laurence y su marido, cuyos hijos eran mucho más pequeños que nosotros. No me acordaba mucho de ellos, del mismo modo que tampoco recordaba el nombre del marido de Laurence. Había mantenido su nombre de soltera por motivos de trabajo, por eso no había forma de que pudiera comprobar si aún vivía en la calle Spontini sin ir a comprobarlo por mí mismo.

Después de una mañana de ajetreo en el trabajo, llamé a mi padre a la hora del almuerzo. Fue Régine quien se puso al teléfono y me dijo que estaba con su hermana, organizando el funeral de Blanche, que tendría lugar en la iglesia de Saint-Pierre de Chaillot, tal y como yo esperaba. La informé de que llamaría de nuevo por la noche, lo más temprano posible. A última hora de la tarde tuve una reunión, una de las últimas, con Parimbert en su oficina. La instalación de la Cúpula Inteligente estaba a punto de iniciarse y había que resolver unos cuantos detalles finales.

Cuando llegué, comprobé alarmado que Rabagny, su insoportable yerno, también estaba allí. Me quedé aún más estupefacto cuando se puso en pie de un salto para darme la mano con una sonrisa que mostró un asqueroso trozo de goma de mascar antes de decirme que había hecho un trabajo fantástico con la Cúpula Inteligente. Nunca me había sonreído. Parimbert mostraba su habitual mueca petulante y casi se le podía oír ronronear. Rabagny estaba completamente empapado por la transpiración, y las gotas de sudor le recorrían un rostro que se acercaba al color morado; casi se había puesto a tartamudear, para mi asombro. Estaba convencido de que la Cúpula Inteligente y su estructura de paneles de luz cambiantes era un concepto revolucionario de la mayor trascendencia artística y psicológica, y quería explotarlo, con mi permiso. «Esto va a ser grande», resolló, y luego aseguró que recorrería el mundo, que ya lo tenía todo planeado. Lo había pensado muy bien y quería que yo firmara el contrato, por supuesto después de que mi abogado le diera el visto bueno. Había que ponerse en marcha lo antes posible y, si todo iba bien, pronto me habría convertido en un multimillonario, igual que él. No había mucho que yo pudiera decir antes de que se detuviera para coger aliento, lo cual hizo, por fin, resoplando y poniéndose morado del todo. Yo mantuve una actitud distante, me guardé el contrato en el bolsillo y le dije en tono helado que me lo pensaría. Cuanto más frío me mostraba yo, más imploraba él. Finalmente me dejó, después de un momento terrorífico en que se me echó encima como un cachorro tan entusiasta que llegué a temer incluso que fuera a besarme.

Parimbert y yo retomamos el trabajo. Él no estaba del todo convencido con las áreas de descanso, que le parecían demasiado cómodas y no muy apropiadas para el tremendo esfuerzo intelectual que tendría lugar dentro de la Cúpula. Prefería asientos duros y ascéticos donde uno se viera forzado a mantenerse erguido como en la clase de un profesor inflexible. Nada que sugiriera ni tentara a la indolencia.

No importaba lo bajo que hablara, Parimbert era un cliente exigente y dejé su oficina mucho más tarde de lo previsto y completamente reventado. Decidí conducir directamente a la calle Spontini. El tráfico no era muy denso a esa hora, pero me llevó casi veinte minutos llegar hasta allí. Aparqué el coche cerca de la avenida Victor Hugo y me senté en un café para esperar aún un poco más. Todavía no sabía nada de la agencia Rubis. Barajé la idea de telefonear a mi hermana y contarle lo que había planeado hacer, pero en el momento en que saqué el móvil para llamarla comenzó a sonar. Era Angèle y mi corazón dio un brinco como siempre que ella me llamaba. Estaba a punto de contarle lo de mi visita a la casa de Laurence Dardel, pero en el último minuto cambié de idea. Quería guardarme eso para mí solo, esta búsqueda o lo que fuera, quizá una misión para encontrar la verdad. Hablamos de todo un poco y del próximo fin de semana que íbamos a pasar juntos.

Después llamé a mi padre, cuya voz sonaba débil y en nada se parecía a la suya. Como era habitual, nuestra conversación fue corta y poco cariñosa. Parecía como si mi padre y yo estuviéramos separados por una elevada y sólida muralla y no había ningún tipo de intercambio, ni ternura, ni afecto, y tampoco cercanía a pesar de que conversáramos. Y así había sido durante toda nuestra vida. ¿Por qué iba a cambiar de pronto? Yo no hubiera sabido siquiera por dónde empezar. ¿Debía preguntarle por el cáncer? ¿Decirle que ya lo sabía y que me preocupaba? Imposible. Él no me había programado para hacer eso y, como era también habitual cada vez que colgaba después de haber hablado con mi padre, la desesperanza se apoderó de mí.

Eran casi las ocho de la tarde, de modo que probablemente Laurence Dardel ya estaría en casa, en el número 50 de la calle Spontini. No tenía el código para acceder al edificio, así que tuve que esperar fuera, fumando, paseando de un lado para otro para mantenerme en calor hasta que salió un vecino. El listado en el exterior de la puerta del conserje me informó de que la familia Fourcade-Dardel vivía en el tercer piso. Estos dignos edificios de la época de Haussman con sus alfombras rojas tenían todos el mismo olor, pensé mientras subía, una mezcla de los sabrosos aromas que emergían de sus ollas, abrillantador de cera de abeja y fragancias de plantas de interior.

Me contestó al timbre un joven de unos veinte años que llevaba unos auriculares. Le expliqué quién era y le pregunté si su madre se encontraba allí. Laurence Dardel apareció antes de que pudiera contestarme. Me miró fijamente y dijo con una sonrisa:

—Eres Antoine, ¿no? El hijo de François.

Me presentó a su hijo Thomas, que se marchó sin quitarse los auriculares. Ella me acompañó al salón. No había cambiado mucho con el paso del tiempo y su rostro seguía siendo como lo recordaba: pequeño, anguloso y apuntado, con las pestañas de color arena y el pelo recogido en un pulcro moño. Me ofreció un vaso de vino y acepté.

—He leído lo de la muerte de tu abuela en *Le Figaro* —me dijo—. Debéis de estar todos muy apenados. Por supuesto, asistiré al funeral.

—No me sentía muy próximo a ella, la verdad —comenté.

Laurence alzó una ceja.

—Oh, creía que Mélanie y tú la adorabais.

—No exactamente.

Se hizo un silencio. La habitación donde nos habíamos sentado era burguesa y convencional. No había nada fuera de lugar y ni una sola mancha en la alfombra de color gris pálido, ni se veía una mota de polvo. Muebles tradicionales, pinturas sin imaginación y una fila tras otra de libros de medicina en las baldas. Sin embargo aquel apartamento tenía posibilidades de convertirse en una joya, lo noté cuando mi ojo experto descubrió los torpes falsos techos, los paneles superfluos y las puertas pesadas. Olí un aroma persistente a cocina, así que me di cuenta de que era la hora de cenar.

—¿Qué tal está tu padre? —preguntó Laurence en tono educado.

Era médica después de todo, no necesitaba disimular.

—Tiene cáncer.

—Sí —afirmó ella.

—Lo sabías, ¿no?

—Lo sé desde hace muy poco.

—¿Desde cuándo?

Se puso una mano debajo de la barbilla y frunció los labios.

—Me lo dijo mi padre.

Sentí una ligera presión en el pecho.

—Pero tu padre murió a comienzos de los ochenta.

—Sí —asintió ella—. En 1982.

Tenía la misma constitución recia de su padre y las mismas manos toscas.

—¿Quieres decir que mi padre ya estaba enfermo en 1982?

—Sí, así es, pero entonces se sometió a tratamiento y ha estado bien, según creo, hasta hace poco.

—¿Tú eras su doctora?

—No, pero mi padre lo fue hasta su muerte.

—Parece muy cansado —comenté—. A veces, exhausto incluso.

—Eso se debe a la quimio —me explicó ella—. Te deja hecho polvo.

—¿Y está funcionando?

Ella me miró con ecuanimidad.

—No lo sé, Antoine. No soy su médico.

—Entonces, ¿cómo has sabido que estaba enfermo de nuevo?

—Porque le vi hace poco y lo comprobé a simple vista.

Así que ella también lo había notado, como la doctora Besson.

—Mi padre no nos ha hablado de su enfermedad ni a Mélanie ni a mí. Su hermana está al corriente, sólo Dios sabe cómo, ya que apenas se dirigen la palabra entre ellos. Ni siquiera sé qué tipo de cáncer tiene. No sé nada, porque no nos ha dicho nada.

Ella asintió, pero no hizo ningún comentario. Se terminó el vaso de vino y lo puso sobre la mesa.

—¿Para qué has venido, Antoine? ¿En qué puedo ayudarte?

Antes de que pudiera contestarle, se abrió la puerta principal y entró un hombre calvo y fornido, que reconocí vagamente como su marido. Laurence le dijo quién era yo.

—Antoine Rey, ¡ha pasado tanto tiempo! Cada vez te pareces más a tu padre.

Odiaba que la gente me dijera eso. Recordé su nombre en ese momento, Cyril. Abandonó la habitación después de un ratito de charla, en la cual expresó su pésame por la muerte de Blanche. Me di cuenta de que ella miraba disimuladamente su reloj.

—No te ocuparé mucho tiempo, Laurence. Y sí, necesito tu ayuda. —Hice una pausa, durante la cual me miró con expectación. Era una mirada vigorosa, competente, que le prestaba cierta rudeza, casi como la de un hombre—. Quiero ver el expediente médico de mi madre.

—¿Puedo preguntar el motivo?

—Deseo comprobar unas cuantas cosas. Como su certificado de defunción, por ejemplo.

Entrecerró los ojos.

—¿Para qué quieres verlo exactamente?

Me incliné hacia delante y le dije con un tono cargado de doble intención:

—Quiero saber con exactitud cómo y dónde murió mi madre.

Ella parecía desconcertada.

—¿Es necesario?

Su actitud me crispó los nervios y se lo mostré abiertamente:

—¿Hay algún problema?

Mi voz había adquirido un tono más agudo de lo que había previsto y ella dio un respingo, como si la hubiera pinchado.

—No hay ningún problema, Antoine, no hay necesidad de enfadarse.

—¿Cuándo puedes darme el archivo?

—He de buscarlo. No estoy segura de dónde puede estar. Va a llevarme un buen rato.

—¿Qué quieres decir?

Miró el reloj de nuevo.

—Los archivos de mi padre están todos aquí, pero no tengo tiempo para dártelo ahora mismo.

—¿Y cuándo tendrás tiempo?

Una vez más mi voz había mostrado un tono desagradable que fui incapaz de evitar. La tensión entre nosotros se fue incrementando hasta convertirse en una hostilidad palpable, lo cual me sorprendió.

—Lo buscaré lo antes posible. Te llamaré cuando lo haya encontrado.

—Bien —repuse, y me levanté con rapidez.

Ella se puso también en pie y su cara afilada había enrojecido. Alzó la mirada.

—Recuerdo bien el día en que murió tu madre. Fue un momento terrible para tu familia. Yo tenía unos veinte años, acababa de conocer a Cyril y estudiaba Medicina. Recuerdo que mi padre me llamó para decirme que Clarisse Rey había muerto de un aneurisma, que ya estaba muerta cuando llegó a su lado y que no había nada que pudiera hacer.

—Necesito ver ese expediente —insistí con firmeza.

—Remover el pasado no hace bien a nadie. Tienes edad suficiente para saber eso.

No repliqué nada. Busqué en mi bolsillo hasta encontrar una tarjeta y se la di.

—Aquí tienes mi número. Por favor, llámame tan pronto como hayas localizado esos papeles.

Me marché lo más rápido que pude, sin decir adiós, con las mejillas ardiendo. Cerré la puerta a mi espalda y descendí la escalera en silencio. No esperé siquiera a estar fuera para encender un cigarrillo.

A pesar del resentimiento y del miedo a lo que no sabía ni entendía, cuando corría hacia el coche en la fría oscuridad me sentí cerca de mi madre, más cerca de lo que me había sentido hacía muchos años.

La agencia Rubis me telefoneó el día siguiente a última hora. Una eficiente y encantadora mujer que se llamaba Delphine me comentó que no había inconveniente alguno en facilitarme el archivo solicitado, ya que habían pasado treinta y pico años. Todo cuanto me pedía era que me pasara por la oficina a fin de poder comprobar mi documento de identidad y firmar un papel.

Me llevó un rato ir de Montparnasse hasta los aledaños de L'Opéra National, atrapado en un tráfico muy denso. Escuché la radio, respiré profundamente y no me dejé dominar por la ansiedad. No había dormido bien las últimas semanas, había pasado noches interminables haciéndome un sinfín de preguntas. Me sentía empequeñecido ante algo incomprensible. Seguía con la idea de telefonear a mi hermana para ponerla al corriente de mis descubrimientos, pero al final no me decidí. Primero quería conocer la historia al completo, tener todas las cartas en la mano. Tenía casi en la punta de los dedos el expediente de la agencia Rubis y también el informe médico del doctor Dardel referente a mi madre. Y cuando los tuviera me parecía que sabría qué hacer y cómo contárselo a Mélanie.

Delphine me tuvo esperando diez minutos largos en una coqueta sala de espera decorada en marfil y escarlata. ¿Era allí donde las esposas que sospechaban del adulterio de sus cónyuges esperaban expectantes, dominadas por la angustia? A esa hora tardía no había ninguna por allí. Al fin apareció Delphine, una femenina criatura vestida de color rojo rubí, con una cálida sonrisa en los labios. En aquellos momentos los detectives privados ya no tenían el mismo aspecto que Colombo.

Firmé un formulario, le mostré mi carné de identidad y ella me dio un sobre grande de color beis, sellado con un espeso grumo de cera. Se veía que no lo habían abierto en años. Tenía mecanografiado el apellido Rey en grandes letras negras. Me dijeron que dentro estaban los originales de lo que se le había enviado a mi abuela. Me entraron ganas de abrirlo nada más subir al coche, pero me forcé a esperar.

Una vez en casa, me hice un café, encendí un cigarrillo y me senté en la mesa de la cocina. Inspiré profundamente.

Ya era hora de abrir el sobre, o bien no abrirlo nunca y dejar lo que había pasado en el olvido. Paseé la mirada en torno a la habitación, por la tetera puesta a hervir, las migas dispersas sobre la encimera y un vaso de leche bebido a medias. El apartamento estaba tranquilo, Lucas seguro que estaba dormido y Margaux sentada frente al ordenador. Aun así, esperé, esperé durante un buen rato.

Después cogí un cuchillo y abrí el sobre. El sello cedió y se rompió en dos. Estaba decidido.

Los primeros objetos en aparecer fueron un par de recortes de prensa sujetos con un clip de las revistas *Vogue* y *Jours de France*. Eran mis padres asistiendo a cócteles, eventos sociales, carreras, en 1967, 1969, 1971 y 1972. Monsieur y madame François Rey. Madame vestía trajes de Dior, Jacques Fath, Schiaparelli. ¿Quién se los había prestado? No la recordaba llevándolos. ¡Qué aspecto tan divino tenía, tan exuberante, tan bonita!

Había más recortes sujetos con clips, en esta ocasión de *Le Monde* y *Le Figaro*. Mi padre y el juicio del caso Vallombreux, que le había hecho famoso al comienzo de los setenta. Encontré dos recortes más: el anuncio de mi nacimiento y el de Mélanie en el «Carnet de Jour» de *Le Figaro*. Y después encontré otro sobre grande de papel manila. Dentro había tres fotografías en blanco y negro y dos a color, con mucho grano, de mala calidad. Sin embargo no tuve dificultad en reconocer a mi madre con una mujer alta de pelo largo color platino que parecía mayor que ella. Las tres fotografías habían sido realizadas en las calles de París. Mi madre tenía el rostro alzado y sonreía a la mujer rubia. No se daban la mano pero estaban muy cerca la una de la otra.

Era otoño o invierno y ambas llevaban abrigo. Las dos fotos a color estaban tomadas en un restaurante o en el bar de un hotel y ambas estaban sentadas a una mesa. La mujer rubia fumaba, y llevaba puesta una blusa de color púrpura y una gargantilla de perlas. El rostro de mi madre era sombrío, con los ojos bajos y la boca apretada. En una de las fotos, la rubia acariciaba la mejilla de mi madre.

Dejé con cuidado las instantáneas en la mesa de la cocina. Me quedé mirándolas un buen rato, formando un mosaico de mi madre y aquella extraña. Sabía que ésta era la mujer que Mélanie había visto en la cama de nuestra madre, la americana que había mencionado Gaspard.

Dentro del sobre también había una carta mecanografiada de la agencia Viaris dirigida a mi abuela. Estaba fechada el 12 de enero de 1974. Un mes antes de la muerte de mi madre.

> *Estimada madame Rey:*
> *Siguiendo sus instrucciones, y de acuerdo con nuestro contrato, le remitimos la información que nos requirió referente a Clarisse Rey, Elzyère de soltera, y la señorita June Ashby. Esta última, de nacionalidad americana, nacida en 1925 en Milwaukee, Wisconsin, posee una galería de arte en Nueva York, en la calle 57 Oeste. Acude mensualmente a París por motivos de negocios y pernocta en el hotel Régina, en la plaza Des Pyramides, en el distrito 1º.*
> *En las semanas que fueron de septiembre a diciembre de 1973, la señorita Ashby y madame Rey se encontraron todas las veces que la señorita Ashby vino a París, un total de cinco. En*

cada una de esas ocasiones, madame Rey acudió al hotel Régina por la tarde y se dirigió directamente a la habitación de la señorita Ashby, de la cual salió al cabo de un par de horas. En una ocasión, la cuarta semana de diciembre, madame Rey apareció después de la cena y no abandonó el hotel hasta el amanecer del día siguiente.

Le hemos adjuntado su factura.

Agencia Viaris, Investigadores Privados

Me quedé mirando con detenimiento las fotografías de June Ashby. Era una mujer sorprendente. Parecía tener los ojos oscuros, pero las fotografías no eran de buena calidad, así que no podía asegurarlo. Tenía los pómulos altos y los hombros anchos como una nadadora, aunque no parecía masculina. Había algo intensamente femenino en ella, en aquellos largos y esbeltos miembros, en la gargantilla que llevaba puesta y en sus pendientes oscilantes. Me pregunté qué sería lo que habría dicho en inglés el día que tuvo el enfrentamiento con Blanche, aquello que le había sonado tan horrible a Gaspard, y me pregunté también dónde estaría en ese momento y si recordaría a mi madre.

Sentí un movimiento a mi espalda y me di la vuelta con rapidez. Allí estaba Margaux, justo detrás de mí, con la bata puesta. Tenía el pelo apartado de la cara, y eso la hacía parecerse a Astrid.

—¿Qué es todo esto, papá?

Mi primera reacción fue la de ocultar las fotos en una maniobra llena de culpabilidad, embutirlas de nuevo en el sobre e inventarme alguna historia respecto a estar organizando viejos documentos, pero no me moví.

Era ya demasiado tarde para mentir. Demasiado tarde para continuar en silencio. Demasiado tarde para aparentar que no sabía nada.

—Me las acaban de dar esta noche.

Ella asintió.

—La morena se parece mucho a la tía Mélanie... ¿No es tu madre?

—Sí, ésa es mi madre, y la señora rubia era... su amiga.

Margaux se sentó y examinó cada fotografía con interés.

—¿De qué va todo esto?

No más mentiras ni silencios.

—Mi abuela hizo que las siguiera un detective privado.

Margaux se quedó mirándome fijamente.

—¿Y por qué haría eso? —Entonces, de pronto, se dio cuenta. Tenía sólo catorce años, después de todo—. ¡Oh! —exclamó con lentitud, ruborizándose—. Eran amantes, ¿no?

—Sí, así es.

Se quedó callada un momento. Entonces preguntó:

—¿Tu madre tenía un lío con esta señora?

—Cierto.

Margaux se rascó la cabeza pensativa y luego susurró:

—¿Esto es una especie de gran secreto familiar del que nadie habla nunca?

—Eso creo.

Cogió una de las fotos en blanco y negro.

—Se parece tanto a Mélanie... Es sorprendente.

—Sí, mucho.

—¿Quién es la otra señora, su amiga? ¿Te has encontrado alguna vez con ella?

—Es americana y todo esto sucedió hace mucho. Si alguna vez la vi, no lo recuerdo.

—¿Qué vas a hacer con todo esto, papá?

—No lo sé —contesté, y era cierto.

Sin esperarlo, tuve una visión del paso del Gois recorrido por lenguas de agua marina. Quedaba poco para que sólo los postes indicaran la existencia de una carretera bajo la superficie. Me inundó un sentimiento de ansiedad.

—¿Estás bien, papá?

Margaux me rozó el brazo con la mano. El gesto era tan raro procediendo de ella que me sorprendió tanto como me conmovió.

—Estoy bien, cielo. Gracias. Vete a la cama, anda.

Me dejó que le diera un beso y se marchó.

Sólo quedaba una cosa más en el sobre, una fina hoja de papel, arrugada y luego alisada. Llevaba el membrete del hotel Saint-Pierre y la fecha era el 19 de agosto de 1973. La emoción de ver la letra de mi madre me golpeó. Leí las primeras líneas con el corazón latiéndome con fuerza.

Acabas de salir de tu habitación y aprovecho la ocasión para deslizar esta nota por debajo de la puerta en vez de dejarla en nuestro escondrijo de costumbre. Rezo para que la recojas antes de coger tu tren de regreso a París.

Tenía las ideas un poco más claras, aunque el corazón aún me latía dolorosamente, como hacía un par de días en la habitación de Gaspard. Fui hacia el ordenador y tecleé «June Ashby» en Google. La primera entrada que aparecía era la galería que llevaba su nombre, en la calle 57 Oeste de Nueva York, especializada en arte moderno y contemporáneo femenino. Busqué otros datos sobre ella en la web, pero no vi ninguno.

Regresé a Google y seguí bajando por la página, hasta encontrar esto:

> *June Henrietta Ashby murió en mayo de 1989 de un fallo respiratorio en el hospital Monte Sinaí, en la ciudad de Nueva York, a los sesenta y cuatro años de edad. Su renombrada galería en la calle 57 Oeste, fundada en 1966, se concentra en arte europeo moderno femenino, el cual presentó a los amantes del arte americanos. Actualmente la dirige su socia, Donna W. Rogers. La señorita Ashby era una activista a favor de los derechos de los homosexuales, cofundadora*

*del Club Social de Lesbianas de Nueva York y
el grupo de defensa de sus derechos Hermanas
de la Esperanza.*

Sentí una penetrante tristeza cuando me enteré de que
June Ashby había muerto. Me hubiera gustado conocer a esa
mujer a la que mi madre había amado y a la que había conocido en Noirmoutier en el verano de 1972. La mujer que había amado en secreto durante casi un año. La mujer por la que
estaba dispuesta a enfrentarse al mundo y con la que le habría
gustado criarnos. Demasiado tarde. Diecinueve años tarde.

Imprimí la entrada y la adjunté al resto de los documentos que había encontrado en el sobre. Busqué «Donna
W. Rogers» y «Hermanas de la Esperanza» en Google. Donna, a sus setenta años, era una mujer avejentada con un rostro
astuto y el pelo muy corto de color cobrizo. El Club Social
de Lesbianas tenía una web entretenida e interesante. Nave-
gué por ella y me enteré de sus encuentros, conciertos, reu-
niones. Lecciones de cocina y yoga, seminarios de poesía,
conferencias políticas. Envié el enlace por correo electrónico
a Mathilde, una arquitecta con la que había trabajado hacía
un par de años. Su novia, Milèna, tenía un bar de moda en el
Barrio Latino al que iba a menudo. A pesar de lo tarde que
era, Mathilde estaba sentada delante de su ordenador y me
respondió el correo. Tenía curiosidad por averiguar el motivo por el cual le había enviado la dirección. Le expliqué que
el Club Social había sido fundado, entre otras, por una mujer
que había sido amante de mi madre. Entonces sonó mi móvil.
Era Mathilde.

—¡Hala! No sabía que tu madre «entendía» —me dijo.

—Yo tampoco —repuse yo.

Se produjo un silencio, pero no fue incómodo.

—¿Cuándo lo descubriste?

—No hace mucho.

—¿Qué tal te sientes?

—Extraño, por decir algo.

—¿Y sabe ella que tú lo sabes? ¿Te lo ha dicho ella misma?

Suspiré.

—Mi madre murió en 1974, Mathilde, cuando yo tenía diez años.

—Oh, lo siento —replicó con rapidez—. Perdona.

—Olvídalo.

—¿Tu padre sabe que ella era lesbiana?

—No lo sé. No sé qué sabe mi padre.

—¿Quieres pasarte por el bar y nos tomamos una copa y charlamos?

Me sentí tentado de hacerlo. Disfrutaba de la compañía de Mathilde y el bar de su novia era un local nocturno entretenido, pero esa noche estaba demasiado cansado. Me hizo prometer que me pasaría pronto, y así lo hice.

Más tarde, ya en la cama, llamé a Angèle. Escuché su contestador automático, pero no le dejé mensaje. Lo intenté con el número de su casa, aunque no tuve mejor suerte. Hice el esfuerzo de no permitir que eso me molestara, sin embargo no lo conseguí. Yo sabía que veía a otros hombres, aunque era discreta. No quería que siguiera haciéndolo, y decidí decírselo pronto, pero ¿qué me respondería ella? ¿Que no estábamos casados? ¿Que era alérgica a la fidelidad? Que ella vivía en Clisson y yo en París y ¿cómo nos íbamos a apañar con eso? Sí, ¿cómo? No había forma de que ella se mudara a París, odiaba la polución, el ruido, y yo no me veía a mí mismo enterrado en aquella pequeña ciudad provinciana. Ella incluso podría echarme en cara, porque casi seguro que lo había adivinado, que alguna vez me había acostado con Astrid en los últimos meses y no se lo había contado.

La eché mucho de menos aquella noche, allí solo en mi cama vacía, con tantas preguntas dándome vueltas en la cabeza. Echaba de menos su perspicacia, la rapidez con la que trabajaba su cerebro. Echaba de menos su cuerpo, el aroma de su piel. Cerré los ojos y rápidamente me corrí pensando en ella. Eso me alivió un poco, pero no me sentí mejor. De hecho me sentí más solo que nunca. Me levanté para fumarme un cigarrillo en la oscuridad silenciosa.

Los finos rasgos de June Ashby volvieron a mi mente. Podía verla llamando al timbre de los Rey, alta y formidable en su furia y su pena. Y a Blanche y a ella, cara a cara. El Nuevo Mundo contra la Vieja Europa personalizada en el distrito 16º de París.

«¡Será mejor que me diga de una vez cómo ha muerto Clarisse!».

Nunca había escuchado su voz y nunca lo haría ya, pero me parecía que podía oírla esa noche, una voz profunda y fuerte, con el acento americano distinguiéndose rudo y vigoroso a través del refinado francés. Podía escucharla pronunciar «Clarisse» al estilo americano, enfatizando la última sílaba y suavizando la «r».

«¡Será mejor que me diga de una vez cómo ha muerto Clarisse!».

Más tarde, cuando por fin me quedé dormido, me agobió en sueños la inquietante visión del agua del mar cerrándose irremediablemente sobre el Gois.

Ya estaba hecho. Blanche yacía en el panteón familiar de los Rey, en el cementerio del Trocadero. Junto a las tumbas, bajo un cielo sorprendentemente azul, permanecimos un pequeño grupo de familiares: mis hijos, Astrid, Mélanie, Solange, Régine y Joséphine, algunos amigos cercanos, unos criados fieles y mi frágil padre, apoyado en un bastón que jamás le había visto usar. Me di cuenta de cómo había avanzado su enfermedad. Su piel, enfermiza y amarillenta, tenía la consistencia de la cera. Había perdido casi todo el pelo, incluidas las pestañas y las cejas. Mélanie estaba a su lado, y constaté que no se apartaba de él, cogiéndole del brazo, ofreciéndole consuelo como una madre a un hijo. Sabía que mi hermana tenía un novio nuevo, Eric, un joven periodista a quien aún no conocía; sin embargo, a pesar de tener un hombre de nuevo en su vida, mi hermana parecía absolutamente concentrada en nuestro padre y su bienestar. Durante la ceremonia, en la fría y oscura iglesia, su mano no había abandonado el hombro de nuestro padre. No sabría decir con exactitud lo preocupada o conmovida que estaba. ¿Por qué yo no sentía lo mismo? ¿Por qué la vulnerabilidad de mi padre sólo me daba pena? Mientras permanecía allí de pie no pensaba en mi padre ni en mi abuela, sino en mi madre, cuyo cadáver yacía en la tumba abierta, unos cuantos metros por debajo de mí. ¿Había ido June Ashby alguna vez allí? ¿Había estado en el mismo lugar en que yo me encontraba, mirando hacia la lápida con el nombre inscrito de Clarisse? Y si lo había hecho, ¿no la habían invadido las mismas preguntas que ahora me atormentaban a mí?

Después del entierro, nos reunimos en la avenida Henri-Martin para celebrar una fiesta en honor de Blanche, a la que acudieron varios de los amigos de Solange, la misma multitud elegante y adinerada que estaba la noche que había muerto Blanche. Mi tía me pidió ayuda para llevar flores al salón grande, abierto de forma excepcional para la ocasión. Gaspard y un par de empleados habían puesto un apetitoso bufé y observé cómo Régine, con las mejillas cargadas de colorete, atacaba el champán. Joséphine no se dio cuenta porque estaba muy ocupada charlando con un rubicundo y empalagoso caballero. Mi padre, muy quieto, se había sentado en una esquina con Mel.

Me quedé a solas con mi tía en el office, ayudándola a meter en unos jarrones unas azucenas de olor dulce y enfermizo; nuevos ramos llegaban cada vez que sonaba el timbre de la puerta. Sin pensarlo, la abordé mientras estaba concentrada arreglando las flores.

—¿Te acuerdas de una mujer llamada June Ashby? —le pregunté a quemarropa.

Controló la expresión del rostro con tanto cuidado que no movió ni un solo músculo.

—Muy vagamente —murmuró.

—Una americana rubia y alta que tenía una galería de arte en Nueva York.

—Están llamando al timbre.

Observé cómo se cernían sus manos sobre los pétalos blancos, sus dedos regordetes y enjoyados con las uñas lacadas en escarlata. Solange nunca había sido una mujer guapa. No debía de haber sido fácil para ella tener una cuñada con la presencia física de Clarisse.

—June Ashby veraneó un par de años en el hotel Saint-Pierre cuando estábamos en Noirmoutier.

—Ya veo.

—¿Recuerdas si se hizo amiga de mi madre?

Finalmente me miró y no había nada cálido en aquellos ojos castaños.

—No, no lo recuerdo.

Entró un camarero con una bandeja de vasos, así que esperé hasta que se marchó.

—¿Tienes algún recuerdo de ella y mi madre?

Me dirigió otra vez aquella mirada pétrea.

—No. No recuerdo nada referente a ella y tu madre.

Si estaba mintiendo, se trataba de una mentirosa consumada. Me miraba directamente a los ojos, con un control férreo, y todo su ser mostraba serenidad y tranquilidad. Me enviaba un mensaje muy claro: «No hagas más preguntas».

Se irguió cuanto pudo y se marchó con las azucenas. Yo también regresé al salón grande, que ya estaba atestado de desconocidos, a los que saludó con toda educación.

Laurence Dardel, que llevaba un traje negro que la hacía parecer mucho mayor, me entregó discretamente un sobre marrón. El expediente médico. Lo puse al lado de mi abrigo, pero me picaban los dedos de las ganas que tenía de abrirlo. Los ojos de Mélanie me siguieron desde lejos y sentí una punzada de culpa. Pronto, me dije a mí mismo, compartiría todo con ella, lo que sabía de June Ashby, la pelea con Blanche y el informe de los detectives.

Noté que Astrid también se quedaba mirándome, sin duda preguntándose por qué yo parecía tan nervioso. Estaba ocupada consolando a Margaux, que lo había pasado fatal durante el funeral porque le había traído recuerdos dolorosos de Pauline.

Arno acudió a mi lado. Había salido del internado de forma excepcional para asistir al funeral de su bisabuela. Tenía el pelo más corto y limpio y se había afeitado.

—Hola, papá.

Me dio unas palmaditas en la espalda y luego fue hacia la mesa en la que estaban las bebidas y los canapés a servirse un zumo de fruta. Nuestra relación había mejorado algo después de un largo periodo sin hablarnos más que lo mínimo. Tenía la impresión de que los horarios estrictos, el tonificante sentido de la higiene y el intenso programa de deportes obligatorios del internado le estaban haciendo bien, y Astrid pensaba lo mismo.

Arno regresó con el zumo y me susurró:

—Margaux me lo ha contado. Ya sabes, lo de las fotografías.

—¿Lo de mi madre?

—Me lo ha explicado. Lo de la carta de la agencia y todo lo demás. Un rollo duro.

—¿Y cómo lo ves tú?

Él sonrió.

—¿Te refieres a lo de tener una abuela lesbiana?

No pude evitar sonreír yo también.

—Pues bastante molón cuando te lo piensas —repuso—, aunque no creo que al abuelo le pareciera tan guay.

—No, yo tampoco lo creo.

—Eso es algo muy chungo para el orgullo de un hombre, diría yo. Ya sabes, ¿qué tal te sentaría que tu mujer prefiriera a las chicas?

Esa observación me pareció tan madura como aguda para proceder de un chico de dieciséis años. ¿Cuál habría sido mi reacción si Astrid hubiera tenido un lío con una mujer? ¿No era eso un golpe fatal para un hombre, la forma más humillante de adulterio? Desde luego, creía que era la manera más eficaz de que un hombre se sintiera cualquier cosa menos viril, pero cuando pensé en Serge y sus nalgas peludas en la cámara de Astrid, concluí que no había nada que pudiera ser peor.

—¿Qué tal te va con Serge? —le pregunté, después de asegurarme de que nos encontrábamos fuera del alcance de los oídos de Astrid.

Arno se tragó de un bocado un relámpago[*] de chocolate entero.

—Viaja un montón.

—¿Y tu madre? ¿Cómo lo lleva?

Arno me miró fijamente, sin dejar de masticar.

—Ni flores. Pregúntale a ella. Nos está mirando en este momento.

Gaspard se apresuró a acercarse con el champán en cuanto alcé mi copa.

—¿Cuándo volverás a ver a Angèle? —preguntó Arno.

El champán estaba helado y espumoso.

—Dentro de un par de semanas. —Y estuve a punto de añadir: «No puedo esperar más».

—¿Tiene hijos?

—No. Sólo tres sobrinos de vuestra edad, según creo.

---

[*] Al estar glaseada con chocolate, la superficie de este pastelito brilla como el fogonazo de un relámpago, de ahí su nombre: *éclair* («relámpago»). *[N. del T.]*

—¿Vas a ir a Nantes?

—Sí. A ella no le gusta mucho París.

—Qué pena.

—¿Por qué?

Enrojeció.

—Es guay.

Me eché a reír y le revolví el pelo como cuando era niño.

—Llevas razón, es guay.

Los minutos pasaron lentamente. Arno charlaba sobre la escuela y sus nuevos amigos, y yo escuchaba y asentía. Después Astrid se acercó para hablar con nosotros. Al rato, Arno se marchó en busca de más comida y nos dejó a los dos frente a frente. Astrid parecía más feliz, pues Serge y ella habían comenzado de nuevo. Me dio alegría escuchar eso y se lo dije. Ella quería saber cosas de Angèle, tenía curiosidad, porque había oído hablar a los chicos mucho de ella.

—¿Por qué no la traes a cenar a Malakoff un día de éstos?

—Ya me gustaría —le contesté—, pero Angèle no viene mucho a París, prefiere quedarse en Vendée. Aquello le encanta.

De pronto, a pesar de la agradable conversación que sostenía con mi mujer, la clase de conversación que no habíamos sido capaces de sostener desde hacía mucho tiempo, sentí la necesidad ineludible de echar una ojeada, justo en ese momento, al expediente médico de mi madre. Ya no podía esperar hasta llegar a casa.

Murmuré algo acerca de que tenía que ir al baño, recogí el sobre sin llamar la atención, lo deslicé debajo de mi chaqueta y salí disparado hacia el cuarto de baño grande que había siguiendo el largo pasillo. Una vez dentro, con la puerta cerrada, lo abrí con gestos febriles. Laurence Dardel me había escrito una nota.

> *Querido Antoine:*
> *Te adjunto el informe médico completo de tu madre. Son fotocopias, como podrás comprobar, pero no he omitido nada. Tienes aquí todas las anotaciones de mi padre. No creo que pueda serte útil, pero tienes derecho a ver el archivo como hijo de Clarisse Rey. Si tienes alguna pregunta más, estoy dispuesta a atenderte.*
> *Con mis mejores deseos,*
>
> *LD*

—¡Maldita esnob! —me descubrí diciendo en voz alta—. Nunca me gustó.

El primer documento era un certificado de defunción. Lo volqué para sacarlo y luego lo acerqué a la luz para verlo mejor. Ciertamente nuestra madre había muerto en la avenida Henri-Martin y no en la Kléber. La causa de la muerte era aneurisma. Me vino a la cabeza una idea inesperada. «Espera, espera un minuto», masullé para mis adentros. El 12 de febrero de 1974 regresé de la escuela por la tarde con la canguro y mi padre me dijo en cuanto llegué que Clarisse había muerto de repente y que su cuerpo estaba en el hospital… Yo no pregunté dónde había muerto, supuse que había sido en la avenida Kléber, por supuesto. Por eso no lo pregunté nunca, ni Mel tampoco.

Sabía que había sido así. A Mélanie y a mí no nos lo contaron porque no preguntamos, como éramos tan pequeños… Estábamos aturdidos. Recuerdo claramente que nuestro padre nos explico qué era un aneurisma y cómo ocurría, una vena que estalla en el cerebro, y que Clarisse había muerto muy rápidamente sin dolor, pero eso era todo lo que nos había contado sobre su muerte. Y si Gaspard no hubiera cometido ese lapsus línguae, habríamos continuado pensando que nuestra madre había muerto en la avenida Kléber.

Estaba pasando las páginas del archivo cuando alguien comenzó a forcejear con el pomo de la puerta y me sobresaltó.

—¡Ya voy! —exclamé. Doblé las páginas y las escondí dentro de mi chaqueta a toda prisa. Tiré de la cisterna, abrí el grifo y me lavé las manos. Cuando abrí la puerta, mi hermana me estaba esperando con los puños apoyados en las caderas.

—¿En qué andas metido? —me preguntó.

Paseó con rapidez los ojos por el cuarto de baño.

—Sólo estaba pensando en un par de cosas —repuse mientras fingía estar ocupado secándome las manos.

—¿Me estás ocultando algo?

—Claro que no. Estoy averiguando algo, para los dos, estoy juntando todas las piezas.

Ella dio un paso adelante, entró en el cuarto de baño y cerró la puerta con suavidad a su espalda. Una vez más me sorprendió cuánto se parecía a nuestra madre.

—Escúchame, Antoine: nuestro padre se está muriendo.

Me quedé mirándola fijamente.

—¿Te lo ha dicho él? ¿Te ha hablado de su cáncer?

Mi hermana asintió.

—Sí, me lo ha dicho. Hace poco.

—No me lo habías contado.

—Tampoco me lo has preguntado.

Me quedé boquiabierto, atontado. Después tiré la toalla al suelo, y la ira me inundó.

—Es indignante. Soy su hijo, ¡por el amor de Dios!

—Sé cómo te debes de sentir, pero es incapaz de hablar contigo, no sabe cómo hacerlo. Y tampoco es que a ti eso se te dé muy bien.

Me apoyé contra la pared y crucé los brazos sobre el pecho. La cólera seguía hirviendo en mi interior. Esperé a que se explicara, echando chispas.

—No le queda mucho tiempo, Antoine. Tiene cáncer de estómago. He hablado con su médico y las noticias no son nada buenas.

—¿Qué es lo que estás intentando decirme, Mélanie?

Se acercó al lavabo, abrió el grifo y se mojó las manos. Vestía un traje de lana gris oscuro, medias negras y zapatos de charol también negros con hebillas doradas. Llevaba el pelo con mechas plateadas recogido con un lazo de terciopelo negro. Se inclinó para coger la toalla y se secó las manos.

—Sé que estás en pie de guerra.

—¿En pie de guerra? —repetí.

—Sé lo que estás haciendo. Sé que le has pedido a Laurence Dardel que te dé el expediente médico de nuestra madre. —La seriedad de su voz me dejó sin palabras—. Y también sé que Gaspard te dio un documento, según me ha dicho él. Y que sabes quién es la mujer rubia. He oído cómo interrogabas a Solange ahora mismo.

—Espera, Mélanie —la interrumpí, ruborizado de pura mortificación ante la idea de que ella pensara que le estaba ocultando detalles importantes—, tienes que entender que te lo iba a contar todo, yo…

Alzó una esbelta mano blanca.

—Quiero que me escuches.

—Vale —repuse, incómodo, sonriendo con inquietud—. Soy todo oídos.

Ella no me devolvió la sonrisa. Se inclinó hacia delante hasta poner sus ojos verdes a escasos centímetros de los míos.

—Sea lo que sea lo que averigües, no quiero saberlo.

—¿Qué? —musité.

—Ya me has oído. No quiero saber nada.

—Pero ¿por qué? Creí que sí querías saber, ¿te acuerdas? El día del accidente recordaste algo y luego me dijiste que estabas preparada para enfrentarte al dolor del conocimiento.

Abrió la puerta sin responderme y me temí que se marchara sin decir ni una palabra más, pero en el último momento se volvió y cuando se encaró conmigo vi que sus ojos estaban tan llenos de tristeza que me dieron ganas de abrazarla.

—Pues he cambiado de idea. No estoy preparada. Y cuando lo averigües…, sea lo que sea…, no se lo digas a papá. No se lo digas jamás.

Se le quebró la voz, agachó la cabeza y salió disparada. Yo me quedé allí parado, incapaz de moverme. ¿Cómo podía ser que un hermano y una hermana fueran tan distintos? ¿Cómo podía preferir el silencio a la verdad? ¿Cómo podía ella seguir viviendo sin saber la verdad? ¿Por qué no quería conocerla? ¿Por qué protegía a nuestro padre de esa manera?

Mientras yo permanecía allí desconcertado, con el hombro apoyado en el marco de la puerta, mi hija apareció por el pasillo.

—Hola, papá —me saludó, y luego me vio la cara—. ¿Tienes un mal día?

Asentí.

—Yo también —repuso ella.

—¡Pues vaya dos!

Y para mi asombro, me abrazó con fuerza. Yo le devolví el abrazo y la besé en la coronilla.

No se me ocurrió la idea hasta más tarde, mucho más tarde, cuando ya había vuelto a casa.

Tenía la nota de mi madre destinada a June Ashby en las manos y la estaba leyendo por enésima vez. Entonces eché una ojeada al artículo que había impreso sobre la muerte de June Ashby. Allí figuraba el nombre de su asociada: Donna W. Rogers. Ya sabía lo que quería hacer, lo tenía clarísimo. Encontré su número de teléfono en el sitio web de la galería de arte y miré el reloj.

Eran las cinco de la tarde en la ciudad de Nueva York. «Adelante —me decía esa voz interior—, tú hazlo nada más. No tienes nada que perder. Quizá ni siquiera esté allí, o tal vez no recuerde nada sobre tu madre, o incluso puede que no quiera atender tu llamada, pero hazlo de todos modos».

Después de sonar el teléfono un par de veces, una jovial voz masculina me dijo:

—Galería de June Ashby. ¿En qué puedo ayudarle?

Tenía mi inglés algo oxidado, pues no lo había hablado desde hacía meses. Con una voz algo vacilante, pedí hablar con madame Donna Rogers.

—¿Puedo preguntarle quién la llama? —inquirió la amigable voz.

—Antoine Rey, llamo desde París, Francia.

—¿Y le puedo preguntar para qué desea hablar con ella?

—Por favor, dígale que es… un tema muy personal.

Me salió un acento francés tan acentuado que me moría de vergüenza. Me pidió que esperara.

Después escuché el firme tono de una mujer y supuse que sería ella, Donna Rogers. Me sentí incapaz de articular ni una palabra durante un par de segundos y después solté de corrido:

—Sí, hola… Me llamo Antoine Rey. La llamo desde París.

—Ya lo veo —comentó ella—. ¿Es usted uno de mis clientes?

—Oh, no —repliqué con torpeza—. No soy cliente suyo, madame. La llamo por otro asunto. La llamo por…, por mi madre…

—¿Su madre? —se extrañó ella y después añadió con voz cortés—: Perdóneme, ¿cómo me dijo que se apellidaba?

—Rey, Antoine Rey.

Se produjo un silencio.

—Rey. ¿Y el nombre de su madre…?

—Clarisse Rey.

Se hizo un nuevo silencio al otro lado de la línea, tan largo que temí que se hubiera cortado.

—¿Hola? —dije a modo de tanteo.

—Sí. Todavía estoy aquí. Usted es el hijo de Clarisse.

Era una afirmación, no una pregunta.

—Sí, lo soy.

—¿Puede usted esperar un momento, por favor?

—Claro.

Escuché un par de palabras susurradas y algo que sonó como papeles arrastrados y arrugados. Y después otra vez la voz del hombre:

—Espere un momento, señor. Le paso a la oficina de Donna.

Finalmente, se volvió a poner al teléfono:

—Antoine Rey…

—¿Sí?

—Debe usted de andar por los cuarenta, supongo.

—Cuarenta y cuatro.

—Entiendo.

—¿Conoció usted a mi madre, madame?

—Jamás me encontré con ella. —Me quedé un poco intrigado por su respuesta, pero mi inglés estaba tan acartonado que no pude reaccionar con rapidez. Entonces ella explicó—: Bueno, mire usted, June me lo contó todo sobre su madre.

—¿Qué fue lo que le contó sobre mi madre? ¿Podría decírmelo?

Se oyó un largo suspiro, y después ella respondió en voz baja, tan baja que tuve que aguzar el oído para oír sus palabras:

—Clarisse fue el gran amor de su vida.

Desde mi asiento veía pasar el campo, un borrón apagado de color marrón y gris. El tren iba demasiado rápido para que las gotas de lluvia se quedaran adheridas a los cristales de las ventanillas, pero yo sabía que estaba lloviendo, pues llevaba así toda la semana. Era un tiempo de invierno extremo, que lo dejaba todo chorreando. Echaba de menos la luminosidad mediterránea, donde todo era azul y blanco, el calor abrasador... ¡Oh, qué no habría dado por estar en algún sitio de Italia, en la costa de Amalfi, donde Astrid y yo habíamos ido hacía algunos años, donde el aroma pulverulento y seco de los pinos se mecía sobre las cuevas rocosas y la brisa salobre besada por el sol me daba con fuerza en la cara.

Era viernes por la tarde, de modo que el TGV a Nantes iba hasta los topes. El mío era un vagón muy intelectual, donde la gente leía libros o revistas, trabajaba en sus portátiles o escuchaba música por los auriculares. Enfrente de mí una joven escribía con gran aplicación en su cuaderno negro Moleskine. No pude evitar mirarla, era muy atractiva. Tenía un rostro perfectamente ovalado, un exuberante cabello castaño y la boca como una fruta. Tenía también unas manos exquisitas de dedos largos y afilados y muñecas delgadas. No levantó el rostro hacia mí ni una sola vez. Sólo pude atisbar el color de sus ojos cuando echaba una ojeada de vez en cuando por la ventanilla. Eran de color azul amalfitano. A su lado iba un tipo gordito vestido de negro enfrascado en su BlackBerry. Y junto a mí viajaba una señora de unos setenta años que leía poesía en un libro pequeño. El hirsuto pelo gris, la nariz aquilina, los dientes sobresalientes y aquellas manos y pies tan enormes le conferían un aire muy británico.

El viaje de París a Nantes apenas duraba dos horas, pero yo contaba los minutos, que parecían arrastrarse a paso de caracol. No había visto a Angèle desde que vino a mi cumpleaños en enero y las ganas que tenía de encontrarme con ella me parecían infinitas. La señora que iba a mi lado se levantó y regresó del bar con una taza de té y unas galletitas saladas. Me dedicó una amable sonrisa y yo se la devolví. La chica guapa seguía escribiendo y el hombre finalmente apagó la BlackBerry, bostezó y se frotó la frente con un ademán de cansancio.

Pensé en la semana anterior y en la imprevista advertencia de Mélanie en el funeral de Blanche: «Sea lo que sea lo que averigües, no quiero saberlo». La hostilidad de Solange cuando mencioné el nombre de June Ashby: «No recuerdo nada referente a ella y tu madre». Y la emoción en la voz de Donna Rogers: «Clarisse fue el gran amor de su vida». Ese mismo día Donna me había pedido por teléfono mi dirección en París para enviarme un par de cosas que June tenía y que quizá me gustaría conservar a mí.

Recibí un paquete al cabo de pocas semanas. Contenía un atado de cartas, algunas fotografías y una película corta en formato Súper 8, además de una carta de Donna Rogers.

Querido Antoine:

June guardó todas estas cosas como algo precioso hasta su muerte. Estoy segura de que ella será feliz pensando que ahora están en su poder. No sé qué es lo que hay en la película, y ella nunca me lo reveló, pero estoy segura de que preferirá descubrirlo usted mismo.

Con mis mejores deseos,

Donna W. Rogers

Cuando abrí las cartas, me temblaron ligeramente los dedos y al comenzar a leer la primera pensé una y otra vez en Mélanie, porque hubiera deseado que ella estuviera allí conmigo, sentada a mi lado en la intimidad de mi dormitorio, compartiendo aquellos testimonios preciosos de la vida de nuestra madre. Leí el encabezado: 28 de julio de 1973, Noirmoutier, hotel Saint-Pierre.

Anoche te esperé en el malecón, pero no viniste. Refrescó y me fui al cabo de un rato; pensé que quizá esta vez te habría resultado difícil escabullirte. Les dije que necesitaba dar un paseo corto por la playa después de cenar y aún me pregunto si me creyeron. Ella me miró como si sospechara algo, aunque yo estoy segura, completamente segura, de que nadie sabe nada. Nadie.

Se me llenaron los ojos de lágrimas y sentí que no podía soportar seguir leyendo. No importaba, porque podría leerlas más tarde, cuando me sintiera más fuerte. Las doblé de nuevo y las guardé. Las fotografías eran retratos en blanco y negro de June Ashby tomados en un estudio profesional. Estaba muy guapa, con aquel aspecto de fortaleza y aquellos rasgos deslumbrantes y los ojos escrutadores. En el reverso de las fotos mi madre había escrito con su letra redonda e infantil: «Mi dulce amor».

Había otras fotos, algunas en color de mi madre con un traje azul y verde que nunca le había visto puesto, de pie frente a un espejo de cuerpo entero, en una habitación que no reconocí. Les sonreía al espejo y al fotógrafo, que supuse que sería June. En la siguiente, mi madre estaba en la misma pose, pero totalmente desnuda. El vestido yacía a sus pies en una pila de color verde y azul. Sentí que me ruborizaba y aparté con rapidez los ojos del cuerpo de mi madre, que no había visto desnudo jamás. Me sentía como un mirón cualquiera. No quería mirar el resto de las fotografías, que mostraban la aventura de mi madre expuesta en toda su desnudez. ¿Habría habido alguna diferencia si June Ashby hubiera sido un hombre? Me obligué a pensar seriamente sobre el asunto. No, no lo creo. Al menos no para mí. ¿Aquello era más difícil de digerir para Mélanie por el hecho de tratarse de un amor lésbico? ¿Lo había hecho eso peor para mi padre? ¿Cuál era el motivo de que Mélanie no quisiera saber nada? Después de todo, me sentía aliviado de que mi hermana no estuviera allí conmigo y no tuviera que ver las fotos. Después cogí la cinta de Súper 8. ¿Realmente quería saber qué había en ella? ¿Y si mostraba intimidades que me resultaran insoportables? ¿Y si luego lamentaba haberla visto? La única manera de averiguarlo era convertirla a DVD. Me fue fácil encontrar un lugar donde lo hicieran en Internet. Si enviaba la película a primera hora de la mañana, la recibiría en un par de días.

En ese momento llevaba el DVD en la mochila. Lo había cogido justo antes de tomar el tren y todavía no había tenido tiempo de verlo. «Cinco minutos», rezaba la etiqueta pegada en la cubierta. Lo saqué de la mochila y lo manoseé con nerviosismo. ¿Cinco minutos de qué? La expresión de mi rostro mostraba tanta alteración que percibí que la chica me miraba. Tenía unos ojos inquisitivos, pero no desagradables. Luego apartó la mirada.

La luz del día fue desapareciendo conforme el tren avanzaba velozmente, balanceándose un poco cuando alcanzaba su velocidad máxima. Nos quedaba aún una hora para llegar. Pensaba en Angèle, que me esperaba en la estación de Nantes, y después en el camino que nos aguardaba bajo la lluvia en la Harley hasta Clisson, a unos treinta minutos. Confiaba en que para entonces hubiera amainado la lluvia, pero a ella nunca parecía molestarle, llevaba siempre la ropa adccuada.

Saqué el expediente médico de mi madre de la mochila. Lo había leído con detenimiento, pero no había averiguado nada nuevo en él. Clarisse había comenzado a ver al doctor nada más casarse. Tenía frecuentes resfriados y migrañas; medía un metro cincuenta y ocho —era más baja que Mélanie— y pesaba 48 kilos. Una mujer menudita. Tenía todas las vacunas en orden y sus embarazos habían sido supervisados por el obstetra doctor Giraud en la clínica Belvédère, donde habíamos nacido Mélanie y yo.

De repente, se escuchó un golpe fuerte y el tren cabeceó con violencia, como si las ruedas hubieran tropezado con unas ramas o el tronco de un árbol. Algunas personas gritaron aterrorizadas. El expediente de mi madre se cayó al suelo y la taza de té de la señora inglesa se derramó en la mesa.

—¡Menudo desastre! —exclamó, e intentó recoger el estropicio con una servilleta.

El tren aminoró la marcha y se detuvo con un frenazo. Todos esperamos en silencio, mirándonos unos a otros. La lluvia comenzó a aporrear los cristales de las ventanillas. Algunos se incorporaban para intentar ver algo en el exterior, y se alzaron murmullos de pánico en zonas distintas del tren. No ocurrió nada durante un buen rato. Un niño se echó a llorar y después se oyó una voz cauta que sonaba por los altavoces:

—Señoras y señores viajeros, nuestro tren se ha visto bloqueado por una dificultad técnica. Les informaremos en breve. Les rogamos que nos disculpen por el retraso.

El hombre corpulento que tenía enfrente exhaló un suspiro desesperado y volvió a coger su BlackBerry. Yo le escribí un mensaje de texto a Angèle y le conté lo sucedido. Ella me devolvió otro de forma casi instantánea y sus palabras me dejaron helado.

Siento tener que decirte esto, pero no es una dificultad técnica, sino un suicidio.

La señora inglesa se llevó un susto cuando me levanté para dirigirme hacia la cabecera del tren. Nuestro coche estaba situado casi al principio, al lado de la locomotora. Los pasajeros de los vagones adyacentes estaban impacientes. Muchos de ellos hablaban por el móvil y el nivel de ruido se fue incrementando de forma considerable. Dos revisores aparecieron con sus uniformes oscuros y unos rostros evidentemente taciturnos.

Comprendí con todo el dolor de mi corazón que Angèle llevaba razón.

—Perdonen… —les dije, arrinconándolos en el pequeño espacio entre dos vagones, al lado de los servicios—. ¿Pueden decirme qué está pasando?

—Problemas técnicos —masculló uno de ellos, secándose la frente húmeda con una mano temblorosa. Era joven y tenía el rostro espantosamente pálido.

El otro hombre era mayor y se le notaba mucho más experimentado.

—¿Ha sido un suicidio? —pregunté.

El de más edad asintió apenado.

—Así es. Estaremos aquí un buen rato, y a mucha gente no le va a hacer gracia.

El más joven se apoyó sobre la puerta del baño con el rostro aún más pálido. Me compadecí de él.

—Es su primera vez —suspiró el veterano, que se quitó la gorra y se pasó los dedos entre el cabello que ya raleaba.

—La persona… ¿ha muerto? —logré preguntar.

El revisor de más edad me miró con socarronería.

—Bueno, eso es lo que suele suceder con los trenes de alta velocidad cuando van tan deprisa —gruñó.

—Era una mujer —susurró el joven con la voz tan baja que apenas le podía oír—. El conductor ha dicho que estaba arrodillada en las vías, de cara al tren, con las manos unidas como si estuviera rezando. No ha podido hacer nada, nada.

—Vamos, chico, contrólate —le instó el hombre mayor con firmeza mientras le daba unas palmaditas en el brazo—. Debemos anunciar a los setecientos pasajeros de este tren que vamos a tirarnos aquí un par de horitas.

—¿Por qué tanto tiempo? —quise saber.

—Hay que recoger los restos del cuerpo uno por uno —comentó el inspector más viejo con sequedad—, y suelen estar diseminados por las vías a lo largo de varios kilómetros. Así que, por el aspecto que tenía la cosa, con la lluvia y todo, tenemos para rato.

El más joven se dio la vuelta como si fuera a vomitar. Di las gracias al hombre mayor y regresé a mi sitio. Encontré una botella pequeña de agua en la mochila y me la bebí de un trago, pero aun así tenía la boca seca. Le envié otro mensaje a Angèle:

Tenías razón.

Me contestó:

Son los peores suicidios, los más desastrosos. Pobre de quien fuera.

—Debido a un suicidio en la vía, el tren experimentará un retraso considerable —anunciaron al fin por los altavoces.

La gente a mi alrededor comenzó a lamentarse y suspirar. La señora inglesa sofocó un sollozo y el gordo dio un golpe con el puño en la mesa. La chica guapa tenía puestos los auriculares y no había podido escuchar la noticia, así que se los quitó.

—¿Qué ha pasado? —preguntó.

—Alguien se ha suicidado y ahora estamos aquí atascados en mitad de la nada —se quejó el hombre de negro—. ¡Y yo tengo una reunión dentro de una hora!

Ella se quedó mirándole con sus ojos de un perfecto color azul zafiro.

—Perdone, pero ¿acaba de decir que alguien se ha suicidado?

—Sí, eso es lo que he dicho —replicó, arrastrando las palabras y enarbolando su BlackBerry.

—¿Y se está usted quejando por llegar tarde? —siseó ella con la voz más fría que había oído en mi vida.

Él le devolvió la mirada.

—Tengo una reunión muy importante —masculló.

Ella le miró con una expresión mordaz. Después se levantó y se marchó al bar, pero antes se volvió y le dijo en voz tan alta que la escuchó todo el vagón:

—¡Gilipollas!

La señora inglesa y yo compartimos un chardonnay para animarnos un poco. Era de noche y había dejado de llover. Unos grandes proyectores iluminaban las vías y acompañaban a un truculento espectáculo de policías, ambulancias y bomberos. Aún podía escuchar el golpazo del tren contra el cuerpo de aquella desdichada. ¿Quién era? ¿Cuántos años tenía? ¿Qué clase de desesperación la había llevado allí esa noche a esperar bajo la lluvia arrodillada sobre las vías con las manos unidas?

—Parece increíble, pero voy camino de un funeral —comentó la señora inglesa, cuyo nombre era Cynthia. Soltó una risita seca.

—¡Qué triste! —exclamé.

—Era una vieja amiga mía, Gladys. Se celebra mañana por la mañana. Tenía toda clase de problemas de salud espeluznantes, pero los afrontaba con un coraje increíble. La admiraba mucho.

Su francés era excelente, con sólo una pizca de acento inglés. Cuando se lo comenté, sonrió de nuevo.

—He vivido en Francia toda mi vida, pues me casé con un francés —me explicó al tiempo que me guiñaba un ojo.

La chica guapa volvió del vagón cafetería y se sentó cerca de nosotros. Hablaba por el móvil, moviendo las manos de un lado para otro. Parecía agitada.

—Estaba buscando precisamente un poema para leerlo en el funeral de Gladys —continuó Cynthia— cuando chocamos con esa pobre mujer que decidió acabar con su vida.

—¿Y lo ha encontrado? —le pregunté.

—Sí, así es. ¿Ha oído hablar alguna vez de Christina Gabriel Rossetti?

Hice una mueca.

—Me temo que no entiendo mucho de poesía.

—Yo tampoco, pero quería escoger algo que no fuera morboso ni triste y creo que al final lo he hallado. Christina Rossetti es una poetisa victoriana totalmente desconocida en Francia, según creo, y es una pena, porque en mi opinión tenía un gran talento. Su hermano Dante Gabriel Rossetti le robó toda la atención y se quedó con toda la fama. Tal vez haya visto alguno de sus cuadros. Estilo prerrafaelita. Era bastante bueno.

—Tampoco entiendo mucho de pintura.

—Oh, vamos, seguro que ha visto algo suyo, esas lúgubres señoras sensuales con flotantes cabellos de color caoba, labios llenos y largos vestidos.

—A lo mejor. —Me encogí de hombros, sonriendo ante la forma en que sus manos expresivas sugerían la presencia de grandes pechos—. ¿Y qué tal es el poema de su hermana? ¿Podría leérmelo?

—Vale, y podríamos pensar un poco en la persona que acaba de morir. ¿Por qué no?

—Era una mujer. Me lo han dicho los revisores.

—Entonces leeremos el poema en su memoria. Que Dios la acoja en su seno.

Cynthia sacó el libro de poesía del bolso, se puso las gafas —que hacían que sus ojos parecieran tan grandes como los de un búho— y comenzó a leer en voz alta, con entonación teatral. Todos los viajeros del vagón se volvieron para mirarla.

Cuando muera, querido mío,
no entones canciones tristes por mí,
no plantes rosas sobre mi cabeza
ni siquiera un umbroso ciprés.
Sé como la hierba verde que me cubra
húmeda por la lluvia y el rocío.
Y si quieres, recuérdame,
o si lo prefieres, olvídame.

Continuó leyendo, elevando la voz sobre el repentino silencio, y sobre los ruidos crispantes y chirriantes de lo que fuera que estuvieran haciendo allí fuera, y en lo que no quería pensar. Era un poema conmovedor, hermoso en su sencillez, y de alguna manera me devolvió la esperanza. Cuando terminó de leer, algunas personas murmuraron su agradecimiento y el rostro de la chica bonita estaba lleno de lágrimas.

—Gracias —le dije.

Cynthia asintió.

—Me alegro de que le haya gustado. Creo que era apropiado.

La chica se nos acercó con timidez. Le solicitó a Cynthia la referencia del poema y la anotó en su cuaderno. Le pedí que se uniera a nosotros y ella se sentó, agradecida. Nos dijo que esperaba que no la consideráramos grosera por lo que le había dicho al hombre vestido de negro un poco antes.

Cynthia hizo un ademán de burla.

—¿Grosera? Querida, creo que has estado estupenda.

La chica sonrió con modestia. Era realmente guapa. Tenía una figura excepcional, con pechos erguidos apenas visibles bajo un jersey largo y suelto, caderas fluidas y piernas largas y unas nalgas redondas debajo de los ajustados Levis.

—Ya se lo imaginarán, no puedo evitar pensar en lo que ha pasado —murmuró—. Casi me siento responsable, como si yo misma hubiera matado a esa pobre persona.

—Eso no es lo que ha sucedido —comenté.

—Quizá, pero no lo puedo evitar. Todavía siento el golpe. —Se estremeció—. Y tampoco puedo evitar pensar en el conductor del tren… ¿Se lo imaginan ustedes? Aunque supongo que es imposible frenar a tiempo en estos trenes de alta velocidad. Y la familia de esa persona… Les he oído decir que es una mujer… Me pregunto si ya se lo habrán dicho. ¿La habrán identificado ya? Quizá no lo sepan aún. Quizá sus seres queridos no tengan ni idea de que su madre, hermana, hija, esposa o lo que sea ha muerto. No puedo soportarlo. —Comenzó a llorar de nuevo, muy suavemente—. Quiero salir ya de este tren horrible, ojalá que esto no hubiera ocurrido jamás. ¡Me gustaría que esa persona estuviera viva!

Cynthia la cogió de la mano. Yo no me atreví, porque no quería que esa criatura encantadora pensara que pretendía aprovechar la ocasión.

—Todos nos sentimos como tú —le dijo Cynthia con dulzura—. Lo que ha sucedido esta noche es espantoso. Horrible. ¿Cómo es posible que haya gente a la que no le afecte?

—Ese hombre…, ese hombre que no hacía más que decir que iba a llegar tarde —sollozó—, y también había otros, les he oído.

Yo estaba obsesionado por ese golpe, pero no se lo dije porque su sorprendente belleza tenía más fuerza que el odioso poder de la muerte. Esa noche me abrumaba la muerte. Jamás en mi vida la muerte había extendido sus alas a mi alrededor como el zumbido persistente de un mosquito. El cementerio al que daba mi apartamento. El funeral de Pauline. Los restos de animales sacrificados a lo largo de la carretera en el viaje de vuelta. El abrigo rojo de mi madre en el suelo del salón pequeño. Blanche. Las femeninas manos de Angèle manejando cadáveres. Aquella mujer sin rostro, desesperada, aguardando al tren bajo la lluvia.

Y yo estaba contento, tan contento, incluso aliviado, por ser un hombre, sólo un hombre, que, ante la faz de la muerte, se sentía más inclinado a alargar la mano y manosear los bellos pechos de una extraña que a romper a llorar.

El dormitorio de Angèle tenía un aspecto exótico del que jamás iba a cansarme. El techo de color oro azafranado y las cálidas paredes de color rojo canela suponían un contraste muy interesante con respecto a la morgue donde trabajaba. La puerta, los marcos de las ventanas y el zócalo en azul oscuro. Unos saris de seda bordada amarillos y naranjas colgaban de las ventanas. Las pequeñas linternas marroquíes arrojaban una temblorosa luz, como la de las velas, sobre la cama, cubierta con sábanas de lino beis. Esa noche había esparcido pétalos de rosa sobre las almohadas.

—¿Y qué pasa contigo, Antoine Rey? —me aguijoneó ella, intentando desabrochar torpemente mi cinturón (y yo el suyo)—. Lo que pasa es que debajo de ese romántico y encantador exterior, esos vaqueros limpios, esas camisas blancas recién planchadas y esos jerséis Shetland verde militar, no eres más que una fiera sexual.

—¿No lo somos todos los hombres? —pregunté, intentando soltar las hebillas de sus botas de motera negras.

—Muchos hombres lo son, pero algunos más que otros.

—Había una chica en el tren…

—¿Hum? —repuso ella, desabotonando la camisa.

Las botas cayeron por fin al suelo con un golpe sordo.

—Sorprendentemente atractiva.

Ella sonrió abiertamente mientras se desprendía de sus vaqueros negros.

—No soy celosa, ya lo sabes.

—Ya, sí, lo sé, pero gracias a ella he logrado soportar esas atroces tres horas en el tren mientras recogían de entre las ruedas los restos de esa pobre señora.

—¿Y puedo preguntar cómo pudo ayudarte a soportar esas tres horas la chica sorprendentemente atractiva?

—Leyendo poesía victoriana.

—Estoy segura de ello.

Se echó a reír, con esa risa sexy y algo ronca que me gustaba tanto, y la agarré, la apreté contra mi cuerpo y la besé con avidez. La follé como si no hubiera un mañana. Y los fragantes pétalos de rosa se mezclaron con su pelo y me entraron en la boca con su sabor un poco amargo. Me sentí como si no tuviera nunca suficiente de ella, como si ésa fuera nuestra última vez. Me puse frenético de pura lujuria y ansiaba decirle cuánto la amaba, pero las palabras no salieron de mi boca, sólo gestos, gruñidos y gemidos.

—¿Sabes? Deberías pasar más tiempo encerrado en un tren —murmuró soñolienta cuando yacíamos sobre las arrugadas sábanas de lino, exhaustos.

—Y yo lo siento por todos esos muertos a los que arreglas. No tienen ni idea de lo buena que eres en la cama.

Luego nos duchamos y nos tomamos un tardío tentempié de queso, pan de Poilane y unos cuantos vasos de burdeos, más un par de cigarrillos. Después, más tarde, mucho más tarde, una vez que nos instalamos en el salón, con Angèle confortablemente tumbada en el sofá, finalmente me preguntó:

—Cuéntamelo, cuéntame lo de June y Clarisse.

Saqué el expediente médico, las fotografías, las cartas, el informe del detective y el DVD de mi mochila. Ella me observó con el vaso en la mano.

—No sé por dónde empezar —le expliqué, despacio, confuso.

—Imagínate que estás contando una historia. Imagínate que no sé nada, nada en absoluto, que nunca me he encontrado contigo y me lo tienes que contar todo, con mucho cuidado, con todos los detalles correctos. Empieza como si fuera un cuento. «Érase una vez...».

Alargué la mano y cogí uno de sus cigarrillos Marlboro. No lo encendí, simplemente lo sostuve entre los dedos. Me quedé allí quieto, frente a la chimenea, con su luz moribunda y las brasas relumbrando rojas en la oscuridad. También me gustaba esa habitación, por su tamaño, las vigas y las paredes forradas de libros, la antigua mesa cuadrada de madera y el tranquilo jardín que se extendía más allá, aunque en ese momento no lo viera, pues los postigos estaban cerrados por la noche.

—Érase una vez, en el verano de 1972, una mujer casada que se fue de veraneo a la isla de Noirmoutier con sus suegros y sus dos hijos. Iba a pasar unas vacaciones de dos semanas, y su marido se reuniría con ellos los fines de semana, si no estaba demasiado ocupado. Ella se llamaba Clarisse, era encantadora y dulce, para nada una sofisticada parisina...

Hice una pausa. Me parecía muy raro hablar de mi madre con mis propias palabras.

—Continúa —me apremió Angèle—. Vas muy bien.

—Clarisse procedía de las Cévennes y sus padres eran gente sencilla de campo, pero ella había emparentado con una rica y acaudalada familia parisina. Su marido era un joven abogado inconformista, François Rey, muy conocido por el caso Vallombreux a comienzos de los setenta. —Mi voz se desvaneció. Angèle tenía razón, aquello era una historia, la historia de mi madre. Y jamás se la había contado a nadie. Seguí adelante después de hacer una pausa—. En el hotel Saint-Pierre, Clarisse conoce a una americana llamada June, mayor que ella. ¿Cómo se conocieron? Quizá tomaron una copa juntas un atardecer. O quizá en la playa, por la tarde. O en el desayuno, la comida o la cena. June tenía una galería de arte en la ciudad de Nueva York y era lesbiana. ¿Había acudido allí con una novia? ¿Estaba sola? Todo lo que sabemos es que… Clarisse y June se enamoraron ese verano. Y no fue sólo un lío ni un amor veraniego… No fue sólo sexo…, fue amor. Un inesperado amor con la fuerza de un tornado, de un huracán…, amor de verdad… De esa clase que sólo sucede una vez en la vida…

—Enciende el cigarrillo —me ordenó Angèle—, te ayudará.

Yo seguí su consejo y luego inhalé profundamente. Tenía razón, me ayudaba.

—Claro, no tenía que enterarse nadie —continué—. Había demasiado en juego. June y Clarisse se vieron siempre que les fue posible durante el resto de 1972 hasta el comienzo de 1973, y no fueron encuentros muy frecuentes, porque June vivía en Nueva York, aunque, como solía visitar París por negocios una vez al mes, se veían en el hotel en que ésta se alojaba. Fue entonces cuando planearon pasar el verano de 1973 juntas en Noirmoutier. Y June y Clarisse no tenían las cosas nada fáciles ese verano. Aunque el marido de Clarisse no acudiera muy a menudo, porque debía trabajar y viajar, la suegra, Blanche, un día tuvo una horrible e inquietante sospecha. Intuyó todo y aquel día tomó una decisión.

—¿Qué quieres decir? —me interrogó Angèle, alarmada.

Yo no contesté. Continué con mi historia, concentrado, tomándome mi tiempo.

—¿Cómo se enteró Blanche? ¿Qué fue lo que vio? ¿Fue una fugaz mirada de deseo que duró un poco más de lo que era prudente? ¿Una mano tierna acariciando un brazo desnudo? ¿O fue un beso prohibido? ¿Fue una silueta la que descubrió una noche mientras se deslizaba de una habitación a la otra? Fuera lo que fuese lo que Blanche vio, se lo guardó para ella. No se lo contó a su marido ni a su hijo. ¿Por qué? Porque habría sido una vergüenza demasiado grande. Tenía pánico al escándalo: su nuera, que ya llevaba el nombre de los Rey y era madre de sus nietos, tenía un lío y, para empeorarlo todo, con una mujer. ¡Habría que pasar por encima de su cadáver antes de ensuciar el prestigio de la familia Rey! Ella había trabajado demasiado duro para mantener su buen nombre, y no la habían traído al mundo para permitir tal ofensa. Ella, una Fromet de la Passy, casada con un Rey de Chaillot, no, eso era impensable. Era monstruoso. La aventura debía terminar de una vez por todas, y rápido.

Era extraño, me sentía muy tranquilo mientras contaba la historia, la historia de mi madre. No miré al rostro de Angèle porque sabía que tenía que estar acongojada. Sabía a lo que le debía de sonar mi historia, con aquella fuerza, aquella potencia. Nunca la había puesto en palabras ni había pronunciado aquella secuencia exacta de frases y jamás había dicho lo que en ese momento estaba contando. Cada palabra surgía como si fuera un bebé en su nacimiento, sintiendo el impacto del aire frío en su cuerpo frágil y desnudo cuando se desliza fuera del útero.

—Blanche se enfrentó con Clarisse en Noirmoutier, en el hotel. Clarisse se echó a llorar, disgustada. La escena tuvo lugar en la habitación de Blanche, en la primera planta. Blanche lanzó una advertencia con un tono terrorífico, ominoso. La amenazó con revelar el asunto a su hijo, el marido de Clarisse. Le dijo también que le quitaría a los niños. Clarisse cedió sollozando: «Sí, sí, claro, no volveré a ver a June». Pero no logró evitarlo, el asunto se le fue de las manos. Volvió a verla una y otra vez y June se reía de su suegra cuando se lo contó, pues no temía a una vieja esnob. El día que June abandonaba el hotel de Noirmoutier para regresar a París, camino de Nueva York, Clarisse deslizó una carta de amor bajo la puerta de June, pero ésta nunca la recibió, porque fue interceptada por Blanche. Y ahí es donde empezó el problema de verdad.

Angèle se levantó para atizar las brasas de la chimenea, porque la sala se había enfriado. Se había hecho tarde, muy tarde, no sabía cuánto, porque sólo era consciente del cansancio que me pesaba como plomo en los párpados, pero sabía que debía llegar hasta el final de la historia, a la parte que más me hacía sufrir, aquella que no deseaba traducir a palabras.

—Blanche se enteró de que June y Clarisse seguían siendo amantes. Gracias a la carta interceptada, supo que Clarisse había hecho planes de futuro con June y los niños. En algún momento y en algún lugar. Leyó la carta con aversión y repulsión. No, no habría un futuro para June y Clarisse, no había ningún futuro posible para ellas, al menos no en su mundo. Y desde luego no iba a consentir que sus nietos, que eran unos Rey, tuvieran nada que ver con eso.

»La dama se dirigió a un detective privado parisino y le explicó su encargo: quería que siguiera a su nuera, y pagó un montón de dinero con tal propósito. En ese momento tampoco le dijo nada a su familia y, por eso, Clarisse se creyó a salvo. Esperaba el momento en que June y ella pudieran ser libres. Ya había comprendido que debía dejar a su marido, sabía lo que eso supondría, y temía por sus hijos. Sin embargo, ella estaba enamorada y creía que al final el amor se abriría camino y le permitiría quedarse con sus hijos, que eran lo más preciado para ella, y con June. Le gustaba imaginar un lugar, un lugar seguro donde ella algún día podría vivir con June y sus hijos.

»Pero June tenía más años y era más sabia, y ella sí sabía cómo funcionaba el mundo; tenía muy claro que dos mujeres no podían vivir juntas como pareja y ser tratadas como personas normales. Eso podría ocurrir en Nueva York, allí quizá, pero no en París, y desde luego no en 1973. Y, por supuesto, menos aún en la clase de sociedad en la que vivía la familia Rey. Intentó explicárselo a Clarisse y le pidió que esperaran, que se tomaran su tiempo. Las cosas ocurrirían por sí solas, con calma, lentamente, cuando hubiera menos dificultades, pero Clarisse era más joven, y más impaciente. No quería esperar y no quiso darse ese tiempo.

La tristeza se acerca por fin, como un amigo peligroso pero familiar al que ves llegar con aprensión. Sentía un gran peso en el pecho, que me parecía demasiado pequeño para contener mis pulmones. Me detuve y di dos grandes bocanadas de aire. Angèle acudió a mi lado, su cuerpo cálido se apretó contra el mío, y eso me dio fuerzas para continuar.

—Esas Navidades fueron espantosas para Clarisse. Nunca se había sentido más sola y echaba de menos a June con desesperación. Su amada tenía una vida ocupada, activa, en Nueva York, con su galería, sus obligaciones sociales, sus amigos, sus artistas. Clarisse sólo tenía a sus hijos y ningún amigo, salvo Gaspard, el hijo de la doncella de su suegra. ¿Podía confiar en él? ¿Qué podría contarle? Tenía sólo quince años, apenas unos años más que su propio hijo; era un joven encantador, de mente sencilla. ¿La entendería él? ¿Sabría él que dos mujeres podían enamorarse, que eso no las convertía en dos seres perversos e inmorales?

»Su marido vivía consagrado a su trabajo, los juicios, los clientes. Tal vez ella intentara contárselo y dejar pistas, pero él estaba demasiado ocupado para escucharla, ocupado subiendo peldaños en la sociedad, pavimentando su camino hacia el éxito. Él la había sacado de en medio de la nada, pues ella no era más que una muchacha de Provenza, tan falta de sofisticación que había dejado a sus padres alelados. Sin embargo era hermosa, era la más encantadora, exuberante y preciosa chica que había visto en su vida. A ella no le importaban su fortuna, el nombre de la familia, los Rey, los Fromet, los inmuebles, las propiedades, la clase social. Ella le hacía reír, y nadie había conseguido antes hacer reír a François Rey.

Los brazos de Angèle se abrieron camino hasta enlazarse en torno a mi cuello y su boca cálida me besó la nuca. Yo relajé los hombros ahora que me aproximaba al final de la historia.

—Blanche recibió el informe del detective en enero de 1974. Allí estaba todo, absolutamente todo. Cuántas veces se habían encontrado, dónde, cuándo, y todo documentado con las pertinentes fotografías. Aquello le causó repulsión, la enloqueció. Estuvo a punto de contárselo a su marido, de lo enfurecida, molesta y consternada que estaba, pero no lo hizo. June Ashby se dio cuenta de que las estaban siguiendo y fue capaz de descubrir que el detective procedía de la residencia de los Rey. Llamó a Blanche para exigirle que se metiera en «sus jodidos asuntos», pero Blanche no contestaba sus llamadas, sólo conseguía hablar con la doncella o con su hijo. June le dijo a Clarisse que tuviera cuidado e intentó advertirla, explicarle que necesitaban frenar un poco, que la situación se tranquilizara y esperar, pero Clarisse no podía soportarlo. No podía soportar la idea de que la siguieran y sabía que Blanche la llamaría para mostrarle las fotos comprometedoras y que la obligaría a no volver a ver a June, que la amenazaría con quitarle los niños.

»Así que una mañana, una fría y soleada mañana de febrero, Clarisse esperó hasta que los niños estuvieran camino del colegio y su esposo se hubiera ido a la oficina, se puso un precioso abrigo rojo y se dirigió a la avenida Kléber desde la avenida Henri-Martin. Era un paseo corto que había recorrido a menudo con los niños o con su marido, pero no desde hacía tiempo, desde las Navidades, desde que se había enterado de que Blanche quería sacar a June de su vida. Caminó con rapidez hasta que se quedó sin aliento, y el corazón se le aceleró y latió muy rápido, demasiado rápido, pero no lo sabía y continuó con la intención de llegar a la casa de su suegra lo más pronto posible.

»Subió las escaleras y llamó al timbre con un dedo tembloroso. Gaspard, su amigo, su único amigo, le abrió y le sonrió. Ella dijo que quería ver a Blanche inmediatamente. Madame estaba en el salón pequeño, terminando de desayunar. Odette le preguntó si quería té o café y ella contestó que no quería nada, que sólo estaría un minuto, que sólo quería decirle algo a madame y se marcharía. ¿Estaba allí monsieur?

»—No, monsieur no está hoy.

»Blanche estaba sentada, leyendo la correspondencia. Llevaba puesto un kimono de seda y tenía los rulos puestos. Cuando levantó la mirada y se encontró con Clarisse, no pareció muy feliz de verla allí. Ordenó a Odette que cerrara la puerta y las dejara solas, y después se levantó. Blandió un documento bajo la nariz de Clarisse y rugió:

»—¿Sabes qué es esto? ¿Tienes la menor idea?

»—¡Sí, sí lo sé! —repuso Clarisse con calma—. Son fotos de June y yo juntas. Usted ha hecho que nos siguieran.

»Blanche sintió un inesperado ataque de cólera. ¿Quién se creía que era esa campesina? No tenía educación ni buena crianza, venía del arroyo. Una zafia, descuidada y grosera campesina.

»—Sí, tengo fotos de tu asquerosa aventura, las tengo todas aquí, déjame que te las enseñe. ¿Las ves? Está todo aquí, cuándo y dónde la ves. Y ahora van a ir directamente a François para que vea quién eres tú de verdad, para que comprenda que no mereces ser la madre de sus hijos.

»Clarisse replicó con mucha tranquilidad que no le tenía miedo, que Blanche podía mostrárselas a François, a Robert, a Solange y a todo el mundo. Ella y June se amaban, y querían pasar el resto de sus vidas juntas con los niños, y le aseguró que eso sería exactamente lo que iba a ocurrir, sin más mentiras y sin esconderse más. Que ella misma se lo contaría a François y que se divorciarían y se lo explicarían a los niños del mejor modo posible.

»—François es mi marido y yo misma se lo diré, porque le respeto.

»El veneno de Blanche explotó con violencia y de un modo desproporcionado. ¿Qué sabía ella de respeto? ¿Qué sabía ella de los valores familiares? No era más que una fulana y no le iba a permitir que manchara el nombre de la familia con sus repulsivos asuntos de lesbianas.

»—Dejarás de ver a esa mujer ahora mismo y harás exactamente lo que se te diga. Te mantendrás en tu sitio.

Me callé, pues mi voz se había convertido en apenas un graznido. Sentía la garganta reseca. Fui a la cocina y me serví un vaso de agua con manos temblorosas. Me lo bebí de un trago, y el cristal golpeó contra los dientes delanteros. Cuando regresé al lado de Angèle, me asaltó la imagen más inesperada y molesta que podía concebir, como si fuera una diapositiva que alguien hubiera puesto allí contra mi voluntad.

Veía a una mujer arrodillada en las vías del tren en el crepúsculo, y veía la locomotora precipitarse hacia ella a toda velocidad. Esa mujer llevaba un abrigo rojo.

dette permanecía junto a la puerta cerrada, donde se
había quedado desde que madame le había ordenado
que se marchara. Mantenía la oreja pegada al tablero, aunque
realmente no era necesario, dado el volumen de los gritos. Lo
oyó todo, toda la pelea, incluida la firme respuesta de Clarisse:

»—No. Adiós, Blanche.

»A continuación se oyeron los sonidos de una refrie-
ga, el eco de una corta lucha, una inhalación brusca de aire,
una exclamación, aunque no pudo distinguir de quién procedía la voz, y después un golpe sordo y el sonido de algo
pesado estampándose contra el suelo.

»—¡Clarisse, Clarisse! —exclamó madame, y luego
añadió—: ¡Oh, Dios mío!

»Entonces se abrió la puerta y apareció el rostro de
madame. Tenía un aspecto demacrado, parecía petrificada,
y algo ridícula también con los rulos caídos. Necesitó dos
minutos para poder hablar.

»—Ha habido un accidente, llama al doctor Dardel.
Rápido. ¡Muévete!

»"Un accidente, pero ¿qué accidente?", pensó Odette
para sus adentros mientras se apresuraba en busca de su hi-

jo y le ordenaba llamar inmediatamente al doctor Dardel. Volvió corriendo al salón pequeño con sus piernas regordetas, donde madame aguardaba, abatida, sentada en el sofá. ¿Qué accidente? ¿Qué había ocurrido? Madame se explicó entre jadeos y con la voz estrangulada.

»—Hemos discutido y la he sujetado cuando se iba a marchar, pues yo no había terminado de hablar. Así que la he agarrado de la manga y ella se ha caído estúpidamente hacia delante y se ha dado un golpe en la cabeza con la esquina de la mesa. Mira —le dijo—: justo ahí, en todo el pico.

»Odette observó la esquina apuntada de cristal, y también miró a Clarisse, inerte sobre la alfombra, sin moverse ni respirar, con el rostro desprovisto de color.

»—¡Oh, madame, está muerta! —exclamó.

»Entonces llegó el doctor Dardel, el doctor de confianza de la familia, el viejo y fiel amigo. Examinó a Clarisse y pronunció las mismas palabras: «Está muerta». Blanche se retorció las manos y sollozó. Le dijo al doctor que había sido un horrible accidente, un accidente estúpido, monstruosamente estúpido.

»Él miró a Blanche y cuando fue a firmar el certificado de defunción, con la pluma ya apoyada sobre el papel, dijo:

»—Sólo se puede hacer una cosa. Sólo hay una solución, Blanche, pero debes confiar en mí.

Angèle se volvió hacia mí con un gesto cariñoso, de modo que pudiera verle la cara. Me puso las manos en las mejillas y se quedó mirándome un buen rato.

—¿Así fue cómo sucedió, Antoine? —me preguntó con mucha dulzura.

—He pensado mucho en el tema. Creo que es lo más próximo a la verdad.

Ella se dirigió a la chimenea y apoyó la frente contra la repisa de madera. Después me devolvió la mirada.

—¿Has intentado alguna vez hablar con tu padre de este tema?

Mi padre. ¿Cómo habría podido hablar con él? ¿Cómo se podía describir la última vez que lo había intentado, hacía unos cuantos días? Me sentí obligado, aquella tarde, al salir de la oficina, a enfrentarme con él. No me importaba lo que Mélanie hubiera dicho. No me importaba lo mucho que ella, por sus propias razones, había intentado evitar que lo hiciera. Necesitaba hablar con él y no quería esperar más. No más adivinanzas. ¿Qué sabía sobre la muerte de Clarisse? ¿Qué era lo que le habían contado? ¿Qué sabía él de June Ashby?

Cuando llegué mi padre y Régine estaban cenando frente al televisor, viendo las noticias relativas a las inminentes elecciones presidenciales norteamericanas en las que se presentaba aquel hombre alto, delgado, apenas un poco mayor que yo, aquel al que llamaban el «Kennedy negro». Mi padre estaba callado, cansado y con poco apetito, pues tenía montones de pastillas que tragar. Régine susurró que aquella semana estaba citado para una hospitalización temporal. Se avecinaba una prueba muy dura. Sacudió la cabeza con desaliento. Cuando terminaron de comer y Régine fue a llamar por teléfono a una amiga desde otra habitación, le dije a mi padre, esperando que apartara la mirada de la televisión, que me gustaría hablar con él, si le parecía bien. Él asintió con una especie de gruñido que yo supuse que era una afirmación, pero cuando al final volvió sus ojos hacia mí estaban tan llenos de cansancio que me quedé callado de forma instantánea. Eran los ojos de alguien que sabe que se está muriendo y que ya no puede seguir viviendo más sobre la tierra. Esos ojos mostraban un sufrimiento en estado puro y también una tranquila aceptación que me conmovió. Allí no estaban ni el abogado inconformista ni el padre dictatorial ni el censor lleno de arrogancia. Sólo estaba mirando a un viejo enfermo de aliento nauseabundo que estaba preparado para morir y que no quería escucharme, ni a mí ni a nadie, nunca más.

Era demasiado tarde, demasiado tarde para que consiguiera conmoverle y contarle cuánto me preocupaba, demasiado tarde para contarle que sabía que tenía cáncer, que se estaba muriendo. También era demasiado tarde para preguntarle por Clarisse y June, para arriesgarme a entrar en ese terreno con él. Parpadeó lentamente, sin parecer nada intrigado, y esperó a que yo hablara. Y cuando vio que no iba a hacerlo, se encogió de hombros ligeramente y volvió la mirada al televisor. Ni siquiera me preguntó lo que quería. Sentí como si hubieran corrido un telón delante de un escenario. El espectáculo se había terminado. «Vamos, Antoine, es tu padre, alarga la mano y coge la suya, asegúrate de que sabe que estás aquí, y si no te sientes capaz de hacerlo, haz el esfuerzo, dile que te importa, díselo antes de que sea demasiado tarde. Míralo, se está muriendo, no le queda mucho tiempo. El tiempo se acaba».

Me acordé de cuando él era joven y su sonrisa brillaba como un faro en un rostro habitualmente severo. Entonces tenía el pelo oscuro y espeso, no las exiguas y escasas raíces de ese momento. Le recordaba cuando nos cogía en sus brazos y nos besaba con cariño, cuando Mélanie iba montada sobre sus hombros en el Bois de Boulogne y cuando su mano protectora me impulsaba hacia delante apoyada en mi cintura y hacía que me sintiera el chico más poderoso del mundo. También le recordaba después de la muerte de mi

madre, cómo se cerró en sí mismo, y cesaron los besos ca-
riñosos, cómo se volvió inflexible, exigente, y cómo me cri-
ticaba, me juzgaba y me hacía tan desdichado. Quería preguntarle por qué la vida lo había hecho tan áspero, tan hostil.
¿Había sido por la muerte de Clarisse, porque había perdido
a la única persona que le hacía feliz? ¿O tal vez porque había
descubierto al final que le había sido infiel y que amaba a otra
persona, a una mujer? ¿Había sido eso, esa humillación final,
lo que le había roto el corazón y partido el alma en dos?

Pero no le pregunté nada. Nada en absoluto. Me levanté y me dirigí hacia la puerta; él no se movió. La televisión siguió atronando, al igual que la voz de Régine en la
habitación de al lado.

—Adiós, papá.

Él gruñó de nuevo, sin dedicarme siquiera una mirada.
Me marché cerrando la puerta a mi espalda. En las escaleras
no pude contener ni un momento más las lágrimas de re-
mordimiento y pena que parecían abrasarme la carne.

No, no pude hablar con mi padre. Fui incapaz de hacerlo.

—No te culpes, Antoine. No te lo pongas más difícil.

La necesidad de dormir cayó sobre mí como una pesada manta que descendiera sobre mi cabeza. Angèle me llevó a la cama y me maravillé de la ternura de sus manos, aquellas manos respetuosas y cariñosas que trataban a diario con la muerte. Me vi arrastrado a un duermevela inquieto, muy parecido a una inmersión en las profundidades de un mar turbio. Tuve unos sueños muy extraños: mi madre arrodillada ante el tren con el abrigo rojo; mi padre con aquella sonrisa feliz de otros tiempos escalando un traicionero pico empinado y nevado, con el rostro tostado por el sol; Mélanie con un largo vestido negro flotando en la superficie de una piscina negra, con los brazos extendidos y las gafas de sol fijas sobre la nariz; y también yo, andando a zancadas por un espeso bosque lleno de maleza con los pics desnudos sobre un suelo fangoso poblado de insectos.

Era ya de mañana cuando me desperté y durante un minuto, lleno de pánico, no supe dónde estaba. Y entonces recordé, estaba en la casa de Angèle, en aquella magnífica casa remodelada del siglo XIX que antes había sido una pequeña escuela de primaria. Estaba situada a orillas de un río, en el corazón de Clisson, una pintoresca población cercana a Nantes de la que jamás había oído hablar antes de conocerla a ella. La hiedra trepaba por los muros de granito, y dos grandes chimeneas dominaban el tejado apuntado y un encantador jardín vallado, el viejo patio de juegos de la escuela. Estaba en la cómoda cama de Angèle, pero ella no estaba a mi lado, su hueco estaba ya frío. Me levanté, bajé las escaleras al trote y me saludó el aroma apetitoso del café con tostadas. Un sol pálido, del color del limón, entraba por los cristales de las ventanas. Fuera, el jardín estaba cubierto por las delicadas gotas de la escarcha, como un pastel glaseado. Desde donde yo estaba podía vislumbrar la parte superior del castillo medieval de Clisson.

Angèle estaba sentada en la mesa, abrazada a una rodilla, leyendo un documento con mucho interés. Tenía al lado un portátil encendido. Cuando me acerqué, vi que estaba estudiando el expediente médico de mi madre. Alzó la mirada y por los círculos que enmarcaban sus ojos comprendí que no había dormido mucho.

—¿Qué estás haciendo? —le pregunté.

—Te estaba esperando. No quería despertarte.

Se levantó, me sirvió una taza de café y me la ofreció. Vi que ya estaba vestida, con sus habituales vaqueros, botas y jersey de cuello de cisne negros.

—Tienes aspecto de no haber descansado.

—He estado leyendo el expediente médico de tu madre.

El modo en que lo dijo hizo que le prestara más atención.

—¿Has descubierto algo?

—Sí —respondió ella—. Así es. Siéntate, Antoine.

Me senté a su lado. La cocina era un espacio cálido y soleado, pero después de aquel sueño atormentado y aquellas angustiosas pesadillas tan vívidas no creía que me pudiera enfrentar a nada más. Me abracé.

—¿Qué es lo que has encontrado?

—No soy médico, ya lo sabes, pero trabajo en un hospital y veo la muerte a diario. También leo informes médicos y hablo de continuo con los doctores. He examinado el expediente médico de tu madre mientras dormías y he tomado notas. También he investigado por Internet y he enviado un par de correos electrónicos a amigos míos médicos.

—¿Y? —pregunté, de repente incapaz de beberme mi café.

—Tu madre tuvo migrañas desde dos años antes de morir. No muy a menudo, pero bastante fuertes. ¿Las recuerdas?

—Una o dos. Cuando le daban, tenía que acostarse a oscuras y el doctor Dardel venía a verla.

—Un par de días antes de morir tuvo una, y la examinó el doctor. Mira, puedes leerlo aquí.

Me alargó una de las notas fotocopiadas con la letra sinuosa del doctor Dardel. La había visto antes, era la última de las notas antes de la muerte de Clarisse. «7 de febrero de 1974. Migraña, náusea, vómitos, dolor en los ojos. Visión doble».

—Sí, lo vi —afirmé—. ¿Y qué pasa con eso?

—¿Qué sabes sobre el aneurisma cerebral, Antoine?

—Bueno, sé que es como una pequeña burbuja o una pequeña ampolla que se forma en la superficie de una arteria del cerebro. El aneurisma tiene una pared más delgada que la de una arteria cerebral normal y el peligro está en que se rompa esa pared más fina.

—Lo tienes bastante claro. Estupendo.

Se sirvió un poco más de café.

—¿Por qué me preguntas esto?

—Porque creo que tu madre murió a consecuencia de la ruptura de un aneurisma cerebral.

La miré consternado en silencio. Finalmente masculle entre dientes:

—¿No crees entonces que hubo una pelea con Blanche?

—Te digo lo que creo que pasó, pero cuando lo haga te lo podrás tomar como quieras, Antoine. Tendrás que creer lo que de verdad pienses que es cierto.

—¿Crees que estoy exagerando la historia? ¿Que me estoy imaginando cosas? ¿Que me estoy volviendo paranoico?

Ella me puso una mano tranquilizadora sobre el hombro.

—Claro que no. Tranquilo. Tu abuela era una vieja homófoba. Sólo escúchame, ¿vale? El 7 de febrero de 1974, el doctor va a ver a tu madre a la avenida Kléber porque tiene una migraña aguda. Está en la cama, a oscuras. Le da la medicina habitual en estos casos y se le pasa al día siguiente. O eso creen él y ella, es lo que todo el mundo cree, pero lo malo del aneurisma cerebral es que puede ir creciendo, lento pero seguro, y que quizá tu madre lo tuviera durante un tiempo sin que nadie lo supiera y que sus migrañas ocasionales procedieran de ahí. Cuando un aneurisma se engrosa, antes de estallar y sangrar, genera cierta presión sobre el cerebro o en lugares cercanos como los nervios ópticos, por ejemplo, o en los músculos del rostro o del cuello. «Migraña, náuseas, vómitos, dolor en los ojos. Visión doble». Si el doctor Dardel hubiera sido un poco más joven o algo más espabilado, con esos síntomas habría enviado a tu madre directamente al hospital. Dos doctores amigos míos me lo han confirmado por correo electrónico. Tal vez el doctor Dardel tuvo un día muy atareado, o tenía la cabeza en otros asuntos más urgentes, o quizá simplemente no lo encontró preocupante, pero el aneurisma en el cerebro de tu madre creció y reventó. Y eso sucedió el 12 de febrero de 1974, unos días más tarde.

—Cuéntame cómo crees que ocurrió.

—Sucedió esa misma mañana del día 12 mientras estaba con tu abuela. La historia es la misma, tu madre con el abrigo rojo caminó hacia la avenida Henri-Martin, pero es posible que no anduviera con tanta rapidez porque no se encontraba del todo bien. Todavía sentía algunas náuseas, incluso pudiera ser que hubiera vomitado esa mañana. Estaba mareada y su paso era inseguro. Lo más probable es que tuviera el cuello algo rígido, pero ella quería enfrentarse a tu abuela, pues para ella ése era el origen de sus migrañas. No estaría preocupada en absoluto por su salud, sino más bien por June y por tener que encararse con tu abuela.

Enterré el rostro entre las manos. La idea de mi madre avanzando penosamente por la avenida Henri-Martin, dolorida, sintiendo que los brazos y las piernas le pesaban toneladas, para enfrentarse a Blanche como un soldadito valiente camino de la batalla, era insoportable.

—Continúa.

—La historia sigue, más o menos, como la tuya. Gaspard abre la puerta, y quizá percibe lo lívido de su rostro y su respiración alterada, pero ella tiene un único objetivo, que es abordar a tu abuela. Quizá ella se dio cuenta también de que el rostro de Clarisse estaba alarmantemente pálido, que mostraba dificultad al hablar y que parecía que no podía sostenerse de pie, como si estuviera algo bebida. La conversación es la misma, Blanche exhibe las fotos y el informe del detective y Clarisse dice que no retrocederá, que no dejará de ver a June, ni de amarla. Y entonces ocurrió. De repente, como si la hubiera fulminado un rayo. Siente un dolor espantoso, como si alguien le hubiera disparado en la parte de atrás de la cabeza. Clarisse se tambalea con las manos en las sienes y cae al suelo. Quizá se golpeó también la cabeza en la esquina de la mesa, pero ya estaba muerta. No había nada que tu abuela pudiera hacer, ni tampoco el doctor. Éste se dio cuenta nada más llegar. Sabía que había cometido un error al no haberla mandado al hospital unos cuantos días antes. Probablemente tuvo que cargar con esa culpa toda su vida.

En ese momento comprendí por qué se molestó Laurence Dardel cuando le pedí ese expediente. Sabía que a un médico no le pasaría inadvertida la negligencia paterna.

Angèle se sentó sobre mis rodillas, lo que no era fácil, teniendo en cuenta la longitud de sus piernas.

—¿Te ayuda esto en algo? ¿Un poco? —me preguntó en voz baja.

La abracé y puse mi barbilla en el hueco de su hombro.

—Sí, creo que sí. Lo que me dolía era no saber lo que había ocurrido realmente.

Ella me acarició el pelo con suavidad.

—Cuando regresé aquel día del colegio, el día que mi padre se disparó, no había ninguna nota. No dejó nada y eso nos volvió locas, a mi madre en especial. Justo poco antes de morir, hace un par de años, me contó que lo más horrible de todo era no saber por qué se había matado, ni siquiera después de todos estos años transcurridos. No había otra mujer, ni problemas financieros, ni de salud. Nada.

La abracé con fuerza, imaginándomela a los trece años, cuando descubrió a su padre muerto, sin una nota ni explicación alguna. Me estremecí.

—Nunca lo supimos. Y tuvimos que vivir con eso. Aprendimos a hacerlo. No fue fácil, pero lo conseguimos.

Y colegí que eso era precisamente lo que tendría que aprender a hacer yo.

Es la hora —anunció Angèle con resolución.
Un sol inusualmente cálido entibiaba el patio adonde habíamos salido a comer. En ese momento, a los postres, tomábamos café. Estaba situado delante de la cocina y cerca del jardincillo, que revivía poco a poco, otro indicio de que la primavera no estaba lejos. La fragancia de la estación en ciernes cosquilleaba en mi nariz congestionada de parisino. Había un intenso olor a hierba, a humedad, a pureza.

La miré, sorprendido.

—¿La hora de qué?

—La hora de irnos.

—¿Adónde?

—Ya lo verás —repuso con una sonrisa—. A veces el viento engaña, así que ponte algo de abrigo.

—¿Qué andas tramando?

—No te gustaría saberlo.

Durante los primeros viajes en la Harley Davidson había estado con los nervios a flor de piel. No tenía hábito de ir en moto y como buen urbanita no tenía muy claro hacia qué lado debía inclinarme al tomar las curvas. Es más, estaba convencido de que las motos eran demasiado peligrosas y poco fiables. Nunca había conducido una y tampoco había ido detrás de acompañante, y mucho menos con una mujer como piloto. Angèle la usaba todos los días para ir de Clisson al hospital de Le Loroux, ya hiciera calor, soplase un huracán o cayeran chuzos de punta. Ella odiaba los coches y aborrecía la posibilidad de quedarse atrapada en un atasco. Se compró la primera Harley a los veinte años, y ya iba por la cuarta.

Una mujer guapa en una moto de época llama la atención, como muy pronto descubrí. Todos volvían la cabeza al oír el inconfundible sonido gutural del tubo de escape de la Harley, y luego veían al manillar a esa criatura curvilínea vestida de cuero negro. Montar detrás de ella resultó ser mucho más agradable de lo previsto. Me pegaba a ella en una postura casi sexual: la abarcaba con los muslos, pegaba la entrepierna a ese estupendo culo suyo y clavaba el pecho y el vientre en su espalda y sus caderas.

—¡Vamos, monsieur Parisiense, no tenemos todo el día! —me chilló. El motor de la moto ronroneó de forma incitante mientras ella me lanzaba el casco.

—Ah, pero ¿nos esperan?

—¡Pues sí! —contestó ella, exultante de alegría, y echó un vistazo al reloj—. Y vamos a llegar tarde como no muevas el culo.

Zigzagueamos por caminos llenos de baches que discurrían entre campos donde ya podía atisbarse la promesa mágica de la primavera. El sol calentaba lo suyo, pero la mordedura del aire seguía siendo helada. Condujo por la carretera en torno a una hora, pero no se me hizo largo en absoluto. De hecho, me sentía como en el séptimo cielo cuando iba pegado a Angèle, notando la vibración del motor en las entrañas y la caricia del sol en la espalda.

No necesité ver cartel ni señal alguna para darme cuenta de que nos dirigíamos al paso del Gois. Jamás había tomado conciencia de lo cerca que estaba Noirmoutier de Clisson. El paisaje invernal me dejó impresionado, ya que predominaban los tonos pardos y alguna pincelada beis, sin una nota de verdor, al contrario que en el estío. La arena de la orilla también parecía más oscura y terrosa, pero no por ello menos bella. Me asaltó la impresión de ser saludado por el primer poste de rescate y de que las gaviotas que sobrevolaban en círculos por encima de nuestras cabezas gritaban como si se acordasen de mí. La playa de color marrón intenso se extendía a lo lejos junto al mar azul oscuro, centelleante bajo los rayos del sol, y sobre ella la desigual línea negra de conchas, caracolas, algas, escombros, corchos y trozos de madera.

No había vehículos en el Gois, cuyo flanco derecho ya estaba siendo acosado por la marea. Las primeras lenguas de agua habían empezado a cubrir el paso. El lugar estaba prácticamente desierto, no como en verano, cuando se congregaba un gentío para contemplar la conquista de la tierra por parte del océano.

Angèle no ralentizó la marcha, antes bien al contrario, condujo más deprisa incluso. No tenía sentido gritar, pues su casco y el mío hacían casi imposible que nos oyéramos, así que tiré de su chupa de cuero para llamar su atención, pero ella pasó de mí olímpicamente y siguió dándole caña a la Harley. Los pocos testigos diseminados por los alrededores nos señalaban con expresiones de asombro mientras cruzábamos a toda pastilla. Casi podía oírles exclamar: «¿Van a cruzar el Gois?».

Tironeé de la chupa, esta vez con más fuerza. Alguien nos avisó a gritos del avance del océano, pero era demasiado tarde: las ruedas de la Harley Davidson levantaron a cada lado un surtidor al pasar sobre el agua marina que ya cubría el pavimento del pasaje. Esperaba que Angèle supiera lo que hacía. Había leído de niño demasiadas historias sobre ahogamientos en el Gois durante la pleamar como para no saber que aquello era una locura. Habían muerto al menos una treintena de personas en los últimos cien años, y sólo Dios sabía cuántas víctimas más había habido con anterioridad. Me agarré a ella como si me fuera la vida en ello, y ya lo creo que me iba, y recé para que la moto no derrapara ni hiciera algún extraño que nos enviara derechitos al mar. Deseé que ninguna de esas olas heladas, más grandes a cada minuto que pasaba, alcanzara el motor. Angèle condujo los cuatro kilómetros con habilidad, es más, iba tan sobrada y segura de sí misma que no hacía falta ser un genio para suponer que no era la primera vez que lo hacía.

El cruce del paso resultó ser una experiencia excitante y maravillosa. Me sentí a salvo y más seguro de lo que me había sentido jamás desde que mi padre me pasaba la mano por la espalda en ademán protector. Me abracé a ella mientras seguíamos adelante volando sobre las aguas y pasábamos por donde ya no había carretera y no era posible ver tierra. Me sentí a salvo cuando alcé la vista hacia delante, hacia la isla, y distinguí unos viejos conocidos: los postes de rescate que marcaban nuestro camino sobre la superficie centelleante del mar guiándonos a tierra igual que un faro orienta un barco hasta la seguridad de un puerto. Deseé que ese momento pudiera durar para siempre, que esa belleza y esa perfección no me abandonaran jamás.

Llegamos a nuestro destino entre los aplausos y las ovaciones de los transeúntes situados junto a la cruz que guardaba la boca del Gois.

Angèle apagó el motor y se quitó el casco.

—¿A que estás cagado de miedo? —preguntó con una ancha sonrisa en el rostro, y rió entre dientes.

—¡No! —exclamé con la respiración entrecortada mientras tiraba mi casco al suelo para poder besarla como un poseso al tiempo que a nuestras espaldas se levantaba una salva de vítores y aplausos—. No estaba asustado. Confiaba en ti.

—Y bien que puedes. Hice esto por primera vez con quince años en la Ducati de un amigo.

—¿Conducías una Ducati a los quince?

—Te sorprendería saber lo que hacía a esa edad.

—No estoy interesado —repliqué con cierta frivolidad—. ¿Cómo vamos a regresar? El paso ha desaparecido.

—Volveremos a casa por el puente, aunque sea menos romántico.

—Menos romántico, dónde va a parar, pero no me gustaría quedarme ahí colgado contigo, en uno de esos postes de rescate. Se me ocurren cosas mucho mejor que hacer en tu compañía.

La enorme giba del puente era visible desde nuestra posición a pesar de estar a cinco kilómetros de distancia. En ese momento ya no quedaba atisbo alguno del camino, devorado completamente por las aguas del inmenso y refulgente océano, que había recobrado su supremacía.

—Solía venir aquí con mi madre. Adoraba el Gois.

—Y yo con mi padre —repuso ella—. Veraneamos aquí un par de años cuando yo era una cría, pero no en el Bois de la Chaise, eso era demasiado elegante para nosotros, monsieur. Íbamos a la playa en La Guérinière. Mi padre nació en La Roche-sur-Yon, así que se conocía esta zona como la palma de la mano.

—Quizá de pequeños coincidimos algún día aquí, en el Gois.

—Puede ser.

Cerca de la cruz había un altozano alfombrado de hierba. Nos sentamos allí, hombro con hombro, y nos fumamos un cigarro a medias. Nos hallábamos cerca de donde había estado con Mélanie el día del accidente. Pensé en mi hermana, protegida en una burbuja de ignorancia por voluntad propia, y en todo cuanto yo sabía y ella ignoraría para siempre a menos que me preguntara. Cogí la mano a Angèle y se la besé mientras reflexionaba sobre la larga cadena de casualidades necesarias para poder realizar ese gesto. Si no hubiera tenido la ocurrencia de organizar un viaje sorpresa para el cuadragésimo cumpleaños de Mélanie, si ésta no hubiera tenido ese flashback, si no hubiera sufrido el accidente, si Gaspard no se hubiera ido de la lengua, si no hubiera conservado esa factura… Quedaba todavía otro «si» peliagudo. ¿Qué habría pasado si el doctor Dardel hubiera enviado a mi madre al hospital el 7 de febrero, el día que tuvo una jaqueca tan espantosa? ¿Seguiría con vida? ¿Habría abandonado a mi padre para vivir con June? ¿En París? ¿En Nueva York?

—Déjalo ya —me aconsejó mi compañera.

—¿Dejar el qué?

Ella apoyó el mentón sobre las rodillas y aunque fuera raro, de pronto, mientras contemplaba el mar con la mirada perdida y el viento le alborotaba el pelo, pareció tener muchos menos años.

—Busqué esa nota por todas partes, Antoine —dijo, hablando muy despacio—. La busqué antes de telefonear pidiendo ayuda y no cejé en el empeño aunque mi padre yacía sobre la mesa y su sangre y sus sesos estaban esparcidos por toda la cocina. Busqué la nota mientras chillaba todo lo que daban de sí mis pulmones, mientras lloraba a moco tendido y temblaba de los pies a la cabeza, la busqué por todas partes, registré esa casa maldita por Dios, y el jardín, y el garaje. No dejaba de pensar en que mi madre iba a regresar de la oficina donde trabajaba en cualquier momento y yo debía hallarla antes de que ella llegara, pero no lo conseguí. ¿Y sabes la razón? Porque no había ninguna nota. Fue entonces cuando surgió la pregunta, el monstruoso ¿por qué? ¿Qué le hacía tan desdichado? ¿Qué era lo que no habíamos sido capaces de ver? ¿Cómo podíamos haber estado tan ciegas mi madre, mi hermana y yo? ¿Qué habría ocurrido si yo hubiera notado algo o hubiera vuelto de la escuela un poco más pronto? O si no hubiera ido a clase ese día. ¿Se habría matado o seguiría con nosotras todavía? —Pude ver adónde quería ir a parar. Ella siguió hablando, pero subiendo el tono de voz, y pude percibir una nota vibrante de dolor que me emocionó—. Papá era uno de esos hombres tranquilos y callados, como tú. No era muy parlanchín, hablaba mucho menos que mi madre. Se llamaba Michel. Me parezco a él, tengo sus mismos ojos. Jamás parecía triste, no bebía, estaba sano, tenía una constitución atlética y le chiflaba leer. Todos los libros de mi casa son suyos, admiraba a Chateaubriand y a Romain Gary, le gustaban la naturaleza y la Vendée, y el mar, claro. Parecía un hombre tranquilo y feliz, o eso pensábamos todos.

»El día que le encontré muerto se había puesto su mejor traje —el gris, el que sólo llevaba para las grandes ocasiones, Navidad o Nochevieja—, se había anudado la corbata y calzaba su mejor par de zapatos, unos negros muy buenos. Jamás se vestía de ese modo a diario. Trabajaba en una librería y solía vestir con pantalones de pana y jerséis.

»Estaba sentado a la mesa cuando se voló la tapa de los sesos. Se me ocurrió que la nota podría estar debajo del cuerpo. Tal vez se había quedado debajo cuando él se derrumbó sobre la mesa, pero no me atreví a moverle porque en aquel entonces me daban miedo los muertos, no era como ahora. Tampoco encontraron nada cuando vinieron a llevarse el cuerpo. Entonces esperé la llegada de una carta. Tal vez nos había escrito una el día de su suicidio, pero no llegó nada.

»Empecé a superarlo poco a poco y de una forma totalmente inesperada cuando ya trabajaba como tanatopractora y me llegaron los primeros casos de suicidio, pero eso fue mucho después, al menos diez años más tarde. Reconocí mi angustia y mi desesperación en las de las familias de quienes se habían matado. Escuché sus historias, compartí su dolor y, a veces, incluso lloré con ellos. Muchos de ellos me explicaron las razones por las que sus seres queridos habían elegido morir, porque en bastantes casos sí lo sabían. Desesperación, angustia, miedo, enfermedad, un fracaso amoroso. Las razones eran de lo más variado. Y lo entendí al fin el día en que estaba atendiendo a un hombre de la edad de mi padre: se había pegado un tiro porque se sentía incapaz de soportar la presión de su trabajo. Ese tipo había muerto como mi padre y su familia sabía perfectamente las razones que le habían impulsado a apretar el gatillo, mientras que la mía nunca llegó a conocerlas, pero ¿acaso eso marcaba alguna diferencia? La muerte ya había tenido lugar, y dejaba un cuerpo para embalsamar, depositar en un féretro y enterrarlo. Se rezarían las oraciones y comenzaría el duelo. En cualquier caso, conocer el motivo por el que lo había hecho no me haría recuperar a mi padre. Tampoco iba a hacerme más llevadera su pérdida. La muerte nunca es fácil, aunque sepas las razones.

Descubrí una minúscula lágrima en la comisura de su ojo y se la enjugué con el pulgar.

—Eres una mujer maravillosa, Angèle Rouvatier.

—Antoine, no te me pongas sensiblero, ¿vale? —me avisó—. Eso me revienta, y tú lo sabes. Vámonos, se está haciendo tarde.

Se levantó y echó a andar hacia la moto. La observé mientras se ponía el casco y los guantes. Arrancó con el pedal en un gesto desafiante. El sol ya no pegaba con tanta fuerza y empezaba a hacer fresco.

Preparamos la cena los dos juntos, codo con codo. Hicimos sopa de verduras con puerros, zanahorias y patatas, le echamos una pizquita de verbena y tomillo del jardín; de segundo, pollo con arroz basmati, y preparamos crocante de manzanas como postre. Acompañamos todo eso con una botella fría de chablis.

La casa era acogedora y cálida, y yo tenía conciencia de lo mucho que disfrutaba de su silencio y su quietud, de su tamaño y su bucólica sencillez. Ni se me había pasado por la cabeza que un urbanita como yo pudiera disfrutar en un entorno rural. ¿Era posible vivir allí con Angèle? Era técnicamente viable en estos tiempos de ordenadores, móviles y trenes de alta velocidad. Pensé en mi futura carga de trabajo. Rabagny estaba a punto de conseguirme un lucrativo negocio relacionado con la patente de la Cúpula Inteligente. No iba a tardar en estar ocupado trabajando otra vez para él y Parimbert en un ambicioso proyecto europeo de lo más apasionante, y encima el asunto iba a darme bastante dinero. Aunque de momento no me quedaba ninguna cuestión pendiente con el suegro y el yerno. En cualquier caso, era una cuestión de organizarse bien y planificarlo todo con inteligencia.

Ahora bien, ¿quería Angèle que me quedara? Recordé algunas de sus frases. «No soy una persona de familia». «Tampoco soy de las que se casan». «No tengo celos». «No te me pongas sensiblero». Tal vez una parte del encanto especial de Angèle radicaba en el hecho de que ella jamás sería mía del todo, y bien que lo sabía yo. Podía hacerla enloquecer en la cama —era obvio lo mucho que ella disfrutaba— y la historia de mi madre la había conmovido, pero ella jamás iba a querer vivir conmigo. Era exactamente como el felino protagonista de uno de los cuentos de *Precisamente así*, de Rudyard Kipling: «El gato que caminaba solo».

Después de la cena, me acordé de pronto del DVD creado a partir de la cinta de Súper 8. ¿Cómo había podido olvidarlo? Estaba en el salón junto a las fotografías y las cartas. Me apresuré a buscarlo y se lo entregué a Angèle.

—¿Qué es esto? —preguntó ella.

Le expliqué que me lo había enviado desde Nueva York Donna Rogers, la socia de June Ashby. Angèle deslizó el DVD en el lector del portátil.

—Creo que esto debes verlo tú solo —murmuró.

Me acarició los cabellos, se echó la chaqueta Perfecto sobre los hombros y se escabulló en el oscuro jardín en medio de un soplo de frío aire campestre antes de que yo pudiera cambiar de idea sobre si ella debía o no estar presente.

Me senté delante del ordenador y esperé con ansiedad. Enseguida apareció una primera imagen parpadeante de mi madre. Tenía los ojos cerrados, como si durmiera, pero una sonrisa juguetona le curvaba los labios. Luego, muy despacio, abrió los párpados y se llevó una mano a modo de visera para proteger los ojos. Atónito, me asomé a esas pupilas con una mezcla de gozo y dolor. ¡Qué verdes eran! Más verdes aún que las de Mélanie. Eran unos ojos suaves y amables, serenos, luminosos, adorables.

Respiré con dificultad, embargado por la euforia y la emoción. Jamás había visto una película en la que apareciera mi madre, y ahora ahí estaba ella, en la pantalla del ordenador de Angèle, milagrosamente resucitada. De pronto empezaron a rodarme unos lagrimones por las mejillas y me los enjugué a toda prisa.

Me sorprendía la gran calidad del filme. Esperaba unas imágenes toscas y unos colores de baja calidad, y no era el caso. Ahora ella corría por la playa. Se me aceleró el pulso cuando reconocí Plage des Dames, el malecón, el faro, las cabinas de madera y el mullido traje de baño naranja. Me asaltó la más extraña de las sensaciones cuando yo aparecí justo en una esquina de la imagen, atareado en la construcción de un castillo de arena. La llamaba, pero June, sin duda la persona que estaba detrás de la cámara, no estaba muy interesada en el castillo de arena de un niño. La película saltó de pronto a los postes de salvamento y la larga extensión del Gois. Distinguí a mi madre a lo lejos: una figura minúscula que cruzaba el paso durante la bajamar en un plomizo día de tormenta; vestía un pulóver blanco y unos pantalones cortos y el viento le alborotaba la melena. Al principio, la toma la mostraba muy lejos, pero se fue acercando poco a poco con esos inconfundibles andares suyos de paso ligero, como si bailara, con los pies hacia fuera y el cuello erguido. Tan grácil, tan ágil. Pasó exactamente por donde Angèle y yo habíamos cruzado esa misma tarde, iba de camino hacia la isla, como nosotros, se dirigía hacia la cruz. Su rostro era todavía un poco borroso, pero se enfocó enseguida y pude ver que estaba sonriendo. Echó a correr en dirección a la cámara, se rió y se apartó de los ojos un mechón de cabellos. Esa sonrisa estaba llena de amor, toda ella refulgía de amor. Entonces se llevó una de esas manitas morenas a la altura del corazón, la besó y luego puso la palma de la mano delante de la cámara. La carne rosada de la palma de la mano era la última imagen del filme, la última que yo vi.

Me había impresionado muchísimo ver a mi madre con vida, contemplar cómo se movía, caminaba, respiraba y sonreía. Hice doble clic en el vídeo para verlo de nuevo. Una y otra vez, y así hasta perder la cuenta. No sé cuántas veces vi la película. La visioné hasta que el corazón me dijo que ella seguía ahí dentro, hasta que fui incapaz de verla otra vez porque el suplicio era insoportable, hasta que las lágrimas me emborronaron los ojos y me impidieron ver la pantalla, hasta que la eché tanto de menos que quise echarme a llorar sobre el irregular suelo de piedra. Mi madre jamás conocería a mis hijos ni sabría quién era yo ahora, en qué me había convertido al crecer, yo, su hijo, un hombre que vivía la vida como mejor sabía, que hacía todo lo posible por salir adelante, fuera como fuera. Algo se rompió en mi interior. Noté cómo se soltaba y se alejaba. El dolor se marchaba y dejaba en su lugar un entumecimiento, una molestia. Supe que ese vacío iba a permanecer ahí para siempre.

Detuve el vídeo, saqué el DVD y lo devolví al interior de la fundita. La puerta del jardín estaba entreabierta, así que me deslicé al exterior, donde el aire era dulce y frío. Las estrellas parpadeaban en el cielo y los perros aullaban a lo lejos. Angèle estaba sentada sobre un banco de piedra contemplando el firmamento.

—¿Quieres hablar de ello?

—No.

—¿Estás bien? —preguntó.

—Sí.

Me senté junto a Angèle. Ella se inclinó hacia mí, yo le pasé el brazo por los hombros y juntos compartimos la fría quietud de la noche, el aullido ocasional de algún perro en la lejanía y el destello de las estrellas encima de nuestras cabezas. Pensé en la Harley mientras cruzábamos el Gois, en la espalda vibrante de Angèle contra mi pecho mientras sus manos enguantadas sujetaban el manillar con confianza, y volví a sentirme protegido, como esa tarde, y supe que esa mujer, con quien tal vez pasase el resto de mis días, o tal vez no, esa mujer que tal vez al día siguiente por la mañana me dijera que hiciera las maletas o tal vez se quedase conmigo para siempre, esa extraordinaria mujer cuyo trabajo era la muerte me había dado el beso de la vida.

Agradecimientos

Doy las gracias a:

Nicolas, por su paciencia y su ayuda.

Sophia, por cumplir cuarenta en Dinard, en julio de 2005.

Laure, Catherine y Julia, mis primeras lectoras.

Abha, por el feedback y sus consejos.

Sarah, por tener ese ojo al que nada se le escapa.

Chantal, por cederme ese lugar en la calle Froidevaux.

Guillemete y Oliviar, por iniciarse en Noirmoutier.

Mélanie y Antoine Rey, por dejarme tomar prestados sus nombres.

Héloïse y Guilles, por volver a confiar en mí.

Este libro
se terminó de imprimir
en los talleres gráficos de
Nomos Impresores,
en el mes de julio de 2010

Suma de Letras es un sello editorial del Grupo Santillana

www.santillana.com.co

Argentina
Avda. Leandro N. Alem, 720
C 1001 AAP Buenos Aires
Tel. (54 114) 119 50 00
Fax (54 114) 912 74 40

Bolivia
Avda. Arce, 2333
La Paz
Tel. (591 2) 44 11 22
Fax (591 2) 44 22 08

Chile
Dr. Aníbal Ariztía, 1444
Providencia
Santiago de Chile
Tel. (56 2) 384 30 00
Fax (56 2) 384 30 60

Colombia
Calle 80 No. 9-69
Bogotá
Tel. (57 1) 639 60 00

Costa Rica
La Uruca
Del Edificio de Aviación Civil 200 m al Oeste
San José de Costa Rica
Tel. (506) 22 20 42 42 y 25 20 05 05
Fax (506) 22 20 13 20

Ecuador
Avda. Eloy Alfaro, 33-3470 y Avda. 6 de
Diciembre
Quito
Tel. (593 2) 244 66 56 y 244 21 54
Fax (593 2) 244 87 91

El Salvador
Siemens, 51
Zona Industrial Santa Elena
Antiguo Cuscatlan - La Libertad
Tel. (503) 2 505 89 y 2 289 89 20
Fax (503) 2 278 60 66

España
Torrelaguna, 60
28043 Madrid
Tel. (34 91) 744 90 60
Fax (34 91) 744 92 24

Estados Unidos
2023 N.W 84th Avenue
Doral, FL 33122
Tel. (1 305) 591 95 22 y 591 22 32
Fax (1 305) 591 74 73

Guatemala
7ª Avda. 11-11
Zona 9
Guatemala C.A.
Tel. (502) 24 29 43 00
Fax (502) 24 29 43 43

Honduras
Colonia Tepeyac Contigua a Banco Cuscatlan
Boulevard Juan Pablo, frente al Templo
Adventista 7º Día, Casa 1626
Tegucigalpa
Tel. (504) 239 98 84

México
Avda. Universidad, 767
Colonia del Valle
03100 México D.F.
Tel. (52 5) 554 20 75 30
Fax (52 5) 556 01 10 67

Panamá
Vía Transísmica, Urb. Industrial Orillac,
Calle Segunda, local 9
Ciudad de Panamá
Tel. (507) 261 29 95

Paraguay
Avda. Venezuela, 276,
entre Mariscal López y España
Asunción
Tel./fax (595 21) 213 294 y 214 983

Perú
Avda. Primavera, 2160
Surco
Lima 33
Tel. (51 1) 313 40 00
Fax. (51 1) 313 40 01

Puerto Rico
Avda. Roosevelt, 1506
Guaynabo 00968
Puerto Rico
Tel. (1 787) 781 98 00
Fax (1 787) 782 61 49

República Dominicana
Juan Sánchez Ramírez, 9
Gazcue
Santo Domingo R.D.
Tel. (1809) 682 13 82 y 221 08 70
Fax (1809) 689 10 22

Uruguay
Juan Manuel Blanes, 1132
11200 Montevideo
Tel. (598 2) 402 73 42 y 402 72 71
Fax (598 2) 401 51 86

Venezuela
Avda. Rómulo Gallegos
Edificio Zulia, 1º - Sector Monte Cristo
Boleita Norte
Caracas
Tel. (58 212) 235 30 33
Fax (58 212) 239 10 51